U0115784

THE AGE OF
IRREVERENCE
A NEW HISTORY OF
LAUGHTER IN CHINA

（Christopher Rea）

［加拿大］雷勤风 著

许晖林 译

大不敬的
年代

近代中国
新笑史

北京大学出版社
PEKING UNIVERSITY PRESS

图书在版编目（CIP）数据

大不敬的年代：近代中国新笑史 /（加）雷勤风（Christopher Rea）著；许晖林译. —北京：北京大学出版社，2023.12

ISBN 978-7-301-34234-3

Ⅰ.①大… Ⅱ.①雷… ②许… Ⅲ.①笑话－作品集－中国－近代 Ⅳ.① I276.8

中国国家版本馆 CIP 数据核字（2023）第 138236 号

书　　　名	大不敬的年代：近代中国新笑史
	DABUJING DE NIANDAI: JINDAI ZHONGGUO XIN XIAOSHI
著作责任者	[加拿大] 雷勤风（Christopher Rea）著　许晖林 译
责 任 编 辑	延城城
标 准 书 号	ISBN 978-7-301-34234-3
出 版 发 行	北京大学出版社
地　　　址	北京市海淀区成府路 205 号　100871
网　　　址	http://www.pup.cn　新浪微博 @ 北京大学出版社
电 子 邮 箱	编辑部 wsz@pup.cn　总编室 zpup@pup.cn
电　　　话	邮购部 010-62752015　发行部 010-62750672
	编辑部 010-62750577
印 　刷 　者	三河市北燕印装有限公司
经 　销 　者	新华书店
	880 毫米 ×1230 毫米　32 开本　10.625 印张　294 千字
	2023 年 12 月第 1 版　2024 年 7 月第 2 次印刷
定　　　价	59.00 元

The world today seems absolutely crackers

With nuclear bombs to blow us all sky high.

There's fools and idiots sitting on the trigger.

It's depressing and it's senseless and that's why...

今世太疯癫

核弹时可下

只等白痴按

除闷能为啥……

——艾瑞克·爱都（Eric Idle），《我爱中国人》（"I Like Chinese"）（1980）

献给

王明珠
王拓宇
王拓真

目 录

序

话说朱绍文是相声的"开山祖"。清朝末年因为皇帝死后"国丧"期间禁止娱乐，活跃于京剧舞台的丑角朱绍文走投无路，于是起艺名"穷不怕"，与弟子"贫有本"开始撂地合说相声。相声艺术由此而起，连绵不绝。

如今相声几乎垄断了我们对中国传统喜剧的认知，几乎成了"中国式幽默"的代名词。

我一直有个疑问：如果说朱绍文是说相声的第一人，那么他小时候看的又是什么喜剧表演呢？难道没有其他幽默对话的表演形式？街头艺人没有讲笑话的？"穷不怕"之前，相声之外，中国近代"笑的文化"究竟是个什么样子？

《大不敬的年代》帮我们填补了一大片空白。从明清时期的笑话集、清末的游戏文字、新文化运动后"骂人的艺术"与"幽默"一词的诞生所引起的文化争论，到上海的话剧舞台与早期的滑稽电影。这些正是我所热爱的相声艺术早期成长的大环境。

曲艺理论家总结："相声可溯之源虽长，可证之史却极短。""穷不怕"违令在街头卖艺的故事更多是传说，无法考证，但是从中我们能领悟到"大不敬"的精神也是相声艺术的起点。

正如乱世出英雄，"大不敬的年代"出笑匠。相声的兴起是时代的产物，但绝不是这个时代里唯一的喜剧形式。"笑的文化"五彩缤纷的各种表现让我们对这个时代有了更鲜活的认识。

如果把喜剧比喻成社会的一面镜子，千万别忘记：丑角往往是唯一敢说真话的人，而这种"哈哈镜"所反映的才是最真实的一面。

大山（Mark Rowswell）

2021 年 2 月 28 日于多伦多

中文版作者序言

首先要向各位读者交代的是，本书的中文版比英文版更好。主要原因有二：第一，书里谈到的滑稽小说和文章原来多半是中文，读原文一般比读译文来得好。第二，许晖林教授是一位理想的翻译者，文才与学问兼具，不仅大润其色，而且帮我改正了不少原著里的错误。写书的人大多在写完之后希望能够修改，而能有机会同好友一起重写自己著作的却是少数。本人属蛇，被晖林点了睛，颇有成龙的感觉了。

其次则是本书的中文版书名比英文版来头更大。原来打算把中文书名直译为《不敬的年代》。2015 年我住在台北的时候，老友何立行提议加个"大"字在前头。我听了觉得很有道理。中外都有"不敬罪"的传统，即处罚对国王或君主不够尊敬的人，特别是那些使君王在国人眼里显得可笑的人。就我的阅读经验，"大不敬"颇可概括清末民初的文化精神。再者，近几年，不敬罪还在某些地方，甚至我们身旁，大上加大了；要行"不敬"的话，就应该痛痛快快地"大不敬"而行之、小题大做吧！

敝人在此特向许晖林和何立行致敬。

最后，本书原是用英文写成，写了八年左右，可算是笔者在汉学上的"八年抗战"。中文版则又搞了两年多。"十年磨一剑"据说是写学术书的理想，表示作者对做学问的重视与尊敬。按此标准，《大不敬的年代》恐怕是磨过头，早已把大剑磨成小刀了。"大不敬"原是砍头罪，应该用宝剑才对。不过，毕竟是学术性的史论，笑不死人，小刀能够偶尔让人笑刺肚皮就算不错了。

雷勤风 （大）敬上

2018 年 1 月 12 日写于温哥华

豪华版序言

恭喜您购买了豪华版的《大不敬的年代：近代中国新笑史》！您做了明智的选择，请容我恭维您绝佳的鉴赏力——仅仅多付几毛钱便换得真材实料的好东西。本书每个环节都经过精心设计，只为满足您天生的高标准需求：保证质量的内容带给您最精致的阅读乐趣、纸张来自加拿大不列颠哥伦比亚省最高级的软木、文字用加州最精湛的工艺方正地铅印在书页（或电子书）上。本书几乎不含任何讨人厌的学术行话，除了四个后设批判性的干预、两个阐释性批注和一个典范性的（重新）题词——这些也只会出现在序言中，所以您已经顺利通过了。

"一个百无禁忌的时代，愉快地瓦解着既有礼俗。"历史学家尼尔·哈里斯（Neil Harris）[①] 如此描述内战前美国的文化氛围：专家威望在杰克逊年代[②] 衰颓，人民对当权者的信任荡然无存，开始歌颂以一般百姓作为真实与谎言的仲裁者，并以揭穿、挖苦、嘲讽陈腔滥调与虚伪知识为乐。不过，这雄心勃勃的新怀疑论风向带来了意料之外的结果，其中包括为新一代的创业家创造了许多机会，尤其是大众娱乐家兼哄骗高手 P.T. 巴纳姆（P.T. Barnum）这样的谎言制造家。

在 20 世纪初期，对当权者类似的怀疑态度为中国文化注入了一股新活力。那是最动荡的时代：从 1890 年代起历经数次改革失败的晚清

---

① Harris, *Humbug,* 3.

② 杰克逊年代（Jacksonian Era）：以美国第七任总统安德鲁·杰克逊（Andrew Jackson）为首的民主运动开启的时代，从 1828 年杰克逊选上总统到 1854 年内战爆发前夕。

与被 1911 年革命匆忙赶上架的民国。帝制时期的中国，不论是朝廷还是民间，都被各种礼制所渗透，儒家经典是学习与政治升迁的基石；然而，鸦片战争和太平天国运动敲响了警钟，社会信心崩盘，中国的知识分子渐渐感到清廷的落后，同时又欣羡日本与西方世界的现代化。他们开始攻击传统制度、挑战文化权威，这种情形自 19 世纪末一路延烧，到 1919 年以打倒传统为诉求的五四运动时达到巅峰。看似无穷无尽的危机以令人措手不及的速度摧毁了过去的信念，使人们燃起对中国未来的焦虑。革命烈士终于在 1912 年推翻清政府——不过取而代之的共和政权无论在制度还是观念上都并不让人放心。

面对政治社会的动荡，中国文人和艺术家以各种形式的嘲讽回应。他们讽刺地描绘滥权者，用笑话冲淡恼人的最新消息（或至少彼此宽慰），对新旧文化一视同仁地揶揄。他们为中国勾勒出荒谬又可笑的未来——我们不能将这种"欢乐"仅仅视为现代化的副作用，因为它确实影响了现代中国文化的发展方向。笑话、游戏、诟骂、滑稽和幽默——本书探讨的五种"笑"的文化表达方式——奠定了现代中国的调性、文法和词汇。这些关于"好笑"的不同感知（各自有一当时具代表性的流行词汇），既成为快速成长的出版业不可或缺的一部分，也是跨国现代报刊文化的重要特色。它们的精神和形式直到今日仍是中国文学表达的一部分，就连人们讨论"什么是好笑的"的方式都要归功于这些 20 世纪初的遗产。

本书调查若干种喜剧性娱乐的中国文化，展现它们在现代社会中的蜕变，并探索作家、艺术家、创业家和观众如何在"不敬"这一更广的文化层面塑造现代中国。本书也刻画此时的报刊和其他媒体在中式幽默的民主化过程中扮演的重要角色，及其前所未有的推广成果。我们所看见的好笑感知的多样性，应可推翻任何认为中国人的幽默感很有限、单调甚至死气沉沉的想法。最重要的是，这是一份对"笑"的诗学与修辞学的研究，从全新的观点探索中国语言史的一章。

幽默学——一门令人发噱的学问，如果有这种东西的话——受惠于各种老生常谈，例如 E.B. 怀特（E.B. White）说的："幽默像青蛙一样，可以被解剖，但会在过程中死去；那些内脏令所有人沮丧，除了纯粹科学的头脑。"① 不过，如果收益递减法则也适用于这里的学术研究，那么我不太相信它如此立即致命。首先，怀特的前提很有问题：至少在一些美国高中，青蛙早在到达实验室之前就死了。我也很想相信历史学家都是有虐待倾向的魔术师，不过应该没什么人会让青蛙死而复生却只为了再杀它们一次。至于要说科学家和艺术家是打对台的，则我们不难找到反例，譬如丁西林——将在第六章出现的物理学家兼喜剧作家。亨利·柏格森（Henri Bergson）在《笑》里有个譬喻更贴近我对这一主题的研究方法。柏格森把喜剧诗人比喻成一个博物学者，为了定义一个物种而对它主要的变种进行估计与描述。一个好奇青蛙如何跟生态系中其他生物互动的人也是这个样子吧——研究它吃什么、如何繁衍、位在食物链何处。

接受官方史观的学者倾向将晚清和民国的文化环境视为充满鳄鱼的沼泽——掠夺者生死拼搏只为生存和统治。他们很少注意到青蛙。其中有些人，透过意识形态厚浊的眼镜眯着眼看所谓的"旧社会"，误把青蛙当作水蛭。这本书——配合这隐喻来说——试图弄清楚那些呱呱声正从形形色色的声调中传达些什么，并展示此一时代喜剧文化的产物。不是所有青蛙都死于抗日战争及其之后。虽然文化生态系自 20 世纪初开始发生了数次剧变，但它的音质和音高有时也与这些章节探讨的、更早的年代相呼应。

对于促成本研究的历史与理论，有兴趣的读者可直接翻至第一章。认为可能喜欢他人笑话胜过喜欢我的笑话的读者请翻至第二章。第三章提供了不少盛行于 20 世纪早期中国娱乐文化圈的戏仿和寓言。另外建议温文儒雅的读者直接跳过第四章的咒骂。如果您在序言中嗅到了《蒙

---

① White, *Essays of E. B. White*, 303 (originally, "Preface" to White and White, *A Subtreasury of American Humor* [1941]).

提·派森的飞行马戏团》（*Monty Python's Flying Circus*）[①] 的味道，那您可能会喜欢第五章讨论的剽窃与骗局。道德家应该会喜欢第六章提及的争论，可以看看作家、评论家和文化机构对我所说的"幽默的发明"做出了怎样的贡献。后记简短地讨论了晚清和民国遗留的"笑"文化，包括后来数次死亡又重生的轮回。但是在那之前，请先翻页，认识一下促成本研究的重要人士。

[①]　《蒙提·派森的飞行马戏团》：由英国喜剧团体蒙提·派森（Monty Python）撰写与演出的英国电视喜剧集，风格独特，对往后的欧美喜剧影响甚深。

致谢

But he is worst, who (beggarly) doth chaw

Others' wits' fruits, and in his ravenous maw

Rankly digested, doth those things out-spew,

As his own things; and they are his own, 'tis true,

For if one eat my meat, though it be known

The meat was mine, th' excrement is his own.

但他最恶劣了，他（像个乞丐似地）大口嚼着

别人努力的果实，然后从他的贪婪大嘴中

吐出这些饥渴地消化后的臭东西，

好像这些是他自己的东西一样；实际上也确实如此，

就像如果有人吃了我的肉，大家都知道，

肉是我长的，屎是他拉的。

——约翰·邓恩，约 1595 年 [①]

　　我写这本书断断续续写了大半个十年，至于别人努力的果实，我吃下去后吐出来消化得如何，就要由读者决定了。这个研究一开始只是文献探讨，但很快就变得更为多元，涉及在不同类型文本中寻找幽默概念，并

---

① 《讽刺 2》（Satyre II），第 25—30 行，收录于 Donne, *The Major Works*, 22。

试着找出规则与例外。我现在相信，漫画、笑话集、电影、传记资料、学术著作、辞典、广告，以及各种朝生暮死的出版文化加在一起，比单看文学作品更能全面地理解20世纪早期的喜剧文化。在中国尤其如此，因为让幽默文化真正发扬光大、决定了某些幽默形式的，是期刊出版业。事先声明一下：除了少数日记与书信之外，本研究几乎完全走不出出版物的范畴。

做研究免不了花费大量时间寻宝。我尽量寻找原版的出版物，因为这样比起使用后来的文集，能更有效准确地看出出版物所属的各种语境。我在找寻研究的线索上得到了不少帮助，这些和其他学术上的人情我都已在附注中注明。附注中也可以找到许多故事背后的细节，包括一些还在你来我往的学术论争。我希望您也像我一样，喜欢一本不止有一种阅读方式的书。

我要感谢蒙提·派森，这一喜剧团体的表演是我从小到大的好伙伴，一直激励着我前进，直到今天它仍是个逗趣又能激发我灵感的对象。我在澳大利亚国立大学那年最为宝贵的经验之一，就是看约翰·克里斯（John Cleese）在堪培拉大剧院的晚间表演。我也要感谢艾瑞克·爱都允许我在题词中使用他的歌《我爱中国人》当中的歌词（于2014年派森的回归演出中为新的世纪重新填词演唱）。

王德威最早给了我在华文文学领域发展的机会，之后也一直都是一位相当慷慨大方的人生导师。林郁沁（Eugenia Lean）、安·普雷斯考（Anne Prescott）（她介绍我认识了约翰·邓恩）、商伟和已故的吴百益（Pei-yi Wu）则塑造了这本书原本作为哥伦比亚大学博士论文的样子。在我学习中文的达特茅斯学院，我遇到了一群非常优秀的老师，包括艾兰（Sarah Allan）、白素贞（Susan Blader）、薛比·格兰汉（Shelby Grantham）、琳·希金斯（Lynn Higgins）、李学勤、安纳贝尔·梅尔瑟（Annabelle Melzer）、已故的康拉德·冯·毛奇（Konrad von Moltke）、李华元，以及已故的彼得·罗士敦（Peter Rushton）教授。

我的朋友和同事让我写这本书的过程充满了乐趣。因此我要感谢毕卫（Alexander Beels）、白睿文（Michael Berry）、Sue Jean Cho、周成荫、董新宇（她介绍了尼尔·哈里斯的作品给我）、冯令晏（Linda Rui Feng）、韩若愚（Rivi Handler-Spitz）、韩嵩文（Michael Gibbs Hill）、许晖林、伊维德（Wilt Idema）、古柏（Paize Keulemans）、邝师华（S.E. Kile）、廖炳惠、莫黑森（Hayes Moore）、墨磊宁（Thomas Mullaney）、潘少瑜、宋明炜、宋伟杰、傅朗（Nicolai Volland）、王品、王晓珏、魏思达（Joe Wicentowski）、魏爱莲（Ellen Widmer）、黄念欣、尤静娴、查明建以及张恩华。我特别感谢恩华、黑森、思达、嵩文、明炜、傅朗、古柏和磊宁对个别章节的评论，也要感谢 H. Tiffany Lee 大方地分享她关于早期中国摄影的研究。马库兹·文里（Markuz Wernli）负责创作第二章和第三章的复合影像。

在台湾，胡晓真、彭小妍和杨牧两度支持我到"中研院"中国文哲研究所进行一年的研究，第一次是在研究所的时候，第二次则是在我休假研究的时候。梅家玲和她的学生在 2004 年欢迎我加入了台湾大学的学术社群。吴静吉教授、茉莉·胡和富布莱特学术交流基金会（台湾）的工作人员都是热情好客的主人。刘人鹏和何立行让我得以在 2005 年时前往台湾清华大学中文系大学部教授中国现代幽默文学，这对一位美国的研究生而言是相当特别的机会。稍后，萧凤娴教授又邀请我到佛教慈济大学东方语文学系以本书的延伸为主题，举办了一系列的演讲；也感谢她和她的同事与学生 2014 年在花莲对我的盛情款待。

在苏州，范伯群向我推荐了徐卓呆的作品，首先以滑稽文学为主题出书的汤哲声则和我分享了他的藏书。季进（"季院长"）邀请我参加苏州大学的几场会议——雷副院长谨此致谢！我也对史本德和他的家人珍妮、伊莎贝拉和玛格莉特的友好情谊十分感激，他们在我数度前往上海做研究时慷慨接待。

不列颠哥伦比亚大学、华盛顿大学、澳大利亚国立大学、哥伦比亚大学、哈佛大学、台湾"中研院"、复旦大学、苏州大学、上海图书馆和苏州市图书馆的工作人员在帮助我寻找研究材料时，都付出了超出自己职责范围的努力。我特别感谢不列颠哥伦比亚大学亚洲图书馆的刘静、澳大利亚国家图书馆的欧阳迪频以及哥伦比亚大学 C.V. Starr 东亚图书馆的王成志等人的协助。

感谢汉斯·哈德（Hans Harder）与梅嘉乐（Barbara Mittler）在 2009 年邀请我加入海德堡大学的 *Punch*（《笨拙》）杂志工作坊，另外还要再次感谢梅嘉乐在 2011 年邀我回到海德堡大学举办关于民国初期讽刺报刊的讲论会。瓦格纳（Rudolf Wagner）在这两次行程期间与之后的书信来往中，对我提供了相当重要的意见。吴亿伟则分享了稀见的晚清与民国报刊及漫画。

我的研究得到了以下单位的慷慨赞助：哥伦比亚大学文理研究生院、哈佛大学文理研究生院、哥伦比亚大学 Weatherhead 东亚研究所、蒋经国国际学术交流基金会、富布莱特基金会、怀廷基金会（Whiting Foundation）、台湾教育事务主管部门、美国教育部（FLAS）、不列颠哥伦比亚大学彼得瓦尔高等研究院、加拿大社会科学与人文研究委员会，以及澳大利亚国立大学的中华全球研究中心。

我有幸能在不列颠哥伦比亚大学与一群优秀的同事共事。其中我特别想要感谢隆尼·彻斯（Lonnie Chase）、齐慕实（Timothy Cheek）、罗斯·金恩（Ross King）、克里斯汀娜·拉芬（Christina Laffin）、约书亚·莫斯托（Joshua Mostow）、安·莫菲（Anne Murphy）、麦扎·诺曼（Maija Norman）以及不列颠哥伦比亚大学中国研究团队的全体成员。在此也要感谢郑雅文、邱馨缘、Si Nae Park 和邬蒙提供的研究协助。

我整个 2012 年都待在澳大利亚国立大学中华全球研究中心担任博士后研究员。我很感谢白杰明（Geremie Barmé）、黄乐嫣（Gloria Davies）、裴凝（Benjamin Penny）以及中华全球研究中心的其他成员给我提供这个机会。我和裴凝、白杰明的讨论给了我灵感，因而大幅重新铺陈（读者注意，还有大幅缩短）了这本书。博大卫（David Brophy）、陈诗雯、周安娜（Johanna Hood）、艾莉莎·尼索西和钱颖等其他博士后都是极好的伙伴。司马伟（William Sima）在我们合作 *China Heritage Quarterly* 的《中国评论周报》特集时提供了珍贵的研究材料与想法。在我们一家踏上澳洲土地时，洁西卡·米尔纳·戴维斯（Jessica Milner Davis）是第一个前来欢迎我们的人。她也介绍我认识了澳大利亚幽默研究网，并邀我在该组织于澳大利亚国立大学举办的研讨会上演讲。同样欢迎我的还有梅卓琳（Jocelyn Chey），她接待了我们一家人在悉尼的住宿。洁西卡和梅卓琳的研究专业也让我获益良多，特别是两人所编的两册中国幽默著作。阿德雷德大学的顾做罗（Gerry Groot）和罗清奇（Claire M. Roberts）、莫纳什大学的黄乐嫣、新南韦尔士大学的德布拉·阿隆斯和于海青，以及悉尼大学的杜博妮（Bonnie McDougall）使我有机会发表与书稿相关的演讲，并让我认识了对书稿之后的发展多所贡献的澳洲学者们。在澳大利亚国立大学时，和邓肯（Duncan M. Campbell）、梅约翰（John Makeham）、马克·史崔奇（Mark Strange）、叶正道等人的对话也让我收获良多。

第五章有些部分原本是以文章的形式刊登在《中国现代文学与文化》（*Modern Chinese Literature and Culture*）期刊当中，感谢邓腾克（Kirk Denton）允许我重写这篇文章。感谢吉姆·郑、戴安德（Anatoly Detwyler）和林郁沁帮助我取得本书封面的图片授权。

我还欠贾佩琳（Linda Jaivin）一个人情，她审阅了本书的初稿，并大大改善了初稿的格式。我还要感谢林培瑞（Perry Link）和加州大学出版社三位匿名审稿者在审稿过程中的宝贵建议。里德·玛康（Reed Malcolm）是一位颇有眼光的编辑，他打从我们初次见面就对这个计划相当投入。麦可·波尔－克兰西（Michael Bohrer-Clancey）、史黛西·艾森史塔克（Stacey Eisenstark）和弗朗西斯可·莱金（Francisco Reinking）熟练地监督着整本书的制作过程。想知道谁是优秀的文稿编辑吗？找罗宾·欧戴尔（Robin O'Dell）就对了。

　　中文版的翻译过程当中，胡颀、朱先敏和邱琬淳给予了不少帮助，我万分感恩。满怀着爱与关心，我希望感谢我的家人：Pat Rea、John Rea 和 Alexander Rea、王人哲、周翠燕、王明立、Chris Crew 以及王经义。我想将本书献给王明珠还有我们的孩子王拓宇和王拓真，是他们俩让我弄懂，大不敬的年代是从两岁到六岁——不，到七岁……

第一章　失笑 Breaking into Laughter

1903 年，20 世纪初中国最前卫多产的文人吴趼人，在当时流亡日本的维新派最重要的文学刊物——横滨《新小说》上同时开始了两部作品的连载。第一部作品是小说《痛史》，第二部则是一系列的笑话，名为《新笑史》。①

这两部作品都出现在中国前途茫茫之际。清朝历经震荡，尚未醒觉；不论是 1895 年对日战争的失败、1898 年胎死腹中的改革运动，还是紧接着的义和团之乱。

曾经也有知识分子想在政府谋个一官半职，但此时都转而仰赖文学创作或创业谋生。吴趼人也在其中。这些作家抒发情感的重心往往是他们的悲愤与痛苦。《痛史》摆在期刊前头，《新笑史》则出现在期刊后头。或者如吴趼人的同辈刘鹗（1857—1909），他在同一年开始写作的《老残游记》是这样开头的："婴儿堕地，其泣也呱呱；及其老死，家人环绕，其哭也号啕。然则哭泣也者，固人之所以成始成终也。其间人品之高下，以其哭泣之多寡为衡。"刘鹗自诩为"深情的哭泣者"，力邀读者与他同哭。②

---

① 《痛史》于 1903 年至 1905 年间连载。吴趼人的笑话系列《新笑史》则以"我佛山人"的笔名于 1903 年至 1905 年间刊登在《新小说》（第 1 卷第 8 及 17 期、第 2 卷第 11 期）。有关吴趼人（吴沃尧，1866—1910）的叙事革新，见韩南（Patrick Hanan）《中国近代小说的兴起》，第八章和第九章。

② 刘鹗于 1903 年开始写作《老残游记》，在商务印书馆《绣像小说》连载了十三回，后来因故中止。1905—1906 年改在《天津日日新闻》刊载，从第一回开始到第二十回，（转下页）

刘鹗其实在诉诸古老的概念：眼泪是人世间——甚至是天人之间——强而有力的交流载体。在关于孟姜女的传说里，孟姜女寻觅她在长城被迫劳役的丈夫，却发现他早已埋骨城墙，于是痛哭城下，长城因而崩塌。[①]

近代文化改革者则认为眼泪是社会赋权的载体。1919 年的五四运动就是最具关键性的时刻——青年学生和各阶层人民因《凡尔赛和约》对于中国的不平等对待而感到愤怒，举行示威抗议，进而发展成全国性的文化运动，主张中国文化要有彻底的改变。1921 年，社会运动参与者郑振铎（1898—1958）呼吁作家反抗传统对美学的关注，并以能代表中国人苦难的"血和泪的文学"取而代之。[②]

1924 年，上海通俗作家程瞻庐（1879—1943）出版了一篇回应当代文学潮流的文章，名为《可喜的血泪文章》。开场白是这样的："近人作哀情小说，恒喜装点血泪字样。实则哀不哀并不在几个字面上发生区别。吾今撰喜情小说一段，中间点缀八个血字、十个泪字；就字面上论，似乎沉痛极矣。孰知却是一段可喜的文章，不是一段可痛的文章。"他的故事正如他所说——充满了喜悦的泪水。开头是这样的："血也似的斜阳渐渐西下，楼头一对新夫妇，软语缠绵。彼此血球中，都装载着万千情愫，随着血轮，周而复始的转动。夫道，吾爱……"[③]

（接上页）接着 1907 年刊载《老残游记》二编第一回到第九回。有关刘鹗作为"深情的哭泣者"，见 C.T. Hsia 的 *C.T. Hsia on Chinese Literature*, 247—268，特别是第 263 页。李海燕亦讨论到刘氏的序言，参阅 Lee, *Revolution of the Heart*, 1—4。

① Idema 在 *Meng Jiangnü Brings Down the Great Wall* 一书当中翻译了这个传说自古以来的不同版本；当代小说对于该传说的重新演绎，见苏童《碧奴》。

② 见西谛（郑振铎，1898—1958）《血和泪的文学》，《文学旬刊》第六期（1921 年 6 月 30 日），无页数。

③ 程瞻庐《可喜的血泪文章》，《红玫瑰》第 1 卷第 21 期（1924 年 12 月 20 日），无页数。在第 26 期中（1925 年 1 月 24 日），程瞻庐发表了姊妹篇《可痛的嬉笑文章》，针对所谓喜剧故事中的虚假嬉笑进行了嘲讽。

程瞻庐的戏仿将这陈腔滥调反过来用——既然笑可以掩饰泪，那么一个作家应该也可以用血和泪来激发笑。学者兼作家钱锺书后来评道：对作家而言，"卖哭之用，不输'卖笑'"。即便是清朝经典小说《红楼梦》中悲剧人物林黛玉著名的"还泪""欠泪的"，他也认为那是"行泪贿"，也就是把伤感当作情感交易中的货币。[1]

从吴趼人的时代开始，"笑／泪"这样的组合成为现代中国文化显著的特点，到了 20 世纪初，大家似乎更是异常着迷。1930 年代最畅销的小说——张恨水的《啼笑因缘》(1931)，更以"笑／泪"作为人世无常的隐喻。约莫十年后，林语堂以英文写就的批判之作《啼笑皆非》(*Between Tears and Laughter*, 1943) 也以"笑／泪"象征知识分子悲愤的无力感。1930 年代带有左倾进步倾向的电影（如孙瑜的《天明》[1933]），也习惯把都市底层的生活刻画成悲喜剧。

近代中国文人甚至连讲笑话都诉诸血泪。以"包天笑"为笔名的民国时期最多产的小说家包公毅(1876—1973)和一位以"冷血"为笔名的作家合撰文章时，把两人的笔名合称为"冷笑"。[2]1914 年的笑话书《破涕录》描述"某君自号志士，登坛演说必先痛哭，涕泪交下"而感动观众；事实上，他的催泪秘方是藏在白巾里的生姜"辣气冲鼻"。[3]《老残游记》尽管序言哀伤，内容却是生动的冒险故事，历代读者鲜少否认老残这位江湖郎

---

[1] 桑禀华（Sabina Knight）扼要地说明了这笔债："口中含玉出生，加之对爱与被爱的强烈需求，宝玉与其表亲黛玉注定牵绊。她欠他一份无尽的债，只因前世他是石头她是花，他以甘露灌溉她，唤醒她的知觉。她决心回报他的灌溉之德，从花朵化身为仙女，并以一生的泪水报答。"Knight, *Chinese Literature*, 93。见钱锺书《管锥编》，第 4 卷，第 1435—1438 页；附录，及第 5 卷，第 251—252 页。钱锺书所提到的细节见《红楼梦》，第一回和第五回。

[2] "冷血"是陈景韩(1878—1965)的笔名。包天笑的笔名来自《神异经》的一个段落。见郑逸梅，《郑逸梅选集》，第 1 卷，第 115—116 页。

[3] 姜的笑话出现在李定夷编《破涕录》中，第 1 卷，第 5 页。

中是富有幽默精神的角色。[①]

中国共产党在 1940 年代晚期时，举办了很多可以让人民倾诉在国民党治下所受苦难的"诉苦"大会。不过，少数早期出于意识形态而推动写实主义的作者，逐渐发现悲剧的净化效果也有局限。鲁迅在 1924 年写下短篇小说《祝福》，讲述一名乡下妇女历经两任丈夫过世、失去工作以及稚子被狼叼走的打击。文中，祥林嫂四处对村民诉说她的悲惨故事："我真傻，真的……我单知道下雪的时候野兽在山坳里没有食吃，会到村里来。"起初，她的故事使观众落下真挚的泪、同情的叹息。然而反复几次之后，他们由同情转为冷漠，甚至鄙夷。他们模仿她的自怜自艾，当面嘲讽她。她儿子的命运并未改变——但一次又一次的讲述却让悲剧性彻底瓦解了。

当代中国研究充满了创伤故事。白睿文《痛史》（*A History of Pain*）得名自吴趼人的同名小说，记录 19 世纪以来一连串从里到外冲击现代中国的创伤。王德威描写历史遗留的暴力如何让现代中国文学无法摆脱"历史这头怪兽"的缠绕。[②]王斑则借鉴德国文学评论家瓦尔特·本雅明（Walter Benjamin），把现代中国历史比喻成一堆积累的残骸。官方对历史创伤的说法不脱一种革命式的现代化叙事——他们"盯着血腥画面那么一秒，就转身仓促编织一段叙事，（企图）把无意义的说成有意义、荒谬的说成悲剧、停滞的说成进步、可怖的说成是胜利"。王斑认为，拒绝接受这种进步叙事的作家于是学会"凝视这些画面更久一点、从残骸中搜集更多片

---

① 刘鹗的译者说他有"具渗透力的幽默感"，夏志清则说他具"亲切的幽默感"。见 Harold Shadick, "Translator's Introduction, "收入 Liu, *The Travels of Lao Ts'an*, xxxiii；及 Hsia, *C.T. Hsia on Chinese Literature*, 251。如第六章所述，鲁迅向日本友人推荐《老残游记》作为中国幽默文学的典范。

② 见 Berry 的 *A History of Pain*，尤其是第 21—28 页中关于"向心"和"离心"创伤的讨论。王德威《历史与怪兽》译自英文原著 *The Monster That Is History*。

段、然后建档以便批评与反思"。①

从吴趼人的《新笑史》可以发现：另一种看待历史的方式是把它当作一连串的笑话。不见得因为有苦难所以不需要笑声，有时苦难甚至正需要笑声。莎士比亚《爱的徒劳》剧末，女角萝莎琳规劝油嘴滑舌的贵族拜伦，他的机智与其用来追求她，不如用来鼓舞那些患疾与将死之人。唯有如此赎罪才能使她相信他的诚意。他反驳说："欢笑不能撼动一个痛苦中的灵魂。"但萝莎琳提醒他：

> A jest's prosperity lies in the ear
> Of him that hears it, never in the tongue
> Of him that makes it.
> 一个笑话成功与否，
> 取决于听者之耳，而非
> 说者之口。　　　　　　　　　　　　（第 5 幕第 2 场第 2804-5 行）

20 世纪早期的中国作家不需通过情人的激励，就找寻到借由诙谐救治濒死帝国的子民（或再更晚些的羸弱的民国国民）的方式。许多人热情投身鼓舞人民的行列，帮"笑"寻找安慰剂以外的用途。笑话可以唤起改革，游戏精神可以导向新发现，嘲讽可能让当权者因羞愧而改进。相反地，

---

① 受到本雅明对保罗·克利（Paul Klee）画作《新天使》（*Angelus Novus*）的诠释的启发，王斑将现代中国作家对历史的态度比作天使在面对历史灾难时，那种因受到惊吓而瘫痪、目不转睛的凝视。见 Wang, *Illuminations from the Past*, 97-98。创伤也影响了现代亚洲文学文化其他面向的研究范式。譬如嵩柏（Karen Thornber）就评论说"想象一种不谈论苦难的文学跟想象一种没有苦难的人生一样，非常困难"——不过她后来也承认说，20 世纪早期的中国脉络下，苦难的经验有时是"被讽刺的"。见 Thornber, *Empire of Texts in Motion*, 251-290（"Spotlight on Suffering"），特别是第 252 页以及第 266—270 页。

"笑"也可能是文化疾病的症状。在鲁迅的小说《狂人日记》（1918）里，叙述者痛骂他眼中所见的——在这跟麦克白的苏格兰一样虚伪又凶残的中国，他看到人们的笑中全是刀。作家谈论笑与泪时不只将它们当作两个对立面，而是视其为情感复杂光谱的象征。这一切发生在一个逐渐被不同文类划分的文学市场，这可能是为什么吴趼人把笑与痛的历史分开来写，而不是仅将笑视为这部历史创伤大戏的配角。

我在本书使用"笑"这个字表示光谱上不同程度的态度与行为，从娱乐、滑稽到嘲弄等。我特别好奇某些形式的笑究竟在什么时候以及为什么变成一个文化特色，有时甚至将历史推往出人意表的方向。大概没什么人会认为中国近代的经历令人快活；不过，它的机智与趣味倒吸引了不少关注，并且影响了公众情绪。怀特说："幽默家靠麻烦事养胖。"而现代中国一点也不缺麻烦事。[1] 药学家李时珍早在 16 世纪就发现，只要有对的药方，就连毒物也能使人发笑。[2] 现代中国作家和艺术家已对炼"笑"术驾轻就熟，善于把政治毒物转化成笑文化的养分。

"失笑"的历史

"失笑"的意思是"不经意地笑出来"或"突然笑出来"。事实上，"笑"字内涵的多义性就足以令人失笑：它可以当动词（发笑、微笑、嘲笑）、当形容词（好笑的、可笑的、可堪嘲笑的）、当名词（笑声、笑容、笑话、玩笑）。英文里，smile（微笑）和 laugh（大笑）分得很清楚；中文里的

---

① White, *Essay of E.B. White*, 304.

② 见李时珍（1518—1593）《本草纲目》卷 17,《草》之六，"曼陀罗花"条："时珍曰：相传此花笑采酿酒饮，令人笑；舞采酿酒饮，令人舞。予尝试之，饮须半酣，更令一人或笑或舞引之，乃验也。"李时珍亲尝试验，将此"有毒"的花加入饮酒中一事亦见 Nappi, *The Monkey and the Inkpot*, 48, 178n64。

"笑"却可用以指"微笑"或者"大笑"。在这方面，英文可能是与众不同的，因为很多语言一样有语义上的重叠，包括德文（微笑是 *lächeln* ／大笑是 *lachen*）以及罗曼语系的拉丁文、意大利文、法文和西班牙文；这点跟英文是不一样的。[①] "笑"的字形是从自然意象发展而来的。《诗经》里两千六百年前的情诗《桃夭》就将女子动人的微笑比喻成"桃之夭夭，灼灼其华"。这样把微笑比喻成盛开花朵的修辞法也存在于其他语言当中。[②]

不过，汉字存在非常特殊的视觉文字游戏（第三章会有更多例子；另外，本书循晚清民初的习惯，用"游"字而非"遊"字）。据宋代曾慥（？—1155）《高斋漫录》记载，苏轼曾经批评王安石的《字说》一书太过拘泥于以字形解释字义，他模仿王安石的解字法隐晦地嘲讽他："东坡闻荆公《字说》新成，戏曰：'以竹鞭马为笃，以竹鞭犬，有何可笑？'"（"笑"是"笑"的俗字，把"竹"字放在"犬"字上就成了"笑"字。）[③]

[①] 有关"微笑"和"大笑"在许多欧洲语言中语源学上的关联，见 Trumble, *A Brief History of the Smile*, 79；书中第四章探讨 smile（微笑）／laugh（大笑）／sneer（窃笑）这些词汇随时间而来的演进。有关明清文献中"笑"字的多重用法更详尽的探讨，见 Santangelo, *Laughing in Chinese*, 29-203。

[②] "夭"的同音字"媄"特指女孩的微笑；"芺"字即是现今所使用的"笑"字的异体字。见钱锺书《管锥编》，第 1 卷，第 70—72 页。在有关《毛诗正义》的篇章"桃夭—花笑"中，钱锺书也引述约瑟夫·艾迪生（Joseph Addison）1711 年的观察："笑的隐喻在各种语言出现，用在田园和草地有花时、用在树木开花时。"艾迪生的文章《笑》可在线搜寻：http://essays.quotidiana.org/addison/laughter_1/（2023 年 7 月 25 日访问）。另一个变形"咲"则用口部取代了竹部，属于口的隐喻。

[③] 1937 年，幽默杂志《论语》半月刊（见第六章）一则读者投书挑战苏轼的评论，提出对滑稽纯字面义的诠释："吾常见驱牛驱羊过市者矣，当时一瞥而过，丝毫不起感觉。若见人持鞭逐犬，若驱牛驱羊然，吆喝于市中。则行人不特驻足而观，且将大笑而特大笑矣。此笑必从竹从犬也。古人造字深奥，未容轻议。"参见观今《新〈字说〉》，《论语》半月刊第 116 期（1937 年 7 月 16 日），第 929 页。单就一个字的字形组成来诠释它或许是常见做法，但如这些例子所示，这也很可能有误导之虞。

明宣宗朱瞻基也在他 1427 年的《一笑图》中使用了类似的字形双关（见图 1.1）。①

　　若要从字面上来读"失笑"二字，它也可以解释成"失去了笑"而非"失声发笑"。在作家安伯托·艾可（Umberto Eco，又译作翁贝托·埃科）小说《玫瑰的名字》中，故事从一个发生在中世纪意大利修道院的谋杀案谈起，结果导向失传许久的亚里士多德的《论喜剧》。凶手把欢笑视为对圣本笃修会秩序的形而上威胁，于是在书页下毒，让读它的人发笑至死。东窗事发后，他把书给烧了（并使整间图书馆着火），好让"笑"的根源从此在世界上消失。②

　　大约在程瞻庐对血泪的戏仿的前后，五四作家朱自清发表了短篇小说《笑的历史》。小说由一名年轻女子讲述她童年发自内心的欢畅笑声如何因磨蚀而终不复见。婚后，婆家要求她遵循妇道，不可大笑。当家道陷入困境，她爽朗的笑声慢慢变成无声的笑，再变成无言、泪水，最后沦落为麻木，再也笑不出也哭不出。到了疲惫的中年，她开始憎恨其他人的笑声。③

　　这故事隐含对女性解放的呼吁，也是 1920 年代进步小说典型的特色。读者用"不可言说的悲哀"来形容对女主角的同情，认为她是受父权压迫的"牺牲品"，有些人则批判她太过软弱、跳脱不出奴

---

① 明宣宗（1426—1435 年在位）的《一笑图》藏于美国纳尔逊 - 阿特金斯艺术博物馆（Nelson-Atkins Museum of Art），标题为"狗与竹"（*Dog and Bamboo*）。我要特别感谢梅卓琳教授介绍我这幅画，也要感谢史黛西·谢尔曼（Stacey Sherman）协助我取得画的图片。在网络上搜寻"竹""犬""笑"这三个汉字可以很容易找到一种日本玩具的图片，玩具上有"竹＋犬＝笑"的字画谜，画着一只狗头上戴着竹篮。

② 见 Bayard, *How to Talk about Books You Haven't Read*, 32–46；内有对本情节的趣味性阅读，包括侦探如何还原一本他还没看过的书。

③ 朱自清《笑的历史》，《小说月报》第 14 卷第 6 号（1923 年 6 月），无页数。朱自清（1898—1948）注明小说的写就日期为 1923 年 4 月 28 日。

图 1.1 "一笑图"（1427 年），明宣宗所绘的挂轴。图片由美国密苏里州堪萨斯市的纳尔逊－阿特金斯艺术博物馆提供，购买：威廉·洛克希尔·纳尔逊信托，45–39。

性。^① 在这个故事里，笑声是更大的社会悲剧的可悲配角；朱自清《笑的历史》正描绘了一种"笑的遗失"。

1930 年代，朱自清的小说被编入影响深远的《中国新文学大系》，正式把"笑的遗失"列入现代中国文学经典的一部分。^② 笑的消逝绝非杜撰的故事或单纯的譬喻。当政治改革家梁启超的未来主义小说《新中国未来记》（第三章会讨论）在 1902 年问世时，它还伴随了玩笑性的眉批和夹文；后来大多数的文选集选择删去这些批语，导致梁启超在参与中国文学的玩笑面上的作为完全被湮没了。

中华人民共和国在 1949 年成立后，教育每个学子："旧社会"就是个受尽苦难的时代。在被如此宣传描绘的"旧社会"中，唯一笑得出来的就是邪恶的资本家跟地主。如果这些时代还有什么其他笑声，他们也总会找个说法糊弄过去。就像鲁迅那受共产党肯定的讽刺小说所描绘的，旧社会最多也只是证明中国人多么有韧性、多么能"苦中作乐"，才会让自己"苦笑"或嘲讽折磨他们的人。

许多地方喜剧表演——譬如北京或天津的相声、上海的滑稽戏——长期以来都在乡村市集、都市街道、茶馆戏院，甚至民国时期的电台中提供

---

① 《小说月报》出现过四则以笔名发表的对于这篇小说的评论，标题皆为《朱自清君的笑的历史》：一则出现在第 14 期第 8 号（1924 年 8 月）；两则出现在第 14 期第 10 号（1924 年 10 月）；还有一则出现在第 14 期第 12 号（1924 年 12 月）。第一位评论者认为他从故事"赤裸的教诲"中得到有关女性解放和家庭改革的启发。第二则重述故事令人振奋的效果——它切切实实如当头棒喝般把他从夏日的慵懒中唤醒。评论者一致赞颂故事心理和情感上的真实性，以及它对"旧式"家庭的含蓄批评。第四位评论者则说"笑和泪两者皆为极端情绪的表现"。

② 这部合集在 1935—1936 年间出版了好几册。见茅盾（沈雁冰，1896—1981），《中国新文学大系——小说卷》，第 3 卷，第 326—334 页。朱自清担纲诗选（第 8 册）的编辑。朱自清的小说也成为 1925 年一部由小说月报社所编辑的短篇小说集的标题，其中收录朱自清、鲁迅、叶绍钧和另两位作家的作品。小说集的英文标题在版权页面上颇具提示性地误植为 *"The History of a Woman" and Other Stories*（《一个女人的历史》及其他故事）。

生猛劲爆、具政治讽刺意味的娱乐表演。在中华人民共和国初期，由于共产党提倡审视精英文化、提倡流行的民间传统，学者便誊写老大师的滑稽戏段子——只是文本也必须经过"整理"来确保政治正确。江笑笑《绍兴阿官乘火车》的编辑者在 1958 年的说明便指出，这部戏本来是嘲讽乡下人的，但因为乡下人如今是被推崇的社会阶级，他便"端正了〔讽刺〕矛头的方向"，转而嘲讽乡下土财主的儿子。①

所以，中国的现代文学史真真切切是一段失笑的历史。不过，如同许多历史学家指出的，当下的经验与后人对此一历史经验的理解十分不同。后人眼中的历史可能是透过后见之明拼凑一连串事件得出的样貌，或是因某一政治目的而被塑造的神话。② 人们对历史的关注往往着眼于创伤与戏剧性面向，而非集体或个人日常的娱乐片段。"旧社会"是个泪水与忧愁的年代——这就是共产党在 1949 年以后历史叙事的基础。本书之所以为"新"历史，也是因为替前一个时代的"笑"道出了完全不同的一段故事。

失笑毕竟是自己无法控制的举动。中国古代的医生认为太过频繁或爽朗的笑是精神疾病、中邪、食物中毒、气血不顺、内脏疾患的病征（常见的药方是：别再笑了）。明朝的《本草纲目》记录了许多临床上不由自主或过度发笑的案例，其中有个妇女曾无法控制、不间断地笑了六个月。③ 在晚清和民国，尽管来自权威的声音说人们不该笑或事后说他们根本没笑，但人们依然会笑。怀特写道：一个人如何面对"忍俊不禁"的情境会"决定

---

① 见鲍乐乐和王一明《火烧豆腐店》前言中"整理者的话"。

② 可参见 Cohen, *History in Three Keys*。

③ 相关文献最早可追溯至 3 世纪的"笑疾"的病例研究，参见李贞德《"笑疾"考》。《本草纲目》第十一卷《金石》之五有对发笑女人的描述："病笑不休：沧盐煆赤，研入河水煎沸啜之，探吐热痰数升，即愈。《素问》曰：神有余，笑不休。神，心火也。火得风则焰，笑之象也。一妇病此半年，张子用此方，遂愈。"此外，《聊斋志异》第二卷的《婴宁》也描述了一个笑不停的迷人女孩，直到婚后她才透露自己其实半为狐狸之身，且由鬼母养大。

他的命运"; 他还夸张地表示连当代中国幽默大师、他的同辈林语堂都会认可这样的说法。① 不少中国作家靠严肃、机械式地复诵禁令来使人发笑。张天翼介绍他 1931 年的小说《鬼土日记》说:"我没有把趣味、滑稽、开玩笑的气味放在这日记里。我是很严重的,在态度上。所以也要请你——严重地去读它。"②

　　吴趼人把他的笑话集称为"新"笑史,以便跟旧史做区别。两千年前的《史记》已有《滑稽列传》记录了朝廷上的幽默机锋。宋朝和明朝的作家编录了至少三部不同的《谐史》,而清朝一位编者则将一部明代笑话集重新命名为《古笑史》。19 世纪后,又至少再出过两部《笑史》。③ 吴趼人起的标题即便在当时都不算是创新。20 世纪早期,上海最主要的报纸《申报》就刊载了数十部《笑史》,其中包括公众人物出丑的新故事,以及在文学副刊出现过的笑话。④1915 年一则地方新闻就有个"新笑史",讲述一对母女安排婚约后拿走男人给的聘金,卷款潜逃的诈婚

① White, *Essays of E. B. White*, 305.

② 张天翼《鬼土日记》,第 2 页。

③ 1667 年朱石钟兄弟将冯梦龙的《古今笑》删削重编,易名《古笑史》,并请喜剧作家及生活美食家李渔(1610—1680)为其序言。《三山笑史》则是另一清朝笑话选集,现存残本。这些选集的部分篇章录收入杨家骆编《中国笑话书》,第 14—15、89、137—138、211—234、410 页。陈庚的《笑史》有六卷(现存四卷)、七篇序言,最早的序言是道光二十二年(1842),另有道光二十五年(1845)的跋。其中第二篇序言将官方撰写的"正史"与包括"笑史"在内的"杂史"进行了对比。加拿大埃布尔达大学(University of Alberta)目前馆藏有一本。本书也翻印收录于陈维礼、郭俊峰编《中国历代笑话集成》,第 4 卷,第 252—341 页。《申报》从 1879 年 5 月 3 日(第 2155 期)开始于头版头条预告一本题为《笑史》的书将在 5 月 15 日上市,应该就是指陈庚的著作。

④ 1914 年的一篇戏仿作品中有一段"笑史氏"所写的评论。见寸心《饭桶列传》,《申报》第 14861 期(1914 年 6 月 25 日),第 14 页。1920 年代的《游戏世界》杂志中可以见到许多"笑史"。这在第三章将会讨论。

故事。①1918 年出版的查尔斯·狄更斯（Charles Dickens）《匹克威克外传》
（*The Pickwick Papers*）节译本题为《旅行笑史》。1920 年代的小说《看财
奴笑史》、1930 年代以美国哑剧谐星哈乐·劳埃德（Harold Lloyd，民国时
人称之为"罗克"）为主角的翻译漫画皆然。②

　　简而言之，吴趼人其实借用了一个常见的比喻：广义的"史"。《申报》
那些故事正确来说应该称作"好笑的故事""荒谬趣谈"或"伪传记"，而
不是崇高的"史"。笑史着墨于"笑"胜过于"史"。如果"史"指的是真
实事件，那吴趼人充其量是编造，毕竟只有少部分笑话号称是真实故事而
非杜撰。同时《新笑史》也很零碎，不过是用笼统标题薄弱串起的短篇故
事集。而且这些也并非全新的：吴趼人承认有些是改编自别人的笑话。

　　文学史家蔡九迪（Judith Zeitlin）谈到中国 16—18 世纪间的多部鬼怪"异
史"的时候说道："书名中的'史'字似乎只为表示这些作品是某个特定
主题的文选集"，并且"在某些情境下，〔它〕可能更接近希腊文中 historia
最早的意思——'……的探究'或'……的研究'"。③晚明《广谐史》的
其中一篇序言就提到："是编也不徒广谐亦可广史，不徒广史亦可广读史
者之心。"④在吴趼人那年代的出版业，笑"史"偏向诙谐文选而非理论研

---

① 见《文明结婚之新笑史》，《申报》第 15076 期（1915 年 1 月 27 日），第 10 页。

② 见迭更斯·却而司《旅行笑史》，《看财奴笑史》。《罗克笑史》原本刊载在《滑稽画报》半月刊
（*Famous Funnies*, 1936—1937，一本昙花一现、翻译西方卡通的半月刊）。《罗克笑史》后来又
再重印，收入姜亚沙、经莉、陈湛绮编《民国漫画期刊集粹》，第 4 册。中国的"痛史"也是
卡通的题材之一。举例来说，《真相画报》（第三章有讨论）的首刊号就刊载了一幅描绘袁世凯
在位期间对外国之"民国借债之痛史"的九格漫画。见〔马〕星驰，《民国借债之痛史》，收入
《真相画报》第 1 期第 1 号（1912 年 6 月 5 日），第 20 页以后。

③ Judith Zeitlin, *Historian of the Strange*, 2.

④ 见陈邦俊编《广谐史》署年明万历四十三年（1615）序言。另一篇序言署年万历七年（1579）。
整部集子全是拟仿列传体例的托物拟人之作，例如《水壶先生传》《竹夫人传》《元宝传》《龙
精子传》等等。

究；后者反而以其他名称出现，譬如"杂谈"或者更严谨论述的"论"。

中国"笑史"的发展——得力于现代出版业的发展——在物质面上揭示了大历史下共存的局部小历史。大众和出版文化由各种喜剧冲动形塑，从以幽默的羞辱压过对手到把玩日常对象、从平凡中寻乐。尽管有时会受到热门议题的启发，但这个时期的喜剧作品不只是对晚近创伤或历史遗留的乍然一瞥，因为它们依然会向前看。喜剧作品不只拥抱、嘲弄、笑看今昔，它还激发期待。笑的历史其实就是期望的历史——期望"你听听看这个"以及"再跟我说一个"。

"不敬"而"近"之

民国时期是一个极度开放的时代，充满真诚追寻与实验的氛围，而这可以追溯至晚清文化的探索性格。[①]"不敬"意指对传统与权威怀疑或满不在乎的态度，它主导了整个探索过程——打破规矩、反抗权威、胡闹捣蛋、嘲笑固执的行为思想、追寻文化开放氛围带来的乐子。对清廷的公然蔑视激起了 1911 年的革命。1900 年代未来主义的科幻小说浪潮表现了"不敬"所带动的实证式天马行空。当然，放肆的幽默并不专属于现代或传统、保守或激进中的任何一派。20 世纪初期中国作家和艺术家都一样可行"不敬"，猛烈抨击当时的时髦、放纵以及神圣不容批判的新事物。来自各种背景的人笑迎现代性，态度十分暧昧，既非全面排斥，又非全心歌颂，可谓以"不敬"来"近"之。

本书列出 20 世纪初最重要的五种喜剧潮流，分别以一个词语代表：笑话、游戏、笑骂、滑稽和幽默。这些词汇都属同一个大方向、并支撑各个独立章节，分别探索中文喜剧性语汇中特定组合的含义以及流动的互涉

---

① 有关有功于民国时期开放化的全球潮流，见冯客（Frank Dikötter）的《开放时代》（*The Age of Openness*）。

关系。除了老是在纠正或辱骂的"笑骂"以外，这些词汇都曾经在某时某刻泛指具喜感的与好笑的意涵。它们的含义跟流行趋势在 20 世纪发生了改变，有时甚至是巨变。长达数十年，"好笑"的主要代名词是"游戏""滑稽"和"诙谐"；到了 1930 年代，则变为"滑稽"和"幽默"。每个词汇都有更限定的意义，代表一种独特的喜剧形式或语调。举例来说，"滑稽"作为形容词长久以来都相当于"戏谑"或"机智"的意思，但民国作家徐卓呆小说里的滑稽却更近于闹剧，某种程度上可以说创造了一个以闹剧为主的滑稽美学。有些词汇则是染上了地方特色，譬如上海人说的"游戏"可能会令时人联想到新盖的游戏场。不过，在当时的出版市场，这些词汇全都将人引入一个喜剧性的话语空间，表达一种让人感到好玩的意图，创造对趣味的期待，赋予人们笑的权利。

在 20 世纪的头四十年，中国的公共领域充斥着嬉闹、嘲弄、轻薄、粗话、荒谬以及其他表达幽默的方式。这些好笑的故事、卡通、戏仿、咒骂及其他表达欢笑的方式如此蓬勃的背后，是中文出版市场跨国性的快速成长。1872 年，中国第一个现代大报《申报》开始在上海发行；1876 年，它已在数十个城市拥有销售据点（包括香港），每天发行高达上千份。[①] 1900 年代中期，发行量已达到每天两万份，到了 1930 年更高达每日十五万份。世纪之交，都市"小报"蔚为潮流——1897 年到 1911 年间，光是上海就出现了四十家——让读者在像《申报》这样（通常偏向保守）的"大报"之外，能有其他娱乐和政治评论的来源选择。[②] 在 1876 年到 1937 年之间，上海福州路——中国的出版中心——就出现了超过三百家出版公司和书店。[③]

---

① 当代研究估计《申报》的每日发行量约在 5600—7000 份之间。见 Wagner, "The *Shenbao* in Crisis," 108。有关它的机构发展史，见 Barbara Mittler, *A Newspaper for China?*。

② 小报统计数来自 Wang, "Officialdom Unmasked," 86。

③ Reed, *Gutenberg in Shanghai,* 17. 如 Reed 所述，出版社、印刷厂、零售通路及其他出版供应链的部分往往呈现垂直整合。

到了 1929 年，广东省就拥有两百多家期刊，江苏省也有三百多家；而在 1935 年，上海的期刊数量已逼近四百。[①]

这一迅速发展带来对具有实时吸引力的内容持续不断的需求。上海读者从无穷尽的小报中获得实时的满足。这些小报包括《笑舞台》(1918)、《荒唐世界》(1926—1927)、《荒唐笑报》(1927)、《瞎三话四》(1927)、《糊里糊涂》(1927—1928)、《新笑林》(1928)、《新笑报》(1928) 和《废话》(1929) 等等。至少有两种小报取名为《卓别灵》，前者于 1926 年创刊，后者于 1930 年创刊；《真快活》(1928) 之后，接着有《真开心》(1928)；《快活世界》(1914) 停刊后，于 1926—1927 年间又再度有以《快活世界》之名刊行者，同时还有《开心世界》(1927) 等小报出版。[②] 大型日报开始刊载笑话、诙谐诗文和漫画。1930 年代迎来了漫画杂志的全盛期，也让许多顶尖作家开始为专攻文艺幽默的杂志撰文。

笑话集几百年都没断过，然而随着晚清出版业的繁荣，笑话成为娱乐媒体的必备品而有了新的功能，同时也出现一批以笑话高手自诩的职业作家。"笑话"从字面意义来说是惹人大笑或引人会心微笑的言语或故事。事实上，"话"的语源就是"故事"，例如宋人即称说故事为"说话"；这跟英文 "joke" 的含义不同，因为前者讲述的遗闻逸事往往号称真实事件。在晚清，这种对于"真相"的暧昧宣称有了全新的意义——报道式的"笑话小说"让笑话在旧势力失去威信的时代，成为真实与虚假间那道模糊不清界线的代名词。

民国早期，笑话传遍娱乐媒体。从主流大报到学院文学杂志大大小小的刊物，不只用笑话填塞版面，更将它当成主题报道。接下来数十年里，笑话书成为单独发行的商品，并且相当热门。第二章将探讨笑话和现代媒

---

① Rea and Volland, *The Business of Culture*, 186.

② 有关这些小报详尽的书目细节，见李楠《晚清、民国时期上海小报研究》，第 335—368 页。

体文化彼此间的相互影响，同时也会介绍中国笑史中一股历久不衰、对新兴文化所带来的危机的警告之声——这个新兴文化将一切仅视为滋养幽默的素材。

世纪交替之际，作家和编辑也开始在杂志、小报及幽默专栏中推广一种可称作"游戏"的都市娱乐思潮。作家撰写讽刺性诗文、天马行空的评论以及想象中国理想未来的奇幻小说。艺术家发明新形态的视觉文字游戏，譬如隐含寓意的"滑稽字"或回文诗。类似西洋镜或走马灯这样的新玩意儿也在街上流行起来。一个创意十足的法国人在上海街头摆了一部留声机，每次收取一毛钱让路人听一卷叫《洋人大笑》的唱片，并说明若能忍住不笑便可取回那一毛钱。显然很少人能办到，因为他在 1908 年赚到足够的钱开设了中国第一家唱片公司——东方百代。① 到了 1910 年代，名为"游戏场"的娱乐场所在上海跟新加坡等城市如雨后春笋般出现，用哈哈镜吸引人潮。照相馆开始为人拍特效照片，中国电影业也开始拍摄诸如《难夫难妻》《风流和尚》《脚踏车闯祸》《瞎子捉贼》《赌徒装死》之类的动作短片。② 第三章将讨论从传统读书人的文字游戏到价格实惠的热门娱乐的"游戏大观"。

有时改革者和革命家在对儒家思想驱魔除怪或试图摆脱清朝枷锁时，会采用一种嘲弄的口吻。第四章将说明中国文化与政治的未来如何备受挑战——它们面对的不只是理性辩论，还有激烈的泥巴战和满载讽刺挖苦的质疑。咒骂原是一种古老的修辞形式，然而现代媒体却为了娱乐观众而播送私人恩仇录。政治人物吴稚晖和作家鲁迅都因为他们的谩骂风格和受他们启发的模仿者而声名大噪。1926 年正值军阀割据时期，军阀把一大部分的中国划为个人领地；当时，语言学家兼文艺界前卫人士刘复（1891—

---

① 见 Jones, *Yellow Music*, 53。

② 自 1913 年起由上海亚西亚影戏公司制作的喜剧（其中有些作品有多个名称）都列在黄雪蕾《中国第一？〈难夫难妻〉与它的"经典化"》，收入黄爱玲《中国电影溯源》，第 17 页。

1934）因重新出版《何典》而掀起一场关于公共辩论的语调的争议，因为这部清朝中期小说的主角名字都是咒骂用语，譬如很多都用了"鬼"字。第四章将从这部奇特小说的故事内容、接受史、引起的舆论以及推广它的名人谈起，去探究幽默骂人的政治学从鸦片战争前夕到1930年代的变化。

如果说作为一个现代作家不总是在请客吃饭，那么他们也并非全都是在请客吃屎。尽管在1920年代和1930年代许多主要的文化批评家都忙着给彼此颜色瞧，但对经营获利有浓厚兴趣的畅销作家（尤其是上海一带），却都把重点放在让人发现现代社会多么"滑稽"——请客喷饭。他们忙着关注各种诈欺事件，认为那似乎是现代都市生活的一部分，尤其是渗透到印刷媒体的各种骗局诡计（譬如抄袭或不实广告）。对于徐卓呆这样身兼编辑的作家而言，闹剧特别受欢迎；对演员、编剧、电影制片、电台节目主持人以及消费类商品的小贩来说亦是如此。他们的故事都为了好玩和赚钱而歌颂恶作剧，更找来像他们一样愿意为赚钱冒险的人来演出特别适合操纵现代性陷阱的鲜活人物。第五章探索为什么这群作家喜欢把现代市民描写成常常做白日梦而容易受骗的蠢货，为什么他们笔下的世界不只欢迎骗子、顽童、恶搞者，还把他们当作仿效的对象。

第六章将揭露幽默本身如何（可能是中国史上头一遭）成为尊敬的对象。"幽默"是畅销作家林语堂对"humour"的音译，它渐渐成为一种新喜剧感的代表，取代了20世纪初期的不敬。到了1930年代，林语堂在他新的幽默杂志——《论语》半月刊——里不只把"幽默"发扬光大，也把"幽默是中国所缺乏的人文美德"这种想法普及化，尽管此前就已存在多种喜剧传统。幽默文学的风行影响了数十个作家，其影响力持续了至少十年，直到战争爆发让它不得不中断。在那期间，幽默和笑经历了前所未有的理论化并成为激烈辩论的焦点。什么是幽默？中国需要它吗？中国人怎样能笑、应该笑吗？（还是他们应该微笑即可？）林语堂推广"幽默"作为一种可以提升个人素质以及让国家文明化的道德理想，留下了比1930年代幽默全盛期更长久的影响。而如本书尾声中提及的，在此之前的笑的文化亦是如此。

这些文化当中有些与作家的气性息息相关。如徐卓呆、吴稚晖和林语堂这样的作家很可能会同意他们 17 世纪的前辈李渔所说的："一夫不笑是吾忧。"[1] 他们通常群居而且广泛社交。他们所推广的文化不只是诉诸想象的社群，因为参与者往往是朋友、同事以及有私交的人。从结果来说，社交生活影响了他们的喜剧修辞、语言和表达方式，而这些正是本书探讨的重点。第六章中，人物传记——譬如以幽默闻名的老舍或钱锺书（虽然他 1947 年问世的名著《围城》晚于本书的时间范围）——就把舞台让给了幽默本身。

现代中国的幽默文化也被世界潮流所影响。20 世纪初的中国医生在西方生理学影响下开始建议病人要多笑，而非少笑。[2] 喜剧小说、诗及笑话被大量翻译。原本伦敦的 *Punch* 杂志带起了一股单页讽刺画的热潮，但到了世纪之交，连载漫画在出版业愈来愈受欢迎，进而取代了单页讽刺画。电影制片运用了国际电影语汇，甚至把中国土产的滑稽短片包装成给外国人看的样子。大城市开始出现杂耍式的综艺表演和游乐园机具。上海街头四处播放《洋人大笑》这张唱片的同时，美国黑人歌手乔治·W. 强森（George W. Johnson）的《笑歌》（*The Laughing Song*）一曲则在美国和欧洲大放异彩。唱片里的笑声在世界各处"无一不惹人做鬼脸、窃笑或捧腹大笑"，显示科技和喜剧娱乐更广泛地结合在一起。[3]

---

[1]　见李渔《风筝误·尾声》。

[2]　丁福保（1874—1952）医师引述一份 1902 年出版的纽约的报道，是关于笑的健康效益。见李贞德《"笑疾"考》，第 136 页。

[3]　关于听众对强森那容易使人上瘾的旋律的常见反应，提姆·布鲁克斯（Tim Brooks）在 *Lost Sounds* 的第 31 页当中有所描述。这本书的第一部分详细探讨了强森的事业和他（可追溯至 1890 年代）的笑歌的历史。

　　这些世界潮流促使中国知识分子重新审视他们的传统，甚至拿舶来品和国内水平做比较。文化潮流在外国媒体蓬勃发展的上海都市区特别流行。1907—1913 年间，翻译家引进了丹麦、美国和日本对"笑"的生理学解释；1921 年，亨利·柏格森（Henri Bergson）的《笑》（*Le Rire*）出现了中文版。[①] 接下来的 1920 年代和 1930 年代则有更多翻译作品和相关讨论。到了 1936 年，一位评论家甚至宣称卓别林的表演根本是典型的中国风格。

　　这时期"近／现代中国"的幽默于是混杂着各种影响力——国内与国外、新与旧，而中国则成为喜剧的出口国。来自中国的移民、留学生和流亡者在日本、欧洲、北美和东南亚建立各种华语事业，尤其是创办各种以喜剧作品为号召的报纸和刊物。1900 年代一些最古怪、反清的辛辣毒评是在巴黎出版的，那时巴黎是无政府主义的温床。1920 年代以后，上海、新加坡、香港这些制片中心的华语喜剧电影开始在当地流传。不久，林语堂更用他令人印象深刻且受到高度欢迎的英语作品，让中国式幽默在国际舞台声名大噪。

　　"笑"这样受瞩目，也使中国掀起一股对文学美感、道德价值甚至更广泛的文化氛围的激辩。晚清和民国时代的作家对"笑"的态度十分模棱两可，一方面享受它带来的娱乐，另一方面又不满它对社会和政治的影响。他们对于艺术到底该如何响应苦难争论不休，他们意识到非语言的姿态可能造成意义不明或逃避；正如出色的散文家周作人所观察的："哲人见客寒暄，但云'今天天气……哈哈哈！'不再加说明，良有以也。"——很多时候，"一笑置之"更为容易。[②] 但他们同时也体察到"笑"以修辞方

---

① 张健《中国喜剧观念的现代生成》，第 6 页；柏格森《笑之研究》（柏格森作品的日文译本在 1914 年出版）。

② 有关本文的原文和翻译（出版于 1929 年 11 月 13 日），见《哑巴礼赞》，收入周作人《周作人散文选》（中英对照版），第 248—249 页。

式建立起亲密关系和社群关系。当人们以"笑"响应他人时，代表着将自己安放在某种人际关系的相对位置当中，同时也让彼此借由"笑"来娱乐并讨人喜欢。但有不少评论家对娱乐文化非常不以为然。借用尼尔·波兹曼（Neil Postman）研究美国电视文化的点评：他们认为中国人正把自己"娱乐至死"。[①] 这些争论相当程度说明了不敬如何形塑现代中国文化（不管是好是坏）。透过这些争论，我们也窥见新理论关怀的萌芽，特别是对"中国式幽默"辨明和定义的努力。

　　我认为这时期的喜剧文化杂糅了太多异质元素，很难简单归入某种现成种族或国族的幽默感。这些喜剧文化跨越许多隔阂，包括贵贱、中外乃至不同类型模式的文化生产。本书试图捕捉它们在文学、电影、卡通、摄影、回忆录、广告与大众文化其他面向中表现出的不同特质。第二章和第三章对出版文化和大众文化提出了一个比较宏观的概述；第四、五、六章则详细说明个别事件、艺术家和潮流。尽管这样的研究在本质上带有比较意涵，但本书更着重在使中国的声音被听见。虽然未能对所有中国幽默家和喜剧类型做彻底的详尽调查，但它的确提供了几个理解中国文化史横切面的方式。在《红楼梦》一类古典小说里，上流社会女子开口说话时总是"笑道"，而兰陵笑笑生撰写的晚明小说《金瓶梅》更是一部充满玩笑话的文学经典。[②] 本书希望鼓励对这类前例的进一步研究，同时也鼓励对其他中国喜剧语汇关键词的研究，如"讽刺""诙谐""漫画"及其他更晚近才成形的新语词。而对其他历史和文化脉络的全面性比较研究，则有待未来学者的努力。

---

① Postman, *Amusing Ourselves to Death*.

② 根据史华罗（Santangelo）统计，《红楼梦》中一共出现 2234 次"笑道"或其同义字。见 Santangelo, *Laughing in Chinese* 第 31 页开头详尽的语言分类。芮效卫（David Tod Roy）把兰陵笑笑生这一笔名与荀子联系在一起，因为荀子嘲讽错误的道德学说以及缺乏道德意识的求位者（Roy, *The Plum in the Golden Vase*, vol.1, xxiii-xiv ）。

本书聚焦于一段长约四十年的历史时期，并开启了往多个方向延伸的系谱线。它记载各种历时性的改变，包括中国人如何笑、他们在笑什么、他们如何谈论笑，以及是什么诱发了这些改变。本书不仅跟随单一或线性的编年史，而且凸显出多种幽默文化如何随着时间改变并互相影响。它和维克·加特莱尔（Vic Gatrell）针对 18 世纪晚期及 19 世纪早期的伦敦所做的研究一样，都关注"人们觉得适合笑的主题，哪类型的人会笑，人们会笑得多残酷、多嘲讽或多尖酸刻薄（或多同情及多慷慨），〔以及〕他们会容许别人笑多少"这些面向的多样性。① 相对的，颂扬中国喜剧传统（及其近／现代改革）或反驳对其不满者的批评，则不是本书的重点。

这部新笑史和一般对晚清和民国的写照形成对比：它不强调那个时代的不安、诚恳、劳苦和对政治的不满，而是着眼于机智、讽刺、欢欣和不敬——这些让人觉得能够忍受那时代，甚至还能有点乐趣。也因为这样，本书采用一种新的历史分期法，不再仅用清朝覆亡或五四文学革命的疾呼作为转折点，而是同时纳入 19 世纪晚期小报媒体的兴起和 1930 年代以幽默促进中国文明进展的努力。它的主角包含乖僻的诗人、杂耍企业家、知名詈骂者、矫揉造作的散文家、眨着眼的滑稽演员和自我吹捧的玩笑者。它同时也是一则故事，讲述诸如梁启超、吴趼人、吴稚晖、鲁迅、周作人、梁实秋、老舍、林语堂乃至毛泽东等重要的文化人物，如何肯定笑对他们各自改革中国的运动有正面价值，尽管有时他们觉得必须和笑的商品化保持距离。本书以"笑"自身的样貌去理解它，同时也探讨了论者将哪些概念加诸其上。

中国人讨论"怎样算是好笑"的方式在 20 世纪初改变了。然而，尽管 1930 年代出现的"幽默"树立了喜剧性的新标准，今日的中国仍能听见属于过去那个大不敬的年代的笑声。

---

① Gatrell, *City of Laughter*, 5.

第二章　笑话百出 Jokes

我本无心说笑话，谁知笑话逼人来。

——李渔，1671[①]

吴趼人是近代中国最早的多产笑话作家之一。1900 年代，他有几百则笑话分别出现在题为《新笑林广记》《滑稽谈》《俏皮话》以及《新笑史》的期刊专栏里。[②] 在 1906 年《俏皮话》的序言中，他这样告诉读者：

> 余生平喜为诡诡之言。广座闲宾客杂沓。余至，必欢迎曰：某至矣。及纵谈，余偶发言，众辄为捧腹，亦不自解吾言之何以可笑也。语已，辄录之，以付诸各报。凡报纸之以谐谑为宗旨者，即以付之。报出，粤港南洋各报，恒多采录。甚即上海各小报亦采及之。年来倦于此事，然偶读新出各种小报，所录者犹多余

[①] 出自李渔《闲情偶记》的这个对句曾翻印在《论语半月刊》第 60 期的封面上，"逼"字改成"迫"字。见李渔《李渔全集》第 3 卷，第 58 页；《论语半月刊》第 60 期（1935 年 3 月 1 日）。日期参见 Hanan, *The Invention of Li Yu*, 1。

[②] 吴趼人另有三个不定期的笑话专栏：以"我佛山人"为笔名写的《新笑林广记》，刊登于《新小说》1904 年 9 月 4 日（第 10 号）、1905 年 6 月（第 17 号）及 1905 年 11 月（第 22 号）；关于《俏皮话》的专栏见下个注解；《滑稽谈》，第一次刊登于 1910 年《舆论时事报》，其后又在 1915 年（新版本是 1922 年）以单行本《我佛山人滑稽谈》出版。附录一有 1900 年至 1937 年间所有笑话选集的完整出版数据。

旧作。①

　　他接着抱怨道，许多人抄袭甚至擅改他的笑话，毁了他的声誉。正因如此，他决定将自己最喜欢的笑话收入他担任主编的新期刊《月月小说》当中。我们可以从几则笑话中看出它们为何如此受欢迎：

　　《召租四》
　　某文士，穷极无聊，炊烟屡断。因饿不堪。一日踞坐路旁，于颊上帖一纸曰："此口召租"。人问租汝口何用。曰："租给人家吃饭去。"②

　　《小牛小马》
　　世俗自谦其儿女辄曰"小犬"。盖取魏武谓刘景升子豚犬之意也。某君之谦其子女，独曰"小牛""小马"。人问其故，则曰："中国亡后，国人皆牛马。此辈尚小，非小牛马而何。"③

　　《俏皮话》收录了《赏穿黄马褂》这样的动物寓言，讽刺那些穿着官

---

① 〔吴〕趼人，《杂录一：俏皮话》，《月月小说》第 1 期（1906 年 9 月）。见东风书店重印本第 1 册第 251 页。吴趼人在序言中提到了香港的《时谐新集》，该选集收录了文、诗、歌谣、粤讴、小调、书（信）及（按照其编辑的说法）出现在许多报章的谐仿／游戏文章。虽然编辑应允会标明文章出处，但其实很少这么做。斯坦福大学图书馆藏有一本。另有一本名称近似但很短命的期刊叫《时谐画报》，于 1907 年间流传于广东和香港。见蒋建国《报界旧闻》，第 208—211 页。根据《吴趼人全集》的一则编注，《俏皮话》在吴趼人改写、编辑、增补并于 1906—1908 年间在《月月小说》连载之前，就已经出现在光绪年间（1875—1908）流通的好几份刊物中了。见《吴趼人全集》，第 7 卷，第 5 页。《俏皮话》在 1909 年以书籍的形式出版。
② 《召租四》，收入吴趼人《我佛山人滑稽谈》，第 41 页。
③ 出自我佛山人《杂录：新笑林广记》，《新小说》第 2 年第 10 号（1905），第 149 页。

袍自以为重要的朝廷官员：

> 一白狗行近粪窖之旁，闻粪味大喜，俯首耸臀，恣其大嚼。顽童自后蹴之，狗遂堕入窖中，竭力爬起，已遍体淋漓矣。乃回首自舐其身，自脊以后，为舌之所及者，皆舐之净尽。惟脊以前，仍是遍染秽物，作金黄色。于是摇头摆尾，入市以行。市人恶其秽也，皆走避之。狗乃叹曰："甚矣，功名之足以自炫也！我今日穿了黄马褂，乡里之人，皆畏我矣。"①

《猪讲天理》一开始讲述旅居中国的外国人对食材非常谨慎小心，要求牲畜都要做疫症检验，并且只宰杀检验合格的牲畜。于是健康的猪埋怨道："不期这瘟畜生反倒长命。"有头猪便回答说："本来这是天理之常，你不见这世界上的瘟官，百姓日日望他死，他却偏不死么？"另一则有异曲同工之妙的笑话中，出巡的冥王见到粪坑中蠕动的蛆，便下令让它们下辈子转世为人。接着他又见到一群啃食尸体的蛆，却下令让它们永堕地狱。为什么呢？因为食粪的蛆至少足够卑微地只取人之所遗，然而世上已有够多政府官员——实在不需要更多吃人的蛆了。②

1911年辛亥革命前数年，报纸充斥着辛辣的笑话。寓言故事以污秽患病的动物指涉满人和政府官员，显示了当时对他们的普遍敌意。不过，没人知道在前头等着中国的是什么，因此身兼记者、编辑、作家的吴趼人（就像许多同辈一样）害怕革命只会加速中国的崩解。

---

① 出自《月月小说》第5期（1907年1月15日），第234页；翻印收入《吴趼人全集》第7卷，第365页。

② 以上笑话都在《吴趼人全集》当中被重印，只有少数地方有修改，分别是《召租四》（第7卷，第478页）、《小牛小马》（第341页）、《赏穿黄马褂》（第365页）、《猪讲天理》（第353页）、《论蛆》（第358—359页）。

笑话同时也是实实在在的流通货币。吴趼人常谈论文字工作正经历怎样的变迁，也开玩笑说自己是在"卖笑"维生——这一词通常指妓女以声色媚人。[1] 数百年来，作家总是从口语文化中搜集笑话，再将它们编入属于小众文人的选集中。而到了晚清，识字率大增（约莫已有两成到两成五的人能识字）[2]，笑话与新闻、小说、诗、散文一样，成了报章杂志不可或缺的一部分。

当然，在报纸上读到一则笑话跟在生活中亲耳听闻毕竟是不一样的，特别是在危难时刻。明朝著名文人张岱（1597—1689）就曾提及他的二叔与朋友在京城创立了"噱社"，以笑话度过明朝最后衰颓的岁月。[3] 晚清文人如吴趼人则是意图模拟这种友人间聚会的现场感与亲密感。事实上，具有新闻背景的人士，对于捕捉表演现场的氛围特别感兴趣。吴趼人的同辈文人李伯元就曾忆述苏州评弹艺人金耀祥，他在上海豫园和外国租界的演出总是高朋满座，每日表演数回，一连串的笑话段子里绝不重复一字。[4]

学者曾经主张笑话没有作者，因为它们的来源不可考。作为一种民间传说，笑话是"一座给任何手提木桶的人汲水的喷泉"——包括彼此之间竞争说笑话的人。[5] 然而报纸时代改变了这一切：昨夜的妙语以"白纸黑字"

---

① 见《又骂自己了》，这是吴趼人最后的笑话之一。《我佛山人滑稽谈》，第 45 页。

② Reed, *Gutenberg in Shanghai,* 5.

③ 关于张岱对噱社中绝缨喷饭时光的描绘，见张岱《陶庵梦忆》（北京：中华书局，1985），第 6 卷，《噱社》，第 52—53 页。

④ Wang, "The Weight of Frivolous Matters", 87.

⑤ 克里斯蒂·戴维斯（Christie Davies）写道："笑话不同于喜剧、卡通、讽刺画和幽默散文，尤其是放在一起看的时候，因为它的作者不详，所以去探讨背后某种属于单一作者的动机、目的或情感是没有意义的。"见 Davies, *Ethnic Humor around the World,* 3。在后来的一份研究中，戴维斯赞同另一位学者的观察："要追溯一个笑话的原创者是不可能的，只会徒劳无功。"见 Davies, *Jokes and Targets,* 10。魏璐丝（Ruth Wisse）则是大谈犹太笑话。见 Wisse, *No Joke,* 245。

被记录下来——而且还附上署名。吴趼人那一代的文人奋力争取自创笑话所有权，或以编辑的权力派定笑话的作者权归属。[①] 一如其他地方，中国的编辑者长期以来将笑话托名于知名才子（譬如汉代学者东方朔）[②]，因为耳熟能详的名字自然吸引读者。当时正值巅峰的吴趼人显然一面享受笑话大师的名声，一面感到不断扩张的热门报刊的威胁，因为这些报刊不受谴责地偷取他的笑话并且四处出版。[③] 于是他做了两件事情：重申自己是那些笑话的作者——有效地揽下推广（即便是无意间）幽默文化的功劳——并出版更多笑话。

在清廷 1905 年取消科举后，笑话对于求官梦碎的文人来说成了一门正经的事业。穷困潦倒的学者在其中占据了重要的位置。此外，笑话也被用来评论一连串的政治文化危机。1895 年甲午战争后，清廷失去对台湾的统治权和对朝鲜的宗主权。清廷内部试图推动现代化改革的维新运动也在 1898 年宣告失败，其中一些重要的知识分子遭到处决，其他则流亡海外。1900 年，慈禧太后支持仇外的义和拳。而为了解除北京东交民巷的围攻并

---

① 譬如民国时期多产的笑话文选家李定夷（1890—1963）就为他的《广笑林》（约 1910 年代）和《滑稽魂》（1919）（除《滑稽新闻》外）里每个笑话标明作者。当时很多报章也会将笑话归于特定作者。

② 1739 年出版的《米勒的笑话》（Joe Miller's Jests）是以受人爱戴的喜剧演员乔·米勒（Joe Miller，逝于 1738 年）为名出版的笑话集，这正好可以作为编辑以名人刺激笑话书销量的最佳例子。见 John Wardroper, Jest upon Jest, 12–14。学界对部分晚明笑话集编辑的相关讨论，说明中国早在那之前一世纪就有类似的做法，譬如文学史家韩南认为《广笑府》并非如一般人所想出自晚明编纂《笑府》的知名作家编辑冯梦龙之手。见 Hanan, The Chinese Vernacular Story, 255，注 67。有关东方朔（约公元前 154—公元前 93 年）讲笑话与谜语的能力，见《汉书》第 65 卷，卷末赞曰："后世好事者因取奇言怪语附着之朔。"见《汉书·东方朔传》。

③ 吴趼人于 1883 年抵达上海并于 1902 年在汉口短暂担任《汉口日报》编辑，也曾为几份小报担任编辑。他在 1903 年开始致力写小说，直到 1910 年过世前都相当多产。简略的传记见 Theodore Huters, Bringing the World Home, 124–127。

保护山东和天津一带的利益，八国联军采取了行动——这导致帝国更加衰弱。八国联军大肆烧杀掳掠，而慈禧等人则逃离了京城。

对吴趼人这样（想都没想过要考科举）的作家来说，期刊立即成为他们的收入来源、文学创意的出口以及影响国家政治的工具。第一章提过，吴趼人将他早期的笑话刊登在维新大将梁启超 1902 年流亡横滨时创立的《新小说》上。吴趼人的笑话并非全都那么富政治性。他在 1910 年 4 月哈雷彗星变得肉眼可见时（有人将之视为清朝覆亡的征兆）写过相关的笑话，也写了一系列双关笑话——比如希望读者不会错以为《新小说》是在新疆发行的。在《新小说》及其他刊物中刊登的笑话，在在显现当时笑话的多元化动机，包括挣钱糊口、教育大众及娱乐读者。

吴趼人觉得他必须解释自己为什么写这么多笑话，以及他的笑话与红极一时的清代选集《笑林广记》（1761）有什么不同。当现代作家谈论幽默时，《笑林广记》往往是负面的标杆；甚至到了 1934 年，在鲁迅试图告诫《论语》半月刊的编辑它的幽默开始变得油嘴滑舌、平庸无奇、充满恶意时，他这样说："中国之所谓幽默，往往尚不脱《笑林广记》式，真是无可奈何。"[1]

于是，当《新小说》在 1904 年迁到上海后，吴趼人为《新笑林广记》写下这样的序言：

> 迩日学者，深悟小说具改良社会之能力，于是竞言小说。窃谓文字一道，其所以入人者，壮词不如谐语，故"笑话小说"尚焉。吾国笑话小说亦颇不鲜；然类皆陈陈相因，无甚新意识、新趣味。内中尤以《笑林广记》为妇孺皆知之本，惜其内容鄙俚下文，截下

---

[1] 鲁迅致陶亢德（第 604 号函）日期是 1934 年"四月一夜"（也就是愚人节）。见鲁迅《鲁迅书信集》上卷，第 514—515 页。

流社会之恶谑，非独无益于阅者，且适足为导淫之渐。思有以改良之，作《新笑林广记》。①

吴趼人说"鄙俚下文"时想的可能是《升官》这类笑话，也就是《笑林广记》的第一则笑话：

> 一官升职，谓其妻曰："我的官职比〔以〕前更大了。"妻曰："官大，不知此物亦大不？"官曰："自然。"及行事，妻怪其藐小如故。官曰："大了许多，汝自不觉着。"妻曰："如何不觉？"官曰："难道老爷升了官职，奶奶还照旧不成？少不得我的大，你的也大了。"②

这则笑话是用"此物"和"行事"这样的婉转说法，但《笑林广记》其实收录了一整个章节的"形体部"（许多都拿性器官做哏），还收录了涉及通奸、放屁、排泄、乱伦的笑话。因为它太经典了，20 世纪早期许多文人都借用它的标题乃至编纂者的笔名——游戏主人。③ 吴趼人在《新笑林广记》的序言中表达得很清楚，他绝不会流于俗套。他想借着使用"改良""意识""趣味"一类流行语让笑话从纯粹的娱乐产品升级为社会改革

---

① 《杂录一：新笑林广记》之无题序言，《新小说》，第 10 期（1905 年 7 月 25 日），第 153 页。

② 出自游戏主人《笑林广记》，重印收入陈维礼和郭俊峰所编之《中国历代笑话集成》，第 4 卷，第 3 页。有关古代中国的性爱笑话，见 Levy, *Chinese Sex Jokes in Traditional Times*；黄克武，《言不亵不笑》；黄克武、李心怡，《明清笑话中的身体与情欲》；Hinsch, *Passions of the Cut Sleeve*，第 5 章（讨论幽默中的同性恋）。

③ 李伯元于 1897 年创立《游戏报》并以"游戏主人"为笔名（见第 3 章）。1900 年左右，程世爵（活跃于 1890 年代）编纂了一部同名笑话集。游戏主人为了区隔自己的与程世爵等竞争者的选集，就将 1928 年的笑话集取名为《真正笑林广记》。

的工具。① 他提出"笑话小说"一词,将笑话与小说作联结,企图利用小说——梁启超在此两年之前在《新小说》上所推广的文学体裁——的新威望。梁启超认为小说能通过寓教于乐的方式不知不觉影响读者的思维,吴趼人则认为寓意好笑才能发挥最大作用。吴趼人用了大家最熟悉的笑话书名旧瓶装新酒。②

战国时代的思想论著中充斥着笑话,通常是采用寓言的形式。"宋人"(有时是"鲁人")在《孟子》和法家论著《韩非子》中常作为愚人的典型,就如美国昔日刻板笑话中的波兰人或金发女性一般。《孟子》收录了"守株待兔"(一男子见一兔子撞树株断颈而死,于是抛下田中工作空等意外之财再次到来)及"揠苗助长"(一农夫为使庄稼加速生长,竟将幼苗拔起)两个故事;后来都成为比喻愚人妄想的成语。

古代另一种笑话形式——谜语——出现在《史记·滑稽列传》里,以及《汉书》之类的官修史书之中。明清小说如《金瓶梅》《红楼梦》《蜃楼志》和《镜花缘》都有描绘主角在宴席中以笑话作为斗智比赛或饮酒游戏惩罚的片段。③ 譬如《红楼梦》第三十八回贾宝玉在螃蟹宴中与林黛玉、薛宝钗三人以蟹为题作诗,宝玉有"饕餮王孙应有酒,横行公子却无肠"之句,一语双关,既是咏蟹,又是自嘲,亦兼讽世。

小说家也用笑话调整叙事步调。清代经典讽刺小说《儒林外史》中,

---

① 刘禾将"意识"视为"回归的书写形式外来词"(return of the graphic loan)——属于"被日语用来翻译欧洲的现代词语、又被引入现代汉语"。见 Liu, *Translingual Practice*, 302, 310。

② 参见梁启超深具影响力的文章《论小说与群治之关系》。"旧瓶新酒"的看法出自卢斯飞、杨东甫《中国幽默文学史话》,第 311 页。

③ 如果你喜欢"升官",见《蜃楼志》(1804)第十五回所描绘的讲笑话的宴会。李汝珍《镜花缘》(1828)以下这些章节都出现了笑话:73—78、81、83—87、90—93。有关这部小说的多种幽默形式,见 Elvin, *Changing Stories in the Chinese World*, 40–48。关于歇后语,可见 Rohsenow, *A Chinese-English Dictionary of Enigmatic Folk Similes*。

严监生体虚病危已三日无法说话。桌上点着一盏灯，亲友都在身旁。虽然不断发出濒死的呻吟，严监生却不肯离开，只从被窝伸出两根手指。亲友一头雾水，怎么也猜不着意思。于是严监生的太太赵氏"慌忙揩揩眼泪，走近上前道：'爷，别人都说的不相干，只有我晓得你的意思！'"第五回就停在这吊人胃口之处。到第六回开头，她才揭露："你是为那灯盏里点的是两茎灯草，不放心，恐费了油。"果然，她一挑掉一茎，严监生便咽下最后一口气。

中国已知最早的笑话集《笑林》出现在三国时代①，千百年来，搜集编纂笑话不只是文人的乐趣，也是门生意——挣钱、教育、娱乐这些动机并非20世纪独有的。晚明是中国笑话出版的高峰，各种笑话集不断再版、增订。它们不只收录行文妙语和有哏的笑话，还收录笑话诗、双关语及其他文字游戏。编者以主题分类，譬如冯梦龙后来在日本很受欢迎的《笑府》(1620)就包含了这些分类："古艳""腐流""世讳""方术""广萃""殊禀""细娱""刺俗""闺风""形体""谬误""日用"和"闰语"。②受欢迎的主题包括判断失误、愿望受挫和暧昧的语言，它们全出现在《好静》这则笑话中：

> 一人极好静，而所居介于铜铁匠之间，朝夕聒耳，苦之。常曰："此两家若有迁居之日，我愿作东道款谢。"一日，二匠忽并至曰："我等且迁矣，足下素许作东，特来叩领。"问其日期，曰："只在明日。"其人大喜，遂盛款之。酒后问曰："汝二家迁于何处？"二

---

① 有关这部残存的笑话选集以及文人数个世纪以来对重构该选集的尝试，见 Baccini，"The Forest of Laughs (*Xiaolin*)"，特别是第 151—192 页中版本史和翻译的部分。

② Hsu, Feng Menglong's *Treasury of Laughs*（《笑府》汉英对照版），V。如同徐碧卿所说的，后来的编辑与选家在引用冯梦龙（1574—1646）的材料时更动了分类的方式（1998：第 1048 页）；徐碧卿引述一条数据表示《笑府》于 1616 年时即已出版（第 1045 页）。

匠曰："我迁在他屋里，他迁在我屋里。"①

学者也会将笑话收录在官修的选集和类书中。《笑林》今已失传，但其中有些笑话保留在宋朝《太平广记》及其他文集中。它们通常被放在书末的杂录，可见它们与"小说"（包含其他"次要"文类，如虚构故事）一般地位低下。文人通常将两者归类于大众口语文化的遗留。

哲学家柯恩（Ted Cohen）指出，笑是一门"'两阶段'的艺术"，因为发明笑话的人跟讲笑话的人不必然是同一个。② 吴趼人可能对别人重述他的笑话恼怒，但他不应该感到意外，毕竟千百年来笑话都是这样从一个人传到另一个人口中。学者都同意中国古代的笑话经典具流动性——不只笑话本身总是视需要而被改动，一则笑话的增删或改动也不会影响到笑话集本身的结构或连续性，而最受欢迎的笑话总是以不同组合反复出现在新的选集当中。1956 年一部重要笑话集的编者王利器就观察到，元明以后大部分选集都重复收录更早期的笑话。③ 早在明朝的编者就持续以"续"和"广"的名义增补他们所钟爱的前人笑话集。④ 许多古代笑话集书名都有"笑林"二字，而《笑林广记》（别忘了吴趼人还编了个"新"版本）

---

① 《冯梦龙全集》，第 11 卷，第 96 页。

② Cohen, *Jokes*, 10.

③ 王利器辑录，《历代笑话集》，第 xv 页。其他学者后来也陆续对历代笑话书做了系统性比较以辨明重复与改编之处。杨家骆编，《中国笑话书》，第 478—526 页，以及周作人，《苦茶庵笑话选》（1936）。

④ 明代重要的笑话集和续作包括《笑府》以及续作《广笑府》，《笑林》及其续作《续笑林》。清初的李渔为一本冯梦龙笑话集的重编本作序。他在序言中表示：对于冯梦龙的"嬉笑怒骂"，编者只是"去其怒骂者而已"。见陈维礼和郭俊峰所编《中国历代笑话集成》，第 2 卷，第 713 页。有关中国笑话集中笑话与嘲笑的比较，见本书第四章。《山中一夕话》（约 1621—1644），亦作《开卷一笑》，也是一部经多人之手辑辑而成的作品；晚明思想家李贽（1527—1602）编选后又经笑笑先生扩充和哈哈道士校对整理。

本身就是至少三部笑话书的选集，包括《笑府》、李卓吾的《笑倒》和石成金的《笑得好》。①

末日帝国的趣味轶事

关于中国笑话的研究通常以 19 世纪末为下限——早于笑话应该是开始受到外国文化影响的年代。这错失了一股从晚清开始延烧至民国的笑话潮。而正是在这股潮流当中，"笑话"一词的广泛使用，为中国的笑话修辞带来了改变。"笑"和"话"可视为名词（笑声／微笑和言词）、动词（发出笑声／露出微笑和讲话）或修饰语搭配名词（引人发笑或微笑的言词）。20 世纪以前，"笑话"一词常作为某则笑话的标题，但极少用作笑话集的书名。② 有些古代的笑话集会使用"笑谈"或"笑言"，但大部分还是将"笑"搭配强调数量的譬喻词，如林、海、浪、史、府、录或丛等。另有些选集更保证他们的读者会对内容有生理层面的反应，如解颜、启颜、解颐、解额、启额，乃至抃掌、捧腹、笑倒、谐噱、喷饭或绝缨。③

20 世纪早期有数十部幽默文选都用这样的譬喻命名，但到了 1910 年代，它们也开始用"笑话"一词推销自己。这个新现象的形成看似与近代白话文的发展有某种关联：中文从传统上使用单音词为主的文言文转为以双音词为主的现代白话文，而"笑"因而成了"笑话"。不过，正如先前所

---

① 陈维礼和郭俊峰所编《中国历代笑话集成》和王利器辑录的《历代笑话集》的现代选集都罗列了八部早于 1900 年的《笑林》。有关《笑林广记》的来源，见杨家骆《中国笑话书》，第 601 页。清代《新镌笑林广记》则透过书名标示它有别于更早期的刻本。

② 由陈眉公汇编的选集《时兴笑话》是少见的例外。见陈维礼、郭俊峰编《中国历代笑话集成》第 3 卷，第 761—774 页。"排调"和"俳语"也是历代笑话集中会出现的其他幽默语言形式。见 Huang, "Jokes on the Four Books," 31。20 世纪以来，编辑经常在书中纳入"笑话集"一词。

③ 《绝缨三笑》1616 年的序言提及冯梦龙的《笑府》。《笑府》本身就选录超过二十部更早的笑话集。见 Hsu, Feng Menglong's *Treasury of Laughs*, 1045–1046。

指出的，"笑谈"或"笑言"这类双音词虽然鲜少被当作书名，但却已经常被当作笑话的标题。20世纪早期幽默文选开始以"笑话"命名的这个改变，其实是从单一笑话篇名使用双字词，转变成书名开始使用双字词，很难说与从文言过渡到现代白话的转变有关。当然，"笑话"也可能是从日本转介回来的——日文中同样的汉字"笑话"（showa）即表示"有趣的故事"。①

在20世纪前半，幽默的出版市场强调多样性，笑话仅是其中一部分，而人们也很难光从书名将笑话书与其他幽默文选做区别。譬如笑话书、喜剧小说甚至类似散文选集都可能题作"笑史"。②江汉公的《滑稽世界》（1919）是收录三十七种不同类型幽默作品的两册选集，但它跟第三章将提及的当代"游戏"文选几乎难以区分。③直到1930年代，出版社才开始将虚构有眼的妙语跟其他形式的幽默作品做类别上的区分，并将之取名为"笑话"。

中文的"笑话"和英文的"joke"有一个关键差异：它们的真实性。顶尖的笑话研究学者克里斯蒂·戴维斯说："就算正经八百地讲一个笑话，大家也会知道那不是真的。"④柯恩区分出两种笑话的"特定设计"：一种是"特别短的故事——虚构的"，一种是"相较之下明显公式化的"。⑤在柯恩说的这两种情况中，大家都知道故事是虚构的。因此，即便是短篇故

---

① 韩文词汇笑话也使用一模一样的汉字，且词义同样是"引人发笑的故事"。另外，"笑话"这词也出现在许多日本前现代幽默文选的书名中。

② 见例如孙菊仙《阿木林笑史》（1923）、黄言情《大傻笑史》（1930）、〔佚名〕《看财奴笑史》（1920）。

③ 这些包含文、赋、专题研究、诗词、笑话、故事、灯谜和酒令。见江汉公《滑稽世界》。《游戏大观》是出版于1919年的书籍，六册内容包含了"笑话游戏""文字游戏""灯谜游戏""酒令游戏""科学游戏"和"体育游戏"等。

④ Davies, *Jokes and Targets*, 11. 这说法有个值得注意的例外：心理学家克里斯托弗·P. 威尔逊（Christopher P. Wilson）对"笑话"宽泛且以娱乐为主的定义——"任何能激荡出娱乐又让人感到好笑的刺激"。威尔逊认为"笑话"与"幽默"同义。见 Wilson, *Jokes*, 2。

⑤ Cohen, *Jokes*, 1–2.

事形式呈现的笑话（joke），印证的也不是某一特定事件的真相，而是广泛的通则或基本套式，可以套用在语言（如一词多义）、特定类别的人（二手车业务会撒谎）、一般大众（人们总是渴求他们得不到的）或宇宙秩序（衰事总会发生）。当然，对于这个要让听者掌握的"真相"，比较恰当的描述是成见或者老生常谈。"joke"通常印证了共识或者偏见——这就是柯恩说笑话有"暗示性特质"的意思。[1]

相对的，中文的"笑话"指的是好笑的短篇叙事，不论是编造的故事或者真实的幽默轶闻。这代表"笑话"有一种对真实的主张，而这是英文的"joke"通常没有的。在一般说法中，"笑话"跟"joke"都可以作为贬义词来将一个真实的情境描述为一场骗局、闹剧或荒谬之事。不过，若一个人说"让我给你说个笑话"，他既可能是要分享一则他觉得好笑或夸张的真实事件，也可能是要分享一个老哏或公式化的笑话。[2]

区别两种笑话——好笑的轶闻和虚构的设计——并不会为日常对话带来太大的困扰。然而在晚清的报刊文化中，八卦、谣言、传闻往往和事实交杂不清。吴趼人和他的同业有时被称作"报人"，而报人往往就用这种暧昧不明的方式写作。那些透过虚构叙事揭发衰败朝廷中投机政客的小说，也可能将作者在报纸上读到的据称是真实事件的报道当作笑话添加了进去。先前提及的《申报》就时常发表有关政界、文学界名人或青楼名花的轶闻笑话。1897年，笑笑主人创办的上海小报《笑报》的开篇赋就自诩"采笑话则新闻猎集，供笑谈而妙语蝉联"。[3] 吴趼人的娱乐轶闻有名到他死后

---

[1] Cohen, *Jokes*, 4.

[2] 王利器甚至宣称帝制时期文人的"笑话创作"当中"绝大多数是描写真人真事"。见王利器"前言"，《历代笑话集》，第 i 页。

[3] 《〈笑报〉赋》，引述于《中国文学大辞典》，第 6 册，第 4373 页。第一行的"采笑话则新闻猎集"可理解为"采笑话即采新闻"，意即"新闻即笑话，笑话即新闻"。

十三年仍有书籍假借他名字出版——《当代名人轶事大观》（1923）。[1]

吴趼人 1907 年的短篇小说《平步青云》以第一人称视角讲述一位无知的相识为上司送的礼物——一个洋便盆——在家中搭起一座神龛的故事；这故事以"笑柄"之名宣传。[2]《绘图学堂笑话》（亦名《学堂现形记》，1910）是一部两册二十五回的喜剧小说，描写科举废除后教育界发生的诸多趣事。[3]1900 年代，在上海民立中学纪念孔子诞辰的学生戏剧演出中，一名男扮女装的演员裤子不幸掉了；数十年后，徐卓呆回想起这个"笑话"。这些据说真实的事件因为好笑所以被归类为笑话。不过，徐卓呆也回忆这个笑话带来的严重后果："当时江苏省提学使便借口有伤风化，就禁止学校演剧。"[4]

吴趼人所谓的"笑话小说"其实是个不太明确的分类，里头包含他笑话集中的幽默轶闻、笑话以及由笑话和幽默轶闻为材料写成的小说。根据文学学者陈平原的说法，用"笑话"串起小说这样的写作模式代表了中国小说叙事的重大改变。[5]如前所述，明清白话小说建构了各自独立的以笑话为中心的场景（譬如以讲笑话为主的宴会），到了晚清则是整部小说都

---

[1] 郑逸梅，《郑逸梅选集》，第 1 卷，第 802 页。

[2] 见趼〔吴趼人〕，《平步青云（笑枋）》，《月月小说》第 5 期（1907 年 2 月 27 日），第 189—192 页。有个现代版本将标题中的"枋"（"柄"的古字）换成现代的"柄"字。见《吴趼人全集》，第 7 卷，第 42—44 页。

[3] 《绘图学堂笑话——一名学堂现形记》在第一页正文前有个额外的标题——"学究变相"；它说作者是某位"老林"，也将文体分类定为"滑稽小说"。见有关"笑话""游戏"和"滑稽"的第三章和第五章，这些词汇交替用来标记喜剧文类。

[4] 见徐半梅《话剧创始期回忆录》，第 9 页。在《中国学生月刊》1914 年 4 月 10 日（第 9 卷，第 6 号，第 494 页）"机智与幽默"专栏便收录了一个堪拟英语笑话的例子，这例子以轶闻的形式呈现。

[5] 陈平原认为有三种类型的笑话："借用前人已有记载的笑话""引录广泛流传于民间而可能尚未由文人记录的笑话"和"作家独出心裁编造的笑话"。见陈平原《中国小说叙事模式的转变》，第 163—165 页。

成了叙述好笑故事的载体。

吴趼人对这新兴笑话故事文体最主要的贡献就是创作了被誉为晚清四大小说之一的《二十年目睹之怪现状》（连载于 1903—1910 年）。小说从第一人称视角出发，叙事者是个天真的年轻人，他因与贪官污吏往来而写下"目睹"的各种现象。有些是他亲眼所见、有些则是耳闻而来，尤其从他的朋友兼老板、进士兼清廷官场老手吴继之那边听了不少。尽管这部小说的中心构想是对"目睹"事件的记述，然而吴趼人时常从报章或政治八卦中取材却也是众所周知的事情。不论它的素材究竟来自何处，这种崭新的小说文体宣称意欲使读者看见其他人所见、所闻、所看穿之事；它将拆穿社会与政治的"黑幕"，揭露底下深藏的腐败真相。

《二十年目睹之怪现状》第六回的一个桥段就显示了这部小说如何用笑话表现一种穿透性的洞察。继之和叙事者谈到清朝的统治者——满人——时，就像许多汉人一样展现出鄙视和怨恨："那旗人是最会摆架子的……有一个笑话，还是我用的底下人告诉我的；我告诉了这个笑话给你听，你就知道了。"[1]

继之接着讲述了一则轶闻，内容是他的仆人高升有回在北京茶馆中碰见一名旗人的见闻。虽然因为失去俸禄而身陷贫困，这名旗人还是竭尽所能撑住门面。当茶馆跑堂的跟这旗人说他带来的茶叶太少，不足以泡一杯茶时（他自备茶叶是为了省钱，这样他就只需支付开水钱），旗人反而嘲笑跑堂不识得法兰西进口的上好龙井茶叶，要是放多了一整年都不想再喝茶了。高升碰巧听见这段对话，却也留意到那茶叶根本不是那么回事儿，只是平常泡的香片。旗人花了一两个小时慢慢啜着他那杯淡茶，细细咀嚼一份买来的烧饼，接着用手指沾了唾液似乎在桌上写字。再细看些，高升发现他其实是假装写字好把掉到桌上的烧饼芝麻屑蘸来吃。一时，他若有

---

[1] 吴趼人《二十年目睹之怪现状》，第 49—52 页。

所思地停下动作，又像突然醒悟般拍桌。高升意识到他原来是想将卡在桌缝中的芝麻震出来。

笑话还没结束呢。此时，这人的儿子来了，催促他爸爸快些回家，因为妈妈要起床而爹爹穿走了他们轮着穿的唯一一条裤子——这是常用来形容家徒四壁的比喻。旗人自然羞愧无比，便大声斥责儿子怎可在没人来借钱的时候装穷、说穷话。接着他没付账便想离开，茶馆跑堂追了上来，他则推托说自己是被儿子气昏了。旗人身无分文，想赖账却又被跑堂扭着不放人，只得掏出了身上仅有的一物—— 一条脏手帕——当作抵押。跑堂冷笑道："也罢，你不来取，好歹可以留着擦桌子。"故事来到尾声，继之问他朋友："你说，这不是旗人摆架子的凭据么？"①

这则轶闻的结构像极了中国白话通俗小说的惯用手法。在明清白话小说中，说书人偶尔会打断叙事、插入一首以"有诗为证"的套语开头、具有道德训诫意味的诗。在吴趼人的小说中则是"有笑话为证"——满人虽穷却高傲——不过它比较像老生常谈而非客观事实。有些现代读者或许觉得明清通俗小说中的诗词干扰了叙事的流畅性②，但是笑话却是笑话小说最主要的阅读乐趣来源。

吴趼人潜心写作时，满人正经历历史学家欧立德（Mark Elliott）所说的"旗人铁饭碗"特权的削弱，这特权包括朝廷俸禄及其他特殊待遇。③吴趼人这些笑话的来源包括《寓言报》这样的小报，它模仿李伯元的《游

---

① 吴趼人《二十年目睹之怪现状》，第 52 页。第七回的一段对话更说明了吴趼人如何在两种意义上使用"笑话"这个词：真实好笑的故事与编造的笑话。叙事者碰见目睹事件的奴仆，高升证实这故事"是事实，并不是笑话"，接着告诉他："昨天晚上，还有个笑话呢。"（第 59—60 页）。

② 这同时包含了中国读者与非中国读者。见黄仲鸣《琴台客聚：谈谈"有诗为证"》；Bishop, *Some Limitations of Chinese Fiction*, 240—241。

③ 见 Elliott, *The Manchu Way* 第四章，特别是第 176 页有关老舍满洲旗人亲戚的懒散的幽默故事。

戏报》，有个专写"官场笑话"的专栏。[1] 在小说诸多场景中，一位虚构的说笑话人把读者（我们）放在亲密听众的位置，使读者参与了这场嘲笑另一个社会群体的阴谋。

这些笑话故事究竟是真是假本身就是贯穿小说的主题之一。在第十二回中，继之的助手文述农告诉叙事者，有个私贩对没收他鸦片烟土的海关人员进行报复：这私贩使诈让海关没收他以为是烟土的一个罐子，当海关上呈给他的主管时，却发现那不过是有无数蚱蜢悠游其中的一罐子粪水。叙事者回应道："这个我也曾听见人家说过，只怕是个笑话罢了。"在第二十四回中，继之则是讲了翰林院编修到处"打把势"收受赠礼的故事。这位翰林仗着他当闽浙总督亲戚的权势到福州到处收礼，并在他亲戚辗转得知并强迫他归还钱财时哭了一整夜。叙事者说："这件事自然是有的，然而内中恐怕有不实不尽之处。"他的理由是，哭了一夜是他一个人的事，有谁见来？（继之则辩解说他哭的时候还有两位师爷在旁劝阻，才传了出来。）[2]

《二十年目睹之怪现状》在当时关于中国荒谬现象的公共论述上扮演了主要煽动者的角色；它普及了一种将新闻、八卦和传闻回收利用的小说写法（譬如有关旗人的那则笑话就在北京流传盛行）。[3] 讽刺的是，如文学学者王德威所述，这些小说的"新闻报道式的即时性"导致对社会现象的描绘变得更扭曲怪诞，而非更具真实性。在追求一个比一个怪异骇人的故事时，像《二十年目睹之怪现状》和李伯元最卖座的《官场现形记》（1903—1906 年间连载）这类小说的叙事者都采用了一种"见怪不怪"的冷嘲热讽

---

[1]　参见 Wang, "The Weight of Frivolous Matters", 93。

[2]　这两个桥段出现在吴趼人《二十年目睹之怪现状》，第 95、202—203 页。

[3]　陈平原《中国小说叙事模式的转变》，第 163 页。

态度。[①]

吴趼人的小说模拟了一个友善又相互竞争的娱乐社交环境。在第六十六回，叙事者和他的朋友继之、述农玩打谜游戏——出谜语的人先指定要一个人猜，"猜不出，罚一杯；猜得好，大家贺一杯；倘被别人先猜出了，罚说笑话一个"。游戏中的笑话称作"下酒笑话"，但不包括两种类别：老笑话和《笑林广记》一类的"粗鄙"笑话。述农因为不擅讲笑话，所以叙事者答应替他讲一个"包你发笑"的新笑话。不过吴趼人——如同他最推崇的吴敬梓一样——却在此将叙事者讲的笑话给打断，告诉读者"且待下回再记"。[②]

如今，小说家用笑话在小说市场中互相竞逐。有则笑话是关于一名生病督军的下属建议他的妻子为了替督军医病而提供"按摩服务"；同样一则笑话同时出现在很多人的小说中，包括吴趼人、李伯元和至少另外一位同辈作家。[③] 到 1910 年代中期，继揭露官场现象的小说后，出现了一种大量使用描绘万恶都市的煽情新闻报道作为素材的新小说类型。它们号称要揭穿上海社会"黑幕"背后不可见人的现象，尽管它们也模糊了小说和扒粪报道之间的界线。1920 年代军阀割据时期，道德惩治比之前更为严峻，而笑话则在某种程度上减轻了这样的严肃性。它们鼓励读者看待现实时不仅要看见它荒谬的一面，也要看见它具有娱乐性的那一面。

---

① 见 Wang, *Fin-de-siècle Splendor,* 189, 200。有关晚清新闻业的文学性，以及小说与虚构间的渐趋模糊，见 Mittler, *Fin-de-siècle Splendor* 第一章，特别是第 86—104 页、第 113—117 页。其他从各种不同文类划分着手，对截至晚清时期的中国讽刺小说作品与谴责文学所做的研究包括：夏志清《夏志清论中国文学》，第 30—49 页；Huters, et al., *Culture & State in Chinese History*,第二章。

② 见吴趼人《二十年目睹之怪现状》，第 602—606 页。叙事者的笑话涵盖了多种第四章所提及的社会之"鬼"（酒鬼等）的类型。

③ 陈平原《中国小说叙事模式的转变》，第 165 页。

图 2.1 将晚清政治人物的图谋描写为容易被看透的笑话："自治局议员之金钱主义"，刊于《图画日报》第 162 期（约 1910 年 1 月）。

笑话也彰显了晚清的政治评论如何缺乏想象力。《二十年目睹之怪现状》第八十六回有一个"极怕官"的乡下人的笑话。这个乡下人因为犯下轻微罪行被拖到地方官面前，突然间，一阵风吹散了他对老爷威严气势的畏惧：公案前的桌帷掀起，刚好够让他瞧见那老爷正脱去一只靴子在那里抠脚丫！一幅 1910 年《图画日报》的讽刺画结合了现代科技与揭露的修辞策略（见图 2.1）。这幅画讽刺清末宪政改革之际自治局议员选举中的"金钱主义"：画中自治局议员的肚子前面置一镜片，镜内则是满满的钞票，旁边写着"X 光镜之明见"。画中的文字说明甚至用了吴趼人的术语——"怪状"——来指涉近代地方自治局选举的异相。① 作为新的伪科学隐喻，

① 该漫画上题："呜呼自治，我为自治一哭"。见《自治局议员之金钱主义》，《图画日报》，第 4 册，第 142 页。

X光让读者自觉可以真的穿透表象直见里头的真实，换句话说，让他们觉得自己早就对这笑话了然于胸。

笑话民国

就在民国于1912年初成立（及吴趼人于1910年底辞世）后不久，中国的期刊出版物充斥着笑话。各种不同种类的报章杂志专栏都用了类似"笑林""西笑"（西方笑话）和"笑史"这样的标题。[1] 笑话出现在杂志最后的"杂俎"章节，并发挥方便的"补白"功用。像上海《笑林报》一类报纸甚至直接以笑话书为名。[2] 印刷资本主义大量地增加了中国喜剧性文本的出版，同时也促成其他文类的蓬勃发展。编造出来的笑话之所以取代轶闻成为当代主流的"笑话"，很可能是因为出现了对短篇、模式化内容的需求。

即便保守估计，1900—1937年间中国也至少出版了超过一百种的中国幽默文选，远多于此前两千年我们知道的笑话书总和。[3] 这些文选包括《笑

---

① 举几个常态性收录笑话的期刊为例：《真相画报》《游戏世界》《红杂志》《红玫瑰》《星期》《中国评论周报》（The China Critic）、《论语半月刊》和《申报》。

② 《笑林报》（1901—1910）在开办两年内就"拥有包含二十二个城市据点的全国销售网络"。见 Wang, "Officialdom Unmasked", 89。曾一度由吴趼人主编的《采风报》（1898—1911）自诩该报兼"奇说异论"与"笑话谐谈"。这份承诺出现在第1期（1898年7月）的序中。这份日报后来使用了 Cha Fung Poa 作为英文报名。另一份小报则直接自称《笑报》（创刊于1897年）。

③ 这个说法只适用于帝制时期那些后来被以"笑话"之名编入现代文选（或者被那些文选所提及）的作品。帝制时期实际创造的笑话文选数量当然是无法估的，因为大多都佚失。下列现代文选约莫提及了一百部介于公元前200年与公元1919年之间的笑话书：陈维礼、郭俊峰编，《中国历代笑话集成》（全五册）（1996）；王利器编，《历代笑话集》（1957）；杨家骆编，《中国笑话书》（2002）。这数量包含了三十六部在《历代笑话集》中（第576—580页）有目无文、假定为笑话书的作品。其中一些"笑话集"包含收入类书中的笑话。据传有部（转下页）

话奇谈》（1911）、《冷笑丛谈》（1913）、《袁项城政治笑话》（1913）、《笑话世界》（1917）、《捧腹谈》（1917）、《滑稽魂》（1919）、《千金一笑》（1920）、《瞎三话四》（1922）、《哈哈录》（1923）、《千笑集》（1923）、《笑话大观》（1927）、《一看就笑》（1931）、《民众笑话》（1932）、《解颜》（1933）、《千奇百怪摩登大笑话》（1935）、《新笑话》（1935）、《幽默笑话》（1935）、《笑泉》（1935）、《新鲜笑话一大箱》（1936）、《笑海》（1937）以及《新鲜笑话大王》（1937）。这并不代表平均而言现代人比过去的人更常讲笑话，但可以肯定的是的确愈来愈多笑话被出版。

上海直至 1940 年代都是现代中国出版业中心，似乎也同时成了笑话写作的中心。笑话作家来自各种不同文学背景——从畅销杂志《礼拜六》编辑王钝根到知名学者兼散文家周作人。周作人观察到古代"编笑话者多系南人"；事实上，这现象一直未曾改变——20 世纪最重要的笑话集编辑者大多来自浙江、江苏、上海和广东一带。[①] 多产的小说家兼杂志编辑李定夷就编了至少五部笑话集，包括《广笑林》（1917）、《谐文辞类纂》（1917）、《怪话》（1919）、《滑稽魂》（1919）和《笑话奇观》（大约 1920年代）。徐卓呆这位拥有多重文化人格且时常在《申报》发表笑话的作家则有至少六部笑话集，包括《调笑录》（1924）、《新笑林》（1924）、《新

（接上页）明朝时期的类书（现已失传）收录了 18890 则笑话。见 Mair, *The Columbia History of Chinese Literature*, 135。在这些二手数据中，最完整的前现代中国笑话文选莫过于由陈维礼和郭俊峰所编辑的《中国历代笑话集成》。尽管如此，郭俊峰仍在序言（第 5 页）中解释编辑群"觉得还是姑且作为较为高级、文雅的〔明清〕笑话为好"，显示他们已将他们觉得不好笑或不入流的笑话排除在外。

[①] 周作人《苦茶庵笑话选》，第 4 页。简单列举几位笑话文选编者的故乡：来自浙江的有全增嘏、范烟桥、严夫孙、赵苕狂和周作人。来自江苏的有程瞻庐、崔冰冷、胡山源（见第六章）、李伯元、李定夷、徐卓呆和郑逸梅。上海外围有来自松江县的雷瑨（字君曜）和来自青浦的王钝根。吴趼人的家人来自广东，不过他生于北京。李警众和《小说世界》的编者胡寄尘都来自安徽。

笑史》（1924）、《笑话三千》（1935）、《笑话笑画》（1937）以及一部给儿童看的短集《笑话》（1935）。

许多笑话集其实是团队合作的成果。譬如《破涕录》（1914）就至少列名了五位作者：先是由李警众搜集笑话并归为六类，接着由沈肝若修订编辑后增加第七类；徐枕亚、胡寄尘和李定夷这三位曾各自出版幽默文选的知名作家则为书作序。胡寄尘和徐枕亚说《破涕录》的贡献是反映这道德沦丧的混沌年代，李定夷则认为《破涕录》可成为"荡愁涤烦之资料"。此前两年，前述作家中有多位曾为当时仍是初生之犊的自由党喉舌《民权报》（1912—1914）撰文。《民权报》对谴责不遗余力，包括批评贪官污吏、任用亲信和袁世凯政府的无能；《民权报》在上海外国租界营运，隶属中国管辖权之外，因此袁世凯便下令邮政局不准为之派报。因为无法以日报模式维持营运，《民权报》两年后关门大吉；不过它的创办人很快便以"民权出版部"取而代之，并在同一年出版了《破涕录》。书中许多笑话皆是冲着向袁世凯及其亲信报仇而来。《破涕录》的封面（同时也是本书的封面）是一个扬扬得意的军阀，他身穿燕尾服，脚蹬马刺靴，衣上勋章有象征民国的五色旗，而且长得与秃头的总统有那么几分神似。①

除了政治讽刺作品外，笑话也经由包装进入不同的市场区隔，包括对现代教育、两性、古典文学有兴趣的读者，或者单纯追寻童趣的读者。畅销的选集总是很快就重印：据说《捧腹谈》（1913）和《可发一笑》（1918）

---

① 《破涕录》的书名取自成语"破涕为笑"。此处描述的封面来自该书第三版。澳洲国家图书馆藏有一本封面为一个西方小孩大喊"Hooyeema!"的版本。封面内页贴了一则广告说《破涕录》意在补足如《笑林广记》这类书的"不足"。在第一则笑话中，有个外国人刚搬入这新成立的民国的房子里，却发现它的"纸糊共和与泥塑政府"一擦就破。第三章将有更多对于这类寓言式隐喻的讨论。如下所述，鲁迅后来将中国比喻成一个令人窒息的"铁屋子"。有关《民权报》以及民权报社，见郑逸梅《书报话旧》，第253—255页。

都至少卖到十刷[①]——前者由大报《神州日报》编辑胡寄尘搜集该报曾出版的材料编纂而成，后者则由琴石山人所编；而杂志编辑赵苕狂的《闺房笑史》到1927年也已经第七刷。[②]笑话集的封面都以"笑匠""滑稽大王""幽默大师"为噱头称呼它的编辑者，并且以"全""新""新鲜""摩登"等词来自我标榜。上海新新书局大约是最能代表当时营销氛围的，它在1923年发行了尘海痴笑生的《增广古今笑话新雅一千种》。

姑且不论它们的高调跟卖弄，这些选集都从当代报刊取材，而这些报刊的笑话则如同 *Punch* 以及更早的前辈刊物一样，是向读者征稿的；这种群众外包的做法自然使得分辨原创与回收使用的笑话格外困难。[③]徐卓呆在1923年的《洋装的抄袭家》（第五章会讨论到）中，控诉同行从《笑林广记》借用无新意的笑话，添上新衣装饰一番，然后鱼目混珠为来自西方的笑话。[④]

如我们所见，晚清的报人文学家观察社会与官场，再将见闻转为笑

---

① 见琴石山人《可发一笑》(1921年版〔1918年初版〕)和胡寄尘(1886—1938)的《捧腹谈》(1927年版〔1913年初版〕)中的版权页。

② 赵苕狂的序言(1921)说他在春天时为了好玩写了本有关爱与追求的笑话书，并在出版一周内立刻三刷。在朋友的催促下，他在几天内便纂成这本书，取材自他跟好友周先生（极可能指周瘦鹃，他的同侪文人兼同事）的多次对谈。除了一些畅销杂志外，赵苕狂还编辑了《游戏世界》和《红玫瑰》，两者皆由世界书局出版；他也是第五章讨论的徐卓呆的好朋友。

③ 根据一位19世纪学者的估算，读者主动投稿伦敦*Punch*的笑话中，只有不到百分之一会被刊出来；他将*Punch*精挑细选的做法与美国据说更开放的编辑文化做对比，并进一步推测说"虽然*Punch*许多笑话毋庸置疑是刻意编造，或从真实事件修改而来的，但其中为数众多的……都只经过轻度文字编辑，维持它们最初的样貌"。据传*Punch*其中一位编辑向外包的写手一次性订了五则笑话，等货到后才发现其中三则是"先前在*Punch*上**发表过**的老友，而其他两则是他自己发明的老笑话！"见Spielmann, *The History of "Punch"*, 139, 143。出自第六章："*Punch's Jokes—Their Origin, Pedigree, and Appropriation.*"

④ 一位同事以出版少量的"洋装的笑话"作为响应。见不才子《洋装的笑话》，《红玫瑰》第2卷第10期(1925年10月24日)。

话；民国时期的作家一样格外留心荒谬与不诚实的行为。1925 年，大报《三日画报》提及曾在袁世凯政府担任国务总理与财政总长的熊希龄，在一场宴会中讲了个笑话，当时《申报》的编辑曾报道此事，却未发现他其实是从某本杂志抄来的。作家总结道："可见笑话不在乎自编与抄袭，只以听的人恭维你不恭维你作标准。"①

笑话的范围极广，从童书寓言到咸湿的幽默、成人笑话、带有偏见的社会讽刺、双关语、幽默诗、晦涩的文学典故、情境笑话，乃至拿语言做文章的玩笑（涉及文言文、方言、白话文和外语）。实在没有一部选集能真的呈现这样的多样性，更不可能自称具有某种典型的中国风味。以收录于 1935 年上海文选《笑泉》的《杀猪英雄》为例：

> 一个自称英雄无敌的男子对其友武先生曰："武君，昨天我做了一件足可庆贺的事情。"
>
> 武问曰："什么事？"
>
> 答云："昨天我上山打猎，寻着一只野猪，有小牛似的大。其猛竟如吞人饿虎，其势令人望之生惧。但是却被我一刀把它的尾巴割下来咧。"
>
> 武曰："喂，你真是勇士，但你怎不割它的头呢？"
>
> 答曰："唉！别提啦！也不知哪一个混蛋小子，早把这野猪的头割去好几天了呢。"②

---

① 写了熊希龄（1870—1937）故事的这位作者也引述了一则轶闻；轶闻中女性教育改革家兼记者张默君（1883—1965）（《神州日报》创办人）担任校长时在一场宴席中讲了个关于苏东坡的陈旧笑话，却被一群阿谀奉承的客人们称赞极具创意。翠袖，《张默君与熊希龄的笑话》，《三日画报》第 11 期（1925 年 9 月 1 日），第 2 页。

② 重印并收入侯鑫《侯宝林旧藏珍本民国笑话选》，第 253 页。

这则笑话除用了"武"这个姓氏以及被中国人视为传奇猛兽的老虎之外，实在看不出有什么很有"中国风"的地方。它之所以显得现代主要是它以白话文撰写。至于那吹牛猎人的主题则和打猎一样，自古便有了。

笑话集的序言有时会误导读者对内文语气的理解。愚公以一番（或许带着戏拟意味的）抒情的沉吟感叹作为《千笑集》的序言，叙述他坐在庭院里看着秋叶落下，"搜旧简解我新愁"。他遍寻旧闻的结果是包含以《屁眼痛》《卵子戴在头上》《屎在口头》《比狗屁还要臭》和《鬼被强奸》等为题的笑话。到了 1923 年，《千笑集》已经卖到了第五刷。

民国时期是决定何种类型的"笑话"能左右出版市场的转捩点。晚清时期，趣闻轶事主宰市场；民国时期，则以公式化笑话增长最快、流通最广。晚明也曾出现类似的笑话风格质变——当时笑话书开始纳入更多社会类型的笑话，取代过去长期主宰中国笑话书的名人趣闻轶事。[①] 无论如何，此时的出版市场愈发蓬勃，也愈发国际化。

的确，中国 20 世纪早期的笑话潮属于全球现象的一部分。亨利·詹金斯（Henry Jenkins）就写道，世纪之交的美国见证了：

> 喜剧题材的激增多产、笑话的大规模商品化。根据一项研究指出，美国的笑话书数量从 1890 年的 11 本增至 1907 年的 104 本，且在二十世纪初的头二十年不断增加。1883—1920 年间，市场上新增了超过 35 本幽默杂志，其中多半为周刊……这是第一次，人们光靠写笑话便能有颇为丰厚的收入，而许多当时主要的文学刊物都可以

---

① 韩南指出，"若在名人的好笑轶闻与社会类型的笑话间作个显著的区别，那么轶闻一直到明朝最晚期都还支配了几乎所有的笑话书"。韩南还说，冯梦龙自己也有做此区别的习惯："〔有部文选〕以（大多是好笑的）轶闻编辑而成，但《笑府》全都是笑话。"见 Hanan, *The Chinese Vernacular Story*, 90。

找到给想成为笑话作家的人的建言。①

　　相较于美国的情况，中国 20 世纪早期因国内识字率和平均收入低落，出版市场占全国人口比例较小，但也出了如"补白大王"郑逸梅这样的作家，专门为各种报章杂志提供笑话、轶闻、八卦和其他短篇文字。②19 世纪中期，移居中国的英国人以伦敦的幽默周刊 *Punch* 为范本，在亚洲殖民统治区和通商口岸发行诸多幽默刊物；自那时起，中国的出版社也与这些外国同行们交流笑话。这些幽默刊物在东亚一带有横滨的 *Japan Punch*（1862—1887）、香港的 *China Punch*（1867—1868, 1872—1876）、上海的 *Puck, or the Shanghai Charivari*（1871—1872）以及 *The Rattle*（1896—1903）。③

　　这些杂志的流通多半还是地方性的。不过，*Puck, or the Shanghai Charivari* 的一则逸事，则说明它于上海发刊后不久就传到了英国和北美洲。1877 年在纽约出版的《各时各地的讽刺漫画及其他滑稽艺术》（*Caricature and Other Comic Art in All Times and Many Lands*）一书当中关于中国的章节，作者詹姆斯·派顿（James Parton）花了相当多的篇幅谈论 1874 年一份英国刊物所记载的关于《泼克》（*Puck*）的轶事。他说中文报纸上曾刊载一则新闻描述英国驻中国大使托马斯·弗兰西斯·韦德（Thomas Francis Wade）见到中国皇帝时如何受到震慑，进而心生畏惧并臣服。这则新闻转载于英国报纸上之后才被发现是假新闻。关于《文艺》

---

① Jenkins，*What Made Pistachio Nuts?*, 38–39.

② 上海文坛的"补白大王"郑逸梅（1895—1992）记得他的同事徐卓呆写的信总以祝他"补安！"做结尾。见郑逸梅《清末民初文坛轶事》，第 193 页。

③ 更多有关 *Punch* 所受来自土耳其、埃及和印度、中国、日本的影响，见 Harder and Mittler, *Asian Punches*。有关 *China Punch* 和 *Puck, or the Shanghai Charivari*，见我在该书中的相关章节（第 389—422 页）："'He'll Roast All Subjects That May Need the Roasting': Puck and Mr. Punch in Nineteenth-Century China"。

(*Athenaeum*) 这份伦敦文学刊物的记者对此一轶事的揭露，派顿的看法是这样的："看起来，这一出于想象的记述最先是出现在上海出版的（英文）滑稽画报《泼克》的〔讽刺〕专栏里；它随后被某个当地的家伙翻译成中文、假作是对于野蛮的英国人见到中国皇帝时的行为举止的真实描述；接着又有某个好奇的外国人在不清楚故事来源的情况下，重新将它翻译成英文，再以之为例去佐证中国的时事评论是如何以贬低英国大使的方式企图削减英国在中国的影响力！"① 不论故事细节是否为真，这则报道（吴趼人会称这是笑话）证实了《泼克》——这本由移居上海的西方人写给自己人看的杂志——的阅读市场不止于中国，还涵括了海外的读者。

　　1906 年，吴趼人叙述他跟一位出版同业的对话，他刚好注意到那位同业正在阅读一本西文书。"余叩何书，曰：'笑柄也，亦吾国《笑林广记》类。'曰：'何不译言一二，使吾破颜。'张子遂译解一篇，则殊不可笑。张子曰：'此西人之性质，所以异于吾人也。西人之读此篇，盖冈不绝倒者矣。此吾之所以屡思译之，而不敢率尔操觚者也。'"② 吴趼人的故事证实了外国笑话在世纪之交逐渐被翻译成中文（虽然故事本身是在讲中文翻译的欠缺）。在接下来的几年，中国的笑话作家开始参考法文、日文和其他语言中的笑话题材。1910 年代的中文期刊常态性地主打双语的双关笑话，譬如这则出现在上海《余兴》杂志的笑话："英人当比华人小一辈。曰：何故？曰：英人之子 SON，华人之孙也。"③ 少数几本书则汇集了幽默名家（如马克·吐温）的笑话，④ 而萧伯纳的妙语亦时常出现在 1930

---

① Parton, *Caricature and Other Comic Art in All Times and Many Lands*, 196–197. *Anatheum* 在 1828—1921 年间刊行。

② 这段和张子韦聊天谈论"笑柄"的故事出现在《中国侦探案》的序言中，《吴趼人全集》，第 7 卷，第 71 页。

③ 〔林〕步青《谐音趣语》，《余兴》第一期（1914），第 96 页。

④ 马克·吐温（Mark Twain）《笑话》（1935）。

年代的杂志中。

中国留学生及其他旅行者也将外国的幽默风格带回中国。《中国学生月刊》(*Chinese Students' Monthly*) 是由在美国的中国留学生发行的英语刊物，它在 1914 年开设名为"机智与幽默"的专栏，里头包含许多笑话——譬如 C. P. Wang 这则题为《谁在古文明中领头?》的笑话："两位分别从埃及与中国归来的传教士在纽约碰头。热衷埃及的传教士说：'说到古文明，古埃及人早就在多少世纪前就对电力了如指掌。前不久还在其中一座金字塔发现了一截铜线呢。'从中国归来的传教士露齿一笑，说：'那不算什么。中国人老早就不用电线了。他们用无线电都不知道几世纪了。'"①

许多笑话都拐弯抹角地提及追求现代性的竞赛。不过，并非所有涉及这当红议题的笑话都承载着民族主义的焦虑。《中国评论周报》(*The China Critic*) 是上海的英语周报，在 1930 年代扮演了在中国推广幽默的重要角色（见第六章）；它常态性地在头版刊登与国际头条新闻相关的笑话，如下面这则出现在 1935 年 8 月 15 日的笑话：

> 八十妻
>
> 康斯坦丁·曼尼 (Konstantin Manea)，年二十八，于贝尔格勒市被逮，逮捕原因是他在五年间娶了八十名妻子又将她们抛弃。当时仓促成婚，如今他可于安逸中慢慢悔过。②

---

① "Wit and Humor," *Chinese Students' Monthly* 第 9 期、第 4 号（1914 年 2 月 10 日），第 312 页。*Monthly* 的编辑部和办公室地点多年来不断更动，其中驻留最久的是在哥伦比亚大学。专栏中的笑话大部分仰赖双关语。见第 9 期、第 4 号（1914 年 2 月 10 日），第 311—312 页；第 9 期、第 5 号（1914 年 3 月 10 日）；第 9 期、第 6 号（1914 年 4 月 10 日），第 494—495 页。

② "80 Marriages", *The China Critic*, vol. 10, no.7（1935 年 8 月 15 日），第 147 页。部分《中国评论周报》的投稿人（譬如全增嘏）在此前也为 *Chinese Students' Monthly* 撰写过文章。

下一期的笑话更贴合中国当时的处境：

并吞

连合〔日本劳动组合总连合会〕表示多田将军否认日本方面有任何并吞中国华北的意图。令人纳闷的是，这种否认根本没什么必要吧。[1]

事实上，日本在1931年便并吞了东北，并成立了"满洲国"傀儡政权；后来两边冲突不断升温，日本终于在1937年全面对华开战。

中文笑话在1900与1930年间广传海外，这要归功于全球性的华文出版文化，包括日本、南洋、澳大利亚、北美和欧洲。英国统治时期的香港对此也贡献颇多。当时在英属马来亚的新加坡发行的《天南新报》（*Thien Nam Sin Pao*, 1898—1905）自1904年开始便固定在最末页刊载"杂俎诙谐"。更晚些的小报，如《一粲》（1927—1928）、《开心》（1929）和《一笑报》（1930）都刊载了笑话和讽刺文，同时亦有打油诗、漫画、照片、八卦；其中《一粲》更保证只刊出幽默文章而不碰政治。[2]

在20世纪初，日本人类学家和民间传说学者收集了汉语、闽南语及其他语言的笑话，以了解各地受到日本帝国主义扩张影响的文化。1915年，在日本占据台湾二十年后，日本学者川合真永编纂了双语的《对译台湾笑话集》，其中有些笑话是透过文言文笑话书来到台湾的。在"腹内空哆嗦"这则笑话中，一个秀才对妻子说生孩子比生文章容易多了，因为她至少肚子里还有点东西；这笑话就出现在好几本中国帝制时期的笑话书当中。[3]

---

① "Annexation", *The China Critic,* vol. 10, no. 8（1935年8月22日），第175页。

② 陇西一士《发刊词》，《一粲》（英文原名：*The Comical Weekly*）第1期（1927年11月5日）。

③ 见附录一所列之《对译台湾笑话集》。

20 世纪早期在中国的笑话历史上有举足轻重的地位，不只因为这个时期突然出产了大量的笑话作品，更因为许多罕见的古典笑话都在此时被编纂、标点、注解而后出版。1909 年，一向以悲剧作品研究著称的王国维收集了历代俳优戏语，编为《优语录》。民间传说专家和语文学学者开始对笑话的研究感兴趣——这样的怀旧寻根也是受到那充满不确定的年代启发。在五四刊物《新青年》1918 年一篇极有影响力的文章中，周作人罗列了包含"下等谐谑书类《笑林广记》等"的十种"非人的文学"。虽然周作人觉得它们在道德上令人反感，但他依然承认这些"非人的文学"对于文学研究以及洞悉一个民族的心理有极大价值。[1]

十五年后的 1933 年，周作人编纂了《苦茶庵笑话选》（苦茶庵是他在北平的书斋名），自述目的是"想使笑话在文艺及民俗学上稍回复它的一点地位"。《苦茶庵笑话选》的内容包括《笑府》《笑倒》《笑得好》等晚明清初笑话集的节选以及《徐文长的故事》——周作人自行搜集的明代著名狂士徐渭的故事。[2] 周作人在前言概述了历代笑话的兴衰——先秦的萌芽、隋唐的兴盛、宋朝的衰落、中晚明的再起与清初的再次衰颓。他替向来被士大夫瞧不起的笑话高调辩护，并谴责那些以标榜名教来掩饰猥亵之语的"道学派"笑话。他同时又细数笑话的优点，譬如说理的寓言、社交中的娱乐、具文学价值的滑稽故事，以及对风土民情的直接表达。[3] 笑话能揭

---

[1] 周作人《人的文学》，收入周作人《周作人经典作品选》，第 7—8 页。

[2] 见周作人《苦茶庵笑话选》，第 11 页。周作人 1920 年代曾在北京的《晨报》中以系列方式出版了部分笑话，直到报社总编辑将此系列停刊。《晨报》副刊编辑孙伏园（1894—1966）对此表达抗议，而根据周作人的说法，他也因此被迫离开报社。孙伏园后来成为《语丝》杂志的首位编辑；第四章将进一步讨论。见 Denton and Hockx, *Literary Societies of Republican China*, 175。

[3] 周作人在对《徐文长的故事》的说明中指出，虽然这些故事在道德上"的确含有好些不可为训的分子"，但具有老百姓的笑话那种虽粗俗不雅却壮健的"拉勃来派的"特质。见周作人《苦茶庵笑话选》，第 206 页。

露恒久的真相并克制现代人的自我优越。如周作人所言："皮鞭打出去，鞭梢还回到自己的脊梁上来。"①他举了清代扬州文人石成金记载的关于"二十四孝"割股疗亲故事的笑话；这个笑话里的儿子是割了"别人"的股去行孝。"自国难以来，这两年里所见所闻，像这'割股'的事情岂不亦已多乎？"

这些旧时笑话书的现代版本在在显示中国的笑话传统已经改变。明代赵南星编纂的《笑赞》中的每则笑话后头都附有赞语。当这部明朝选集被重新发现，并于 1932 年再度出版时，现代的编辑者认为后头的"赞"不仅多余且于幽默有损。②在后世称作"幽默年"（见第六章）的 1933 年，全增嘏为《中国评论周报》选译了一些老笑话，包括这则："一人被其妻采〔踩〕打，无奈钻在床下，其妻曰：快出来。其人曰：丈夫说不出去，定不出去！"③全增嘏删去了明朝版本原有的评论："赞曰：每闻惧内者望见妇人，骨解形销，如蛇闻鹤叫，软做一条。此人仍能钻入床下，又敢于不出，岂不诚大丈夫然哉？"

在 1934 年和 1935 年，两家上海出版社分别发行了清末独逸窝退士所编《笑笑录》的不同版本。独逸窝退士在 1879 年的序当中自言年少时因病荒废学业，但"性尤喜游览说部"，及长则对稗官野史以及里巷所传无不搜讨，又因"平生善愁，居恒郁郁不快"，所以"取其可资写道，啁噱而雅驯不俗者，笔之于册，以自怡悦"。在序中他也提及自己花了三十年收集这些笑话。这三十年其实横跨了太平天国（1850—1864）和第二次鸦片战争（1856—1858）。他搜罗的材料来源不只古代稗官笔记，也有如上

---

① 周作人《苦茶庵笑话选》，第 5 页。

② 见清都散客《笑赞》1932 年版本的前言。《笑赞》取材参考至少十部更早期的笑话集。见杨家骆编《中国笑话书》，第 516—518 页。

③ T.K. Chuan, "The Little Critic: 'Chinese Humor' ", *The China Critic,* vol. 6, no. 3（1933 年 1 月 19 日），第 69—70 页。评论则出现在清都散客《笑赞》，第 14—15 页。

海《申报》这样的现代报纸。① 民国时期，市场对滑稽文学的需求确保了这样横跨不同时代的幽默文选得以生存下去。

笑话不仅对作家来说很重要，对其他表演艺术、漫画和电影从业人员来说也很重要。侯宝林这位专精于北方相声表演艺术的喜剧演员从1940年代开始搜集笑话；为了自己的兴趣，也为了丰富表演素材。据传他出售自己的大衣，只为买下一本明朝版本的《笑赞》。② 著名艺人林步青因擅长模仿各地方言与演唱以时事编成的诙谐歌曲而在苏州与上海颇负盛誉，并录有许多1910年代表演剧目的唱片。他有上百个笑话被誊写进书中，譬如到1922年就再版七次（见图2.2）的《男女新笑话》（1920）。③

尽管书名如此，书中只有少部分笑话关于男女，且不出所料的，并非全都是新笑话。譬如《骗术巧妙》便改编自出现在多部古代选集里的笑话：

> 有人以行骗为生，其子亦继父业。父忧之，谓其子曰："汝恃何术而敢骗人。"子曰："随机应变，其道正多。"父怒其夸，乃谓之曰："汝敢骗我。"时父方在楼上，即曰："汝能骗我下楼者，我定许汝行骗。"子曰："此事大难。倘由平地骗人登楼，或可为力。"父即下楼待骗。其子笑曰："汝已下楼矣。"父大笑。④

如同许多竞争者，《男女新笑话》是印在装订欠佳的劣质纸张上。这些廉价的笑话书本来应该被快速消费、享用，再快速被新笑话书取代，

---

① 独逸窝退士《笑笑录》的序言也收入长沙岳麓书社1985年的版本中，但标点符号不同。

② 这则轶事来自侯宝林（1917—1993）之女侯鑫，见侯鑫所编《侯宝林旧藏珍本民国笑话选》的序言，第3页。

③ 在《男女新笑话》中，林步青（1860—1917）被列为"口述者"，而他的笔名钱相似则是"笔述者"。

④ 《恶骗子之笑话：骗术巧妙》，《男女新笑话》，第21页。这则笑话有个版本被收入明朝文选《雅谑》中。

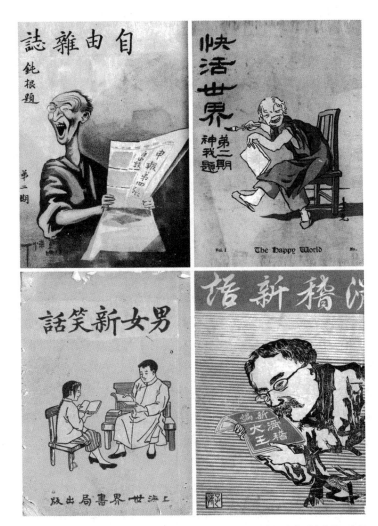

图 2.2 在民国时期，笑话一般会先在期刊中连载，然后再重新以书籍形式出版，由规模大小不一的出版社发行。图中的刊物是在上海出版的。从左上方依顺时针方向分别是以下刊物的封面：《自由杂志》(第 2 期，1913 年)，由主流日报《申报》的出版社发行；《快活世界》杂志 (第 2 期，1914 年)，由独立的快活世界社发行；《滑稽新语》(1920 年)，由新华书店发行 (与现在国营的新华社无关)；以及《男女新笑话》(第 7 版，1922 年)，由民国时期上海四大出版商之一的世界书局发行。

就跟演出的段子本身一样短暂。但它们却也帮助其他娱乐产业的专业人才——像叶浅予这样的漫画家——从笑话书中取材找灵感，以便赶上每日的交稿期限。叶浅予在以他的知名漫画人物"王先生"和"小陈"为主的连环图中（见图 2.3）改写了《笑林》一则已有两千年历史的笑话：

> 鲁有执长竿入城门者，初竖执之，不可入。横执之，亦不可入。计无所出。俄有老父至，曰："吾非圣人，但见事多矣，何不以锯中截而入。"遂依而截之。世之愚，莫之及也。①

台上丑角帮闲法

1671 年，剧作家兼小说家李渔从他担任自己家班教习的多年经验出发，指出戏曲中的科诨贵在"水到渠成，天机自露"，"我本无心说笑话，谁知笑话逼人来"，斯为科诨之妙境耳。② 在中国遭遇内忧外患的 20 世纪早期，作家、读者和表演者正是被可笑的时事与新闻所"逼"，将之演绎编排后重新呈现在大众面前。不过，中国的内忧外患无法完全解释笑话繁荣的原因，毕竟并非所有的笑话都关乎时事话题争议。人口成长、都市化和印刷资本主义的机器都在在刺激了它们的生产。从结果来说，就如这一章标题的字面意义所揭示的，中国的每个地方都有笑话出现，正是处于一个"笑话百出"的时代。

一个新兴的文化专业阶级开始对幽默的优点感到兴趣。吴趼人认为"文字一道，其所以入人者，壮词不如谐语"。他大概是中国现代作家最早

---

① 叶浅予（1907—1995）的卡通灵感也可能来自小石道人《正续嘻谈录》（约莫 1882—1884 年间）中的《捉胡涂虫》这则笑话。这个版本的笑话中，命人把柱子一切为二的不是老百姓，而是地方官。

② 李渔《闲情偶寄》（杭州：浙江古籍出版社，1991），第 58 页。

图 2.3　一则被叶浅予的漫画《王先生》改编的早期笑话。

图片来源：叶浅予，《王先生新集》，第 3 集，第 225—26 页。

第一格：王先生："你看那个乡下人笨不笨。竹竿横了如何进得去？"

小陈："我们等在这里看他到底怎么进城。"

第二格：乡下人甲："横也拿不进，竖也拿不进。只好回家去了。"

乡下人乙："你把它锯短了，包你拿进去！"

第三格：王先生："唉！我来替你想法子！"

第四格：王先生："你们乡下人真笨！这样岂不是拿进城了！"

提出这一看法的人，民国时期许多作家追随他的脚步。然而，也有其他人是被笑话的隐喻意义所吸引。徐訏在林语堂 1930 年代所创立的《人间世》杂志担任编辑。他将某种自我标榜却毫无内容的文章，比喻成一个讲笑话的小孩在笑话还没讲出以前就自己先笑了的"但闻笑声的笑话"，一种"只听到作者的笑声"却"始终听不到他所笑的笑话"的文章——自鸣得意的噪音完全掩盖了重点所在。①

1924 年，吴趼人过世后的十五年，林语堂首先尝试以打趣而非沉重的口吻来谈论严肃的议题。他相信中文限制了中国人如何去言说"说话"本身：他们被制约成将"正经话"和"笑话"看作互斥的东西。中国需要某种其他类型的言说，而他称此一言说为"幽默"。

这一新用语其实代表了一种对改变语言游戏的激进尝试；第六章会讨论这个尝试始料未及的后果。不过，它并未能就此避免人们将幽默言行举止全都诠释为一种开玩笑的形式。譬如鲁迅就认为只关注娱乐的言谈模式存在重大的风险。在 1933 年一篇批评当时幽默运动的文章《帮闲法发隐》中，鲁迅就强调讲笑话的危险，还引了丹麦哲学家索伦·克尔凯郭尔（Søren Kierkegaard）所言一则关于笑话的真实事件来佐证："戏场里失了火。丑角站在戏台前，来通知了看客。大家以为这是丑角的笑话、喝彩了。丑角又通知说是火灾。但大家越加哄笑，喝彩了。我想，人世是要完结在当作笑话的开心的人们的大家欢迎之中的罢！"②

鲁迅的评语使人想起《道德经》里的一句名言："下士闻道，大笑之。不笑，不足以为道。"无知的人若不笑还显不出智者所说的是道呢！他的

---

① 徐訏《论战的文章与骂人的文章》，《徐訏文集》，第 9 卷，第 490 页。

② 桃椎〔周树人〕《帮闲法发隐》，《申报》第 21695 期（1933 年 9 月 5 日），第 19 页。就连林语堂参与幽默运动的同侪们都用了类似的语言。几十年后，曾任林语堂 1930 年代《人间世》杂志编辑的徐訏（1908—1980）将"真话"与"笑话"做了区别。见徐訏《真话与笑话》（1968），《徐訏文集》，第 10 卷，第 328—329 页。

评语也让人想起哲学家哈里·G. 法兰克福（Harry G. Frankfurt）对说大话（bullshit）跟撒谎所做的区别：撒谎者知道真相却隐藏不露；相较之下，说大话的人只关心如何将听众糊弄过去——他可能知道也可能不知道真相，可能选择说出来或不说出来（包括不小心说出来）。但真正说起来，作为一个"对真相不在意而能够自在地说"的人，说大话的人才是真相最大的敌人。①

　　推广和反对笑话的人都一样关注笑的社会层面问题，不论是表现在群众的笑声或是通过印刷媒体传播。20 世纪早期一些笑话拥护者把它形容为进步的力量与改革的工具。充满对满人的轻蔑的笑话很可能真的强化了一些改革派的决心，让他们拿起武器对抗满人，自信舆论会站在他们这边。不过毋庸置疑的是，大部分读者不过是在寻求消遣。说话不必全然精确，只要能像八卦一样给人带来笑声或娱乐。在对社会有其关怀的评论家看来，讲笑话鼓励了一种更在意好笑而非在意真相的轻忽不敬的文化。就在鲁迅写《帮闲法发隐》之前的十年，他给了个形容中国困境最有名的譬喻；他把中国人比喻为熟睡在"绝无窗户而万难破毁"的铁屋中，眼看就要闷死的人，"然而是从昏睡入死灭，并不感到就死的悲哀"。而十年之后他写道，这些人虽惊醒了，但却又没能采取任何行动去扑灭那即将让他们葬身火窟的烈焰。

---

① Frankfurt, *On Bullshit*, 38, 60–61. Frankfurt 补充说虽然说大话"不在乎所言是否为真，并不必然为假——说大话的人是在编造，但这不意味着他必然搞错真相了"（第 47—48 页）。

第三章　游戏大观 Play

鲁迅写到笑话或讲笑话的人时，总将他们的盛行视为预示了某种末日的到来——人人都将为他们自己的大话所吞噬。但对他的许多同辈而言，用戏谑态度面对现代的改变正是一种为中国寻找出路的方式。1890年代，当鲁迅还只是青年周树人时，"游戏"这个词代表了一种拿文学形式和新的机械装置做实验的娱乐文化；大约三十年的时间，"游戏"都是乐事的主要象征，直到辛亥革命结束后约十五年。报章杂志持续为读者提供讽刺文、游戏诗文、猜谜游戏、漫画、讽刺画和"游戏照〔片〕"。新"玩意"也层出不穷：照相机、镜头、眼镜、望远镜、镜子及其他小机件和器械。

"游戏"在1890年代晚期成为印刷媒体的流行词汇，同时也传到其他流行文化与视觉文化中。1900年代与1910年代，"游戏"是幽默的统称之一，略同于"滑稽"（第五章的主题），不过包含的娱乐范畴更广。整整六册的《游戏大观》（1919）囊括文字游戏、字谜、灯谜、七巧板等"益智游戏"、笑话、酒令、体育游戏、昆曲和外国魔术——而这正说明了"游戏"一词具有的广度。[①] 当时的作家和画家用讽刺文、寓言和各种文字游戏来玩弄常见的文类与概念；与此同时，"影戏"（电影）及其他观赏或投影技术则成为现代大众文化常见的玩具，带来了新形态的游戏。

游戏中的"游"可以作"玩"或"漫游"解。这种双重意义在中国最伟大的喜剧小说——16世纪《西游记》的浪人式的嬉闹当中合而为一。《西

---

① 和"世界"一样，"大观"是当时报章常用来表示无所不包的比喻用语。

游记》戏仿了佛教朝圣的宗教实践，因为这趟取经之旅是由一只生性爱好游荡的泼猴所带领的。[①] 而济公（济颠）则是广为流传的宗教传说中的喜剧性人物：一名时不时翻筋斗和露私处的佛教罗汉。[②] 晚清的消闲报刊把想象的旅游称作"心游"或"卧游"。"戏"可以是玩耍或戏弄，但也可以是剧场或戏曲的演出，因此带有其他如戏服、化妆、面具、表演、歌唱、人为以及短暂等联想。"游戏"可以是娱乐、休闲、运动、玩乐、嬉戏、玩游戏或找乐子。"游戏人间"可以指对人生厌倦无感或愤世嫉俗的心态，或以超脱凡俗之姿逍遥于红尘当中。"游戏三昧"在佛教中指的是达到自在无碍、纯粹而定静的精神状态，而俚语中则是完全相反的享乐主义。

"游戏文章"（或者"游戏文字"）意指为好玩或戏弄而写的文字，包括讽刺文、笑话、谜语和鬼故事（至于为游戏而赋的诗则有很多种称呼）。[③] 一个唐朝的知名例子是韩愈的《祭鳄鱼文》。当时他任潮州（隶属

---

① 刘琼云提到作者的"游戏"包含了改编一个更早的追寻达摩朝圣之旅的故事；纳入"带有暧昧宗教意涵的幽默事件"，以及混合不同的分类与话语。她也说，作者"兴味盎然地玩弄具有既定意涵的不同宗教性符征，来凸显这趟旅程的不完备"。见 Liu, "Scriptures and Bodies," 17, 21。

② 比如，《济公活佛传奇录》（又名《济癫大师醉菩提全传》）第四回，"那道济就在法座前，头着地，脚向天，突然一个筋斗，正露出了当前的东西来。大众无不掩口而笑"；第十回，济公"一个筋斗反转来，因未穿裤子，竟将前面的东西露出来，众嫔妃宫女见了，尽皆掩口而笑"；第十二回，众人来听因果时，济公就"跳在桌上，一个筋斗，露出前头的东西，众人都大笑"。有关济颠在《钱塘湖隐济颠禅师语录》（1569）和《醉菩提》（1673 年之前）中翻筋斗，见 Shahar, *Crazy Ji*, 86–89。

③ 谜语诗和联诗（通常是即兴赋诗）在文人间盛行，出现在如《红楼梦》和《镜花缘》等小说中。隐含政治意涵的藏头诗最早出现在公元前 1 世纪。有关此类诗及其变型，见 Wolfgang Behr 所著，收录在 Voogt 和 Finkel 主编的 *The Idea of Writing* 一书中的章节，第 281—314 页。Anne Birrell 指出游戏模式"主宰"了一部影响力深远的中世纪文学选集。她认为该选集当中存在"语言游戏、诗文竞赛、谜语、讽刺文、幻戏、诡计、表演游戏和……以欲望作为权力游戏的表述"。所有这些"玩"的变型也都出现在 20 世纪。见 Birrell, *Games Poets Play*，第 13 页，及第 1 章，特别是第 41—42 页有关玩和笑之间关系的后现代理论。

今日的广东）刺史，在祭文中训诫危害当地的鳄鱼，并下达最后通牒：如果时限之内不离开，格杀毋论。有些传记作者因误解其中的寓意和讽刺，宣称那些顽强的猛兽最终顺从了韩愈的命令。①

"游戏"的概念对于 1890—1910 年间经营上海小报的人来说是商业利益与生活形态的核心。他们通过在报章中刊载——用历史学家叶凯蒂的话来说——"以都市娱乐生活和名人为主题的每日一窥"（特别是戏曲明星和名妓）这样的文章来鼓励读者将大城市视作"中国最大游戏之场"。② Juan Wang 曾主张"小报文人造就了追求玩乐的文化癖好"，因为他们在如《及时行乐报》（1901 年发刊）的报纸中鼓吹一种逃避式的社会风气。③ 而他们时常挂在嘴边表达对世间烦恼的讽刺性超脱的，正是"玩世"一词。

在这些小报中，李伯元于 1897 年 6 月创立的《游戏报》最具影响力。④ 他以"游戏主人"为名撰写，这笔名也曾被 18 世纪笑话书《笑林广记》（第二章曾提及）的编者采用，同时也令人想起 1895 年一本上海妓院指南的作者"海上游戏主"。⑤ 对叶凯蒂来说，这个玩世的自我形象象征了清末文人逐渐接受他们在现代社会中文化权威的式微——不再被视作道德模范，但至少还能娱人娱己。⑥

---

① 有关韩愈（768—824）《祭鳄鱼文》的接受史，见 Owen, *The End of the Chinese "Middle Ages"*, 60。

② 有关晚清文人如何使用游乐场作为象征，见 Wagner, *Joining the Global Public*, 204；Yeh, *Shanghai Love*；张仲礼编《中国近代城市，企业，社会，空间》，第 308—335 页。

③ 见 Wang, "The Weight of Frivolous Matters", 8、68。

④ 如其他学者所指出，《游戏报》是李伯元于 1890—1900 年间创立的众多报章杂志中最具影响力的一份。

⑤ 这本指南由多人共同撰写。见海上游戏主《海上游戏图说》，上海（石印本），1895 年。Yeh, "Reinventing Ritual" 的参考书目有收入。

⑥ 见叶凯蒂的研究，收录在 Wagner, *Joining the Global Public*, 209–210。

　　而他们也的确做到了娱人。最热门的小报一期可以有上万的读者，流量堪与大报比拟。它们不只关注社会也关注文学，又特别关注花柳界，也就是妓女、恩客和皮条客日常角色扮演的场域。《游戏报》借由赞助读者票选"花魁"并刊登妓女的照片，将那个小众世界带入公共领域。[①] 它也不时通过举办名角品评辩论和刊列城市表演信息来吸引读者。

　　《游戏报》在广泛的主题上"以诙谐之笔，写游戏之文"，而投稿者也会向有志于写作的人提供写作风格经营上的建议。[②] 李伯元说他们的目标是通过讽刺作品和寓言劝诫等间接的方式让人发笑，而非直接明言，剥夺了读者想象的空间。它的一夕成功引来许多仿效者，譬如《笑报》（创刊于 1897 年）、《消闲报》（创刊于 1897 年）和《笑林报》（创刊于 1901 年）。[③] 以杭州为根据地的杂志《游戏世界》（创刊于 1907 年）则提供另一种不同模式，着重于五花八门的文学娱乐，譬如讽刺诗词、小说、灯谜、笑话和书评；而这些到了民国初期更加受到欢迎。[④] 在《游戏报》出刊满两个月时，李伯元自述报纸的"本意"乃是用寓言来告诉大众人间世"真一游戏之局也"。其新闻片段虽然幽默，却也致力于追求精确与读者的信任。三个月后他再次阐明，编者的"游戏三昧"之所以展现出"玩世"的态度，乃是

---

① 见 Wagner, *Joining the Global Public,* 212–221。

② 出自 1899 年以书籍形式出版的《游戏报》的声明。《李伯元全集》，第 5 卷，第 37 页有引述。其中一篇文章认为作品应该厚、透、溜、扣、逗和够，同时排斥陋、漏和丑。见白云词人《游戏文字之六法四忌》，收入《李伯元全集》第 5 卷，第 154—155 页。该书编辑指出，李伯元很可能是这篇文章的作者，但无法完全确定。

③ 这些是十五年间出现的超过三四十份小报中的三份。见 Wang, "Officialdom Unmasked," 85–86。这份小报的受欢迎程度也记载在《李伯元全集》第 5 卷，第 37 页。多年后，郑逸梅这位上海文艺圈的成员、记录者及历史学者回忆道："《游戏报》有谐文、有笑话、有花史，足以倾靡社会。"见魏绍昌编《李伯元研究资料》，第 22 页。

④ 《游戏世界》有十六期由寅半生（活跃于 1900 年代）主编的内容重印于《民国体育期刊文献汇编》第 55—60 册当中。这一系列由中国的全国图书馆文献缩微复制中心出版。

图 3.1　上海的外国幽默杂志 *The Rattle* 第一期
封面（1896 年 5 月）。图片由哈佛大学怀德纳
图书馆提供。

一种"醒世"策略。[①] 对李伯元来说，"游戏"立刻成了一种文艺美学、生
活形态、价值展现、营销策略，甚至政治宣言。

　　李伯元在 1897 年写道，《游戏报》的标题"仿自泰西"。[②] 尽管他未具
体指名，但灵感很可能来自流传中国的外国报章或中国本地的外语娱乐
媒体。其中之一便是《响铃》（*The Rattle*, 1896—1903）（见图 3.1）——
由 Kelly & Walsh 在上海公共租界非常态性出版的幽默插图杂志。《响
铃》继承了二十五年前的幽默插图杂志《泼克》（*Puck, or the Shanghai*

---

① 见《论〈游戏报〉之本意》，《游戏报》第 63 期（1897 年 8 月 25 日）。重印于《李伯元全集》第 5 卷，
　　第 27—28 页；《论本报之不合时宜》，《游戏报》第 149 期（1897 年 11 月 19 日），重印于《李
　　伯元全集》第 5 卷，第 28—29 页。
② 见《李伯元全集》第 5 卷，第 27 页。

Charivari）的风格形式，内有讽刺画、诗文、论述、新闻评论、八卦、信件及其他短篇。1890 年代晚期，《响铃》在"彻底榨干上海的幽默"之后停刊了几年，但又在 1900 年 11 月义和团之乱威胁到上海时因有了新材料而复刊。[①]

它的幽默时常是消费中国人来讨好驻华的外国人。它诉诸的读者群是那些"一只响铃就能逗他乐，一根稻草就能逗他笑"的容易取悦的人。"一只响铃就能逗他乐，一根稻草就能逗他笑"一语出自亚历山大·波普（Alexander Pope）的《论人》（*An Essay on Man*, 1734）。该诗行出处的段落以人类的婴儿期开始，而以底下的诗行收尾：

Behold the child, by Nature's kindly law,

Pleas'd with a rattle, tickled with a straw:

Some livelier plaything gives his youth delight,

A little louder, but as empty quite:

Scarfs, garters, gold, amuse his riper stage,

And beads and prayer-books are the toys of age:

Pleased with this bauble still, as that before,

Till tir'd he sleeps, and life's poor play is o'er.

看看小孩子吧，循着仁慈的自然之道，

一只响铃就能逗他乐，一根稻草就能逗他笑：

更生动的玩物带给少年的他快乐

声响是大了点，但一样是空心的：

---

① "Editorial," *The Rattle*, vol.2, no.1 (November 1900), 1. 对 F.&C.Walsh 的 *Puck* 更为深入的讨论，见 Harder and Mittler, *Asian Punches*, 389–422。

领巾、袜带与黄金让壮年的他欢愉，

念珠与祈祷书则是老年的玩具：

依旧凭些琐碎小物取乐，一如往昔；

直到他疲倦长眠，结束人生可怜的游戏！ [①]

于是《响铃》那看似无害的标题实则暗示了一则残酷的讯息：人生不过是一连串被空洞玩物吸引而分心的过程。尽管语言文化不同，住在上海的英国人却出于和李伯元这类中国同辈一样的理由，投入游戏和奇异事物。国家事务是动机之一，百无聊赖和金钱也是。《响铃》的一篇投稿以童谣形式追忆因奉命攻打义和团而战死的士兵及身为记者兼诗人的无奈。在结尾处，诗人以童稚玩笑的语调模拟带来死亡的炮击声，隐约捕捉了这类人对自身玩世不恭的歉意：

I earn my living with my pen

Upon a wooden stool,

And my companions, soulless men,

Consider me a fool.

"Listen to that eccentric coon, "

Says Jerry, Dick, or Tom,

"He's adding figures to the tune"

"Pom-Pom, Pom-Pom, Pom-Pom!"

我靠支笔过过活

窝在这张木板凳，

---

① Pope, "An Essay on Man," 57. 本诗译文出自英诗翻译家罗浩原先生，特此致谢。

　　同伴没心又没肝，

　　拿我当作大傻笨。

　　"听那怪胎兼蠢货"，

　　张三李四王五嚷，

　　"把人配上老曲调"

　　"砰砰，砰砰，砰砰！"①

娱人的可能性

　　"爱玩"也为文学注入了一股富有前瞻性政治动机的活力，但大多不是以"游戏"之名出现。梁启超的《新中国未来记》（1902年连载于他的《新小说》杂志）是世纪之交最出名的小说之一。1898年的百日维新失败后，慈禧太后软禁了光绪帝，拘捕倡言改革的知识分子并处决了其中一些人。梁启超则逃亡日本——朝廷悬赏十万银两取其人头。②流亡海外期间，尽管对清廷诸多批评，梁启超仍提倡能保留帝制的渐进式改革。在横滨来来去去的五年间，他创办了好几份改革派杂志，用笔名或借他人之名来掩盖自己真实的身份。③这些报章内容包含科幻小说（许多是翻译来的）、言情

---

①　这是 "Pom Pom" 的最后一段。*The Rattle,* vol. 2, no. 4 (May 1901), 51.

②　Judge, *Print and Politics*, 1.《新中国未来记》于《新小说》第一年第一号开始连载，该期同时刊登了梁启超的著名论文《论小说与群治之关系》和三则《考试新笑话》。其第三回刊载于第二号，而第四回与最终回则同时与两则吴趼人的笑话系列作刊载于第三号。以下对梁启超小说的讨论是根据连载于《新小说》中的原版，题"饮冰室主人〔梁启超〕著；平阁等主人〔狄葆贤〕批"。

③　梁启超《新民说·第十四节·论生利分利》表示："妇女之一大半"是"不劳力而分利者"；至于"满州族"，"其在关外者，生利分利之率，约与汉人等；其在内地者，勿一生利者"。见 Wang, *Chinese Intellectuals and the West*, 217.《新小说》在1903年以前都是在横滨出版，在《新中国未来记》停止连载以后便迁到上海。梁启超所办的另一份报纸是《新民丛报》（1902—1907）。

小说及其他文类的小说，同时亦有政治随笔和新闻评论。

1902 年标志着梁启超政治激进主义与文人声望的巅峰 [①]，《新中国未来记》也获得广大读者。这部小说设定为发生在"我中国全国人民举行维新五十年〔应作六十年〕大庆典之日"。中国正接待来自世界各地的领袖——英国、日本、俄国、菲律宾、匈牙利——参与上海的大博览会和万国太平条约的画押。而同时，孔子的后裔孔弘道（字觉民），正受邀到南京（想象中的首都）主讲一系列有关中国历史的教育讲座。就像小说中虚构的上海大博览会预见了 2010 年的上海世界博览会，小说中富有幽默感的孔觉民（也叫作曲阜先生）这个人物似乎也预告了二十年后林语堂将圣人重新诠释为幽默哲学家（第六章将会讨论）。[②] 小说大部分都在复述孔老先生的演讲，"中国近六十年史"从光绪二十八年（1902）一直讲到小说设定的时间 1962 年。

在梁启超想象中，中国不再是遭霸凌的落后国家。它重获"中央之国"的身份，且与崇拜它的世界（以外国显贵为代表）分享它的文化。孔老先生评估了新中国近期的政治进展，并针对带来这些政治基础成长与发展的政策做出详尽评论。梁启超在小说中像腹语师一般让读者听见一位维新派思想家对国家的期望，包括宪政跟稳定的政党政治。[③]

[①] Wang, *Chinese Intellectuals and the West*, 226.

[②] 孔老先生在演讲后半段（第二回）谈及教育改革，他提到中国最初在 20 世纪早期创办大学时，"他那大学教习的学问远比不上我们现在小学初级的生徒呢〔夹文：可怜〕……讲至此，众人大笑。"见饮冰室主人《新中国未来记》，《新小说》第一号（1902 年 10 月 15 日），第 71 页。在梁启超之后约莫一百年的 2004 年，中国政府开始推广海外孔子学院，将"圣人"形象作为中国文化与学习的国际门面。

[③] 有关小说中的政治思想，见 Tang, *Global Space and the Nationalist Discourse of Modernity*, 165–223。梁启超对小说的背景设定吸引了许多仿效作品，其中包括陈天华原先连载于东京《民报》（创刊于 1905 年）的小说《狮子吼》（1906）。见 Wagner, "China 'Asleep' and 'Awakening'", 120–122。

　　这部小说有一个部分并未被后来大多数版本收入 ①，也就是从第一页开始以平等阁主人为号的评点者和小说叙事者之间的对话。平等阁主人其实就是康有为的门生、同时也是流亡的维新人士狄葆贤的笔名。狄葆贤的评点以正文行与行之间的夹批以及眉批的形式出现。第一回前的"楔子"是这样开始的："话表孔子降生后二千五百一十三年〔今年二千四百五十三年〕，即公历二千零六十二年〔今年二千零二年〕，岁次壬寅正月初一日。"这些方括号内的附加说明在未来的叙事者和当下的评点者间划下了一道鸿沟。不过，年代的计算错误显示了梁启超（或者是排字人员）在将愿景公之于世时有多仓促：从后面的故事情节可以发现，梁启超意图设定的小说背景不是 2062 年，而是 1962 年——也就是写作时间的 60 年后（孔氏的言论也显示那时是维新 60 周年，正好一甲子，而非 50 周年）。

　　孔觉民准备演讲的同时，叙事者预期读者会有个疑问：外国人要如何听懂中文演说呢？答案是：中国维新之后，学术进步甚速，因此吸引大批外国留学生到中国研读中文。超过三万人留学于中国，另外超过一百二十万人已毕业。中国现在是全球知识分子的向往也是知识输出国。评点者不可置信地说："料想不似现在专学中国话的了！"叙事者说演说全文已用电报送至横滨以便在《新小说》中出版，对此评点者则惊呼，"这笔电费却不小"。孔老先生打趣地说他会简短发言因为他不希望演讲稿"令看小说报〔应作《新小说》〕的人恹恹欲睡"，此语造成"满堂听来拍掌大笑"。

　　戏谑在作品中俯拾皆是。叙事者提到曲阜先生今已七十六岁，夹文则曰："先生今年十六岁了。"叙事者称"孔老先生学问文章既已冠绝一时"，

---

① 　除了《梁启超全集》（北京：北京出版社，1999）以外，这部小说大部分的后来版本都删去了这些评论，因此给人原作只有单一声音的错误印象。

评点者——六十年前——回应道："〔的〕确是冠绝一时。"众人"肃穆毋哗，一齐恭候"来听孔老先生的智慧，评点者说，"我却候了六十年"。

孔老先生的演说是这样起始的："诸君啊，诸君今日皆以爱国诚心参预斯会，非是鄙人无端生感。其实六十年前，那里想还有今日。〔今日何日〕又那里敢望还有今日。〔何日今日〕"上述的日期计算错误让平等阁主人的问题显得特别讽刺。孔老先生细数中国过去六十年来经历的各个历程：预备时代（"从联军破京时起至广东自治时止"）、分治时代、统一时代、殖产时代、外竞时代，以及最后的雄飞时代。眉批云："此六时代殆中国必要经过之阶级。读者请细玩之。"在此，玩弄政治有了假设性的面貌：狄葆贤似乎在说读者靠存想这未来历史的可能性来自娱。

《新中国未来记》符合文学史学者韩嵩文（Michael Gibbs Hill）称为"未来完成式——当一个改革方案真正施行以后所将达成的事情"的一种模式。[①] 小说中的评论把未来主义变得有互动性；它点出了孔老先生的未来完成式与评论家和读者的现在之间的隔阂。

狄葆贤的角色时而天真时而搞笑，他对待文本不像对经典评论般那样崇敬，而是采取一种好像自己是对口相声里的捧哏的角色那样的戏谑风格。学者往往将此时期特有、混合传统感与现代感的小说归类为"精神分裂式的"。[②] 狄葆贤的评论创造了一种比起神经质的自我审问来说，更像是朋友间聊天的对话。这给这部以国家角色扮演为主题的奇幻小说（不断让中国想象各种可能的未来）提供了一个舒适的基础。

另外值得一提的是这些评点不只是人类的产物，也是机械的产物。世

---

① 见 Hill, "New Script (Sin Wenz) and a New 'Madman's Diary' ", 1。未来幻想小说是晚清小说写作的主流之一，其灵感来自国外的科幻小说以及本土的幻想小说。譬如李汝珍 1827 年的海外冒险小说《镜花缘》，就是部结合地理发现的旅行与具有进步意义的社会政治幻想的作品。有关晚清幻想叙事，见王德威《被压抑的现代性》，第 5 章，第 329—406 页。

② Wang, *Fin-de-siècle Splendor*, 23. 见王德威对《新中国未来记》的分析，特别是第 302—306 页。

纪之交，中国报章开始用精密机械印刷重现过去的评论家用毛笔写下的眉批、夹文评语和圈点。页面天头占了整张纸的四分之一到三分之一，而这多出的空白到 1920 年代就几乎从杂志中消失了。在眉批被因经济考虑而删去之前的短暂时期，存在着一种包装过的即兴：读者得以观看一场先由作者和评点者玩过而后再被排版的文学游戏。

梁启超的《新中国未来记》在第四章戛然而止，未完，但却启发了其他作者采用同样趣味性评论的风格①（狄葆贤自己后来成为《时报》这一极富影响力的日报出版人，并且增辟了滑稽副刊《滑稽时报》）。②来年，也就是 1903 年，当梁启超开始支持与民意相悖的君主立宪制时，他受欢迎的程度便开始下滑。对很多人来说，梁启超对中国的未来愿景开始看起来与它的过去太过于相像。③

未来奇幻小说在 1900 年代间一直很受欢迎，作家也持续想象国家再造的多种可能性。有名的例子之一便是吴趼人 1905 年的小说《新石头

---

① 《新小说》时常错过每月出刊日，显示梁启超只是工作过量，而非对新中国缺乏想法。见石云艳《梁启超与日本》，第 218 页。其他的评论游戏例子可见《新小说》及它的后继者、由吴趼人担任主编的《月月小说》。

② 狄楚青（1873—1941），初名葆贤，号平等阁主人。他任职于《时报》（Eastern Times, 1904—1939）时，创立了两页篇幅的每日副刊《滑稽时报》，刊登滑稽故事、笑话和广告，后于 1915 年时辑成数册。狄葆贤后来因为立场和对《时报》的管理上的歧异而与梁启超和康有为二人分道扬镳，并赴北京创办了京津版的《时报》。关于《时报》的详细研究、狄葆贤对报刊的参与，以及《时报》如何于 1912 年后从政治导向转向大众娱乐口味，见 Judge, Print and Politics，特别是第 46—50、195—197、208 页。

③ 有关梁启超自 1890 年代至 1900 年代政治思想上的转变，见 Zarrow, After Empire，第 2 章，特别是第 76 页。梁启超短暂地以北洋政府一员的身份参与了新中国的建立。海外滞留十四年后，他在 1912 年 10 月回到中国，并被任命担任袁世凯内阁的司法部长。1915 年时，他公开反对袁世凯恢复帝制的命令，并辞掉官职、避难于天津的日本租界。袁世凯死后，他致力于学术与改革论的撰写。见 Young, The Presidency of Yuan Shih-k'ai, 122；Ch'en, Yuan Shih-k'ai, 171–172。

记》。[1] 小说叙事者以一种自我辩护的设问开场：《石头记》招来许多"狗尾续貂"的续书，而吴趼人自问自答道：我是否正犯下"画蛇添足"的错误呢？

故事将林黛玉放在一旁，让再度降生的贾宝玉叙述他的冒险。几世的佛家修行后，他发现自己来到 1901 年。茶馆客人听到他说自己是贾宝玉且正在找寻荣国府时，无不嘲笑他是痴人说梦。搭轮船去上海时，他惊讶地从乘客口中听闻林黛玉如今是上海名妓，但后来发现搞错了人。贾宝玉发现晚清妓女流行角色扮演，常以言情小说角色为自己命名；一如《游戏报》读者熟知的现实生活。

宝玉在上海见识到中国人与外国人间的不平等，因此决定致力于使中国富强。他也在上海遇见他的表兄、纨绔子弟薛蟠（另一位时空旅人）——以卖书为生，过着现代花花公子的生活。而他自己则深深为梁启超在报刊中关于社会、政治、科技改革等的理念所吸引。

《红楼梦》中柔弱的贾宝玉摇身一变成为对各种新科技、地理、政治知识孜孜不倦的追寻者。在中国各处游历的宝玉一日行经一座牌坊，进入了"文明境界"（吴趼人解释这奇幻的转折灵感来自他原稿的点评者"镜我先生"）。宝玉在这未来王国的向导是"老少年"，[2] 他给宝玉介绍新奇的科技玩物，如测验性质镜（可侦测新来者的开化程度）、拟人又会说话的时钟、用化学调制出来的天气和可避免疾病的食物萃取液。宝玉乘坐飞车在非洲猎得一只大鹏，并且搭乘潜艇遭遇到海怪和人鱼。他们终于来到南极，追随一条海鳅鱼穿过通往澳洲的水隧道。由"东方文明"执政的文

---

① 如学者所指出，晚清的未来小说文体和 1880 年代借由《点石斋画报》普及的科幻图像密切相关。这些图像包括了宇宙飞船和其他科技新发明。未来主义也渗透到剧场。1906 年末或 1907 年初时，一群来自上海的年轻戏剧学生制作了一出叫作《十年后的中国》（*China Ten Years Hence*）的戏。见 Huang, *Chinese Shakespeares*, 61。吴趼人《新石头记》的前十一回都连载在 1905 年 8 月到 11 月的上海《南方报》上。上海的改良小说社于 1908 年出版了这本四十回小说的插图本。

② 有关老少年这过时又自相矛盾的人物，见 Song, *Young China*, 第二章。

明境界在各方面都超越西方，包括作为冒险的起点。

　　吴趼人的冒险幻想小说借鉴维多利亚时期风格的科幻小说，譬如贝拉米（Edward Bellamy）的《回顾》（*Looking Backward: 2000—1887*, 1887）和儒勒·凡尔纳（Jules Verne）的《海底两万里》（*Vingt mille lieues sous les mers*, 1870）。[①] 这种对解决办法的追寻与晚清知识分子的主流期盼（及其潜藏的焦虑）一致，他们引进一切科技与知识试图使中国富强。宝玉尖酸地抱怨中国现况，又带着濒临绝望的热忱启程求索。到了旅程尾声，他见证了一场近似于《新中国未来记》中在理想中国（文明境界）举办的国际和平会议；不过，和梁启超小说不同的是，它最终只是一场幻梦。文学学者王德威称宝玉为"一个在历史轨道以外孤独、迷惑的旅行者"，因为发现自己"只能作为'未来已经发生了的事情'的迟到的旁观者"而不开心。[②]

　　不过，宝玉并未耽溺于自身的时代错置，他适应那个时代。如妓女林黛玉的笑话所示，吴趼人的幽默并非全都意在发泄民族主义的焦虑。里头有很多情境喜剧：宝玉绊倒他的仆人焙茗后遭骂"是那一个忘八羔子没生眼睛的，踢你爷一脚"。他对报纸感到困惑，又对点燃火柴感到恐惧。宝玉变成作者的玩物，一个低俗闹剧和乡下土包子幽默的角色，他的"天真欢喜之情，恰如《石头记》中刘姥姥逛大观园一样"。[③]

　　现代物品不只引发焦虑，更带来惊奇。这包含日常用品与新奇机具，像是令人惊异的科技新品和奇珍玩物。宝玉对新世界的一切充满探索之

---

① Jones, *Developmental Fairy Tales*, 31.《海底旅行》是从译自法文的 1884 年日文版再译而来，英文名为 *Twenty Thousand Leagues under the Sea*。它在 1902 年开始连载于《新小说》，与《新中国未来记》同一期。

② 王德威《被压抑的现代性》，第 361—362 页。Andrew Jones 在形容宝玉时有相似看法，认为他是一个被自己的无能所折磨的角色："宝玉被过往所困扰、对还没发生的历史来说又是个姗姗来迟的路人，他最终连做主的宽慰都没能得到，反而委身于进化史的瓦砾堆。"见 Jones, *Developmental Fairy Tales*, 62。

③ 王德威《被压抑的现代性》，第 352 页。

心，包括轮船、留声机、摩斯密码、怀表、手电筒、炼钢厂、军火以及其他他所遭遇的事物；这种探索的态度反映出尼尔·哈里斯（Neil Harris）在对 19 世纪美国大众娱乐专家 P.T. 巴纳姆做的一份研究所提及的"操作美学"（operational aesthetic），也就是一种对于机械与操作原理的迷恋心态。[①]

当时社会要求人民应有系统地接受知识文化教育，进而促进了这种启蒙的倾向。哈里斯认为操作美学在文化上的表现形态甚为多样，其中之一即是对于骗局、恶作剧、捉弄以及辨别真伪的方法的强烈兴趣（我将在第五章讨论恶作剧）。另一件事是讲求保持开放的自我启蒙主义。在吴趼人的小说中，宝玉对读书旅行的执着以及孜孜不倦的英文学习，都代表了受晚清进化民族主义感染的一种操作美学；这种民族主义强调强化帝国与民族胜过追求个人利益。宝玉对中国科技如何赶上甚至超越西方这个难题展现出一种不懈的乐观与探寻，正如他的新知启蒙者吴伯惠（无不会）的名字暗示的那样气魄非凡。

科技新物代表的价值远远不只是中国苦于追赶的科学知识的象征——它们本身的特质就让人惊叹欣喜。《新中国未来记》的焦点在于事物在中国未来完成式中"将"如何运作。《新石头记》则是一部牵涉地理和科技冒险的幻想作品。不论是吴趼人过于牵强的结尾（它本身即是那年代的文体惯例）或是梁启超缺乏结局的结尾都不能否定先前的游戏。撇开它们对中国当前国家困局的忧虑[②]，两部小说都拿对未来的幻想取乐。

闲时行乐

辛亥革命意在将中国以现代国家的身份推向未来。但是短期来说，它

---

① Harris, *Humbug*, 61–89. 哈里斯的研究不仅有关巴纳姆其人，更全面地分析了 19 世纪的美国文化，从美国南北战争前的杰克逊时期开始（约莫 1828—1850 年代）。

② 譬如《新石头记》第十二回到第十七回就包含了一条延长的副线，主要是对于义和拳的批判。

却引来了倦怠。1913 年 12 月，《最新滑稽杂志》的编辑"云间颠公"于中华民国建立一周年时对共和体制进行反思。他写道：人人嘴上挂着"五族共和了"[①]，但对他这样一个只在乎以美食跟文学为乐的中年闲汉来说，汉、满、藏、蒙、回等族共和了到底有什么意义呢？他希望这份新刊物能提供最罕见的宝物——笑声。毕竟就如杜牧与苏东坡所云："人世难逢开口笑""伸眉一笑岂易得"。[②]

"云间颠公"述及他搜罗了来自期刊及他与友人的作品，想要编一部幽默文选，并且为了寻找出版商出版而到上海去。旅途中，他被一家挂着"五族全席共和大菜"招牌的餐厅给吸引进去。菜一道一道上来，而他则是从期待转为失望。他用一系列的双关娓娓道来。首先，鳗〔满〕鲤使他想到，现下人们都上东洋馆子，因为"近来很讲究烧鳗鲤，比中国强得许多"。红烧脏〔藏〕肠则是"做菜的大司务不知何时在脏肠里误放了许多英腿，弄得脏肠原味被英腿多夺了去了"。柠檬果（谐音蒙古）"一阵鹅（谐音俄）油气味，腥恶异常"，回鸡"其硬非凡，实在不能下咽"，而"最驰名的"虾仁（上海话谐音汉人）"炒（谐音吵）得太过火了"。最后云间颠公为这顿饭的代价大吃一惊，因为账单"非常之贵"。

尽管这显然是虚构的，但共和大菜终究成为令人难以下咽的荒谬之物。它是"不合"之景，每道菜都令人如此不满，以至于整桌菜成了一场灾难。好几道菜都暗示了对中国领土的特定威胁。随着在 1904—1905 年日俄战争中大胜，日本将其势力伸入东北。而英国军队则自 1904 年以来

---

① 所谓《杂志》其实是六册的套书，1914 年 3 月由上海扫叶山房出版。

② 前者改编自杜牧《九日齐山登高》（作者将"尘世"改为"人世"）。后者来自苏轼《登州海市》。杜牧的诗句用了《庄子·杂篇·盗跖》的典："人上寿百岁，中寿八十，下寿六十，除病瘦、死丧、忧患，其中开口而笑者，一月之中不过四五日而已矣。"

不断入侵西藏一带。[①] 今日的蒙古国曾是大清帝国 17 世纪以来的领土，但它亦于 1911 年宣布独立，并迅速为渐强的俄国势力所笼罩。

和国家遭到吞并有关的寓言盛行于 19 世纪末到 20 世纪初。世界各地的漫画家都刻画国内外势力如何瓜分中国及其他遭受威胁的国家的领土，特别是东欧，仿佛在分割一块蛋糕、一头猪、一条香肠或一颗瓜。中国内部的权力斗争常被描绘成人吃人的竞争，并终将导致中国成为外国旁观者的俎上肉。[②]

在这样的政治语境下，"瓜分"让人联想到另一个相近词"破瓜"；"破瓜"的意思是女子被夺去处子之身。[③] 中国正被侵犯。中国插画家也根

---

① 《图画日报》曾刊登一张外国人瓜分西藏的插画，约 1910 年左右。见《图画日报》第 215 期，第 9 页，上海古籍出版社重印，第 5 卷，第 177 页。

② 举例来说，《鹬蚌相争渔人得利》("The Bird and the Shell-Fish")借鉴一则旧寓言来表达北方和南方之争如何使它们自己成为"某些贪心渔人（亦即日、俄两国）可轻取之猎物"。而观看此一景象的仍带着孩子气的新中国，则正被一个西方"拐子"所引诱。这则双语漫画原先于 1912 年 2 月 3 日出现在支持袁世凯的上海刊物《中国公论西报》(*The National Review*) 上，其时中华民国方建立一个月。这幅漫画也重印在瓦尔达（Valdar）与人合编之《一千九百十二年中国历史插画伍拾贰幅》(*The History of China for 1912 in Cartoons, with Explanatory Notes in Chinese and English*)，无页数。清朝被瓜分的漫画也流行于明信片上，其中几幅法国与德国的明信片被重印收入曾讲来编《崩溃的帝国》，第 55—57、179 页。

③ "瓜分"在 19 世纪成为领土划分的通用词。民国早期的例子出现在《民权报》的《瓜戏》系列当中。有关此跨国主题，见 Wagner, "China 'Asleep' and 'Awakening'"。"破瓜"早在晋朝描写歌女碧玉的乐府诗《碧玉歌》的"碧玉破瓜时"就出现了，意指"瓜"字分成两半为"八八"，即十六岁。明清之后"破瓜"用以指女子初次性交，见冯梦龙《冯梦龙全集》，第 23 卷，第 1298 页。有关该词在上海妓院中的用法，见 Hershatter, *Dangerous Pleasures*, 107；亦见汪仲贤（撰述）、许晓霞（绘图）《上海俗语图说》，第 11 页。中国的漫画在描绘及评论外国事务时，偶尔会使用剖瓜的意象。一幅 1918 年的漫画当中，美国在各国领袖出席的一战后"和平席"上，用民主之剑劈开披着德国国旗的、独裁统治的瓜。第 1 期第 3 号（1918 年 11 月），第 22 页。见《上海泼克》，梁启超 1902 年小说《新中国未来记》第三回使用了国家被强奸的比喻：（转下页）

图 3.2 "新鲜月饼生蛀虫"，刊于《民权报》第 182 期的图画副刊中（1912 年 9 月 25 日）。

据在地的主题创造视觉象征。"新鲜月饼生蛀虫"（见图 3.2）是一幅出现在新的报纸《民权报》上的插画，时间上比"云间颠公"的那桌菜早了约一年多；它刻画了一枚由"五族"新制的月饼（五族的名称环绕着民国的旗

（接上页）"我今有一个比喻。譬如良家妇女，若是有人去调戏他、强污他，他一定拼命力拒，宁可没了身子，再不肯受这个耻辱；若是迎新送旧惯了的娼妓，他还管这些吗？"参见饮冰室主人《新中国未来记》，《新小说》第 2 号（光绪二十八年［1902］11 月 15 日），第 71 页。

帜），正被蛀虫——"英""俄"和"日"——所蚕食。

"云间颠公"的版本稍微改变了"瓜分"这个陈腔滥调：他不去谈侵吞中国的外国势力或权欲熏心的中国上位者，而是转由市民品尝那个时代的风味。此外，他的语调偏向探索而非愤慨——就像一个老饕尝试新菜色，却发现不合自己口味。

"云间颠公"是雷瑨（1871—1941）的笔名；他是清朝举人，当时负有盛名的扫叶山房出版社的经营者。扫叶山房在太平天国时期从苏州迁到上海，是民初专门发行平价刊物的出版社，出版范围从经典到现代小说，而喜剧作品也是它的特色之一。[1] 雷瑨曾针砭旧政权，更以李伯元风格出书揭露"满清官场百怪"。[2] 他笔名中的"云间"是上海松江（雷瑨的出生地）的别称，也可能会令民国读者联想到活跃于明末清初苏州松江府的诗人社群"云间词派"——暗示一种文人隐居的意象[3]；"颠公"同时也让人想起又名"济颠"的民间喜剧英雄——济公和尚。由于雷瑨对戏拟的偏好，他的笔名本身无妨当作文字游戏来看待，人们可以进一步联想到高高在上、颠倒看待世界的人那种冷漠疏离的感觉—— 一位"高傲颠倒"先生；而雷瑨正是在清朝政权因基础脆弱不稳而颠危时给自己取了这个笔名的。

激进派嘲笑雷瑨这些文人是清朝遗老，攻击他们既浅薄又琐碎，只会哗众取宠并为迎合市场而写作。这自娱娱人的意识形态之所以令激进派感到不悦，部分是因为它实在太受欢迎。雷瑨和同辈的作家兼编辑人士知道戏仿和寓言文体能引起读者共鸣，因此也鼓励读者用这种轻松态度面对现

---

① 扫叶山房 1914 年的出版物包括吴趼人的《滑稽谈》和雷瑨本人所编、更厚一些的《文苑滑稽谈》（第二版：1924 年）。1917 年，它发行了郭尧臣的笑话书《捧腹集》。见附录一。有关出版社的历史（出版社于 1920 年代开始没落），见 Reed, *Gutenberg in Shanghai*, 101—102、287、321n51。

② 扫叶山房发行的吴趼人《我佛山人滑稽谈》1914 年版本背面，曾出现一则云间颠公《满清官场百怪录》的广告。它于 1925 年重印。雷瑨后来在《申报》担任编辑多年。

③ "云间词派"的形成，与晚明著名的隐士陈继儒和施绍莘有密切的关系。他们两人长期隐居在松江的畬山，一时访者如云，彼此间的诗词唱和对云间词派的形成有重要的影响。

实中的不快。

连续戏拟犯

辛亥革命前后，游戏文章流传到了各大报。1911 年，《申报》开设了一个专登游戏文章的专栏《自由谈》，延续梁启超、李伯元和吴趼人用打趣口吻发表时论的风格。[①]《自由谈》成为主流公共论坛，吸引各种政治倾向的知识分子，直至 1930 年代。专栏开设两年后，主编利用它的成功，将其中最受欢迎的游戏文章重新包装并连同一些新作品以《自由杂志》为名出版。1913 年 10 月创刊号上一首"祝诗"的末段如此写道：

> 文章笑骂骂文章，
> 滋味酸醎试细尝。
> 欲把诙谐当药石，
> 故翻格调学东方。[②]

挪揄成为晚清上海小报的重要特色，而民国时期的编辑们也乐于见到机智的笑骂文章。[③]重口味的语言和恰到好处的用典都替被雷瑨认为"乏

---

① 《自由谈》最先由王钝根（1888—1950）编辑。编辑工作后来交给知名作家周瘦鹃（1919—1932），再交给黎烈文（1932—1934）。《自由谈》1917 年的一篇戏仿文章呼应了吴趼人说法，认为采取喜剧风格是传播想法最有效的方式；它还主张游戏文章"大则救国，次足移风"，并引司马迁的《滑稽列传》作为前例。见济航《游戏文章论——仿欧阳修宦者传论》，《申报》，第 16037 期（1917 年 10 月 16 日），第 14 页。有关《自由谈》的贡献及中国公共领域的发展，见李欧梵《现代性的追求》，第 1 章。李伯元的个人文学名声在死后仍然持续发挥影响。譬如在 1920 年代早期，《游戏世界》就刊载了一个"名著"专栏献给李伯元的"谐文"。

② 童爱楼《〈自由杂志〉祝诗》，《自由杂志》第 1 期（1913 年 10 月），第 2 页。

③ 有关对晚清小报的嘲弄，见 Juan Wang 所著 *Merry Laughter and Angry Curses* 一书。

味"的共和大菜增添了不少味道。《自由杂志》很快更名为《游戏杂志》，并以《自由谈》最出名的写作风格作为号召。[①]

这个娱乐市场的作家能"戏拟"任何事物——从独立作品到人们熟悉的风格、形式与文类。小说家为《封神演义》《西游记》《镜花缘》一类以冒险为主题的经典白话小说撰写续集，里头充满因传统遭遇现代所引发的幽默的时代谬误与错置。[②]诗人和散文家从经典作品抽取片段来戏拟，譬如从《诗经》《离骚》和四书五经中取材。短篇戏拟常用特定的字眼开头，如"戏……""拟……""戏拟……"和"仿……"。[③]

举例来说，任何读过《唐诗三百首》的学子都能立刻认出杜甫的《江南逢李龟年》：

---

① 《游戏杂志》的英文原名是 *The Pastime*。李海燕指出，王钝根在《自由杂志》的合作编辑童爱楼就以能为读者提供一个休闲时浏览的"杂货店"来宣传《自由杂志》。见 Lee, "A Dime Store of Words," 54。对我来说，"杂志"和"杂货店"中的"杂"其实也代表着游戏文化着重实验与探索的标志。这种"自选娱乐"的精神特质类似于美国歌舞杂耍（vaudeville）表演的综艺结构；亦即只要付一个定额，顾客就能入内观赏一系列反复演出的表演，且可按喜好随时进出。《图画日报》曾在 1909—1910 年间将同样的隐喻用在"新知识之杂货店"系列当中，其中包含了喜剧、讽刺及寓言式漫画。

② 吴趼人的《新封神传》于 1907 年刊登在《月月小说》中。包天笑的《新西游记》从《游戏世界》第 9 期（1922 年 2 月）开始连载，并对读者宣告该故事不是叙述的而是"戏述"的（见第 10 期）。包天笑《新镜花缘》的一部分刊登在《滑稽》第 1 期（1923）中。另有黄言情所撰的《新西游记》由言情出版部于 1934 年在香港出版。新形态的混搭文续在 1950 年代的香港受到欢迎；那时人们正经历战后流离，让韩倚松（John Christopher Hamm）称之为"乱离的喜剧"（comedies of displacement）的文类受到欢迎。见 Hamm, *Paper Swordsmen*，第三章。

③ 砚云居士的《滑稽文集》（1910 年序）中收录了许多用这些字眼作为篇名开头的作品，例如第 49—50、62、93—96、125—128、130—132、134—135、145—146、149—150、177、202 页。Simon Dentith 对戏拟（一种具有评价性质的文体）的定义或许是正确的："戏拟包括任何针对其他文化产品或实践做出相对针对性、意有所指的模仿的文化实践。"Dentith, *Parody*, 9。虽然正如 Simon Dentith 在其他地方所指出的，关键在于它做的到底是"什么样"的文化工作。

　　岐王宅里寻常见，

　　崔九堂前几度闻。

　　正是江南好风景，

　　落花时节又逢君。

　　杜甫与当年常在贵族豪门演唱、后因安史之乱被迫逃亡的著名音乐家李龟年在江南重逢。这首诗表达了他对此事的惊愕与感伤。1918 年，漫画月刊《上海泼克》有则投稿"仿"诗圣之作如下：

　　野鸡

　　贵州路口寻常见，

　　楼外楼头几度闻。

　　马路排班怕巡捕，

　　青莲阁下又逢君。[①]

　　同样地，戏拟作家挪用了传记的形式，撰写了嘲讽性质的短文，例如《米蛀虫传》《饭桶传》《人面蟹传》（指贪官如螃蟹般横行）、《好好先生传》《龟先生传》《麻皮小姐传》和《叩头虫传》。[②] 他们写了《烟鬼赋》《野鸡赋》《知府赋》《胡须赋》《革命赋》《南方乱事赋》《冒充女学生

---

① 见仇兆鳌《杜少陵集详注》，第 2 卷，第 1199 页；马二先生《仿唐诗："野鸡"》，《上海泼克》第 1 期，第 1 号（1918 年 9 月 1 日），第 25 页。在此之前五年，《自由杂志》的第一期就包含了一则题为《嫖（新《诗经》）》的作品。

② 蛀虫、饭桶和人面蟹出现在《自由杂志》第 1 期（1913 年 9 月）的"游戏文章"专栏。《好好先生传》《龟先生传》《麻皮小姐传》和《叩头虫传》收入李定夷所编《滑稽魂》（1919）的第一部分当中。《滑稽杂志》第 1 期（1913），第 18—19 页的"滑稽文粹"当中也出现一则《叩头虫传》。有关唐代中期的断代，见 Franke, "Literary Parody in Traditional Chinese Literature," 24.

赋》《游戏场赋》《租界马路赋》《丑人行》（仿《丽人行》），也写作关于火灾以及贫穷的"赞""贺"。[1] 他们戏拟了演说、论说、广告、公呈、命令、传单、电报、告白、政策、章程、宣言、问答、书函、公牍、奏折、说、谈、话、文、契、檄、禀、启、铭、卦、解、判、经、赞、司状词、大会记。有辫子与胡子眉毛间的书信往来，有《悼便壶文》，有《男子生须女子无须之研究》《雷公电母辞职电》和《拟嫖界大王禁止滑头漂胀告示》。[2] 一部"旅行小说"中，发虱和袜虱讨论它们在人体地景中如何奋勇冒险而行[3]，而另一部"游记"则题为《游睡乡记》。

富有生意头脑的编辑们把戏拟重新包装后再以文选方式重新出版，一如他们对笑话的处理方式一样。举例来说，李定夷的《滑稽魂》（1919）搜集了超过四十位作家（有些如李定夷一样可从笔名辨认身份）[4] 的作品，分为六大类：滑稽文章、滑稽诗词、滑稽常识、滑稽小说、滑稽故事、滑稽新闻。滑稽诗词包含当时流行的诗句，专门嘲笑矮子、长子、胖子、哑子、瞎子、驼子、麻子、聋子、瘫子、前清遗老、西装客、小说家、官僚、买办、记者还有"听笑话者"。

滑稽文章还包括以"论"或"说"为题，看似合乎逻辑但论点却很荒谬的论说文。举例来说，《烟鬼为科学全才说》就列举了"东亚病夫"为何是各种现代知识领域专家的原因。商学："筹款购土中外通商。"声学："气调呼吸法，善吹嘘。"化学："翻笼衬纸提砒收膏。"体操学："鞠躬以娴其

---

① 《租界马路赋》（仿《阿房宫赋》）刊登在 1901 年 4 月 2 日的《笑林报》（1901—1910）头版。《冒充女学生赋》《革命赋》《南方乱事赋》（仿《阿房宫赋》），参见云间颠公辑著《最新滑稽杂志》。陶报癖，《贺穷文》收录在砚云居士，《滑稽文集》（1910），第 11—13 页。〔童〕爱楼，《贺四马路失火书》（仿贺王参元失火书），《自由杂志》第 1 期（1913）。

② 参见云间颠公《最新滑稽杂志》（1914）。

③ 焦心《虱谈》，《余兴》第 1 期（1914），第 54 页。

④ 列名《滑稽魂》作者的包含李伯元、李定夷、贡少芹和陆万良。其他作者的笔名包括"好笑""啼猿"和"病夫"。新闻报道作者未具名。1923 年出现第二版，而 1935 年又出现另一版。

姿势，单枪以演其瞄准。"哲学："以凝其玩想静卧以连其心思。"伦理学："瘾头过足，家人父子妻妾儿女环坐灯前谈笑。"其他还有如光学、医学、卫生学、电学和魂灵学。这篇文章只是无数见证中国现代化失败的文学作品之一。其他论说文也采取类似的模式：通过本土的比喻重新诠释现代的要求——科学、教育、宪政、男女平等。

"滑稽常识"包括戏拟耳熟能详的广告类型：对常见病痛的治疗。《治牙痛》说："牙痛。饮食颇不便。甚至夜间难以安枕。若取活蜈蚣三条。含于口中一小时。立即止痛。如无蜈蚣时或用顶好吗啡一瓶。搽于患处亦可。"① 其他处方笺亦采取类似的方子：先表达同情，再接以精确剂量的危险疗法。小儿流鼻涕？"以锡块置锅中，燃火溶解之（能薄如水最佳），倒入鼻孔中，及至锡水凝结……鼻涕自然不拖。"癫痫病？"治法极简。"锅里放入豆油，"沸时，放头于油中，煎至五分钟，则癫虫尽死，必不再生，其病自愈。"口吃？"牢缝其口。"喉痛？"用小刀将喉管切断。""可丑孰甚"的跛者？"二股用利刃割去。割去后敷以药，另于腰下装铁板一方，铁板之下制一横轴，轴之二端装二轮，雇一仆人，自后推之，则行走如意矣。"每种疗法都号称简单、新颖、科学又有效。

这些戏拟明目张胆地违反道德禁忌，让读者瞠目结舌。它们也隐晦地点出当时报纸所推广的、包括医药在内的知识的民主化与商业化。药商拼命打广告，教人自我诊疗的主题成为《申报》等报纸的常见专栏，西药更威胁到中医与中药师的生存。② 这些戏拟对新词汇（如吗啡）、新观念、新知识领域的态度往往带着戏谑与质疑，却鲜少表现出如中国漫画家针对新政客所表现出的毫不掩饰的敌意。

---

① 祥三《治牙痛》，收入李定夷编《滑稽魂》，第 3 卷，第 5 页。1920 年代的《红杂志》另有一个不同的"滑稽常识"专栏。

② 病痛与疗法的主题从 19 世纪以来就出现在中国的文学与图画作品中。譬如见 Schonebaum, *Novel Medicine*；Heinrich, *The Afterlife of Images*。

戏笔

19 世纪广为流传的石版印刷与摄影技术让报纸得以出版画报形式的副报，如《申报》开风气之先的《点石斋画报》（1884—1898），当中刊载了跟异闻、怪谈和新奇机械有关的图画。其中有些画报后来从大报的副报变成独立画报。[1] 1910 年代早期，愈来愈多的照片与漫画也加入了画报出版的行列。

1907 年创办的大报——《神州日报》——发行一周两次的画报副刊，让许多才华横溢的中国漫画家得以初试啼声；其中包括沈伯尘，他后来创办了双语幽默杂志《上海泼克》（*Shanghai Puck*）。[2] 这时的漫画借重寓言、视觉双关和文字游戏。"防川"（见图 3.3）是由马星驰以"戏笔"方式描绘两名清朝官员试图阻挡两座象征舆论洪流的山泉却徒劳无功。[3] "舆论的力量"也跟随报业的发展成为新兴的现代概念。中国历史上实际的治水事务大多是由地方官员负责，而此一治水传统则可上溯到大禹。1900 年代刘鹗的《老残游记》以新的方式讲述治水的议题：山东巡抚采用了幕僚所提的"不与河争地"的策略，放任河水溢流，结果导致治河失败；主角老残则是提议改用传自大禹的、以抑制为主的策略治水。[4] 而漫画则站在大

---

[1] 一个知名的出走者是吴友如（1840?—1893?），《点石斋画报》的主要插画家之一，他在 1890 年离开《申报》旗下的《点石斋画报》、独资创立自己的画报《飞影阁画报》。有关《点石斋画报》的历史，见 Ye, *The Dianshizhai Pictorial*。

[2] 《神州日报》（*The National Herald*, 1907—1947）由同盟会成员于右任（1879—1964）成立于上海。它起先是份反清日报，发行量超过一万份。民国成立以后，袁世凯买下《神州日报》并安排他中意的国会议员担任编辑。更多有关此报的历史，见 Wagner, "China 'Asleep' and 'Awakening'", 101；荆诗索和柯岩初编，《帝国崩溃前的影像》，第 3 页。

[3] 〔马〕星驰《防川》，《神州画报》（1909 年 8 月 10 日）。重印并收入《清代报刊图画集成》，第 5 卷，第 269 页。

[4] 有关《老残游记》中的治水，参见：许晖林《泪水、黄河与河工：〈老残游记〉中的洪灾创伤书写》，《清华学报》新 50 卷第 4 期（2020 年 12 月），第 697—732 页，尤其是第 706—707 页。

图 3.3 清朝官员徒劳无功地试图阻止群众意见的潮流。取自《神州画报》（1909 年 8 月 10 日）。

自然这边，认为大自然的力量无法抑制，终将冲垮旧秩序。[1]

　　山东出身的马星驰在他二十岁那年，也就是 1893 年移居上海，靠着绘画为生。然而来年他就迁到广州，加入革命党。同一年，他因为清廷的

---

[1]　刘鹗的小说里有好几处都类似这个桥段，是根据作者本身经验所写的。政治漫画家在 1910 年代，也就是北洋政府打压记者和出版社之际，复兴了言论自由这个主题。举例来说，沈伯辰（1889—1920）刊于 1918 年 10 月号《上海泼克》的漫画，就对于北洋政府当局在报社揭露国务院总理段祺瑞秘密向日本借款后大肆逮捕记者、强迫报社关门一事，表达了反对与批评。

打压而流亡海外，与孙中山在一起约莫十年时间，并于 1904 年回上海前在巴黎创办了艺术杂志。1907 年《神州日报》创立，他担任该报画报副刊《神州画报》的首席插画家，更在 1910 年成为副刊的主编。1912 年，马星驰开始为上海发行量最大的报纸《新晚报》绘制漫画，并于 1918 年成为图画版的编辑。他也为《真相画报》（The True Record）作画，这是一份自许监督新政府，看顾人民福祉，并提供世界各地新讯的上海旬刊。它期望提供兼具严肃与趣味的文学与图画 ①，并且还以幽默插画包装时论文章。

马星驰在《真相画报》第二期刊登了一幅两页的漫画，通过改编一个旧主题来描绘艺术家所扮演的启蒙角色（见图 3.4）。

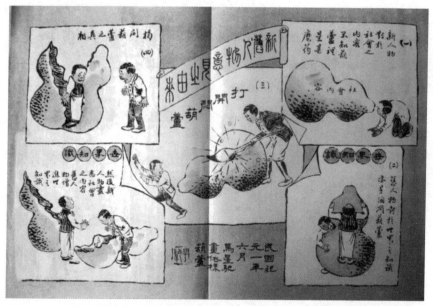

图 3.4 马星驰的漫画"新旧人物意见之由来"。该漫画展示了漫画家对于"世界知识"（圆圈中的字）的贡献。取自《真相画报》第 17 期（1913 年 3 月 1 日）。

---

① 《本报图画之特色》，《真相画报》第一期（1912 年 6 月 5 日），第 1 页。《真相画报》在上海编辑印刷、在广东拥有分社，并且发行于全国及英国统治下的香港。

"闷葫芦"原指江湖郎中兜售的可疑秘药，暗示一种暧昧不明的情况。说一个人"闷在葫芦里"就是说他活在（或被置于）一种无知的状态。漫画家用他的画笔"打开闷葫芦"让知识如涌泉般流向两种观众：一种是身在外头，拥有"世界知识"但不懂其"社会之内容"的"新人物"；另一种是困在社会里头，对外界一无所知的"旧人物"。该图中间下方的一块空隙则题上"民国纪元一年（1912年）六月，马星驰依样画葫芦"——既是"依样画葫芦"，那么就又是依循旧例而缺乏突破了。这种矛盾的寓意是那个年代印刷业激进主义的典型：我们有了新的力量，但什么都没改变。

马星驰也画带双语标题的漫画，例如《恶果寓言》用悉心灌溉果树象征建立国家，而新生命却让蛇蛆由内而外一点一滴吞噬掉。① 同期的《真相画报》暗指袁世凯涉入宋教仁暗杀案，因此很快被勒令停业。不过，它依然标志了中国印刷文化的重要转折点。报刊如今用双语内容来吸引外国读者；除了《新鲜月饼生蛀虫》这样的单幅漫画外，也加入富故事性的连环漫画让版面更加生动。1900年代和1910年代间，中国漫画家试着复制、翻译美国连环漫画，譬如鲁道夫·德克（Rudolf Dirk）的《顽童们》（*The Katzenjammer Kids*，创于1897年）和马德·费雪（Bud Fisher）的《莫特与杰夫》（*Mutt and Jeff*，创于1908年），不过单幅漫画依旧是主流。连环漫画直到1920年代才成为中国报章的常态专栏。②

---

① 马星驰《恶果寓言》（"The Unwholesome Fruit, A Metaphor"），《真相画报》第17期（1913年3月1日），无页数。

② 一直到叶浅予的《王先生》于1928年初登《上海漫画》的时候，才出现了常态性、由中国画家所绘制的连环漫画。漫画中的人物热门到叶浅予受邀为其他报纸创作这部漫画的不同版本，包括上海、南京和天津的报纸。到了1930年代和1940年代，甚至出现以这角色为主的电影。有部题为《太史先生》的连环漫画，其主角明显取材自王先生；它在《王先生》问世不久后出现，在1929年广州的《半角漫画》（*The Sketch*）上连载刊登。*The Katzenjammer Kids* 和 *Mutt and Jeff*（约莫1910年代）中文版重印并收入《清代报刊图画集成》，第10卷，第76—77、80—81页。

图 3.5　图中的猿猴是总统袁世凯，他试着以名为"私人"的梭子替中华民国"组织内阁"，一旁有只狗正看着，刊于《民权报》第 97 期（1912年 8 月 14 日）。

　　政治漫画常常涉及视觉双关、文字游戏和谜语。其中一些最极端的实验作品可见于袁世凯总统即位后不久在上海发行的日报《民权报》（第二章有提及）。[①] 该报的漫画家时常将袁世凯描绘成猴子，因为"袁"与"猿"形近音同。《组织内阁》描绘一只学人穿西装的猴子坐在一台织布机前，来回以"私人"为梭（见图 3.5）"组织"它的内阁。"猿"也出现在其他

———————

① 《民权报》在 1913 年二次革命失败后关门大吉；它亦曾连载徐枕亚的畅销小说《玉梨魂》（1912）。当代另一报纸《民呼日报》同样在政治漫画上表现激进。

图像中——它们操纵傀儡、脸戴面具、幻想自己是皇帝。[①]

　　汉字书写本身就充满带有寓意的文字游戏。1903 年，以澳洲墨尔本为基地发行的革命报刊《爱国报》通过将"西太后"与"清"颠倒过来印刷（"冨¥曰"和"煭"）来暗示推翻他们（"倒"同时是"打倒"和"颠倒"）的期望。[②] 在 1900 年代和 1910 年代，漫画家也发展了一种叫作"滑稽字"的文类：一种利用汉字结构做文章的视觉谜语。这些滑稽字通过去掉词语中某个字的结构的一部分来改变词语的意思，借此评论政治与社会。

　　举例来说，日本 1905 年在日俄战争中获胜令中国观察家印象深刻——在当时，不仅因为它有黄种人国家大胜白种人国家的意义，更因为它代表宪法体制胜过了独裁体制；同一年，中国瞬间增加了许多与制宪相关的文章，对于中国制宪的种种努力进行了戏仿、怀疑和批判。1906 年清廷宣布预备立宪，却很快被人发现完全无意于放弃权位。[③] 1908 年 1 月，《神州日报》一位漫画家刻意加深"空生梦想"四个字当中的部分笔画，使这些笔画从上到下依序串成了宪法的"憲"【宪】字（见图 3.6）。1912 年 5 月，也就是袁世凯成为总统两个月后，《民权报》一位漫画家将袁世

---

① 许多则漫画都描绘沉睡中的猿猴；它们重新诠释国际上谈到中国时会引用的、存在已久的"中国的睡与醒"这个惯用说法。有些漫画表达袁世凯的醒觉来得太早，以及他显得"不够"被动——他应该耐心等待、让一切顺其自然。见《清代报刊图画集成》，第 11 卷，第 43 页。1912 年 10 月 2 日出版的漫画《中央梦》描绘一只猿猴伸手触及一张写着"皇帝万岁"的标语，显示袁世凯的皇帝梦早在他当上总统后不久便已昭然若揭。

② 如见《清廷无道又杀维新》，刊登于《美利宾埠爱国报》（1903 年 8 月 5 日），第 2—3 页。感谢新南威尔士大学（University of New South Wales）的罗海智将这些信息分享给我。

③ 1908 年 9 月，朝廷姗姗来迟地颁布了《钦定宪法大纲》，规定大清帝国万世一系，为自己保留了至上的权力，并且宣布"十年后实施立宪"。见 Ch'en, *Yuan Shih-k'ai*，第 71、79—82 页。

图 3.6 中国的宪法被描绘为"空生梦想",刊于上海的《神州日报》第279 期（1908 年 1 月 6 日）。

凯的姓氏"袁"字上头删去部分笔画，预言"袁字之结果"是"哀"。[1] 这样的文字游戏类似"拆字测字"，既是诊断受测者的性格或性质，也可以预测祸福。[2] 滑稽字对时下议题进行译码来揭露其真正的含义，而当中许

---

[1]　真耶，《袁字之结果》，《民权报》第 50 期（1912 年 5 月 16 日）。滑稽字出现在许多不同的出版物中，包括《图画日报》《时报》《民权报》《真相画报》《天铎报》（Tee Ooh Pao，1910 年代）、《民呼日报》（1909）、《民嘘日报》（1909）和《神州日报》。《时报》的一个例子重印收入 Judge, Print and Politics, 164。有关《图画日报》的例子，见第 238、239、243 期，重印收入《图画日报》，第 5 卷，第 450、462、510 页。我特别要感谢吴亿伟指出，滑稽字也出现在《天铎报》《民呼日报》《民嘘日报》以及其他未列在此处之刊物当中。

[2]　关于拆字的文学戏仿曾出现在《游戏世界》第 7 期（1921 年 10 月）的"谐林"一栏。

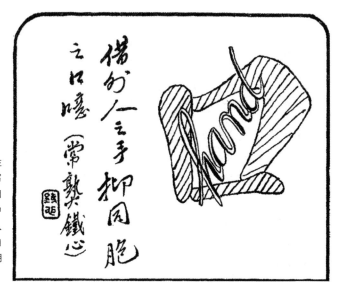

图 3.7 西方的手遮住了中国的嘴。说明写道："借外人之手抑同胞之口噫"，应是指中国政治人物利用西方人争权夺利的行为。取自《民权报》第 102 期（1912 年 8 月 18 日）。

多也都附有图注。

字谜在中国和日本都是存在已久的视觉文类。[①] 其中一种现代变形是双语谜语，譬如用英文的"手"（hand）盖住中文的"口"（见图 3.7）来创造一种图像式寓言，意指中国与外国的交涉当中的权力失衡。另一个热门文类是拟人字。一幅政治漫画把"亚"字画成两个人形的变形（见图 3.8）。上面的变形带着沉重的眼皮和紧闭的双唇，题为"有口便哑（议员）"；下面的变形带有侵略性的表情和紧握的拳头，题为"有心便恶（汉奸）"。它们各自呈现"亚"字如何因为添加新部首或元素而改变字义：加上"口"便成了"哑"，加上"心"便成了"恶"。这个文字游戏暗示那

---

① 日本在明治时期及之后的例子可见于由埼玉县立近代美术馆（Museum of Modern Art, Saitama）出版的典藏目录 *Subtle Criticism*。

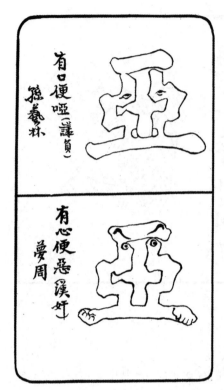

图 3.8 政治上的文字游戏:"亚"字加上"口"和"心"就会变成"哑"和"恶"。取自《民权报》第 109 期(1912 年 8 月 26 日)。

些有义务开口的人沉默不语,而政客拼命为了一己的利益出卖人民。[1]

有些游戏开放读者参与。《民权报》举行了好几场比赛;得奖投稿人的作品(附有图注的毛笔绘制的插画)可获得出版,并有实物奖品一项,譬如一只陶器或一双袜子。这些比赛的目的看似为征才并给予奖赏,实则

---

[1] 1933 年广州的《半角漫画》周报刊登了十幅题为"相"的图画,都以变形字的方式绘成,包括善、长生、富、盗、贫、笑、奸、死囚(脑)、恶、苦等字。它们以杂集的形式出现在一个拥挤的版面,而非以专栏形式单独存在,且只显露淡淡的社会讽刺,缺乏前辈所拥有的辩论气势。见法能《相之种种》,《半角漫画》,第 7 卷,第 3 号(第 75 期,1933 年 11 月 26 日)和第 7 卷,第 4 号(第 76 期,1933 年 12 月 2 日)。

图 3.9 《民权报》举办了插图比赛，这是数百份读者投稿中的四幅作品，约 1912—1914 年。

欲以低廉价格获取稿源——《民权报》至少办了五场这样的比赛，每场比赛都有一百则以上的读者投稿。其中一场比赛要求每幅图画当中必须包含一个背后拿着一根棍子奔跑中的人，仿佛在追赶一个他想棒打的人（见图3.9）。[①] 在每幅图中，这个拿棍子的人总是维持同样姿势，但被攻击的目

---

① 重印收入《清代报刊图画集成》，第 12 卷，第 1076—1077 页。其中一个系列以傀儡为主；另一系列是一扇边缘有花圈装饰的圆形格子窗，中间框着某个块状物；第三个系列则是一个西方女人的半身像，她的长辫子披在双肩上。它们的复制画重印收入《清代报刊图画集成》第 12卷。《上海泼克》在 1918 年举办了一场漫画标题比赛，但由于只出了四期就停刊，所以以来不及出版获胜的稿件。见《上海泼克》第一卷，第一号（1918 年 9 月 1 日），第 27 页。

标则各异。在其中一张图画上，一个男人误解了俗语"打野鸡"的意思（意即嫖私娼），把"打"字理解成拳打脚踢的"打"而非打猎的"打"。另一张图画中，一个疯人攻击坐在寺庙中笑嘻嘻的弥勒佛，因为他认为弥勒佛是在取笑他。总的来说，这形成一种不断创新的艺术游戏。

这种"在同个主题上做变化"的游戏也出现在印刷文化中的其他领域。《游戏世界》杂志的编辑群为 1922 年农历新年的特刊制作了超过二十部以"新"为名的作品，譬如《新西游记》。《快活》（*The Merry Magazine*, 1922）的创刊号涵盖了以下来自个别作者的作品：《快活宣言》《快活老人》《快活之王》《快活真诠》《快活夫妻》《快活新郎》《快活主义》《快活和尚》《快活世界》《快活鸳鸯》《快活之福》《快活姻缘》《快活大侠》《快活大会》《快活之夜》《快活女郎》《快活之梦》《快活之花》。[①] 当作家跟画家拿机械美学做实验的时候，机械本身正在改变都市大众娱乐的样貌。

游戏场

1890 年 7 月某一期《申报》的头版有篇文章报道了由外籍商人出资建立、位于上海市郊的主题游戏场"飞龙岛"。入场券只要一毛钱，里头有茶馆、酒馆和一种以"自行车"（显见是以脚踩踏）运作的云霄飞车类型的设施。这个新发明一次可搭载十个人，沿着弯弯曲曲的轨道绕行；一名

---

① 故事标题上小字体的广告词通常暗示了它们的主题，包括："假死还生""横行无敌""世外桃源""夫妻解放"和"月夜遇艳"。见《快活》第一期（1922）。这份刊物由世界书局出版、李涵秋（1873—1923）编辑；据传它虽受欢迎却因编辑意见不合而突然歇刊。它在第 36 期中宣布杂志将推出改版（我还没有机会见到），且将刊出数部新小说，包括三部热门作品的续作：李涵秋的《近十年目睹之怪现状》《新广陵潮》和杨尘因的《老残新游记》。见《本刊改组特别启事》，《快活》第 36 期（1922），无页数。澳洲国立大学 Menzies 图书馆所藏的版本并未标示出版月份。

乘坐过的玩家说它"蟠曲如龙形"或如黄河一样蜿蜒。[1]据说这部新奇的机械是 1855 年在美国制造的，接着游历欧洲和日本，之后才来到中国。邻近人家抱怨它"八九点钟以后轮蹄之声不绝于耳，直至十二点钟始寂"。[2]

　　中国商人在 1910 年代开始建盖大型室内游戏场。当时的先锋之一便是 1916 年 12 月于上海建立的"新世界"。很快地，又有了"大世界"（1917 年 7 月开幕）、"小世界"（1918 年开幕），名字皆源于全球印刷文化的主题。就如加拿大的《环球报》（*The Globe*，创于 1844 年，后更名为《环球邮报》）、《纽约世界》（*New York World*, 1860—1931）和《波士顿环球报》（*The Boston Globe*，创于 1872 年）一样，它们立志以实惠的价格提供一整个"世界"的信息和娱乐。[3]

　　"游戏场"也被称作"游艺场"或"游乐场"，但"游戏场"仍是最常见的名字。它们成为所得不多的当地人与外地人都喜欢的主要景点，提供多样化的娱乐给各种不同喜好的人（绝大多数为男性顾客）。[4] 1919 年，新世界在农历新年间一日进账可高达三万元。[5] 位于南京路和浙江路交叉口的先施乐园（1918 年 8 月开幕；位于 1917 年 10 月建成的先施百货里面）在 1919 年打着"中国唯一大型娱乐馆"的名号自我宣传。上海的先施百货仿效香港先施百货，在顶楼设置先施乐园，以拥有电梯、各项机械游乐设施，以及顶楼上的一座"摩星高塔"而自豪。当时的入场费为每人一毛

---

[1]　《飞龙岛游记》，《申报》第 6194 期（1890 年 7 月 19 日），第 1 页。

[2]　《飞龙奇迹》，《申报》第 6200 期（1890 年 7 月 25 日），第 2 页。

[3]　在标题中使用"世界"为主题的中国报刊包括上海娱乐小报《世界繁华报》（1902—1910）及新世界和大世界所发行的游戏场报纸。游戏场极可能也对上海俚语产生影响，"白相世界"当时成了上海的代称。"白相"这个上海话中用来指涉"游戏"的词，暗示这种游戏是廉价的、互相的或相对的，并且以视觉为导向。见李楠《晚清、民国时期上海小报研究》，第 199 页。

[4]　喜剧演员杨华生（1918—2002）引述一份民国时代的统计，估计当时大型游戏场的客人有八成都是男性。见杨华生和张振国《上海老滑稽》，第 41 页。

[5]　庆云《游戏场：新年之新世界》，《民国日报》第 1092 期（1919 年 2 月 6 日），第 8 页。

钱，同时它在 1918—1927 年间也像其他中国游戏场一样以发行日报来为自己打广告。位于上海中国辖区内的"劝业场"（1917 年 10 月开幕）就是取了一个很典型的娱乐商场爱用的名字，类似的还有 1928 年在天津开幕的天津劝业场。位于公共租界四马路（今福州路）和湖北路交口处的同一地，先后至少有两座娱乐馆：绣云天游戏场撑了短短几年后于 1918 年歇业，那栋大楼沉寂了好几个月，直到有人将它改装为花世界，并于 1919 年农历新年开幕。由于过于破旧，有记者认为它只是利用农历新年人潮开幕来赚钱，大约不会撑太久。[①]

中国的游戏场以及游乐园的数量一直都不如美国等国家（1912 年时美国已有两千座游乐园）。[②] 不过，它们跟美国的一样，一应备有各种现场表演和机械奇观（包括游乐设施、电影、活动电影放映机等）。这种集中形态的都市娱乐也激发与催生了香港和南洋的游乐园。新加坡自己就有一座新世界（建于 1923 年）、一座大世界（建于 1932 年）和一座快乐世界（建于 1936 年，后于 1966 年更名为繁华世界），都建在广阔的园区而非高楼当中。1930 年代中期，万金油大王胡文虎及其兄弟胡文豹分别在香港（1935）和新加坡（1937）投资了大笔资金，建设中国风格的万金油花园来推销他们最有名的产品。[③] 这些游戏场和游乐园的标志性建筑改变了城市的样

---

① 1917 年的《申报》有好几期都提到绣云天游戏场和劝业场。有关花世界，见《游戏场：花世界开幕之所见》，《民国日报》第 1090 期（1919 年 2 月 4 日），第 8 页。李定夷编，《滑稽魂》第一卷（"滑稽文章"）有《游上海劝业场文》《劝业场铭》《游劝业场赋》《劝业场记》；第二卷（"滑稽诗词"）则有《上海劝业场竹枝词》。1919 年的《民国日报》有好几期都刊登了描述先施乐园设施服务的广告，包括它的摩星塔和五分钱的电梯。有关上海游戏场出版的报纸，见 Brosius 和 Wenzlhuemer 所著 *Transcultural Turbulences* 中由叶凯蒂撰写的章节（第 5 章）。

② Rabinovitz, *Electric Dreamland*, 4.

③ 新加坡和马来亚的游乐园都设有马来的传统歌舞剧"bangsawan"、适合西方社交舞的室内及室外空间、机械游乐设施和电影。如同在上海的情况，这些游乐园背后都有大亨如邵氏兄弟的资金。他们为了拓展自己电影的销售网络而在东南亚各大城市设立游乐园。有关新加坡的（转下页）

貌。上海大世界（后于 1928 年增加了数层楼的高塔）至今都是当地地标之一。

新世界的不同楼层各有特技演员、乐手、说书人、谐星及各种新颖表演。比如 1917 年 9 月 15 日的节目就包含了小金贵飞盘飞碗；八角鼓、十样杂耍以及快书（以拍板韵语说书）；谐星"人人笑"的表演、三弦、女子新剧与影戏；"真正天津班"带来的大鼓、改良双簧和小戏；苏州评弹与其他各式剧种的演出。[1]

有位旅居中国的外国人回忆，大世界是"一个贩卖各式娱乐的百货公司……每天有数千人聚集在此"。[2] 其中需额外付费的机械设施包括一座电梯和一座机械旋转木马。现场演出的表演艺术（如以前主要在茶馆和说书馆演出的绍兴戏与苏州评弹）也引来大批观众。[3] 能够模仿多种方言的职业说书人让造访大世界的顾客不论来自何地"都能听到属于家乡方

（接上页）新世界、大世界和快乐世界，见 Wong and Tan, "Emergence of a Cosmopolitan Space for Culture and Consumption," 第 279—304 页；Krishnan, "Looking at Culture," 第 21—33 页。万金油花园也被称作虎豹别墅，其名来自胡氏兄弟胡文虎（1882—1954）和胡文豹（1884—1944），两兄弟亦把虎豹别墅同时当作居所。有关胡氏兄弟在慈善、报业、公共文化等领域的企业经营，见笔者和 Nicolai Volland 所编 The Business of Culture，第 5 章。日本的主题乐园像美国的游乐园一样，时常是由电车或火车公司所建造、希望能借此提高搭乘率。见 Ogawa, "History of Amusement Park Construction by Private Railway Companies in Japan"；Rabinovitz, Electric Dreamland，第 1 章。Ogawa（第 31 页）列出了 37 个由私人铁路公司于 1899—1924 年间所建造的游戏设施。

[1] 见游戏场日报《新世界》，第 291 期（1917 年 9 月 14 日）的头版。

[2] Scott, Actors Are Madmen, 75.

[3] 其电梯乃模仿新世界；新世界收取两毛钱作为游戏场门票，每次搭乘电梯又另收取一毛钱。见萧乾编《沪滨掠影》，第 230—231 页。都会区的茶馆和说书馆在这个时期都面临衰落，其最大竞争对手乃电影院、而非游戏场。有关昆曲的一种形式，见 Bender, Plum and Bamboo，第 15 页，第 50 页则提及苏州评弹中"噱头"此一表演手法。

言的笑话而找到乐子"。不过，游戏场也成为虚伪幽默的象征；或如散文家梁遇春在 1927 年所说的，充满"皮笑肉不笑，肉笑心不笑的呆脸"的地方。①

大世界游戏场的创办人是药品大亨黄楚九；他借用游戏场来推销他的药物并连带销售其他产品，譬如银行服务。② 1931 年黄楚九过世后，觊觎大世界已久的青帮大亨黄金荣霸占了大世界，于是游戏场的声名很快就败坏了。作家张爱玲记忆中的 1940 年代的大世界是"乡下人进城第一个要看的地方……娱乐的贫民窟，变戏法的、说相声的、唱京戏苏州戏上海戏的，春宫秀，一样迭着一样。一进门迎面是个哈哈镜，把你扭曲成细细长长的怪物，要不就是矮胖的侏儒"。③

双份的乐子

1915 年在上海初次登台的哈哈镜可说是现代化"游戏"中新机械和新科技的标志。大世界从荷兰进口了数十面哈哈镜，摆在入口两侧。④ 它们老少咸宜，很受欢迎。滑稽戏演员杨华生在 1920 年代还只是个孩子，那时他便时常跟随家人造访大世界；他说这种看见自己极度扭曲的倒影的经

---

① Scott, *Actors Are Madmen*, 78；梁遇春，《梁遇春散文集》，第 15 页。

② 黄楚九（1872—1931）1921 年短暂尝试进入银行业却导致他后来走向毁灭——1930 年，一群有黑道背景的投资客对银行设局，导致他破产。黄楚九不久后便过世了。Martin, *The Shanghai Green Gang*, 193.

③ 这个描述出现在张爱玲（1920—1995）的半自传小说：Chang, *The Fall of the Pagoda*, 232. 有关黄楚九与黑社会，见 Wakeman, *Policing Shanghai*, 106。

④ 日期见彭丽君《哈哈镜：中国视觉现代性》，第 6 页；镜子的来源见 Wakeman, *Policing Shanghai*, 105。

验，"来过的人都不会忘记"。[1] 哈哈镜给那些独自或者跟随团体参观的游客带来一种"置身于新世界的新自我"的感觉。[2] 它的中文名字（可能来自荷兰文中的"lach Spiegel"，亦即"笑镜"之意）显示这个新世界本质上是诙谐的。哈哈镜受欢迎的时间比西洋镜、活动电影放映机和许多新奇视觉科技都要来得长。此一多重倒影的概念很快被印刷文化所吸收，并为许多作家和漫画家带来灵感（见图 3.10 及图 3.11）。政治讽刺作品也使用了这样的概念：《申报》1921 年一则漫画就画了一名军阀从"新哈哈镜"当中看见一只老虎。[3]

哈哈镜的滑稽加乘作用与其他视觉文化的改变相互呼应，比如摄影。西方商人在 1850 年代开始在中国设立照相馆；而 1873 年，一本有关摄影的中文书更刺激了人们对这项科技及其应用的兴趣。[4] 照相馆开始为全家福、新婚夫妻、毕业生、各种社交聚会留影，同时也为舞台表演者和各领域的专业人士拍摄公关照片。

就像世界上其他地方，20 世纪前后，中国肖像照开始流行角色扮演及特效。歌女、妓女和剧场名角都为杂志在梦幻多变的布景中拍摄照片。1920 年代和 1930 年代，娱乐杂志主题照片的主角经常是当时

---

[1] 杨华生和张振国，《上海老滑稽》，第 41 页。哈哈镜作为让中国人看见自身变形倒影的外国产品，堪比为由科技现代性造成的、扭曲的自我感知的象征，且带有西方霸权的意味。不过，据杨华生及其同辈的说法，当时人与哈哈镜接触的经验大体来说仍是正面的。

[2] 彭丽君，《哈哈镜：中国视觉现代性》，第 6 页。彭丽君也探讨"哈哈镜"如何作为"一种使自我、镜面、世界融合一处的复杂文化机制的隐喻"（第 9 页）。

[3] 《哈哈镜》，《申报》第 17440 期（1921 年 9 月 10 日），第 18 页。这幅漫画出现在《自由谈》专栏。

[4] 苏格兰医生兼传教士 John Dudgeon 在北京工作时编撰了《脱影奇观》（1873）。上海的译者 John Fryer 和徐寿于 1887 年出版了一本关于摄影的书籍。见 Roberts, *Photography and China*，第 41—42 页；同时见焦润明、苏晓轩编《晚清生活掠影》，第 18—21 页，其中第 26 页简单提及分身相。

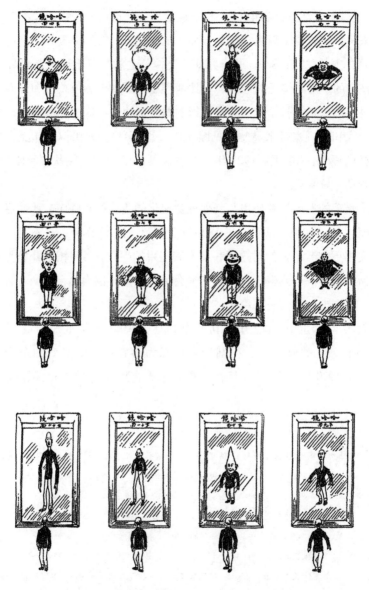

图 3.10　民国时期出版文化中的哈哈镜：流行杂志《小说世界》中的一部虚构自传以哈哈镜的影像来代表其人生的十二个阶段（从右到左，从上到下）。此复合图像由 Markuz Wernli 创作，将《小说世界》第 1 年第 9 号（1924 年 3 月 2 日）的十二幅插图合成在一起。由"中研院"中国文哲研究所图书馆提供。

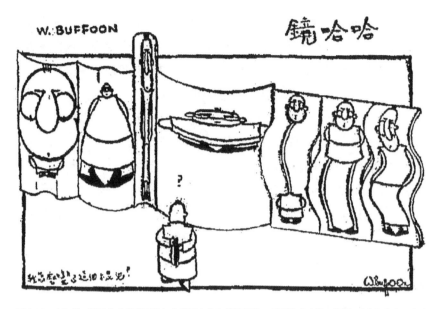

图 3.11 十年后，漫画家黄尧笔下的知名漫画人物牛鼻子看着一系列的哈哈镜，想道："我怎么变了这个样儿？"此漫画刊于上海主流日报《新闻报》(1935 年 2 月 9 日)，署名为"W. Buffoon"。图片由黄尧基金提供。

的名人、着戏服的名角，以及卓别林之类的外国电影明星造型的扮装者。[1]

　　照相馆让顾客有机会扮演道家仙人、小贩或不同的西洋造型，而且拍摄背景可以是飞机、城堡、花园以及海边。[2]这种追求"造型"的摄影也在上流社会引起热潮。在 1903—1905 年间，慈禧太后命令她受过外国训练的御用摄影师为她拍摄一系列以紫禁城为背景的照片，其中一些照片意

[1]　有关 1890 年代之后的妓女照片，见 Yeh, *Shanghai Love*；Hershatter 的 *Dangerous Pleasures*，第 177 页后有几幅 1917 年的照片。着戏服的照片可见于装订（无日期的）再版的《游戏世界》（1921—1923）。

[2]　这些戏服和场景有些被刊于《滑稽时报》第 2 期（1915 年 5 月）中的上海民影照相馆的广告中。

图对海内外传达一种帝国权威。这是当时深受如维多利亚女王等统治者所喜爱的风尚。另一些照片的拍摄手法则相当戏剧化：慈禧身着观音菩萨的服饰，旁有仙人服侍，其中之一是由总管太监李莲英扮演的韦驮神。这些照片流传于各媒体，照相馆把它们制成明信片贩卖给大众。[①] 除去隐含的教条色彩不谈（慈禧为神圣的标志），扮装摄影显示出就连高龄七十的慈禧都将摄影视为一种演绎、投射双重自我形象的媒介。

"分身相"（亦作分身像）是晚清时期流行的肖像照类型，它在单幅相片中呈现出被拍摄者两个或两个以上的"相"。这样的特效照片可以通过拍摄两张照片再以蒙太奇手法结合成一张，或以双重（或多重）曝光的手法完成。成品呈现出被拍摄者与其分身互动的幻象：一站一坐、倒茶、下棋、执手、在车内当司机接送自己及家人、端着一个盛装自己头颅或身体的盘子或从不同角度欣赏自己的分身。1920 年代，《消闲月报》这类杂志把分身相跟扮相照都称为"游戏照"（见图 3.12）。[②]

多重曝光的技术至少可上溯到 1850 年代，在 1907 年就出现在中国的摄影简介手册当中。[③] 蒙太奇照片和其他类合成照片则早在 19 世纪晚期（见图 3.13）就流行于日本和欧洲，而 1896 年纽约出版的一本热门特效摄影教学书籍则记载了中国使用的许多拍摄手法和姿势。[④] 到了 20 世纪早期，

① 有关针对裕勋龄（1874—1943）拍摄的慈禧（1835—1908）照片所做的详尽文本分析，见罗鹏（Carlos Rojas）著、赵瑞安译，《裸观》（台北：麦田出版社，2015），第 7—33 页。有关其历史脉络，见 Roberts, *Photography and China*, 34—39、56。

② 参见《消闲月报》第 4 期（1921），第 1 页。在此特别感谢 H. Tiffany Lee 提供这张影像。俞天愤的笔名"天愤"很可能是模仿包天笑的笔名"天笑"而来。

③ 周耀光 1907 年所写的摄影指南《实用映相学》称多重曝光摄影（化身相）是"天下事莫有奇巧于此者矣"。此书题为周耀光"编著"，并有"器父"题词。感谢 H. Tiffany Lee 介绍这本书给我。有关影像操弄的世界史，见 Fineman, *Faking It*。

④ Tucker 等人所著之 *The History of Japanese Photography* 第 42 页中有幅 1893 年的日本蒙太奇照片。Walter E. Woodbury 所著 *Photographic Amusements* 于 1922 年新增订之第九版可在在线的 Project Gutenberg 找到。

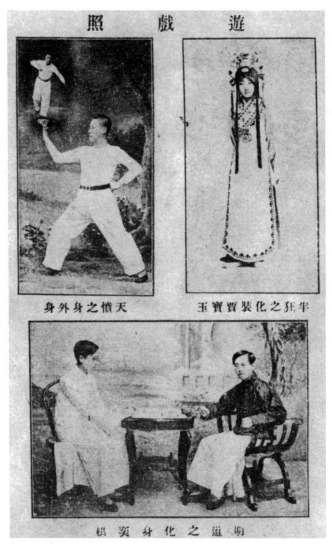

图3.12 投书至《消闲月报》第4期（1921年）的"游戏照"：两幅分身相——
一幅是俞天愤（1881—1937）扮演大力士，手托着缩小版的自己；另一幅则是
顾明道（1897—1944）和他的分身正在下棋；以及一张忧半狂（活跃于1910—
1920年代）的照片，打扮成《红楼梦》主角贾宝玉的样子。

图 3.13　法国画家 Henri de Toulouse-Lautrec（1864—1901）于 1890 年左右身兼画家与描绘对象，拍下了自己的这张"托里克"（trick）照片。Toulouse-Lautrec 也曾装扮成小丑与斗鸡眼武士。图片由费城艺术博物馆 / 纽约 Art Resource 提供。

这种摄影服务不只见于大都会的照相馆，也出现在一般城市中，例如杭州一带有名的二我轩、浙江丽水的真吾照相馆，乃至日据时期的台湾鹿港。[1]

鲁迅 1925 年写到有关家乡绍兴的分身相摄影时，提到这种做法可追溯至 1890 年代。他说："较为通行的是先将自己照下两张，服饰态度各不同，然后合照为一张，两个自己即或如宾主、或如主仆，名曰'二我

---

[1]　有关约莫 1916 年间杭州的二我轩和鹿港的分身相，见 Roberts, *China and Photography*, 59-60、69。

图'。"①鲁迅还说，这样的照片有时会加上题词或题诗并"在书房里挂起"展示。他并指出一种更细的子分类："但设若一个自己傲然地坐着，一个自己卑劣可怜地，向坐着的那一个自己跪着的时候，名色又两样了：'求己图'。"② 一个求己图的例子是一个扮作农妇的女子在对着扮作上流社会的自己的分身乞讨，背景是富丽堂皇的室内（见图 3.14）。③

　　这类画像的名称来自一句出于《论语》的谚语，也是儒家对"靠自己"的训言："求人不如求己。"④ 以绘画来说，自我乞求的画像可上溯至宋朝。有幅署名 18 世纪画家金农所作、题为"求己图"的立轴就描绘了一名和尚对着一名端坐在上、有着同样轮廓与服饰的和尚（即自己）叩首礼拜，题词上写道"求己图"乃"戏墨"，显示画家"求道于人，不如问道于己"的讽刺意图。⑤ 到了晚清，随着"自强"口号的兴起，这个名词再度流行起来。后来成为中华民国一级上将的徐永昌更把自己的书房取名为"求己斋"。当然，对一个孱弱的政权来说，要求人民反求诸己自有其吸引力；

① 鲁迅《论照相之类》，《语丝》第九期（1925 年 1 月 12 日），第 1—3 页（文末所署之完稿日期为 1924 年 11 月 11 日）。H. Tiffany Lee 引述摄影历史学家 Oliver Moore 一份未出版之研究；Moore 表示，世纪交替之际位于杭州、昆明、台湾和上海的照相馆都取名为"二我"来推销能够创造出"第二个我"的肖像照。换句话说，对于媒介本身的接受而言，分身的能力是很关键的。见 Lee, "One, and the Same", 2。

② 鲁迅《论照相之类》，第 2 页。有关新奇的摄影花样其实是一种中产阶级玩物这样的想法也出现在宿志刚等编《中国摄影史略》，第 16 页。

③ 另有一张由美国人 Luther Knight（1879—1913）于上海所拍摄、题为 "Two Sisters of Shanghai"（《上海姐妹》）的照片则是一个很罕见的例子：被拍摄者真的在笑。H. Tiffany Lee 根据照片中的焦距和阴影评断，认为那是分别摆了两种姿势的同一个女人，而非一对双胞胎。见 Lee, "One, and the Same", 5。这两个人物不同的眼线也透露出那是同一个人在不同时刻被拍摄的结果。

④ 《论语・卫灵公》："子曰：君子求诸己，小人求诸人。"

⑤ 金农（1687—1773）来自今天杭州地方；他靠书画为生，特别是自画像。不过，如同许多学者所点出的，金农的作品常被伪造。见 Cahill, *The Painter's Practice*，第 167 页的注 90、95、98 里所引述之研究。

图 3.14 一张"求己图"的明信片，摄于中国的照相馆，背后是有色背景，约 1910 年代—1930 年代。图片由黄小蓉提供。

近代出版商也为了开拓市场，鼓吹一般读者们自己追寻新知，借以推销一系列名为《万事不求人》的日用类书。1910 年，一名诗人兼漫画家从戏谑的角度分享了他对"求人不如求己"这句中国穷人间流行的"俗语"的看法（见图 3.15）。①

分身相如同扮相照一样，为数十年来一成不变的肖像照提供了不一样的选择。它成为女性间的流行娱乐，而"游戏文章"（至少从数量上来看）则比较像是男人的玩意儿。它对中产阶级和上层阶级同样具有吸引力。就

---

① 见《图画日报》第 205 期（1910），第 7 页，收入上海古籍出版社重印版，第 5 卷，第 7 页。徐永昌（1887—1959）自 1906 年开始有写日记的习惯，题为《求己斋日记》，这本书"中研院"近代历史研究所郭廷以图书馆有藏。

图 3.15 "求人勿如求己"漫画，刊于 1910 年（辛亥革命前约一年）上海《图画日报》的《俗语画》系列。随附的打油诗叙述着穷人向富人乞讨所承受的羞辱，其结论是："我有两只手诸业皆可操／我有两条腿到处皆可跑／胡为受人之冷气乞人之残膏／已矣乎／亲友虽多莫相保／算来还是求己好。"

连清朝最后一位皇帝爱新觉罗・溥仪在 1920 年代都有张他少年时坐在紫禁城一张长凳上拍的分身相。①

---

① Claire Roberts 引述 1844 年一张照片，以说明"礼仪在中国肖像照中扮演了重要角色，且整体而言人们是严肃看待肖像照"。她书中还翻印了以上所提到的溥仪分身相。见 Roberts, *Photography and China*, 12、68。

　　分身相意味着对摄影和自我态度的一种转变。它除了赤裸裸地证明镜头不只能撒谎而且也会撒谎之外，更是中国消费者用来自娱娱人的新奇象征。分身相在报章杂志和明信片上大行其道。不管是被用在商业宣传（譬如演员宣传照或者照相馆的广告），或是被寻常消费者拿来天马行空地玩乐，在摄影上做手脚都非常"好玩"。相机不是偷取灵魂的机器；多重分身的奇特幻象之所以令人着迷，不是因为它看似鬼魂离体（当然鬼也可以很有娱乐效果，下一章会讨论），而是因为那天衣无缝的感觉。① 民国时期的评论家把这种艺术形态视为一种对"分裂人格"的表现，呼应 19 世纪以来常见于西方的对于合成双曝光相片的诠释。② 不过，中国对这类型照片的接受从某些角度来说是很独特的，特别是那些带讽刺性的求己图——它们借着"求人不如求己"这一古老谚语诠释此一新科技。直到 1930 年代，尽管有些评论家认为分身相已是一种昔日的遗风，照相馆仍持续贩卖了数十年。③

---

① 演员用这种"分身效应"来喻示他们在台上台下（舞台或银幕）所扮演的角色，并通过拍摄分身相、利用镜子作为道具等来达到这样的效果。电影史学家张真认为，鲁迅对此一文类的评语"让我们注意到在不断分裂的同时也持续重组着的主体，踌躇于各自独立而又相互叠加的世界之间——或者用霍米·巴巴（Homi Bhabha）的话来说，在殖民语境中，这样的主体投射在'自我及其分身共现的一分为二的银幕'之上"。见张真《银幕艳史：都市文化与上海电影，1896—1937》（上海：上海书店出版社，2012 年），第 207—215 页，尤其是第 211—213 页。

② 一位评论家在 1934 年写道："这种照片，正是一个人两重〔种〕人格的表现。这是世界上任何最伟大的讽刺画家也画不出来的一幅极尽维妙维肖的讽刺画。"见梦若《两重〔种〕人格》，《申报》第 21947 期（1934 年 5 月 26 日），第 20 页。

③ 举例来说，1934 年《申报》一篇文章的作者（他逐字抄袭了一段鲁迅对摄影的评论）就把分身相称为一种过时的做法。见前注。晚近的中国评论家则用现实主义的标准来评论分身相，因此认为它缺乏艺术上的价值。《中国摄影史，1840—1937》如此评论道："我国早期出现的各种化装像和分身像，表现出不同人生哲理和寓意，也批评了一些社会现象。但是这些作品所表现出来的主题思想，是作者理想化的产物，因此削弱了摄影艺术表现的现实意义。"见马运增等著《中国摄影史》，第 112 页。

文明游戏

中国消费者在分身相中找到的乐趣，体现了一种同样出现在其他当代叙事中的模式，其中涉及了镜子、X 光、单筒望远镜、双筒望远镜和活动电影放映机。类似的寓言题材也出现在吴趼人的"测验性质镜"这样的幻想装置，或"镜我先生"这样的虚构人物中。① 如同"滑稽字"得用两种方式去读，分身相鼓励人们看见事物的双重性。

这种讲究新奇的光学设备及多重视角的视觉文化被带入了早期电影常见的特效摄影（电影最早传入中国时被称为"影戏"，源于"皮影戏"）。② 哑剧短片《劳工之爱情》（1922）是现存最早的完整中国电影。该剧中，改卖水果的郑木匠为了追求庸医祝医的女儿，借由帮助祝医生意兴旺来赢取祝医的认可，譬如把一架梯子改造成滑梯，让一群嘈杂的全夜俱乐部公子哥儿们一个个从楼上滑下来叠成一堆而受伤。快转式摄影将木匠建造滑梯的过程化为快速机械劳动，因跌伤而在祝医诊所中接受诊疗的伤员则变成生产在线滑稽的产品。电影模糊了游戏和工作之间的界线，将所有工具都视为玩具，每个物品当作玩物。导演还一度通过同步分镜拍摄创造了郑木匠想象着自己与心爱女子在一起的"二我图"。这个对罗曼史和高攀的

---

① 在《图画日报》中，X 光是好几部讽刺漫画中的主题。这些漫画中的 X 光揭露了藏在官员心中的其实是鸦片以及（如第二章的例子所提及）钱财。见《图画日报》第 190 期，第 9 号。上海古籍出版社重印本，第 4 卷，第 142、477 页。

② 有关中国早期的特效照片，见张真《银幕艳史：都市文化与上海电影，1896—1937》的第三章和第五章；以及 Dong 所著 "The Laborer at Play"；两者都讨论了由郑正秋（1888—1935）和张石川（1890—1954）共同导演的《劳工之爱情》。就如张真（第 205—215 页）所指出的，徐半梅（亦即徐卓呆）的书《影戏学》（1924）对于电影特效拍摄有详尽讨论。电影史学家胡菊彬指出，当时人将"影戏"一词"应用在电影上的时候，概念上着重于'戏'而非'影'"。见 Hu, *Projecting a Nation*，第 32、30—33 页。有关中国早期电影中的"戏"，见 Dong, "China at Play"。

戏仿也包含了比喻的母题。例如电影一开始主角以木匠的工具量切西瓜，明显就是以前述的"破瓜"象征对于爱情或性的欲望。双语字幕卡和郑木匠从南洋回来的人物设定，在在显示这部电影的放映目标是全球观众。[①]

游戏在当时被视为文明化的力量。林语堂的畅销作品《生活的艺术》中就有一整章题作《近乎戏弄的好奇：人类文明的勃兴》（本章题辞即引述自此）。可以想见他会同意与他同时的荷兰历史学家约翰·赫伊津哈（Johan Huizinga）深具概括力与影响力的宣告："文明以游戏之姿崛起，也以游戏之姿展开。"[②]《劳工之爱情》的制作人和演员都是"文明戏"老手；文明戏是 1900 年代和 1910 年代盛行的戏剧形式，诉求通过具社会进步性的剧场使中国文明化。这种更为广泛的游戏文化横跨了 1911 年的政治分水岭；它可以是逃避式的、充满憧憬的、虚无的、写实的，或者幻想未来的。它利用喜剧的特权重新想象个人在中国的位置，以及中国在世界中的位置。它甚至激发了更根本的对于"什么是艺术"的深度反思。1906 年，美学理论家王国维主张文学即是"游戏的事业"；此处所指既非糊口的事业（譬如像李伯元），也无关政治的事业（譬如像梁启超），而是能够表达真理的载体。[③]不过，王国维的想法毕竟属于少数人；其他人则是愿意将游戏当作一种追求进步、推动实验、促进发明、获取新知的重要方式——甚至乐于把游戏当作谋生的方式。

接下来数十年，当红作家持续为好玩而戏仿。1924 年，鲁迅用了另一

① 张真《银幕艳史：都市文化与上海电影，1896—1937》，第 151 页。张真对该部影片"对于机械运动和视觉实验的偏重"（141）的观察预告了董新宇（2008）尔后的评论；董新宇认为这部片呈现了一种世界电影里的恶作剧喜剧共通的操作美学。

② 赫伊津哈（1872—1945）1938 年的书是由其最早于 1933 年发表的演讲稿改写而成，原书名为 Homo Ludens。

③ 王国维（1877—1927）在《文学小言》中关于文学的讨论"皆就抒情的文学言之（《离骚》、诗词皆是）。至叙事的文学（谓叙事诗、诗史、戏曲等，非谓散文也）"，他则认为"我国尚在幼稚之时代"。《王国维文学美学论著集》（太原：北岳文艺出版社，1987），第 28 页。

个笔名投稿一首情诗到《晨报》副刊，题为《我的失恋》。照他的说法，是想对当时盛行的"哎呀啊唷，我要死了"之类的失恋诗开开玩笑。主编刘勉己以为这首诗"要不得"而将它撤了稿，而文学副刊编辑孙伏园为表抗议愤而辞职（后来创办了下章将论及的《语丝》）。①

他们也用戏仿来戳破文明的幻想。沈从文 1928 年的小说《阿丽思中国游记》借用刘易斯·卡罗（Lewis Carroll）的《艾丽斯梦游仙境》和乔纳森·斯威夫特（Jonathan Swift）的《野人刍议》（"A Modest Proposal"）来控诉百病丛生的社会。张天翼 1933 年的小说《洋泾浜奇侠》中逃难到上海的主角热衷练拳，一心幻想成为小说中的剑侠杀敌救国。对于以救国当幌子的热水瓶广告，他的反应是"热水瓶有什么用：有道行的压根儿就不用喝水"。②鲁迅 1936 年的选集《故事新编》把中华文明创始神话的英雄贬入尘世。③处于后英雄时代的鲁迅重写了神话，例如女娲因为无聊而创造了人类，而作为中国永生神话基础的海外仙山则一开始就沉入了海底。从十只金乌中射下九只的后羿打猎的成果愈来愈寒酸，只打得到乌鸦，导致他的妻子嫦娥抱怨道"整年的就吃乌鸦炸酱面"（后来成为月宫仙女的嫦娥，在此处被描绘为爱打麻将的家庭主妇）。考察委员们的喋喋不休取代了乳名"阿禹"的大禹的治水功绩，成了故事的焦点。老子对"道"的演说让听众昏昏欲睡。这些故事的讽刺对象虽多，但读者隐约能感觉到，鲁迅的头号对手（就像之前的雷瑨一样）其实是无聊。

政治与商业的利益促进了更功利主义的游戏概念。以科学和语言学习

---

① 这一（以及其他）关于杂志创立的记述，见 Denton 和 Hockx, *Literary Societies of Republican China*, 174。

② 张天翼这部描写类堂吉诃德角色的小说广泛地使用了方言讽刺，作品于 1933—1934 年在《现代》上连载。1936 年的单行本包含了一则写给中国的"大孩子"的序言。有关《洋泾浜奇侠》中的热水瓶桥段，见张天翼《张天翼文集》，第 6 卷，第 61—63 页。

③ 亦见 Widmer and Wang, *From May Fourth to June Fourth*, 249—268。

为主的游戏不只出现在如晚清《图画日报》这样针对成年人的刊物（其中一个版面就叫"游戏科学"），也出现在民国时期儿童的教科书上。[①] 国民政府受到明治时期的日本和西方启发，在现代化的学校推广运动比赛，以期培养出更加健康强壮的人民——象征着更为强健的国家。

编辑也让娱乐刊物与潮流看齐，好使它们看来更加高尚。周瘦鹃于1921年引进《游戏世界》（*The Recreation World*），强调游戏有助于文明发展，并引述中国和西方的权威佐证。杂志名称中的"游戏"二字取自孔子在《论语》中"游于艺"以及《毛诗》上的"善戏谑兮，不为虐兮"。[②] 周瘦鹃还引述未具体指名的"西人许多哲学大家"，说"游戏根于祖先遗传的""游戏出于精神充溢的"，以及"游戏由于能力练习的"。周瘦鹃认为游戏"一种是关于心意的，一种是关于筋肉的"，前者属于智育范围，而后者属于体育范围。他的杂志则旨在通过玩笑、博学多闻、愤世嫉俗和趣味的综合，在智育上"能得稍稍有点儿发明，增进游戏的本能，为社会将来生活上的准备"。[③]

游戏、玩具和玩意持续成为社会批评与政治寓言的重要隐喻。1918年，

---

① 其他包含游戏科学和科学游戏的出版物包括了《游戏大观》和《游戏世界》丛刊。

② 周瘦鹃《〈游戏世界〉发刊词》，《游戏世界》第1期（1921年7月），第1页。《游戏世界》刊登小说、散文、诗歌、笑话、轶闻、文艺界新闻以及插画和照片。周瘦鹃的合作编辑是当时正红的流行作家赵苕狂（1892—1953）。为杂志撰写文章的作家都是当代上海大众文学界赫赫有名的人物，包括侦探小说家程小青；小说家兼翻译家包天笑；幽默家程瞻庐、徐卓呆和贡少芹；作家兼编辑李定夷、严独鹤、胡寄尘和严芙孙。

③ 举例来说，出现在创刊号中的《游戏之中国》一文就列举了中国晚近在玩的"游戏"：在1915年预备成立中国帝国的袁世凯以及在1917年企图拥护溥仪复辟的大将军张勋，都把皇位视为一种游戏；于1918年当选北洋政府民国大总统的徐世昌（1855—1939）和1921年当选广州军政府非常大总统的孙中山也将总统大位视为游戏。很多东西都被视为一种游戏——军队、统一、自治、法治、禁鸦片、国债等等——因此产生对这份新杂志的需求。见新旧废物《游戏之中国》，《游戏世界》第一期（1921年7月），无页数。

易卜生（Henrik Ibsen）1879 年的剧本《玩偶之家》（*A Doll's House*）首次被翻成中文。故事中一个女人为了追寻自我而离开她自我中心的丈夫和舒适的中产家庭，而这刺激了中国从父权结构中解放妇女的进步渴望。[①] 讽刺画家常态性使用玩具、玩意、游戏等作为创作主题。《上海泼克》1918 年的一则漫画描绘了旧官僚对新道德的轻蔑。画中跷跷板一头的旧官僚对坐在另一头、代表新道德的人们嗤之以鼻，甚至一屁股坐下、将他们给抛飞了出去（见图 3.16）[②]；而画中旧官僚身旁的那袋沉甸甸的钱币则暗示他做事完全不照游戏规则来。1930 年代的漫画家把现代女人描绘成有钱老男人的玩物，年轻男人则被描绘成女人的玩物。而像《良友画报》一类谈论生活风格的刊物则用来自西方世界的特效照片揭露社会之恶，譬如把穿着高跟鞋的年轻女人放在香槟高脚杯中，一旁是另一位时髦女郎，在酒瓶、扑克牌和钱的环绕下显得矮如侏儒。[③]

　　左派电影制片诉诸被抛弃的玩具的感伤。在孙瑜的经典默片《小玩意》（1933）中，手工玩具（以及扮演工匠大师的女演员阮玲玉）代表了传统社会、纯真无邪以及愉快，而这些都被现代外国工业和侵略所破

---

① 其他对 20 世纪初中国影响深远的"新女性"原型的翻译讨论请见 Hu, *Tales of Translation*。鲁迅 1923 年的知名演说《娜拉走后怎样？》浇熄了中国潜在"娜拉"的热情，因为它点出如果没钱的话，她的选择只剩下为娼或者回夫家。

② 图片来源：《上海泼克》第一期，第 4 号（1918 年 12 月），第 28 页。1927 年 4 月，也就是北伐已经打到南京的时候，重印于 *La Satire de Pékin*（《讽刺北京》）的一则漫画捕捉了军阀的起落，它把他们描绘成跷跷板上的孩子们，并附上图注："Chez les militaristes l'un monte, l'autre descend"（军阀此上彼下）。*La Satire de Pékin* 是北京的法文期刊 *La Politique de Pékin*（《政治北京》）的一个副刊；它重印中国媒体上出现的讲述军阀斗争、社会议题、出版自由的漫画，并附上法文的图注。这边提到的漫画（可惜画质太差无法重制）见 *La satire chinoise, politique et sociale, anné 1927*, 10。我要特别感谢 Rudolf G. Wagner 将此信息分享给我，同时也感谢 Paize Keulemans 协助我获得这些资料。

③ 《良友画报》第 70 期（1932 年 10 月）第 15 页中出现一组蒙太奇相片，相片中描绘了"酒、色、烟、赌"之恶。我要特别感谢多伦多大学的 Gary Wong 提供这组图片。

图 3.16　1918 年 12 月《上海泼克》的漫画。中文的说明写着："新思潮与旧官僚势难相容。现在社会状态亦多趋重旧官僚。此中国之所以无起色也。"图中的跷跷板标示着"现社会"。

坏。[①] 艺术家丰子恺也表达了类似的感慨；他回忆童年时最喜欢的消遣就是自己用陶土做的模型玩具，因为这些模型最吸引人的地方就是它让他可以随心所欲、随兴所至地制造玩具，而不是只能迁就形状既定又制式、现成生产好的玩具。[②] 蔡楚生 1934 年的电影《新女性》用不倒翁作为女性

[①]　有关电影《小玩意》，见 Fernsebner, "A People's Playthings"; Jones, *Developmental Fairy Tales*, 第 4 章。

[②]　作为一个漫画速写家，丰子恺自己极力避免在作品中使用讽刺形式，因为它把人们固定在一个非变动的模型中。见丰陈宝等编《丰子恺文集》(杭州：浙江文艺出版社，1990)，第 3 卷，第 342 页。

面临现代压力时坚韧性格的讽刺性象征（女主角是一位单亲妈妈，后来自杀）。孙瑜和蔡楚生都预示了卓别林在《摩登时代》（*Modern Times*, 1936）中传达的讯息；故事中的主人"小流浪汉"（Little Tramp）担任生产线的作业工人，被庞大机器的曲轴跟齿轮卷进去又吐出来：个人已经变成巨大现代力量的玩物了。

不过，现代性的力量（如同摄影的例子一样）同时也帮助旧游戏复兴，譬如娱乐杂志中的回文诗。而就像文体戏仿一样，回文诗呈现出作者对于正规形式的掌握得心应手。除了必须符合韵律、押韵、主题连贯性等传统外，回文诗还必须能倒着念。最能欣赏回文诗美感的，其实是标点符号专家。这些专家被出版公司聘来为经典文本加以标点（传统印刷品最多只有句读标示）；反讽的是，投入这种现代出现的新职业的人，却是旧文学底子最深厚的一群。他们最能赏析文言之美，特别是那简练富有弹性的语法，而那也是回文诗一类语言游戏之所以可能的原因。许多标点符号专家都爱上回文诗这种与专业抵触的文体形式，并将之整理、收录为诗集。①

---

① 回文诗也称"回文诗""回环诗"或"圆圈诗"。吴妙慧在关于南朝永明诗的研究中指出，某些诗中的回文"不仅是由句法结构所造成，更可以由声调来达成"。见 Goh, *Sound and Sight*, 102。有关 19 世纪早期小说《镜花缘》中的回文诗，见 Elvin, *Changing Stories in the Chinese World*, 38–40。历史学家墨磊宁（Thomas Mullaney）主张："在 1920 年代，人们用非语言性的表达（如标点符号）来传达意思以及／或者解决语意暧昧的情况……〔那些状况被视为〕中国语言本身内在问题及不足之处。"见 Mullaney, "The Semi-Colonial Semi-Colon"。语音学家转而投入听觉文字游戏。举例来说，引进国际音标为中国方言记音的语言学家赵元任（1892—1982）便在 1930 年写了《施氏食狮史》，全文共有 92 个念作"尸"、但不同声调的字。有关此诗的翻译与讨论，见 Voogt and Finkel, *The Idea of Writing*, 283–286。标点符号专家朱太忙（1895—1939）在 1933 年出版了一册回文诗集。见朱惟公编《现代五百家圆圈诗集》，Mullaney 的 "The Semi-Colonial Semi-Colon" 有引用该集中的诗作。《自由杂志》第 2 期的背面就出现了两首回文诗。见红，《新回文诗：鸿雁分飞》，《自由杂志》第 2 期（1913 年 12 月）。

图 3.17　一首五言回文诗，由丰子恺（1898—1975）抄写。

　　用书法誊写回文诗对丰子恺来说是一种宣战——以一种低调的方式。就如同充斥于白话文当中的文法虚词，标点符号迫使读者只能采取一种阅读方式。从根本（如果是更为下意识）的层面来说，两者都代表了现代理性的专制。回文诗正着读、倒着读都有意义（而图 3.17 的圆圈诗更是从任何一个点开始阅读都有意义）；如今它们变成经典语言高度可读性的遗迹了。促使新形态游戏产生的现代机械同时也让人重新欣赏起旧时代的游戏。

第四章　骂人的艺术 Mockery

中国文学界所以不能多产生好文学的缘故，"雅"实为之祸首！

——黄天石，1928[①]

三年以前，粪味将浓之时，纵使有一个剿灭中国人种的梁贼，梁强盗、梁乌龟、梁猪、梁狗、梁畜生，所谓梁启超者，无端倡一满洲皇统万世一系之说，洗净了屁眼，拉鸡巴来干，然用其此雌鸡之声，犹有什么政治革命、责任政府等之屁说，自欺欺人。

——"燃"，1909[②]

我们已经见到，梁启超偶尔会用游戏的方式，开立他自己的政治改革处方。即使身为一位流亡海外、受悬赏通缉的知识分子，他也仍未从晚清游戏文化轻松有趣的飨宴中缺席。其他人则是借由骂人参与了这场游戏，使游戏场变成骂人场。文人之间彼此讥讽，更有些人走向极端，使得嘲讽的竞赛愈演愈烈，竟成了知识分子之间的相互辱骂。到了 1900 年代后期，梁启超对君主制的看法转趋保守，更是激起匿名为"燃"的投书者以及其他激进变法支持者的一阵口诛笔伐。

---

① 黄天石，《何典·序》（1928a），第 2 页。

② 燃，《猪生狗养之中国人》，《新世纪》第 91 期（1909 年 4 月 3 日），无页数。

从晚清以降，针对中国文化与政治所展开的公共论述时常流于尖刻、恶毒。[1] 嘲讽和谩骂首先在晚清成为排满的主流形式，继而是 1925 年上海"五卅惨案"引发的全国性激愤，接着是 1937 年抗战声明之后的反日言论，再来是 1945 年日本战败后对通敌卖国的汉奸所进行的讨伐。嘲讽已经不止一次推动了中国的文化与历史走向，但是学界却对这类"斗嘴互骂"弃之如敝屣。[2] 尽管嘲讽作为一种修辞方式经常被人忽视，认为这是微不足道、有损道德的，但它其实凸显出一种文化对于所谓可容忍的事物的界线是如何被划定、试探以及监督的。

笑骂由他

鲁迅于 1921 年所作的小说《阿 Q 正传》便是一个例证，得以说明在 20 世纪初期的中国，戏仿和文字游戏是怎样在不知不觉中变成了骂人话。小说写于纷扰的五四时期，而其故事背景设定则是在辛亥革命。这篇小说创造了一个极其鲜明、具有负面意味的中国典型人物——阿 Q。他自欺欺人、贪小便宜、投机取巧、将自我认同建立在自身的傲慢与无知上；当遇到现实世界的挫折时，他又热衷于以"精神胜利法"来安慰自己。

阿 Q 代表了至今为止最著名的对于中国国民性的批判。[3] 而鲜为人知的是，阿 Q 的诞生是由于市场对第三章论及的文字游戏和诙谐列传等戏仿

---

[1] 例如，黄乐嫣（Gloria Davies）在关于 1920 年代至今的延续性研究中观察到，"中国知识分子对于相互间的恶言攻讦虽然感到忧心，但是尖刻恶毒却依旧是今日知识界批判论述的主要特色"。见 Davies, *Worrying about China*, 10。

[2] Pollard 的原文提到"斗嘴扯淡"（tittle-tattle of name-calling）。见 Pollard, *The True Story of Lu Xun*, 109。底下会提到的 Michel Hockx 的 *Questions of Style* 是一个重要的例外：Hockx 的研究将嘲讽认真地视为一种风格。

[3] 关于《阿 Q 正传》广泛的接受过程之研究，见 Foster, *Ah Q Archaeology*。

文章的需求。鲁迅受北京《晨报》的邀约，为该报的"开心话"专栏写文章。《阿 Q 正传》就是为此专栏而写。这篇连载小说的首章，就对充满学究味的传统传记体裁进行了戏仿。在第一章中，鲁迅笔下的叙事者以作者的角度，讲述了他在开始写已去世的阿 Q 时种种的犹豫不决。

这位作为传记作者的叙事者由于考虑到孔子的名言"名不正则言不顺"，于是努力试着将阿 Q 摆放进现有的传记类型，如外传、别传、自传等，但均告失败。他一一舍弃了这些类型，最终定下"正传"的名称。问题在于阿 Q 模糊不清的家族出身：阿 Q 是否姓赵？大家都习惯叫他"阿 Quei"，但是这个"Quei"应该是哪个中文字？不过，至少这个"阿"字是"非常正确"的。

他呼吁那些"有'历史癖与考据癖'的胡适之先生的门人们"，帮助他考据一下阿 Q 的出身。这当然指涉的是当时一批中国文学史家们所热衷的小说考证。他们认为这种研究方法是科学且现代的，可以用来确定文本的起源。对于 1910 年代末新文化运动领袖人物胡适的这套方法论，鲁迅暗讽那不过是它想取代的古板传统在当代的化身罢了。

阿 Q 没有明确的出身这一点对于其象征性力量至关重要。尽管阿 Q 很穷，但是他具有无名属性以及受到社会孤立，相较于作为单一社会阶层的象征，更能代表及反映出作为整体的中国民众。由于痴迷于出身和"面子"，他的内心已经扭曲。作为镇上的代罪羔羊，他幻想着自己伟大的宗族谱系来安慰自己，为当下的残酷和投机行为开脱。他宛如又一位不知名的政治殉道者般死去，而旁观者只在乎他的死亡处刑毫无新意，因为没有砍头可看。

在第一章发表过后，《晨报》的编辑认为这个故事的基调不够"开心"，便将这部中篇小说转到"新文艺"专栏。当时鲁迅是以"巴人"这个笔名发表的。直到小说出名之后，他才出来认亲。鲁迅将这部作品收入他的第一部作品集《呐喊》（1923），从而奠定了他嘲讽文学大师的地位。1926 年，鲁迅在谈到为何会写这样一个故事时表示，第一章中的戏谑基调是"为要切'开心话'这题目，就胡乱加上些不必有的滑稽"。① 实际上，尽管《阿Q正传》一开始是一篇纪传体的戏拟之作，但"阿Q"一词本身却渐渐成了骂人的话。

第一章中我们看到的"笑"，可理解为大笑或是微笑，或是指笑话或玩笑。而这一章中，涉及了"笑"的另一层意思：嘲笑，也就是"笑骂"中"笑"的意思。"笑骂"一词与长期以来西方关于笑的哲学概念一致，即嘲讽是引人发笑的最原始动力。一种可以追溯到柏拉图和亚里士多德时期、具有影响力的理论认为，笑声是人们发现一个人比另一个人优越时产生的快乐情绪的表达，是一种幸灾乐祸的感觉。这被托马斯·霍布斯称为"突然的荣耀"。② 之后，进化论学者将嘲弄他人的冲动归类为人的生存本能，笑声表达了在实际或想象的竞争中获取胜利时的感受。这种欢乐与残酷的结合，可以在《诗经》"善戏谑兮不为虐兮"这句名言当中得到印证，而这正是最常被引用来说明中国人幽默原则的。笑骂也与理性论证和公民讨论等现代概念背道而驰。然而这种和羞耻与屈辱感紧密相连、具有高情绪强度的修辞形式，却具有能够影响，甚至是形塑现代中国政治与文化中争议性论述的巨大力量。

---

① 鲁迅《〈阿Q正传〉的成因》，《语丝》第18期（1926年12月18日），第545—555页。更多关于鲁迅对"传统传记形式的创新"，请参见 Cheng, *Literary Remains*, 73–78。

② 约翰·莫瑞尔（John Morreall）认定了三种西方关于笑的主流理论。第一种是优越性。第二种是佛朗西斯·哈奇森（Francis Hutcheson, 1694—1746）的"不协调"理论，这一理论驳斥了霍布斯（1588—1679）《笑的反思》（*Thoughts on Laughter,* 1725）中的观点。霍布斯认为笑来自人类对荒谬的感知，并且提出人是因为感知到对于某一事物概念与该事物本身之间的断裂，从而产生了笑。第三种，则是被称为"释放理论"（或是"液压式理论"或"经济式理论"），这一理论来源于弗洛伊德的理念，即笑从根本上来说是为了释放压抑的精神紧张情绪。相关代表性著作，请参见莫瑞尔的《笑与幽默的哲学》（*The Philosophy of Laughter and Humor*），第9—126页。这一分类首次出现于莫瑞尔的《认真对待笑》（*Taking Laughter Seriously*）一书中。

批评与骂

到了 1924 年，鲁迅参与其中的新文化运动似乎在很多方面已经取得了进展。1925 年 3 月 12 日孙中山过世，而他生前尽快结束与北洋政府战争的想望，也随着他的逝去而破灭。就在仅仅两个月之后，英国籍巡捕下令对上海公共租界示威抗议的群众开枪，造成多人伤亡。这一起后来被称为"五卅惨案"的事件激起了群众愤慨，批评中国在面对外国势力时的软弱无能。1926 年 3 月 18 日，段祺瑞执政府卫兵射杀数十名参与抗议帝国主义侵略及对华不平等条约的学生及民众，并造成上百人受伤，是为"三一八惨案"。当包括鲁迅和林语堂在内、挺身表达谴责与愤怒的知识分子们开始遭遇到进一步的政治压迫与思想钳制时，大批文人开始纷纷离京南下。此时，国民党北伐（1926—1928）尚未胜利。距离民众开始对稳定的国家未来产生些许信心，还得等上几个月的时间。①

有些知识分子，如人文主义学者梁实秋，呼吁同侪批评家们扬弃五四文人所尊崇的"浪漫主义"与"赤子之心"，并真切地面对现实生活。②这时候，彼此之间的歧见在语言上的表现变得更为尖锐。如文学学者贺麦晓（Michel Hockx）所观察到的，辱骂式的批评在 1920 年代到 1930 年代的文学杂志中成了"普遍的常规"，而尽管"这些批评家们严厉地批判党同伐异以及彼此辱骂的行为，他们自己却都十分勇于实践"。③他们的嘲

---

① 叶文心（Wen-hsin Yeh）指出刘大白（1880—1932）认为国民党在五四之后多少支持了新文化运动的发展，并将国民党在 1927 年的北伐胜利视为新文化运动的胜利。见 Yeh, *Provincial Passages*, 318, 注 24。关于鲁迅的观点，见 Pollard, *The True Story of Lu Xun*, 112。

② 梁实秋（1903—1987）的这篇文章作于 1926 年纽约：梁实秋，《现代中国文学之浪漫的趋势》，收入黎照编《鲁迅梁实秋论战实录》，第 1—28 页。

③ Hockx, *Questions of Style*, 186、220. 关于此一时期诗人社群之间的恶毒评论，见 Hockx 专著的第六章。

讽涉及人格的贬抑与人身攻击。就如贺麦晓指出的，"骂的对象总是针对个人（作家及其他批评家），而非针对文章本身"。人身攻击之所以特别尖锐，是因为中国一直以来对于"人如其文，文如其人"的信仰。[①]但是嘲讽也可以是具有类型意义的，就像阿Q这个虚构人物可以用来概括整个中国。

社会进步人士十分欣赏咒骂一事所代表的背后精神。人人都可以骂人，也都可以被骂，所以他们将咒骂所暗示的民主精神视为对治精英主义的良药。他们认为咒骂正是底层人民说话的真正方式，咒骂因此很受追求写实主义的小说家们青睐。然而，在此同时，轻蔑的笑骂也引发了深刻的两难矛盾。贺麦晓指出，对这个时代的作者来说，人身攻击与"捧"两者同样都应该被反对，因为两者同样都是缺乏根据且别具用心。而且，从其中牵涉的骂人者与被骂者的相对位阶变化来看，骂人其实也是利弊互见。就如同"泼妇骂街"这一成语所暗示的，咒骂其实会让别人看自己笑话。俗话说"君子动口不动手"，但是君子即便是动口也须有所节制。在左翼作家张天翼写于1930年代的讽刺故事中，老派的卫道人士一旦失态并出口咒骂，其虚假伪善即被揭露无遗。也如同吴趼人在一则笑话中所提到的，嘲讽与自嘲之间的界线其实是模糊的：当父母用"畜生"一词骂小孩，那么父母自己——或者他们的祖宗——又成了什么东西呢？[②]开口咒骂实得冒着自我贬损的危险。1925年7月，鲁迅极口赞扬发明他所谓的中国"国骂"的人物是"天才"——虽然是"一个卑劣的天才"。"他妈的"一词可以被任何人使用，也可以被用来骂任何人。它以"瞄准血统"的方式去削弱阔人、名人、高人们的威望和体面，但与此同时也被撒入了日常用语。类似《论"他妈的"》的那种轻松诙谐、带着讽刺的幽默让《语丝》杂志

---

① Hockx, *Questions of Style*, 191.

② 《骂畜生》,《新笑林广记》, 载《新小说》第2年, 第5号（1906年5月）, 第157页。

在 1924 到 1930 年的发刊期间累计获得上万人的读者群。[①] 鲁迅刊于《语丝》的其他文章则更进一步突出了被认为是"冷嘲热讽"和"嬉笑怒骂"的辛辣风格。[②] 鲁迅的支持者以及后来的学者们将它这样的风格冠以"讽刺"之名。

1925 年 12 月，林语堂在《插论〈语丝〉的文体——稳健、骂人及费厄泼赖》一文中写道，《语丝》文体形成的条件之一即是要"打破'学者尊严'的脸孔"，"因为我们相信真理是第一，学者尊严不尊严是不相干的事。即以骂人一端而论，只要讲题目对象有没有该骂的性质，不必问骂者尊严不尊严……"他指出，H.G. 韦尔斯、萧伯纳、尼采、马克·吐温以及鲁迅，全都拥有这种勇气以及独立的精神。对林语堂来说，"骂人本无妨"，重要的是"只要骂得妙……有艺术地骂"，鼓励"健全的作战精神"。正因如此，林语堂支持周作人所提倡的"费厄泼赖"（fair play）精神。林语堂告诫作家们，对"落水狗"应该讲"费厄泼赖"，不要穷追猛打。然而，鲁迅却戏仿八股文的格式，写了一篇《论"费厄泼赖"应该缓行》，细数"'落水狗'未始不可打，或者简直应该打而已"的理由。[③] 他认为，若与抓着"费厄"当成人们弱点的"咬人之狗"奋战，那么不管这条狗是否像袁世凯及

---

① 见鲁迅《论"他妈的！"》，《语丝》第 37 期（1925 年 7 月 27 日），第 4—6 页。据称《语丝》的第一版卖了一万五千份。见 Denton and Hockx, *Literary Societies of Republican China*, 203。

② 关于"嬉笑怒骂"一词在晚清上海小报中的流行程度，见 Wang, *Merry Laughter and Angry Curses*。

③ 〔林〕语堂《插论〈语丝〉的文体——稳健、骂人及费厄泼赖》，《语丝》第 57 期（1925 年 12 月 14 日），第 3—6 页。在文章中，林语堂引吴稚晖（底下将讨论）作为骂人者的典范。关于鲁迅的反对意见，见鲁迅《论"费厄泼赖"应该缓行》，《莽原》第 1 期（1926 年 1 月 10 日），第 5—16 页。Sohigian 指出："'打不打落水狗'或'费厄泼赖'的辩论似乎是关于论述的本质。文本究竟是野蛮的战场，还是欢乐的意见交换所？论述应该是一场有趣的对打游戏，而其中没人赢得了林语堂，或者是一场至死方休的战斗，而优胜者是那个在论争中拥有最终话语权的人（鲁迅）？这两种论述可能同时存在吗？"见 Sohigian, "Contagion of Laughter", p. 161, no. 44。

他的走狗一般的恶狗，人们不只不该收手，反而该大打特打一番。中国是需要"费厄泼赖"，但是时机尚未到来。

1926 年 3 月，北洋政府屠杀了北京女子师范大学的抗议学生，当时林语堂和鲁迅都任职该校。他们同其他《语丝》的作家一起对其竞争对手《现代评论》的亲政府立场进行了猛烈的抨击。同年四月，北洋军阀枪杀了两名记者。然而，当时的出版界本身也相当腐败，充斥着恶意诽谤；勒索、贿赂、散布谣言成为常态。[①] 对于编辑来说，"笔战"可以带来好销量，攻击越是尖刻或越是针对个人则越好。为了强调笑骂的商业价值，当时上海的一家名人八卦小报《笑报》三日刊（1926—1931）将其英文名称定为 *The Ridicule Press*（见图 4.1）。

图 4.1 上海小报《笑报》（*The Ridicule Press*, 1926—1931）的报头。

---

① 丁许丽霞（Lee-hsia Hsu Ting）认为，一家听话的出版商除了臣服于军阀随意的审查之外，"不仅容许、甚至还鼓励贪腐"。见 Ting, *Government Control of the Press in Modern China*, 57–60；亦见第 55 页当中关于 1924 年试图以"侮辱政府"的理由逮捕吴稚晖一事的讨论。

1927 年，梁实秋出版了一部讽刺性的指南，教人如何掌握当时的修辞技巧。在这部《骂人的艺术》中，作者首先称骂人为"极道德的"行为，把它捧成"一种高深的学问"，随后提出了十条铁律：

1. 知己知彼
2. 无骂不如己者
3. 适可而止
4. 旁敲侧击
5. 态度镇静
6. 出言典雅
7. 以退为进
8. 预设埋伏
9. 小题大作
10. 远交近攻 [①]

《骂人的艺术》有着和《孙子兵法》或《三十六计》一般简洁精练的文字，它建议读者"要骂人必须要挑比你大一点的人物"。聪明的骂人者要会控制彼此间的往来交锋，对于谩骂言语得采取冷漠克制的应对方式。当你越是表现得像个绅士一般，你的对手就会变得更加激进且歇斯底里。先用自嘲以抢占上风，等对方筋疲力尽后，再一口气翻盘，使对方再次爆发。鸡蛋里挑骨头，然后再借题发挥一番。

对诙谐的讥嘲进行评论鉴赏是文人圈的一贯传统。例如，《世说新语》

---

① 梁实秋《骂人的艺术》。该文于 1927 年在上海首次发表，后译成英文于 1936 年再次出版，而作者一栏中标示"不详"。参见 Liang, *The Fine Art of Reviling*。

就有《排调篇》，多收嘲戏调笑之词。① 《骂人的艺术》这部作品的重点在于修辞方法，这与西塞罗（Cicero）的《论演说家》（*On the Orator*）有一些相似之处。《论演说家》是公元前 55 年的一部演说指南，教人如何发表一场具说服力的演说以及如何在与他人舌战时获胜。梁实秋这部半带有玩笑性质的作品与第三章中提到的那些戏仿作品使用同一种手法：即以玩笑的态度对本来不值得称许的行为进行矛盾式的赞美。尽管这部作品是以文言写作而成，但却又同时具有现代属性。它既属于当时特别畅销的自助（self-help）类书籍的一种，风格上又切合胡适在 1918 年提出的"八不主义"。② 这部作品对 1920 年代末学界的暴躁气氛做出了直接的响应。在梁实秋看来，那些骂人的人其实骂得并不高明。他嘲笑这些人骂得没有系统性，而且理论基础薄弱。他遂以权威者与理论家的身份，严肃地提出建议，指导他们如何骂人；他的"笑骂"因此是与众不同的，可说是"嘲笑骂人者"。

1933 年，梁实秋本人也遭到了他人的攻击。一位自称"丰之余"的作者在《申报》的"自由谈"专栏发文称梁实秋是个"二丑"，即浙东戏中专事阿谀奉承上流社会的"二花脸"角色。作者暗示梁实秋批评国民政府以示独立于政治权威之外，而实际上是依靠政府的一方。③ 这位作者后来被证明是周树人。1930 年代他最广为人知的笔名"鲁迅"被当局以政治威胁封杀后，他曾使用上百个笔名发文进行批判。尽管鲁迅并不喜欢梁实秋，但是应用了梁实秋《骂人的艺术》当中的技巧；当他遭遇他人的攻击时，他习惯性自嘲称自己无用、自私且抱有偏见。这两位作家都曾公开表

---

① 例如，在《世说新语·排调》的一则记载中，一位前辈戏问年方八岁的张玄关于他门牙上的缺口："君口中何为开狗窦？"张玄回答："正使君辈从此中出入！"

② 胡适《建设的文学革命论：国语的文学——文学的国语》，《新青年》第 4 卷第 4 号（1918），第 289—306 页。

③ 参见丰之余〔鲁迅〕《二丑艺术》，《申报》第 21616 期（1933 年 6 月 18 日），第 18 页。

示过"骂人"一事实关乎风格和道德。1932 年，鲁迅曾警告左翼报刊《文学月报》的编辑，不要将"对话里写上许多骂语"的作品与真正的无产者作品等而视之，并且不要"骂一句爹娘，扬长而去，还自以为胜利"，因为"那简直是'阿 Q'式的战法了"。[①]

评论家们受到骂声的围攻，这使得他们在分析骂人时更加激进。1935 年，《太白》半月刊上有人发文指责近年来评论文章的品质下降，主要就是因为骂人的话太过泛滥。"批评"经常与"骂"被混为一谈，而这使得批评家们总是成为被指责的标的。若无法分辨是一开口就"他妈的"的"漫骂"还是"捉住破绽而细数之"的"疼骂"，而且还要"说几句好话，捧一回场子，嘻嘻哈哈，妙极妙极"，那么就无法期待中国的批评界"伟大起来"。[②]

放屁放屁，真正岂有此理！

骂人一事对于中国作家的吸引力，可以见于 1920 年代关于一本充满粗言秽语的小说的论争。中国喜剧文学的学者通常都将 18 世纪的《儒林外史》与现代社会主义讽刺文学作家的作品联系起来，认为鲁迅和张天翼的作品直接继承了《儒林外史》的传统。鲁迅写于 1920 年代中期的开创性研究《中国小说史略》认为，讽刺、挪揄文人不露痕迹的《儒林外史》比起"辞气浮露，笔无藏锋"的晚清谴责小说（第二章有讨论）更具尖锐

---

① 鲁迅的文章区分了无差别谩骂和适当的骂人之间的差别：对一个人的姓进行嘲讽是没有意义的，因为这姓是上代人传下来的，但对他的字进行嘲讽（如"铁血""病鹃"之类）则是公平的比试，因为那是一个"作者自取的别名"，是自我形象的投射，是可以"笑骂"的。参见鲁迅《辱骂和恐吓绝不是战斗——致〈文学月报〉编辑的一封信》，《文学月报》第 1 期，第 5/6 号（1932 年 12 月 25 日），第 247—249 页。

② 唐弢《批评与骂》，《太白》半月刊第 2 卷，第 9 期（1935 年 7 月 20 日），第 378—379 页。

图 4.2　1928 年广州版《何典》封面。图片由"中研院"中国文哲研究所图书馆提供。

深刻的讽刺性。鲁迅的研究正好结束于他自己所属的"新文学"时代之前；文学史学者通常都是根据他留下的线索，认为他就是《儒林外史》相对节制之风格的继承者。[1] 然而对于受到鲁迅攻击的人以及许多看热闹的人来说，鲁迅与其说是讽刺文学的宗师，其实更像是骂人的能手，擅长进行漫骂和人格谋杀。

相对来说，默默无闻的《何典》（见图 4.2）则是中国喜剧文学史上失

[1] 鲁迅《中国小说史略》，第二十八篇。关于时人对鲁迅及先前小说家的比较与接受，可参见《讽刺小说与儒林外史》一文。文中称李伯元和吴趼人的长篇小说为"热骂"，而《阿Q正传》"可说已达冷的讽刺小说的最高峰了"。碧晖《讽刺小说与儒林外史》，《论语》半月刊第 58 期（1935 年 2 月 1 日），第 495 页。

落的一环。《何典》成书于清朝中期，在此后的半个世纪都是以手稿的形式在读者之间私下流传。该书扮演了时代先锋的角色，辛辣地讽刺了奉承当道的儒家学者以及被儒家秩序所豢养出来的贪官污吏。后来，该书粗鄙的诗学对于现代文学发展以及对传统的批判起了意想不到的作用。

　　该书分为十回，每回篇幅接近。每一回前都有一阕词，回末则有一段短评。小说首回的开场词末句为小说定下了基调，并且被世代的读者所记得：

> 不会谈天说地，不喜咬文嚼字，
> 一位臭喷蛆，且向人前捣鬼，
> 放屁放屁，真正岂有此理！
> （右调如梦令）

文学学者王德威将该书情节概括如下：

　　该作描写"三家村"活鬼一家的悲喜剧。活鬼与夫人雌鬼，作了暴发的财主。但其兴隆财运，却引起当地恶棍和有权有势者的垂涎。土地老爷名为饿杀鬼，以莫须有的罪名缉拿活鬼，下在暗地狱里，直到他倾家荡产，才放他脱离干系。活鬼忧愤交集，身染暴病，不久竟一命呜呼。其家婆雌鬼尽管一开始誓作贞妇，却时隔不久便养汉招夫。其后的故事情节则追随着活鬼的儿子活死人的历险过程，凸显他受娘舅形容鬼的家婆醋八姊等虐待，愤而出走；沿途讨饭遇群狗相欺，幸得蟹壳里仙人搭救；又与臭鬼的女儿臭花娘结下情缘。活死人师从鬼谷先生尽习法术之后，自告奋勇，率领阴兵，欲生擒活拿被逼谋反的两个大头鬼（青胖大头鬼与黑漆大头鬼）。活死人最终平乱安民，在小说结尾处，他终雪父亲冤死之仇，并在丰都阎王殿与臭花娘定下婚约。①

　　该小说在叙事架构上遵循了每回当中两个桥段的标准古典章回小说形式，而结构松散，属于流浪汉小说。例如，在第一回中，活鬼和他的娘舅形容鬼去五脏庙求子。当他们穿过分隔原本世界与地狱的奈河后，来到了一座桥边，而此处小说突然岔了出去，玩起了比喻游戏：

　　　　看看来到桥边，只见一个老鬼，颈上挂串数珠，腰里束条黄布，双手捧了卵子，跨着大步，慢慢的跑过桥去。
　　　　活鬼笑道："你看这老鬼，怎不把紧栏杆，倒捧好了个骚硬卵？难道怕人咬了去不成？"
　　　　艄公道："相公们不知，近来奈河桥上出了一个屁精，专好把人的卵当笛吹。遇有过桥的善人老卵当拖，他便钻出来摸卵胼，把卵咬住不放；多有被他咬落的。饶是这等捧好，还常常咬卵弗着，咬了胼去。所以那些奈河桥上善人，都是这般捧卵子过桥的。"②

　　在这些情节里，讲故事成了讲笑话的手段。"屁精"这个骂人的词在上海俚语里面指的是一个人阿谀奉承，或举止像个刻板印象中的娘娘腔或同性恋。而"捧卵子过桥"则是农人用以嘲笑士大夫到乡下撩起长袍以免弄脏的过度小心行径③（老鬼是个和尚，这一点可以从他身上的长袍和数珠看出来）。

---

① 王德威著、宋伟杰译《被压抑的现代性：晚清小说新论》（台北：麦田，2003），第269页。
② HD 1878，第1回，第4页。在此版本中，每一回的开始页码都为1。《何典》各版本（以"HD〔年〕"标示）及其序跋文的完整书目征引见附录二。
③ 关于俚语"马屁精"和"捧卵子过桥"，参见薛理勇《上海闲话》，第154、242页。

在该小说通俗俚语和陈词滥调的拼贴中 ①，我们发现了对于儒家"正名"观念的贬损，因为文中每一只鬼都不负其名。色鬼是强奸未遂犯；饿杀鬼是贪官污吏；冒失鬼粗心浮气，动不动就骂鬼打鬼；雌鬼在丈夫死后不守节，而她再婚的对象则是个有家暴倾向的刘打鬼。活死人一枪抽出了黑漆大头鬼的烂肚肠，把他变成了名副其实的空心鬼。鬼界中还有小鬼、老鬼、野鬼、催命鬼、鬼团、扛丧鬼和六事鬼，每一只鬼的行为都与他的名字对得上。

在这座地狱中，每只鬼都在咒骂。与鬼无关的骂人话也偶尔出现。例如，在第六回中，活死人逃出他舅母家后途经恶狗村，被一群恶狗袭击，有撩酸齑狗、护儿狗、急屎狗、龋齿狗、壮敦狗、尿骚狗、落坑狗、四眼狗、扑鼻狗、馋人狗、攀弓狗、看淘萝狗、揉狮狗、小西狗、哈巴狗、瘦猎狗、木狗、草狗、走狗、新开眼大狗、大尾巴狗——均是俚语中的骂人话。② 正是小说当中这种永不止歇并且全面性的堕落，让文学学者伊维德（Wilt Idema）和汉乐逸（Lloyd Haft）将这部作品归类为"化约式"（reductionistic）小说。这样的小说"刻意限于描述现实的单一层面，或是使用单一的语体"，意在展现作者精湛的文学技巧，抑或是制造讽刺与漫画化的效果。③

除了辱骂各类人外，该书还痛骂了道德戒律及延续这些戒律的书写系统。书上的字都是些"狗屁字"，文学作品都是"纸上空言"和"放屁文章"，儒家经典的四书都是"死书"。④ 如此色彩鲜明的语言在历代的笑话

---

① 王德威《被压抑的现代性》，第 270 页。

② 参见 HD 1878，第 6 回，第 4—5 页。关于"四眼狗"，参见薛理勇《上海闲话》，第 81 页。

③ Idema and Haft, *A Guide to Chinese Literature*, 228.

④ 其中一些词出现在第六回，有一个云游道士蟹壳里仙人嘲讽活死人只会读几句死书、咬文嚼字、搬弄虚字，于是便给了他能使人安邦定国、"作之多谋"的灵药"益智仁"。参见 HD 2000，第 112 页。

书中比比皆是。例如一则明代的笑话是这么说的：一位寿数已尽的秀才去见阎王，"阎王偶放一屁，秀才即献《屁颂》一篇……阎王大喜，增寿十年，实时放回阳间"。[①] 嘲讽经典之作古已有之，《何典》并非特例。但是，以用语粗鄙这一点而言，显然是无人过之。举例来说，北周天和五年（570）佛教徒甄鸾上《笑道论》一书于北周武帝，书中用轻蔑的语言对道教进行猛烈的抨击。[②] 相较起来，与其说《何典》的不同之处在于嘲讽的对象（贪官、儒教的信仰系统及由该系统发展出来的文学实践），其更主要的不同处在于《何典》的语言是无差别式的谩骂。如刘复对该书的赞赏："此书把世间一切事事物物，全都看得米小米小；凭你是天皇老子乌龟虱，作者只一例的看做了什么都不值的鬼东西。"[③]

阴间的设定也是一种托词，是为了通过人间和阴间的颠倒构建一种矛盾的情景，这与第三章中我们看到的那种文学游戏是类似的。活鬼一家庆祝自己的阴寿而不是阳寿，与会众人吃短面而不是长寿面。不过，既然死亡是永恒的，那又有什么好庆祝的呢？文学学者安如峦（Roland Altenburger）认为："一方面，这部小说名义上为虚构的阴间世界创造出一个内在的逻辑，但另一方面，小说的讽刺意味也部分来自它否定掉了这个虚构的阴间世界与人间反转颠倒的设定。"[④] 因此，活鬼虽然已是死人，但还可以再死一次变成"鬼里鬼"。"鬼里鬼"这个词有"恶中之恶"的恶人的意思，虽然小说中的"活鬼"并不是只特别坏的鬼。这种语词上的重复与因此造成的延续感，正典型地反映出这部小说"玩弄永恒"

---

① 秀才第二次死后向阎王报到时，"此秀才志气舒展，望森罗殿摇摆而上，阎王问是何人，小鬼回曰：'就是那个作屁文章的秀才。'"《屁颂》出自清都散客《笑赞》，第 7 页，参见附录一。

② 《笑道论》共三十六条，是对道教三十六部尊经结构的戏仿，但是下场并不是很好：北周武帝下令当廷焚毁此书。译本和相关探讨请参见 Kohn, *Laughing at the Dao*。

③ 朱介凡《论何典的语言运用》，收入 *HD* 1980，第 131 页。

④ Altenburger, "Chains of Ghost Talk," 35.

的特点。①

这座幻想出来的地狱是让作者得以大肆玩弄不同语体的空间。该书充满着下流言语，对成语的诙谐改编，还有统称为吴语方言的苏州和上海地区的方言使用。②该书不仅是现存最早广泛使用吴语方言的小说之一，还传播了数百条经典说法和套语，许多说法都是以好玩而不按惯例的方式进行了修改或使用。③这部小说在形式上与帝制晚期借由写鬼来嘲讽社会或政治的小说类型有所联系，但就实际说来却又不容于既有的文学分类。④王德威将此书视为"一种作怪的拼贴"，认为它至少混合了六种不同的文学类型。他不是以"这是哪一部经典"来理解《何典》此一书名，而是将该书名翻译为"这是哪一类的书？"（*What Sort of Book Is This?*）⑤还有一点是这部书与其他作品不同之处，那就是它对语言的使用，尤其是体现在对"鬼""妖""精"的描写之上。

---

① 蔡九迪讨论了"鬼中之鬼"（冯镇峦评《聊斋志异》提出的说法）、胡言、喜剧以及"玩弄永恒"这些概念在 17 世纪文学中的关联，见 Zeitlin, *The Phantom Heroine*, 46, 178。

② 《何典》被认为是体现吴语方言历史的重要著作。参见钱乃荣《上海语言发展史》，第 24、78—80、104 页。

③ 安如峦指出该书的"人造式方言"很大程度上是依赖于"双关语及对比喻的字面义的运用上，这就赋予了词语多重语义，使其在单纯的无意义废话和精妙的讽刺之间来回摇摆"。Altenburger, "Chains of Ghost Talk," 39–40.

④ 例证包括明朝著作《斩鬼传》（现存最早版本为 1688 年版本）及清乾隆时期的《唐钟馗平鬼传》（现存最早版本为 1785 年版本）。关于鬼怪小说这一类型，参见陈英仕《清代鬼类讽刺小说三部曲——〈斩鬼传〉、〈唐钟馗平鬼传〉、〈何典〉》。安如峦（第 34 页）举了一些例子，说明某些剧情元素是来自于"次要的鬼怪小说叙事传统"，而现在可能还要加上《何典》这个例子：在《何典》第一回中，已经"半中年纪"却从未生育的活鬼哀叹空有家产却无子息，他的妻子便催促他赶快给神灵烧香纳贡。不久，他的妻子就受到神灵托梦，然后便怀孕了。类似的故事也出现在一部明代小说的开头。参见《鼎镌全像按鉴唐钟馗全传》，第 2013—2019 页。

⑤ 关于"作怪的拼贴"与"What Sort of Book is This?"的书名，见王德威《被压抑的现代性》，第 270 页。

鬼是逝去之人的灵魂，有各种不同形式，可以是善或是恶。鬼会因抱有冤屈而留在人间，直到沉冤得雪才会去往阴间（或是升天）。鬼存在于一种模糊难明的空间，不论是从实存意义上来说，还是就心理层面上而言。作为一种超自然的存在，鬼既是在场的又是缺席的；而作为一种象征时，鬼代表着人类的记忆与渴求。[1]

鬼与人类相遇的故事是诸多幻想类文学作品的题材，如清代蒲松龄（1640—1715）的《聊斋志异》以及袁枚（1716—1797）的《子不语》。[2]在这些作品中，鬼以各种面貌出现，从美貌多情的女鬼、吃人吸血的恶鬼到上当受骗的蠢鬼等等，不一而足。尽管鬼是超自然的且常常令人恐惧，但鬼与人类一样不可靠，而且鬼失去了生命，其实比起人要更加可怜。[3]

如同大部分的语词，"鬼"在语言的演变过程中也出现了语义上的转变。《尔雅·释训》："鬼之为言归也。"[4]《说文解字》中解释"鬼"字："人所归为鬼。从人，象鬼头。鬼阴气贼害，从厶。"[5]而《毛传》解释《诗

---

[1] 例如，在中国现存最早的词典与百科全书《尔雅》（约成书于公元前3世纪）中的解释为，"鬼之为言归也"。王德威在他探讨中国现代文学中的暴力记忆的著作中，引用了这个同音假借，以此说明"阴魂不散"和弗洛伊德概念中的"被压抑者的回归"两者的交集。参见王德威《历史与怪兽》（台北：麦田出版，2011），第9章，第407—445页。

[2] 《子不语》成功之后，袁枚在1796年增加了更多的故事，重新编了增订本。该书的标点本于1935年出版，参见袁枚《子不语》。

[3] 参见《论语·雍也》。关于中国的鬼的背景和鬼在民间信仰与文学中的角色，参见 Huntington, *Alien Kind*; Chan, *The Discourse of Foxes and Ghosts*.

[4] （晋）郭璞注，（宋）邢昺疏，《尔雅注疏》，《重刊宋本十三经注疏附校勘记》（台北：艺文印书馆，1965，清嘉庆二十年〔1815〕南昌府学刊本），第61b页。

[5] （汉）许慎著，（清）段玉裁注《说文解字注》（上海：上海书店，1992），第434页。

经·大雅·荡》当中的"覃及鬼方"时则说："鬼方，远方也。"[1] 这些解释说明"鬼"一词在字源学上可以追溯到人死之后的归来，以及陌生、域外与遥远的意思。而文学史学者蔡九迪（Judith Zeitlin）指出："经过几个世纪的演变，鬼已经产生了一系列的引申义，如'狡猾'（既指狡诈的又指精心设计的），'隐密'，'鬼鬼祟祟'，'难以捉摸'，'神秘莫测'以及'荒谬愚蠢'。"[2]

在 19 世纪初，人们对鬼的兴趣开始从它们作为一种超自然现象，转为探讨鬼作为一种政治象征的作用。在《何典》成书时的 18、19 世纪之交，"鬼"一词已经在中国及海外被广泛地使用，主要是用于形容那些"非中国人"，将其标记为来自陌生文化（如果不是化外之地）的人。[3] 而几十年后，中国在自尊上遭遇到毁灭性的打击，就是因为"洋鬼子"在 1840—1842 年及 1856—1860 年的两次鸦片战争中击溃了清廷的军队。鸦片贸易导致了"烟鬼"的出现。在关于中国的文学及图像再现当中，"烟鬼"这一形象不仅令人哀叹、引人怒骂，而且使人入迷。在 1870 年代《何典》首次刊行之时，中国社会里还有所谓的"假洋鬼子"—— 那些模仿外国人衣着、言谈和行为的中国人。1921 年，鲁迅通过阿 Q 之口，对"假洋鬼子"一词的广泛使用，甚至滥用进行了嘲讽。

鬼通常用来指涉他者，即是死去的陌生人而不是死去的亲人。但是当作为昵称时，"鬼"字又暗示着亲密。如同父母可能会亲切地称呼自己的

---

[1] （汉）毛亨传，（汉）郑玄笺，（唐）孔颖达疏，（唐）陆德明音释《毛诗注疏》，《重刊宋本十三经注疏附校勘记》（台北：艺文印书馆，1965，清嘉庆二十年〔1815〕南昌府学刊本），第 643a 页。

[2] Zeitlin, *The Phantom Heroine*, 4–5.

[3] McKeown, *Chinese Migrant Networks and Cultural Change*, 126, 125–30 等处。麦克恩发现，在帝国晚期到 20 世纪早期的中国，鬼处于亲属关系网络中的一部分。在一个不仅由鬼和人构成、同时也包含神和祖先在内的宇宙论体系当中，鬼占据一个具沟通功能的位置。

孩子为"小鬼",当一个人将鬼这个字眼用于他人时,却是在将他人分派入一种历史学家亚当·麦克恩(Adam McKeown)所称的"习惯性的刻板印象"中。[1]"小鬼"总是淘气,"洋鬼子"则是一直在文化上难以沟通,"酒鬼"永远醉醺醺,而"穷鬼"则是一辈子贫穷。无论是用这些词语进行辱骂或是表示亲密,鬼都是代表着一种可预测的存在方式或行为模式。

《何典》的首次刊印是由1872年成立的上海申报馆所发行。[2]根据当时的广告,可以看出出版商认为该书能够吸引读者的特点为何:

> 《何典》十回,是书为过路人编定,缠夹二先生评,而太平客人为之序。书中引用诸人,有曰活鬼者,有曰穷鬼者,有曰活死人者,有曰臭花娘者,有曰畔房小姐者:阅之已堪喷饭。况阅其所记,无一非三家村俗语;无中生有,忙里偷闲。其言,则鬼话也;其人,则鬼名也;其事,则开鬼心,扮鬼脸,钓鬼火[3],做鬼戏,搭鬼棚也。语曰:"出于何典?"而今而后,有人以俗语为文者,曰"出

---

[1] McKeown, *Chinese Migrant Networks and Cultural Change*, 126.

[2] 申报馆作为一家开风气之先的商业出版社,为挽救和重新出版那些在太平天国(1850—1864)期间随私人藏书楼被摧毁而遗失的书籍和毁坏的原稿做出很大贡献。它还为19世纪末期中国的文学出版和宣传起了变革性的影响。出版社通过在旗下报纸《申报》上刊登广告征集手稿,据报道在1870年代中期每月都能收到五百份可用原稿。根据瓦格纳的说法,这家出版社的经营者欧内斯特·梅杰(1841—1908)从创立初始便展现了惊人的营销才能:有时印刷量会控制在一千到两千份,确保能销售一空,使用高级的材质用料吸引书籍收藏者。《申报》的读者可在报纸的广告中得知书籍发行的信息。参见陈平原等编《晚明与晚清》,第169—178页,尤其是第174—175页。《何典》是申报馆出版的六部著作之一。其他作品包括《儿女英雄传》和《青楼梦》。参见韩锡铎和王清原《小说书坊录》,第80—81页。而在三年前的1875年,申报馆出版了《西游补》,也是下文中提到的刘复进行编辑、加注和重新出版的。

[3] 鬼火,也称磷火,被认为是自坟墓中所发出的。

于《何典》"而已矣。[①]

通俗、混杂的语言，跟鬼有关（表示各种不端的行为）的双关语，反儒家的幽默，以及打破旧说的评语——这些都是此书可令读者喷饭的卖点。全书通篇由"鬼话"或带有恶意的胡说八道构成，但是一切又都由此而出。这则广告先是看似贴心地为读者们提问：这部小说中的"鬼话"究竟"出于何典"？但接着却不无诌媚地断言，往后以俗语为文的人，其实都将会说他们的用典是"出于《何典》"，不啻将此书视为开宗立派之作。

《何典》通过在曲折的叙事中不断插入的那些笑话和骂人话，拒绝直接袭用任何一种文类，以及对于互相矛盾的情景的着迷，很明显地表现出对于过往文学分类系谱的不敬。此外，这部小说的构思之妙并非来自它和过往文学传统的切割，同时也是来自它本身就是所有一切相关知识的源头所在。过去的文学创作者认为，所有创新都必须根植于既有经典。这部书除了嘲讽这一古板的文学惯例，更进一步提出了一系列与命名、宗族及祖先的重要性相关的颠覆性问题。这些问题对民国时期的文化现代化主义者同样至关重要。

比如，就"名"而言，该书广告主打的序、跋、评的众多作者都以化名来隐藏其身份。[②]对神魔、狭邪及艳情小说等小说类型的作者们来说，

---

① 最初是 1878 年在《申报馆书目续集》中刊出；*HD* 2000 第 195 页有收录。"三家村"指的是一小乡村。

② 杰哈·热奈特（Gérard Genette）将副文本定义为"存在于书籍内外，构成作者、出版商和读者之间复杂的协调与沟通的，位处边缘的特殊设置及常规性书写"。他认为书名、序、前言、评语和其他的类似包装共同表现出"一种根本上来说是异形却相关、互补的话语，是为了另外的一些东西……〔也就是〕正文的存在而服务的"。参见 Genette, *Paratexts*, 1, 12。如下文中所讨论的，副文本可如同正文一般，揭示有关作者、编者、出版商和读者的信息。

这是一种典型的做法，甚至可以说是游戏。[①] 申报馆的版本中附有太平客人和过路人所作的序言，有海上餐霞客所作的跋，以及缠夹二先生在每回结尾处所作的回末评。[②] 前三个化名都带有游历的意味。太平客人看来对和鬼有关的掌故知之甚详。他认为小说家者流既是"街谈巷语、道听涂说者之所为"，那么又"何必引经据典而自诩为鬼之董狐哉？"只是，他却接着历数种种典籍以回答鬼是否真正存在的这一问题——而这行为正是《何典》本身所要嘲讽的。[③] 缠夹二先生是回末评语作者的化名，这一带有玩笑意味的名字是在嘲笑小说评点者的双行夹批使评语与文章夹缠在一起的现象。[④] 尽管这些评语并不像狄葆贤为《新中国未来记》（参见第三章）所

---

① 笔名和化名在中国白话写作史上司空见惯。例如，明代知名学者冯梦龙就有十几个笔名。在19世纪时，对于小说作者、评论家和序言作者来说，使用化名是一种风尚。《青楼梦》和《风月梦》是使用化名出版的典型例子。关于帝国晚期的情色小说中作为谜题之化名的讨论，参见 Wang and Shang, *Dynastic Crisis and Cultural Innovation*, 235–263。

② 儒家经典著作的阅读通常都是伴随评点、注释和其他诠释性的辅助。而白话小说也通常附有序、跋和插图。关于前现代的文学作品中副文本的重要性，参见陆大伟（David Rolston）的 *Traditional Chinese Fiction and Fiction Commentary*（《中国传统小说和小说评论》），以及他主编的 *How to Read the Chinese Novel*（《如何阅读中国小说》）。其他的一些研究，如何谷理（Robert Hegel）的 *Reading Illustrated Fiction in Late Imperial China*，解释了视觉类的副文本——特别是木版画和插图——是如何影响明清时期白话小说的阅读和理解。关于对儒家经典著作的评价，参见梅约翰（John Makeham）的 *Transmitters and Creators*。自1878年以来，针对《何典》的评点不下三十多种，其中一半都是在1920年代到1930年代之间所作。尤其具有价值的是 *HD 2000*，这一版本中141页是正文，38页是尾注和注解，还有111页是副文本，包括22篇文献和11幅插图。

③ 太平客人所作序，同过路人一样，引用了"造无为有，典而不典"和"不典而典者"，以鬼是否存在这一问题作为《何典》是否有典籍来源问题的替代。类似的嘲弄语气也出现在邗上蒙人所作狭邪小说《风月梦》序（作于道光戊申冬至后一日〔1848年〕）中："梦即是真，真即是梦。曰真即真，曰梦即梦。呵呵哈哈！"

④ *HD 1894b* 的每回末评点是由陈德仁所作。

作的评语一般，是对正文内容的诙谐玩笑，但这一化名确实符合该书对文学惯例的戏仿风格。

"过路人"这一化名暗示了一位浸染于小说中复杂语言环境的老练行家。这很有可能就是作者的笔名。作者精通各种方言，而这也说明他曾在吴语地区有着丰富的游历经验。[①] 这也是一个带有讽刺意味的笔名，暗示此书的叙事者是来自阴间的，因为一般人是不可能在地狱里"过路"的。《申报》在小说 1878 年初版的广告中以过路人的序当作宣传：

> 无中生有，萃来海外奇谈；忙里偷闲，架就空中楼阁。全凭插科打诨，用不着子曰诗云；讵能嚼字咬文，又何须之乎者也。不过逢场作戏，随口喷蛆；何妨见景生情，凭空捣鬼。一路顺手牵羊，恰似拾蒲鞋配对；到处搜须捉虱，赛过搲迷露做饼。总属有口无心，安用设身处地；尽是小头关目，何嫌脱嘴落须。新翻腾使出花斧头，老话头箍成旧马桶。阴空撮撮，一相情愿；口轻唐唐，半句不通。引得人笑断肚肠根，欢天喜地；且由我落开黄牙床，指东说西。天壳海盖，讲来七缠八丫叉；神出鬼没，闹得六缸水弗净。岂是造言生事，偶然口说无凭；任从掇册考查，方信出于《何典》。

在这篇妙文中，过路人借由拢合套语和成语来强调这部小说的虚构属性，并嘲讽以征引和用典为尚的文学创作方式。他无意义的胡话及插科打诨与儒家典籍中千篇一律的语言形成了鲜明对比，而同时又连同这些千变万化的笔名本身，取笑读者试图为他文中那些毫无典据的用词寻

---

① 过路人似乎是相当流行的笔名。《风月梦》由申报馆在 1883 年出版，被认为是"过来仁"所著，这是"过来人"的双关语，韩邦庆（1856—1894）的《海上花列传》（1894）也是由过来人作序。参见 Des Forges, "From Source Texts to 'Reality Observed' ", 69；Hanan, *The Invention of Li Yu*, 347。关于过路人是作者的可能性的研究，参见 *HD 2000*，第 290 页。

找来源的行为。

1894 年上海又出版了两个新版本的《何典》(参见附录二),其中一版将书名改成了《第十一才子书:鬼话连篇录》。[1] 这个点子是效仿清初金圣叹所评的十大才子书。这个才子的标签随后被上海的另一家出版商回收利用,这家出版商在民国初年时发行了两卷插图本的《何典》。

旧鬼新梦

这部被认定为天才之作的作品,经过刘复的重新发掘、标点、注解之后,于 1926 年 5 月重新出版,并且获得一群狂热读者的追捧。刘复是一位语言学家暨诗人,还是一位业余的民俗学者和摄影爱好者。他在伦敦和巴黎留学六年,以语音学论文获得博士学位后,于 1925 年回到了当时被军阀统治的北京,学术前途正是一片看好。他一开始担任北平中法大学(Université Franco-Chinoise)国文系主任,随后不久便又受聘于北京大学中文系。

刘复在 1910 年代积极参与了为中国的文化和政治带来激烈改变的新文化运动和五四运动。如今,人们提到他首先就是想到他参与早期白话文学的推广,即使他的角色只是胡适、蔡元培以及鲁迅的陪衬。刘复除作为知名诗人外,还为现代中国做出了一项不可磨灭的贡献,即发明了人称代词她、它、牠和祂,时至今日在中文世界中还广泛使用。[2]

刘氏是在上海开始他的文学生涯的,那个时候是以他的字"半侬"署

---

[1] *HD* 1894b。《花柳深情传》(1897 年序)是 19 世纪末期时,另一部为了提升销售量而改名的小说。

[2] 学者一般都同意,刘复在 1920 年时建议将中文里的第三人称"他"分为女性"她"、中性"它"、动物性"牠"和神性"祂",将原有的"他"在性别上归为男性。亦见 Liu, *Translingual Practice*, 37–39。关于刘复的诗,参见 Hockx, "Liu Bannong and the Forms of New Poetry"。刘复还写过一部关于摄影的书籍:《半农谈影》。

名，给一些普通刊物如《中华小说界》写写小说，及给游戏场小报做做翻译。[①] 由于受到北京知识分子对文学革命的号召，他重新审视自身以及自己的写作风格，拥抱西式语法和白话词汇，并且扬弃了自己过去受到古典语法影响的写作方式。他甚至改了自己的字，从具有上海话风格的半侬（"半你"）改为了半农，以示挥别"吴侬软语"般缠绵悱恻的写作风格。[②] 他还公开与曾共事的上海言情派作家划清界限，称他们为"鸳鸯蝴蝶派"。尽管刘复推广的这一带有贬义的名称并不难听，却因其广泛的传播，使得中国现代文学中一大批作品在数十年内都陷入了声名狼藉的境地之中。[③] 1919 年，刘复在北京大学的新同事钱玄同，也同样认为鸳蝴作品与黑幕小

[①] 刘复有好几年都是商业出版商中华书局特约撰稿人和编辑，为旗下的几本杂志（如《中华小说界》）都写过文章。关于刘复早年的职业生涯，参见徐半梅《话剧创始期回忆录》，第146—148 页。在他 1914 年的一幅漫画作品中，他受安徒生（Hans Christian Andersen）《皇帝的新衣》所启发，创造了一个戴着"托力克眼镜"的角色。"托力克眼镜"是一种带有趣味性的眼镜，见第三章中的讨论。参见半侬《洋迷小影》，收入于润琦编《清末民初小说书系——滑稽卷》，第 123—126 页。刘复的一篇故事在《小说画报》（Illustrated Novel Magazine）杂志的发刊号（1917 年 1 月）发表，编辑者为包天笑，出版社为上海文明书局。刘复自己翻译的另外一则故事于 1918 年发表在由上海先施乐园出版的《先施乐园日报》（The Eden, 1918—1927）。关于《先施乐园日报》，可参考叶凯蒂的研究，见 Brosius and Wenzlhuemer, *Transcultural Turbulences*, 117。

[②] 徐瑞岳《刘半农评传》（上海：上海文艺出版社，1990），第 66 页。

[③] 旧说依平襟亚《"鸳鸯蝴蝶派"命名的故事》一文，认为鸳鸯蝴蝶派的命名起于 1920 年朱鸳、刘半农的一场酒席餐叙，言谈间刘半农将《玉梨魂》列入"鸳鸯蝴蝶小说"，这席话隔墙有耳，随后便传开来。于是刘半农就成为鸳鸯蝴蝶派的"始作俑者"。平襟亚《"鸳鸯蝴蝶派"命名的故事》，魏绍昌、吴乘惠编，《鸳鸯蝴蝶派研究资料》（上海：上海文艺出版社，1984），上卷，第 179—181 页。另有一说认为鸳鸯蝴蝶派的命名是在五四运动之前，源于周作人于 1918 年 4 月 19 日在北京大学的演讲，举例时提到"《玉梨魂》派的鸳鸯蝴蝶体"。范伯群，《"鸳鸯蝴蝶——〈礼拜六〉派"新论》，陈大为、钟怡雯主编，《二十世纪中国文学专题》（台北：万卷楼，2013），第 109—110 页。

说和艳情小说同类。[1]

刘复在 1910 年代中期搬到北京，便开始为新文学的月刊《新青年》（1915 发刊）撰稿。据说就是他在《新青年》上的一篇文章让蔡元培印象深刻，让他在 1917 年获得了在北京大学任职的机会。而刘复随后出国攻读博士学位，使他真正完全转变为具有现代血统的文化人。

而在此之前，刘复和一些在北京的行动派人士就将文学领域视为文化改革的主战场，认为在此的成败关乎中国的未来。对他们来说，文学创作早已僵化，这主要就体现在文学界还固守着以古早而过时的语言书写的文学经典作为创作范例。尽管一些激进分子如钱玄同鼓吹将中文完全替换为世界语，胡适和其他人则认为推广白话才是语言革命的重点，并转而以通俗文学为文学的典范，其中还包括以方言写作的作品。

《何典》就是这一新的文学审美典范里的优秀之作，这都要归功于其方言的使用和叛逆的基调。其中心主题也符合 1917 年胡适为文学改革提出的"八不"原则中的一项："不用典。"[2] 为了呼应刘复给 1926 年版本所作的序言，鲁迅评价此书中对成语创造性的使用"使文字分外精神"，与传统文学"死古典"形成鲜明对比。[3] 该书充斥着各种化名，这也预示了新文学倡议者们的修辞立场，即整个中国传统文学都是如鬼魂一般可疑的

---

[1] 关于鸳鸯蝴蝶派，参见 Hsia, *C. T. Hsia on Chinese Literature,* 480, 注 6；邓腾克和贺麦晓（Denton and Hockx）合编的 *Literary Societies of Republican China*，第 2 章。其中的代表人物有著有《黄金祟》的陈蝶仙（1879—1940）。钱玄同（1887—1939）对此的评价收入钱玄同《钱玄同文集》再版第 1 卷，第 292—293 页。

[2] 胡适评价他的"八不"中，第六条——"不用典"——"惟此一条最受友朋攻击，盖以此条最易误会也"。有鉴于此，他尽力概括出了五种可用的"广义之典"及五种"狭义之典"，随后又根据其创造性和运用技巧细分为可用和不可用之典。参见胡适《文学改良刍议》，《新青年》第 2 卷，第 5 号（1917 年 1 月），无页数。在 1918 年 4 月的《新青年》上刊登的修改版"八不"中，胡适将"不用典"这一条从第六条提升为第三条。

[3] 参见鲁迅《何典·题记》，题于 1926 年 5 月 25 日。*HD* 1926a。

写作，其中体现着一系列陈旧的世界观，而这些世界观从普遍的人文主义角度来看是应该要永远被埋葬的。

这些人文主义者深深地被《何典》的嘲讽和去人性化的修辞所吸引。到 1920 年代时，单纯谴责儒家思想也成为过时之举。但是粗俗语言是治疗中国文学顽疾的一剂良药。如广东记者黄天石所说，中国作家至死都追随着一种精英式的规则。在他为 1928 年版《何典》所作的序言中，黄天石写道："中国文学界所以不能多产生好文学的缘故，'雅'实为之祸首！"[1] 脏话文学对其精英支持者而言并不是毫无风险。实际上，《何典》对刘复来说，与上海的玩笑话"侬多拆拆尿，早点评上教授"（上海话"拆尿"〔小便〕与"出书"谐音）恰恰相反。[2] 在他将此书重新出版后，他的职位便遭受威胁。

中国学者历来鄙视以写作获取经济利益的行为，新文学的先锋人士也公然对想赚钱的"商业"作家进行嘲讽。[3] 但是在 1920 年代，北洋政府常常晚了数月才发放教授的薪水，许多人以出书和发表作品文章作为自己的固定收入来源。[4] 也许就是出于这个原因，《何典》的营销宣传颇为积极。刘复固定供稿的《语丝》以大号字的广告预告《何典》的再版，用的就是这句书中的惯用语：

---

[1] *HD* 1928a，第 2 页。

[2] 参见钱乃荣《上海语言发展史》，第 76 页。

[3] 同林培瑞所描述的一样，1910 年代到 1920 年代的通俗文学都采用了非常积极的推广策略："报纸、杂志和书籍封底都充斥着对某些作品大加赞赏的广告。出版商为杂志起的都是引人注意的名字……还用吸引人的图片做封面。他们也会假借名人知名度增加销售。例如，三流作家或是无名小辈的原稿，在出版时通常会在显眼处标示这是'由某某人编订'（均为知名人士）。"见 Link, *Mandarin Ducks and Butterflies*, 149。

[4] 有关 1920 年代北洋政府治下的学院教员和其他雇员薪水发放不定时一事，参见陈明远的相关研究。北京大学教授顾颉刚在日记中记录道，他 1925 年的薪水晚了 8 个月才发放，而且他还必须分多次去领取。1926 年 8 月，顾颉刚转去厦门大学任职。参见陈明远《文化人的经济生活》，第 170—171 页。

放屁放屁，真正岂有此理！

欲知此话怎说，且听下回分解。

北新书局掌柜敬启 [①]

两期以后，刘复在杂志头版上正式宣布该书出版。该书的前页中包含了四十七年前《申报》上《何典》的广告，一页由刘复本人所绘、题有"哪怕你，铜墙铁壁，鬼脸一般"的插图，以及下列声明：

向读者们道歉：

本书付印之时，预定由疑古玄同先生担任做一篇序文，曾登广告在案，自无疑义。不料疑古未及着此，疑古夫人就重病了。后来愈病愈重，到上版时，我们接到这样的一封信：

内子已届弥留，咽气乃旦暮间事。此时弟方寸甚乱，悲苦之怀，莫可言喻。《何典》序，无论如何，在最近之将来，决然无法交卷，事势如此，无可勉强，尚希谅之……

我们一方面是希望疑古夫人的病快快好起，一方面却不得不将此书赶快出版，免得读者们老是等个不耐烦。将来序文做好印出，当补送各代卖处，并在《语丝》上登一启事，届时请将此纸扯下，向原来购书处换取。这实在是无办法中的一个办法，尚乞　诸翁先生特别垂谅。

北新掌柜拜启 [②]

---

① 《语丝》第 69 期（1926 年 3 月 8 日），第 2—3 页。此一广告的不同版本出现在第 70—72 期。这些广告主要是宣传吴稚晖（底下会讨论）或刘复以及小说中句子的改编。

② 北新掌柜《向读者们道歉》。*HD* 1926a.

"疑古玄同"就是力主疑古的古史辨大将兼文学名流钱玄同，也是刘复的朋友以及在《新青年》的同事。但是他用笔名"疑古"来谈他濒亡的夫人"疑古太太"则有点让人困惑，同时此状况的严重性也与"放屁"的促销活动大不相称。读者们看上去似乎是接受了这个道歉，同时由于该页面有齿孔便于撕开，因此道歉看起来也的确有诚意。同年稍晚《何典》的再刷本附上了第二则的道歉，除了向读者确认疑古太太已然康复，同时声称疑古先生的序言也即将完成。但是实情很可能是，他从来没真正下笔去写这篇序。[1]

刘复与钱玄同都有哗众取宠的记录。早在八年前，在 1918 年的《新青年》三月号，钱玄同以笔名王敬轩用文言杜撰了一封读者致编辑的信件来攻击杂志的革命取向。该信嘲弄新文学是荒谬的，并且称赞著名译者与古文大家林纾是中国文学道德的典范。[2] 刘复的反应则是以三倍长度的内容轻蔑地挖苦该文作者、林纾以及他们所代表的文化价值。刘复以针对性的鄙视来响应王敬轩的"骂人话"，然后嘲弄他以传统的农历"戊午夏历新正二日"来注明稿件的日期——如果他如此恋旧，似乎不如竟写"宣统十年"还爽快些？[3]

---

[1] 一位书评作者在其评论中两次感叹《何典》少了钱玄同的序。见兰华《何典》，《申报》第 19239 期（1926 年 9 月 23 日），第 22 页。成江也认为钱玄同真的写了序言。见 HD 2000，第 286 页。第二次的致歉，见北新掌柜《再向读者们道歉》，最初是出现在 HD 1926b 当中，后来又收入 HD 2000，第 284 页。就我所知，没有任何一篇钱玄同的序出现在《语丝》、《何典》增订本或他自己的选集《钱玄同文集》当中。

[2] 王敬轩〔钱玄同〕，《文学革命之反响》，《新青年》第 4 卷第 3 号（1918 年 3 月 15 日），第 265—268 页。林纾（1852—1924）在此桩造假案当中角色之深度分析，见 Hill, *Lin Shu, Inc.*, 178–229。这桩造假亦在 Liu, *Translingual Practice* 第 233—234 页中提及。

[3] 刘复对王敬轩之回应刊于《新青年》第 4 卷第 3 号（1918 年 3 月 15 日），第 268—285 页。

这起意图煽起对杂志文学革命反应的事件让刘复出了名。章克标后来夸赞他"把王信中所列举各条，一一批驳得血出骨漏"，还说"旧文学界的人，被骂得无从还手"。^①王敬轩事件的两个月后鲁迅加入战局，将一篇短篇小说投给了《新青年》，也就是《狂人日记》。鲁迅后来称赞刘复"骂倒王敬轩"并写进了刘复的讣闻当中，可说是让这个事件留名千古了。^②

无论如何，这则关于从未出现的幽灵序言的广告，肯定会激起读者购买《何典》的兴趣，并且促使他们一期不落地阅读《语丝》。读者们也另外获得最少三份包括由刘复与鲁迅所撰写的序言作为补偿。鲁迅在1926年5月写的《〈何典〉题记》里夸赞作者"用新典一如古典"以及在"子曰店"的老板面前"翻筋斗"，在一个不够宽容的时代里勇敢表现出极大的魄力。鲁迅对一本嘲弄官员的书有兴趣也可能与他的个人处境有关。一直到1925年以前他名义上是受聘于北洋政府教育部，但是在1925年他因为公开支持学生抗议行动而被解职。虽然1926年1月又复职，但是同年他又差点因不断直言不讳被逮捕而逃离北京。他最后在福建厦门大学谋得一席教职，但令他苦恼的是该校校长林文庆是一个忠实的儒家信

---

① 章克标是1930年代《论语》半月刊的供稿者，章的防卫性评论，见章克标《章克标文集》（下册），第450页。这场论战交锋以《从王敬轩到林琴南〔林纾〕》的标题被收入1935年《中国新文学大系》第一册《文学论争集》（郑振铎编）而成为经典。

② 《狂人日记》是周树人以"鲁迅"作为笔名的第一个故事。鲁迅在1934年刘复的讣文亦有提到他在刘复版本写的序文中的直话直说造成日后的不和："后来也要标点《何典》，我那时还以老朋友自居，在序文上说了几句老实话，事后，才知道半农颇不高兴了，'驷不及舌'，也没有法子。"见鲁迅《忆刘半农君》，《青年界》第6卷第3期（1934年10月），第2—4页。由北新书局出版的月刊《青年界》第6卷第2期（1934年9月）封底刊登了一则死亡通知兼广告，特别加上一张刘复的照片与他13本书的价目表，包括《何典》。

奉者。①

　　鲁迅的序言较之原来据称是失踪了的序言来说是更大的卖点。② 然刘复则因其在《语丝》中的花哨广告而被攻击商业气息太重。1926 年 5 月 25 日鲁迅再度驳斥教授卖书是对学术界的威胁的说法。③ 在鲁迅于 1933 年修订版附加他的第二篇文章的时候，刘复的书已经最少印了四刷，而到了 1935 年最少有五个不同版本在上海与广州流通。

　　刘复同时也遭遇到学术不精的指控。如同先前提到，对刘复而言，方言是小说特别具有吸引力的一个因素，他与胡适一样都致力推广方言

---

① 鲁迅在这段时间的活动，见 Pollard, *The True Story of Lu Xun,* 97–112。鲁迅对于校长林文庆（1869—1957）（第六章将进一步讨论）的看法，见 Kowallis, *The Lyrical Lu Xun,* 31。

② 《何典》已成为鲁迅经典的一部分。根据书目调查，自 1926 年起大多数版本都有包含鲁迅的《题记》，并且该书亦被收入"鲁迅作序跋的著作选辑"（HD 1985）的系列当中。鲁迅明了他的尊崇地位是怎么被用来营销别人的产品。他将用自己比作一只犍兽。他在 1926 年写道："譬如一匹疲牛罢，明知不堪大用的了，但废物何妨利用呢，所以……赵家要我在他店前站一刻，在我背上帖出广告道：'敝店备有肥牛，出售上等消毒滋养牛乳。'我虽然深知道自己是怎么瘦，又是公的，并没有乳，然而想到他们为张罗生意起见，情有可原，只要出售的不是毒药，也就不说什么了。"见鲁迅《华盖集续编·〈阿 Q 正传〉的成因》，《鲁迅全集》第 3 卷，第 376—377 页。

③ 鲁迅写道："所以他的正业，我以为也还是将这些曲线教给学生们。可是北京大学快要关门大吉了；他兼差又没有。那么，即使我是怎样的十足上等人，也不能反对他印卖书。既要印卖，自然想多销，既想多销，自然要做广告，既做广告，自然要说好。难道有自己印了书，却发广告说这书很无聊，请列位不必看的么？"这篇文章被重印并收录于 1926 年 7 月北新书局版，以及大多数其他之后的版本当中。见鲁迅《为半农题记〈何典〉后，作》，《语丝》第 82 期（1926 年 6 月 7 日），第 19—21 页。这篇序言的日期题为"〔1926 年〕五月二十五日之夜"。至于所谓刘复的暴利，他的众多讣文之一写道："如同真正学者，他非常蔑视金钱。因此实际上除了书本外，他没有给他的家人留下任何东西。"见 Wen Yuan-ning, ed., "Intimate Portraits: Dr. Liu Fu（刘复）", *The China Critic,* vol 7, no.32（1934 年 8 月 9 日），778。

文学，意图让中国文学整体变得更具活力。^①但事实上，吴语方言甚至对该地区出身的读者（包括来自江苏的刘复）而言也甚具挑战性。例如小说里活鬼的阴寿的庆生宴菜单中，"一样是血灌猪头，一样是斗昏鸡，一样是腌瘟雌狗卵，还有无洞蹲蟹，笔管里煨鳅，揿弗杀鸭"。这些粗言俗语分别意指因受窘怕羞或喝酒脸红；斗气争胜而失态；灰心丧气，精神颓靡；刻意寻衅，无所不入；脑筋不会转弯，"直至死"；做事态度不干脆。^②方言咒骂的罗列是这部小说语言趣味性上的一个显著特色。这给了这部作品拉伯雷式的、几乎是永不止息、不断累积的特质。^③然而，某一部分的玩笑与羞辱式的语言并没有引起新读者的共鸣。周作人也承认书中有些地方他自己也不懂，而集作家、翻译家、编辑与文学学者身份于一身的赵景深，稍后也证实即使是吴语使用者对书中某些用语的意思也不是很

---

① 刘复与胡适都为作于 1890 年的伟大吴语小说《海上花列传》写过序言。他们两人在方言文学的"活的语言"当中都看到了为中文写作带来革新的潜能。尽管如此，他们担心吴语方言作品的读者还是有限——因此需要标点与批注。《海上花列传》于 1926 年 12 月出版，共四册。但是《何典》已经出版了半年却未被提及。见韩邦庆《海上花列传》，第 30、32、36 页。胡适的序文日期是 1926 年 6 月 30 日，所以他可能尚未见到刘复当月出版的《何典》版本。刘复的序文题 "1925 年天津"，第一册亦包含汪原放的《校对附录》，并以 "有新式标点符号与分段" 作为广告，类似刘复为《何典》进行的编辑工作。鲁迅为了缓和他先前对刘复替《何典》所做的标点的批评，于是在一篇收入 1926 年 7 月《何典》北新版的文章中开玩笑说："我以为许多事是做的人必须有这一门特长的，这才做得好。譬如，标点只能让汪原放，做序只能推胡适之，出版只能由亚东图书馆；刘半农、李小峰、我，皆非其选也。"见鲁迅《为半农题记〈何典〉后，作》，第 19 页。

② 见 HD 2000, 10。"血灌猪头" 可能是狗血淋头的不同说法，指涉严重的口头辱骂。关于这些说法的意思，见 HD 1981b，第 16 页。

③ 除了过路人序、活鬼阴寿的菜单以及与狗有关的咒骂之外，其他罗列粗俗幽默的例子，见 HD 2000，第 17、22、57—58、59—60、122、127 页。

确定。^①

1926 年 6 月，也就是这本书发行不到一个月的时候，诗人学者刘大白在《黎明》半月刊的头版上发表了一篇文章，罗列了该书中几十处错误和遗漏，批评刘复注解的水平。^②他首先表示后悔没有买到原价洋一角半的 1878 年由申报馆所出版的版本，而是等待刘复五毛大洋的版本。他赞扬张南庄"这位老师底本领，是用小说体裁编纂成一部俚言土语的成语辞典。这种辞典编纂法，确是新奇特别而且很有趣味"。^③刘大白还从《杭谚诗》里提出了好几个押韵的幽默俚语的例子作为比较，他接着举出这种创作方式在文学上的前例，诸如《蟫史》《草木春秋》，以及完全由某类物品（例如星辰或药物）之名入诗的诗作。他甚至还指责刘复没有标注所有的俚语，不明白的意思径行胡乱猜测，并且把一些常见的方言表达标注为不明。

几天以后刘复在《语丝》中为他的一些注解辩护，并且也在其他批注上做了一些让步。刘大白随后发表了另一篇公开信，从语言考证的角度提出更多的异议，质疑刘复的专业知识。两人辩论了两个月，彼此交锋的语调愈来愈尖酸，也都互相使用《何典》中的语言来攻击另一方。后来，刘复的朋友林守庄在《语丝》上提供"几个靠得住的正误"来反驳刘大白的论点，刘复忍不住在底下加了一个注记挖苦地向"我亲爱的刘大白先生"保证，林守庄所指的"凭空臆测""咬文嚼字"并且"钻到牛角尖里"的人"决然不指你"。^④刘复后来企图以一封题为《不与刘大白先生拌嘴》的公开信

---

① 周作人的评论重印并收入 HD 2000，第 274 页；赵景深（1902—1985）的评论则是收入 HD 1981，第 128 页。

② ﹝刘﹞大白《读〈何典〉》，《黎明半月刊》第 33 期（1926 年 6 月 26 日），第 97—100 页。

③ ﹝刘﹞大白《读〈何典〉》，《黎明半月刊》第 33 期（1926 年 6 月 26 日），第 97 页。

④ ﹝林﹞守庄《关于刘校何典的几个靠得住的正误》，《语丝》第 91 期（1926 年 8 月 9 日），第 177—178 页。刘复后来请林守庄撰写 1933 年版本《何典》的序文。序文中林守庄提及了校对以方言撰写的作品的困难。

来喊停，但是刘大白又补上一篇。①

此外，刘复也因为对这本书进行审查而招致批评。书中充满污言秽语的桥段对刘复而言其实并不成问题。例如小说第一回里有一段关于形容鬼在五脏庙的"肉弄堂"外的坟坑（也就是粪坑）上拉屎的冗长叙述。"拜五脏庙"代表大吃一顿来填饱肚皮，而大吃一顿的结果自然也就是大量拉屎。② 石屎坑板上聚着一群偷吃屎的老鼠，而粪坑里则是"夹弗断屎连头，无万大千的大头蛆在内拥来拥去"。形容鬼拉完屎后见到一只陷在屎坑中嚼蛆的狗，就抡起竹棒打这只"落坑狗"。

比起污言秽语，性似乎才是刘复主要的困扰。小说中充满了性器官，也把有关性的露骨表述转化成了情节。例如，在第四回里面，活鬼死后，新寡的雌鬼"忽然膀臁裆里肉骨肉髓的痒起来，好像蛆虫蚂蚁在上面爬的一般"，原来她生了一堆"认真在屁尸沿上翻筋斗"的"叮尸虫"。这"叮尸虫"之症险恶无比，听说得要和尚"卵毛里跳虱"方才医得。这个桥段强化了长久以来中国人的刻板印象，亦即每个寡妇都欲求不满而每个和尚都很淫秽。③ 刘复对此极为反感，甚至用空格来取代那些不雅的字眼。鲁迅为此批评刘复，"半农的士大夫气似乎还太多"，而鲁迅的这个意见则为刘大白与其他人所支持。在强烈反对之下，刘复在一封公开信中抱怨道："因为在《何典》里画了方方方，我真被诸位老爹们骂得够了。当面痛骂者有其

---

① 见刘复《不与刘大白先生拌嘴》，《语丝》第 93 期（1926 年 8 月 23 日），第 207—209 页；〔刘〕大白《介绍"吾家"刘复博士底几种巧妙法门》，《黎明》第 44 期（1926 年 9 月 5 日），第 11—13 页；重印并收入 HD 2000，第 261—266 页。

② 可与 Ambrose Bierce 的 *The Devil's Dictionary*（《魔鬼辞典》，1881—1906 之间不定时连载）中的"Abdomen"（"腹部"）一条相互参看："The temple of the god Stomach, in whose worship, with sacrificial rights, all true men engage"（"腹部即是胃神的圣殿，所有好汉都有权参与对祂的献祭与崇拜。"）

③ 例如，《水浒传》第 24—25 回以及《二十年目睹之怪现状》第 95—96 回都有淫僧的相关描述。

人，写信痛骂者尤大有其人。若把收到的信编起来，也竟可以请李老板出
一部《谤书一束》了！"①1926 年对于性事讨论的公开化而言是多彩多姿的
一年。这年五月，在发行《何典》仅仅一个月前，北新书局发行了《性史》，
一本中国当代性行为案例的合辑加上张竞生大量伪科学的评论。②《性史》
变成一本畅销书，但几乎是一出版就立刻被禁，这也随后造成大量盗版或
假借张竞生名义出版的续集。③这立即给张竞生赢得了一个"性博士"的
恶名，终其一生这个标签也一直困扰着他。

　　张竞生与刘复一样在法国得到博士学位，并且同样是北京大学的教
授。如同刘复，张竞生倡导以更科学的方法来研究语言和文化。但昔日张
竞生的众多支持者在《性史》出版后转而反对他，指控张竞生混合了的科

---

① 见鲁迅《题记》，*HD* 1926a，第 1 页；〔刘〕大白《读〈何典〉》，*HD*2000，第 218 页。刘复的回应：
　　刘半农《关于〈何典〉里方方及其它》，《语丝》第 85 期（1926 年 6 月 27 日），第 69—75 页。
　　该期第 71 页包含了刘复的一则启事，要求上海在地姓张的读者帮他追索与张南庄相关的讯息。

② 见 1926 年北新书局版张竞生《性史》。这一年，该书就出现了多种版本（有些是盗版）与重刷，
　　包含一个北京优种社出版的版本。此版本现藏于澳大利亚国立大学 Menzies 图书馆。出版《何
　　典》的北新书局，亦出版一本张竞生早期的书，《美的人生观》（1924）。关于现代中国包括张
　　竞生（1888—1970）、优生学家潘光旦（Quentin Pan, 1899—1967），与 1921 年拜访中国的节育
　　倡导者玛格丽特·桑格（Margaret Sanger）等具有影响力的人士对于性的态度以及公共论述，
　　见 Dikötter, *Sex, Culture, and Modernity in China*。张竞生、《性史》及其接受，见 Rocha, "Sex,
　　Eugenics, Aesthetics, Utopia in the Life and Work of Zhang Jingsheng 张竞生（1888—1970）"; Larson,
　　From Ah Q to Lei Feng, 54–59; Chen and Dilley, *Feminism/Femininity in Chinese Literature*, 159–
　　78；以及 Leary, "Sexual Modernism in China"。

③ 1926 年北新书局版张竞生《性史》的广告是与刘半农《重印〈何典〉序》在《语丝》同一期（1926
　　年 4 月 5 日，第 73 期）刊出。1926 年 6 月，北新书局开始在《语丝》上开放读者预订一本性
　　教育书籍的翻译。由史都华（Stowell）所著的《性教育》的广告（署名"YD"翻译）出现在
　　《语丝》第 83 期（1926 年 6 月 14 日）的末页。那年稍晚，北新书局出版了另外三本与性有关
　　的书：陈劳薪《性欲与性爱》以及《健康的性生活》与《女子底性冲动》两本著作的译本，《语
　　丝》第 95 期（1926 年 9 月 4 日）有它们的广告。

学至上主义与唯美主义已然退化成情色作品。[1]

张竞生被指控为放荡（包括在《语丝》当中）之际，刘复也被同时批评有损大学教授的尊崇地位，以及假正经。这些相互矛盾的压力对一位从鸳鸯蝴蝶派转向被称为"他生命史上最光荣之一页"的文学革命的作家而言，必定是相当沉重的。[2] 在新的1933年版本中，刘复就将《何典》中删去的文字全数恢复了。

咒骂作为《何典》接受史当中的一个重点，是与文学起源的问题紧密地联结在一起的。文学史学者安敏成（Marston Anderson）认为，这个起源的问题"对1920年代的论辩有着广泛而具决定性的影响"。[3] 几乎没有任何例外，民国时期《何典》的拥护者们都觉得自己不得不解释为何与这部怪异的小说扯上关系。他们总是一贯描述他们是因为意外或是偶然才发现这部小说，说得像是这部小说把自己塞给他们一样。一些人，像鲁迅，宣称自己听到过书名，也曾寻访过，但是却没找着；或是有些人，像刘大白，说是看到书的广告之后很久才买到了书；另外一些人，像是担任过《新青年》编辑、为1928年版《何典》写序文的袁振英，则声称他从未听过这本书。但是一旦读过这部小说之后，所有这些人似乎都立刻想到一个人：吴稚晖。

吴稚晖（1865—1953）（见图4.3）名敬恒，字稚晖，以字行，江苏常州人。他是他的时代里最具影响力与最不典型的政治人物之一：一个无政府主义的思想家，一个中国国民党的创党元老，及至后来一个毒舌的反共

---

[1]　见 Larson, *From Ah Q to Lei Feng*, 54–59; Leary, "Sexual Modernism in China", 第7章。

[2]　迫迁《今人志：刘复（半农）》，《人间世》第9期（1934年8月5日），第43页。迫迁是《人间世》的主编徐訏的笔名。刘复在《语丝》的同事林语堂认为刘复有着相当脆弱的自尊。见 Sohigian, "The Life and Times of Lin Yutang", 325。

[3]　Anderson, *The Limits of Realism,* 37.

图 4.3　吴敬恒（字稚晖，1865—1953）
是重要的知识分子，也是中国国民党创党
党员之一。图片由中国国民党党史馆提供。

产主义者。吴稚晖在年轻时结识了孙中山，而孙中山过世后，他们之间的
友谊也使他后来成了国民党资深政治家。然而终其一生，吴稚晖坚守他的
独立性，回避任何官方任命，并且在各种丰富多彩的时论文章中直言不
讳。吴稚晖激进的反儒家思想与提倡语言改革，造就了他在五四进步人士
心中的英雄地位，这些人与吴稚晖建立起"彼此互相挖苦的友谊"，并一
齐对抗旧秩序。[1] 吴稚晖是《新青年》早期的撰稿者。王敬轩骗局刊载于《新
青年》第 4 卷第 3 号（1918 年 3 月）；在《新青年》第 4 卷第 2 号（1918
年 2 月 15 日）当中，钱玄同介绍吴稚晖，说他是"以六十岁老翁，而具

---

① Zarrow, *Anarchism and Chinese Political Culture,* 198.

二十世纪最新之脑子"。① 作为世界语的推广者，吴稚晖激烈地主张全面废除汉字，改用世界语，以解决中文书写所面对的挑战。虽然吴稚晖考取过举人，但是却对科举体制轻蔑以待。他曾对朋友开玩笑说，举人是他骗来的，因为他的文章不长，但全部是用大篆写的，考官看不懂字，只觉字写得好就录取了。②

然而吴稚晖不仅是一个与年轻世代站在一起的政治人物，他也是一个出名的怪人与文学风格创造者。自 1900 年代反满言论达到最高峰之际，吴稚晖就已经是一个"名骂"。他的辱骂相当具有民主精神。他嘲笑满人是一个"狗日的"民族，慈禧太后则是"卖淫""干枯老婆子"，朝廷是由"贼皇帝与他的狗官们"所组成。1908 年光绪皇帝与慈禧太后去世，他以"狐后鼠帝"称之，并且说"闻其余腥使我喉中恶不止"。③ 直系军阀曹锟在 1923 年以贿赂当上了中华民国第三任总统，吴稚晖称之为"精虫总统"。据说吴稚晖对这一词有如下解释：如果一个人可以把他的每个精子都一次化为人，曹锟就有几百万子孙投票给他，那就可以省下他在贿赂上花的钱。④ 而原本同吴稚晖友好的章士钊，从政治文学改革者转向保守之后，吴稚晖称他"必是年来半夜里散局回来，路上撞着徐桐、刚毅的鬼魂附在

---

① 钱玄同对吴稚晖的赞美出现在他为吴稚晖的《论旅欧俭学之情形及移家就学之生活》所作序文当中。见《新青年》第 4 卷第 2 期（1918 年 2 月 15 日），第 150 页。钱玄同与吴稚晖因为共同参与包括世界语运动在内的语言革新而熟识。他们在语言政策上也互相发表公开信给对方。胡适对于吴稚晖的称许见于他 "China's Sterile Inheritance" 一文，收入 T'ang, *China's Own Critics*, 64–73. 在该文中，胡适赞许吴稚晖抨击佛教对于中国文化的影响。

② Dorp, "Wu Chih-hui and the Late Nineteenth Century Gentry", 119. 吴稚晖于 1948 年当选中华民国最高研究机构中央研究院（创立于 1928 年）的院士。

③ 这几种"吴"语出现于不同号的《新世纪》；特别是第 74 号至第 76 号。

④ 对曹锟（1862—1938）的评论及其他轶闻不断地在网络上流传，例如台湾的《苹果日报》(www.appledaily.com.tw/appledaily/article/headline/20110802/33569399/, 2020 年 7 月 13 日访问）。

他身上，所以不由他作主"。①

　　1903 年吴稚晖为了躲避政治报复而从中国逃到欧洲。他在从前的学生担任编辑的一家上海报纸上，发表了一篇措辞粗鄙的长文抨击慈禧太后。②到了巴黎，他的文章变得更加激烈而大胆。他模拟慈禧太后的口吻写了一篇《卖淫实状》，这可以说是当时汉人针对慈禧太后尖酸刻薄的厌女代表作。这篇文章让慈禧为她晚年的放荡答辩的同时，还故意拿革命党与大太监李莲英（1848—1911）作比较，说"革命党三千枝毛瑟枪，怎及得我们莲翁先生半截烂鸡巴"。③ 这篇讽刺文与本章刚开始时所引用的《猪生狗养之中国人》一文，都是吴稚晖为他在流亡巴黎时创立的《新世纪》（La Novaj Tempoj, 1907—1910）周报写的匿名文章。《新世纪》以世界语书写的刊名代表它无政府主义的倾向，而该报的撰稿者则呼吁将汉字同清朝一齐抛入历史的灰烬当中。

　　吴稚晖虽然对汉字公然表示敌意，但用起汉字来却又相当欣喜快活。1891 年，吴稚晖与维新派的梁启超在天津会面，并且在 1901—1902 年之间与梁启超同时待在日本。但随着梁启超变得愈来愈保守，吴稚晖却愈来愈激进。在《猪生狗养之中国人》一文中，吴稚晖怒斥中国因梁启超之流的立宪派而一头栽进黑暗中。④ 他以"燃"为笔名，指称在"狗报"上说小皇帝溥仪好话的带头作家们的文章是"屁气净尽"与"烂狗粪臭"——

---

① 吴稚晖关于章士钊（1881—1973）的文章，《友丧——致＜国语周刊＞记者》，重印收入吴稚晖《吴稚晖言论集》，第 1 卷，第 127 页。

② 此事件造成《苏报》（1896—1903）于 1903 年 7 月 7 日遭清政府查禁。有关该事件，见王敏《苏报案研究》。

③ 夷〔吴稚晖〕《卖淫实状》，《新世纪》第 76 号（1908 年 12 月 5 日），第 6—8 页。

④ 燃〔吴稚晖〕，《猪生狗养之中国人》，无页数。该文属于一系列文章的其中一篇；该系列另外一篇是《猪生狗养之人种》，《新世纪》第 33 号（1908 年 2 月 8 日），无页数。

还进一步说明他们的屁"爽辣",他们的屎"酸而眩脑"。[①] 即便是以学者视为"仅仅是反满抗争"的晚清革命民族主义的标准而言,这篇文章的基调亦是极端且疯狂的。[②] 然而,吴稚晖显然不只是在表达愤慨,他也是在游戏取乐。

吴稚晖在《新世纪》的好几篇文章中都用了《何典》之典,《鬼屁》(1907)即是其中之一。文章开头写道:"中国本是一个说鬼话的人种,故流传着一种说鬼话的道德,若明明替鬼说话,自然更加连珠的鬼屁,乱放出来。"[③] 吴稚晖认为中国受到奴隶心态的毒害,他痛批诸如袁世凯与张之洞(1837—1909)等台面上的政治人物欺骗群众、为祸国家。

吴稚晖对于骂人的狂热,以及 1912 年回国后在政治影响力上的与日俱增,使得他成为各类小报追逐的对象。1920 年代期间,"吴稚老"最新的嘲骂妙语经常出现在《笑报》三日刊上面,二十年后还出现在诸如《快活林》之类 1940 年代国共内战时期的小报上。[④] 自由主义者称赞他的直言不讳为言论自由的典范,他们希望这个范例最终能够扩展至所有中国人。林语堂于 1930 年代写道,吴稚晖是"唯一一个活着的中国人,写出来的和说出来的都一样,无畏粗俗且总能成功吸引到他的读者"。[⑤]

并非每个人都对吴稚晖的怪异骇人报以乐观的态度。在周作人看来,吴稚晖并非英雄,而是迎合国民劣根性的讨厌鬼。周作人称吴稚晖对"戮

---

① 燃《猪生狗养之中国人》。

② Ch'en, *Yuan Shih-k'ai*, 78.

③ 燃《鬼屁》,《新世纪》第 74 号(1907 年 11 月 21 日),第 5—9 页。另外一篇风格相似的文章是《风水先生》,《新世纪》第 88 号(1909),第 11—15 页。这两篇文章分别重印并收入 HD 1980,第 117—122 页与第 118—127 页。

④ 作为类似文章代表的有中仁《吴稚老妙人妙语》,《快活林》第 34 期(1946 年 12 月 14 日),第 9 页。重印并收入孟兆臣编《方型周报》,第 5 卷,第 71 页。1930 年代,《礼拜六》杂志也刊登了有关吴稚晖的机智、不经意的幽默以及不修边幅之着装的轶事。

⑤ Lin, *A History of the Press and Public Opinion in China*, 159.

辱尸骨"的热衷是一种中国人"传统的刻薄卑劣根性"的症状——不仅是在慈禧太后和光绪皇帝死后，而且在国民党于 1927 年的清党之后又再度被点燃。①吴稚晖证明了"中国与文明之距离也还不知有若干万里"。鲁迅对吴稚晖的勇气表示质疑，认为他不过就像是年轻的激进分子，其所发出的许多反满谩骂都是发自清廷鞭长莫及的海外。他还批评吴稚晖自我扩张的风格，认为这样的风格只会适得其反。鲁迅在 1936 年回想起 20 世纪初在日本聆听吴稚晖某次演说之后，原本对于这位冲劲十足的革命家的钦佩就此冰消瓦解：

> 但听下去，到得他说，"我在这里骂老太婆，老太婆一定在那里骂吴稚晖"，听讲者一阵大笑的时候，就感到没趣，觉得留学生好像也不外乎嬉皮笑脸。"老太婆"者，指清朝的西太后。吴稚晖在东京开会骂西太后，是眼前的事实无疑，但要说这时西太后也正在北京开会骂吴稚晖，我可不相信。演讲固然不妨夹着笑骂，但无聊的打诨，是非徒无益，而且有害的。②

据说 1895 年，当时三十一岁的吴稚晖首次发现《何典》的时候，他非常高兴，以至于在标题上题写"吴稚晖的文学老师"。③诚然，出现在《何

---

① 周作人在 1927 年 9 月的《侮辱死者的残忍》一文中，提到了一位友人反对吴稚晖嘲弄为生存奋斗而被清算的共产党人。见《周作人散文选》，第 82—87 页。

② 鲁迅《因太炎先生而想起的二三事》，收入《鲁迅全集》（1991），第 6 卷，第 558 页。该文"系作者逝世前二日所作（未完稿），是他最后的一篇文章"（第 560 页）。

③ 系年根据陈凌海、陈洪编《吴稚晖先生年谱》，第 17 页。关于吴稚晖发现《何典》的故事版本，见张文伯《稚老闲话》，第 68 页；伍稼青《吴稚晖先生轶事》，第 28 页；〔刘〕大白《读〈何典〉》，第 97 页。这个故事的一些版本，包括在年表中，误将"放屁放屁真正岂有此理"当作《何典》的开篇第一行，但是实际上，这行文字出现在其卷首题词的末尾。

典》首回的回前词当中、为吴稚晖所嗜好的咒骂语"放屁"在吴稚晖的文章中随处可见。据吴稚晖的说法，他的招牌作文原则就是"有话直说，有屁直放"。[1] 到 1920 年代中期，"放屁"象征着每况愈下的公共论述以及诸如吴稚晖之类的批评家揭穿谎言和挑战虚伪的企图。1925 年，在刘复版《何典》出版问世的数月之前，刘大白在《黎明》的版面上引起了一场为时甚久、关于如何使用"放屁逻辑"来辨认和归类胡说与大话的讨论。[2] 鲁迅自己后来也跟着吴稚晖借用《何典》的"放屁"一词，并将其广泛用于他自己的讽刺性写作中。[3] 1929 年吴稚晖书信集的编者说："我生平最喜欢读那《何典》式的吴稚晖文章。"[4] 而这的确反映了一般读者的观点。后来的评论家认为，吴稚晖粗俗的风格与《何典》的语言、声气相类似，但是吴稚晖的写作更为卓越。

吊诡的是，有屁直放的吴稚晖正是教导新中国人民如何说话的人。1913 年，教育部召开读音统一会，来自江苏的吴稚晖当选会长。此次会议中，南京官话系统与北京官话系统的支持者之间产生了激烈的争吵。吴稚

---

[1]　见张文伯《稚老闲话》，第 68 页。

[2]　例如，刘大白认为，那些听起来很大胆的言论或"纸老虎"，通常其实都是"屁老虎"。大白，《纸老虎与屁老虎》，《黎明》第一期（1925 年 10 月 4 日），第 2—4 页。又见：行健、大白《广放屁逻辑》，《黎明》第十期（1925 年 12 月 6 日），第 2—8 页；弄潮儿《放屁主义》，《潮潮》周刊第三期（1926 年 8 月 10 日；"北伐专号"），第 24—25 页。刘大白在 1926 年 4 月（刘复版《何典》出版之前）的一篇后续文章中，使用了出现在《何典》中的"放屁，放屁，真正岂有此理"的警句。见大白《放屁逻辑中的归纳法》，《黎明》第 26 期（1926 年 4 月 26 日），第 32 页。

[3]　鲁迅写于 1932 年的匿名打油诗《"言词争执"歌》，指涉吴稚晖最近一次国民党集会中的猛烈炮火，以及国民党派系领导人汪精卫的糖尿病："但愿治病统一都容易，只要将那'言词争执'扔在茅厕里，放屁放屁放狗屁，真真岂有之此理。"见阿二〔鲁迅〕《"言词争执"歌》，《十字街头》第 3 期（1932 年 1 月 5 日）。转引自卢斯飞、杨东甫《中国幽默文学史话》，第 238 页。

[4]　《例言》，《吴稚晖先生书牍》，收入时希圣编《吴稚晖言行录》，第 1 页。

晖后来担任教育部委托之《国音字典》(1919 年商务印书馆出版）编辑工作，遭到了不少嘲笑。他称与南方江淮官话相互竞争、以北京话发音为基础所提出的注音字母"狗屁不值一钱"。①

刘复 1926 年《何典》的序里面提到了一则《何典》被发现之经过的轶事。吴稚晖向钱玄同推荐一部名为《岂有此理》的小书，还说自己从这小书上学到了作文章的诀窍。钱玄同因此开始了他"五六七八年"的"半夜里点了牛皮灯笼瞎摸，半点头脑摸不着"的寻书日子，最后只能废然浩叹曰："此吴老丈造谣言也！"刘复接着为吴稚晖辩解，原来钱玄同找不到书不是因为吴稚晖造谣，而是因为他记错了书名——他把小说开场词当中的一行错记成了书名。刘复自述他得此书的经过：他在旧书摊买的时候只当作一般的小书，没细看内容。拿回家中，自己的兄弟接了过去随便翻看，"看不三分钟，就格格笑个不止"，称赞此书"颇有吴老丈风味"。刘复抢过来一看，"开场词中'放屁放屁，真正岂有此理'两句赫然在目！"②

1928 年广州版序言强调了吴稚晖的反共主张。此前一年，在针对北洋军阀的北伐期间，蒋介石领导的国民党右派党员在上海针对共产党人和潜在支持者进行屠杀式清党，即后来所称的"四一二事件"。四位广州版序言的作者中，有三位提到反共运动，并对吴稚晖本人表达了矛盾的态度。袁振英的序言先是提到，此书风格与"吴稚晖先生的怪文学式"类似，接着以冗长的谩骂表达当今世界是怎样的一个"鬼世界，人人都怀着鬼胎"，而中国是一个"鬼国"，仿佛跟吴氏一样反共。但袁振英的序言接着暗示是因为当权者（即国民党）里有很多贪官污吏，才有这么多人投身共产党：

---

① 见 Chen, "The Sounds of 'Mandarin' in Gramophone Records and Film, 1922—1934", 10。

② 此序言首次刊于《语丝》头版。见刘半农《重印〈何典〉序》，《语丝》第 73 期（1926 年 4 月 5 日），第 103—104 页。"岂有此理"一词出现在清嘉庆年间（1796—1820）出版的两本幽默文学作品的标题中：《岂有此理》（1799）以及续作《更岂有此理》（1800）。

第二回描写愚夫愚妇，酬神演戏，惹起官司，贪官污吏，无恶不作，无怪乎现在的杀人放火的共产党也要大呼"打倒贪官污吏"的口号了。其实共产党都是贪官污吏创造出来的，那些贪官污吏还配说"打倒共产党"么？"解铃还是系铃人"，一般贪官污吏不知道注重民生主义，要逼着人民做盗贼、土匪和共产党！ ①

南社诗人和新闻记者郑天健（1900—1975）则在他的序当中说，小说的第二回让他想起他的一位朋友，这位朋友是个被错误指控为共产党人的国民党官员。郑天健高声质疑："唉！打倒贪官污吏的〔国民党〕同志们，躲在那里。"②

广州评论者的风格比北京评论者的风格更为活泼，且更接近小说。郑天健提到，此书符合吴稚晖的反孔主张，因为它违背了《论语》中"子不语怪力乱神"的告诫。③ 袁振英对《何典》的诙谐挖苦大加发挥，很聪明地将《何典》中的语言运用和鬼怪修辞链接到一整个系列的文本。他指出了《何典》中的鬼名活死人和活鬼与托尔斯泰戏剧作品 *Living Corpse*（*Живой mpyn*，约写于 1900 年）标题极相似。他还将《何典》与易卜生的戏剧 *Ghosts*（*Gengangere*, 1881）相比较，将这部喜剧翻译为《群鬼》和《妖魔》。

---

① 袁振英（1894—1979），《何典·序》，*HD* 1928a，第 20 页。关于晚近共产党史研究者所作的袁振英传记，见李继锋、郭彬以及陈立平《袁振英传》。

② 郑天健（郑水心，1900—1975），《序》*HD* 1928a，第 5 页。郑天健后来成为国民党宣传者。

③ 郑天健《序》，*HD* 1928a，第 4 页。在 1928 年版的序言中，没有序言作者直接提及刘复版本，但是昶超（活跃于 1920 年代）借用刘复原序中用来说明吴稚晖超越了他的老师（《何典》）的成语来描述吴稚晖："提到读《何典》，便不免要想出吴老丈来。听说他还是他的文章老师。读他的杂文，正如读《何典》一样；并且比牠运用得自然，更来得痛快而纯熟！如果用起典来，那是：'青出于蓝而胜于蓝，冰出于水而寒于水。'然而这用典又是多事，确乎'岂有此理'了！何典之有？'放屁放屁'！"参见昶超《写在〈何典〉校订新本之前》，*HD* 1928a，第 14 页。在其序言结尾处（第 15 页），昶超也用了吴稚晖"鬼屁"的说法。

至于《何典》所谓的缺乏起源或出身不明的问题，他赞同《李尔王》中埃德蒙为私生子所做的辩解以及胡适所宣称的"圣人无后"的说法。他解释说，孔子与耶稣都"无后"。[1] 以此推论，《何典》也就是因圣灵感孕而诞生的产品。

一些评论家尝试将《何典》放置于某个文学分类当中。例如诗人浦止水发明了"鬼话小说"一词，将《何典》与他记忆中年轻时喜读的另一本小说《平鬼传》相比拟。而周作人则在论及日本的"滑稽"（kōkkei）小说，并欲以《何典》与之模拟时遭遇到困难。[2] 刘大白与袁振英举各种中外文学当中的先例与《何典》并列，其实是一种更为灵活的谈论方式，从而避免"迫使它进入某些既有分类"。[3] 但是，吴稚晖是每个人的试金石。1946年版《何典》的封面上吹捧此书为"吴稚晖先生推荐不朽名著"，而1949年北新第六版的封面广告则打上"吴稚晖先生力荐"。[4] 张南庄的身份很神秘，他的文学影响力隐微而难以评估，但是吴稚晖这位名骂为近代读者提

---

[1] 见 HD 1928a，第 16—23 页；可比较 The Tragedy of King Lear《李尔王》1.2.334–55；关于丰富的污言秽语，见《李尔王》第 2 幕第 2 场第 1087—1095 行中，肯特对奥斯华德的一连串咒骂。丁玲（1904—1986）所编辑的文学杂志《北斗》（1931—1932）的 1931 年某期当中，包含一位署名"何典"的作者所写的短篇故事《喜剧》。见《北斗》第 1 年，第 2 号（1931 年 10 月 20 日），第 1—8 页。某位以"何典"为笔名的作家写的《补白》也常于 1926 年出现在左派文学杂志《中流》当中。鲁迅、茅盾、巴金、萧红、陈白尘、胡风以及叶圣陶都是该杂志的固定撰稿人。

[2] 见〔浦〕止水《从〈何典〉想到〈平鬼传〉》，《语丝》第 87 期（1926 年 7 月 12 日），第 105—108 页。署"十五，六，三一〔1926 年 6 月 31 日〕，天津寿荫里三十二号"。周作人关于日本"滑稽本"不同于《何典》之说法，见知堂〔周作人〕《中国的滑稽文学》，《宇宙风》第 22 期（1936 年 8 月 1 日），第 544—546 页。

[3] Altenburger, "Chains of Ghost Talk", 24.

[4] 成江提出："一九四六年十月上海友联出版公司收入《万人手册》第一辑的《何典》，口袋书开本……印数一万，文中部分文字已改。"见成江《点注后记》，HD 2000，第 288 页。台北印刷的 HD 1954 封面由"敬恒"（即吴稚晖）题写。

供了一个参考框架。即使是新文学的提倡者，他们似乎也无法摆脱由来已久、对于文学先例的重视，而这正是这部小说彻头彻尾在讽刺的。这可以被称为无影响的焦虑，其实也是出版商所乐于利用的现象。

阿鬼万岁

《何典》的历史揭露了清朝中叶粗俗无忌、嘲弄戏谑的文化气氛与1920年代晚期文化动荡之间的差距。张南庄的极端修辞手法暗示着对沉重文化压力的冲动发泄。清朝的评点者将下流话、粪尿语以及性猥亵语言视为玩弄言语与禁忌之游戏的一部分。1870年代的小说编辑者并没有省略淫秽字眼，并且也没有像刘复一样受到维多利亚式的情结所困扰。正如我们在第三章所见，在进入1910年代后这种游戏心态仍是一股艺文的主流。

民国时期为社会而文学的作家似乎对这部小说作为骂人工具的实用可能性感兴趣。它的骂模糊了小说中其他具有复杂性之处，它"笑骂"中的"笑"变成了"骂"的牺牲品。在现代印刷世界的笑骂文化中，这部小说因为与"放屁"名家吴稚晖之间众所公认的连结而得到强化。吴稚晖的名头比鲁迅或刘复更为响亮，而这也让这部小说累积了广大的读者群。①如果鲁迅是现代中国咒骂之父的话，那么吴稚晖就应该可以说是爷爷了。

---

① 很明显，直到1980年代的《何典》版本才在封面上提及鲁迅。见 *HD* 1985及 *HD* 2000。半个多世纪后，与1930年代《论语》半月刊有所关联的作家章克标在他关于此一小说的正面回忆里提到的是吴稚晖而非鲁迅："五四新文化运动后，刘半农还曾重刊过一本滑稽小说《何典》，当时曾大加宣传，好像吴稚晖老先生就大加捧场的此书，我想年纪大一些的人，一定还有记得。那也是乾嘉时代人的作品。我对此书，也很喜欢，读过好几遍。"章克标，《附录：〈文坛登龙术〉的经历》，收入章克标《章克标文集》上册，第586页（文章日期题为"1988年10月17日；1998年补充重订"）。

这本书塑造了"吴稚老"作为类似毒舌漫画人物的公众回忆。但它也有助于推广吴氏所开辟的模式：在深入参与政治的同时，与政客之间仅保持唾骂距离的激进公共知识分子。

张南庄的时代之后，改变的不仅仅是诸如"洋鬼子"之类的咒骂语的普及；充斥着嘲讽的大众出版物也不断出现。私人恩怨变得前所未有的公开化；能够以最诙谐、最离谱或最令人绝倒的方式咒骂的作者占了上风。出版商之所以会热衷于一本言语粗俗的旧小说，正是因为咒骂语汇的热销。它所带来的争议也为产生出新的鬼怪的各种现代意识形态运动提供了素材。①

在学术圈，说中国现代文学鬼影幢幢已经是陈腔滥调了。但是鲁迅最著名的文学创造就是一只在多重意义上的活鬼。阿Q住在城隍庙（人死后鬼魂的报到处），而他的名字 *Quei* 则与"鬼"谐音。② 作为一个活死人，阿Q代表被埋葬的文化规范。作为虚构的人物，他如同僵尸一样不朽，像鬼魂般地纠缠着那些力图一劳永逸征服阿Q主义的人们。

鲁迅对《何典》一书的涉入预示着南京时期（1928—1937）的鲁迅转向以骂人作为其最喜爱的文学模式。也正是这个时期，鲁迅力捧的作家们

---

① 例如，1929年社会学家李景汉（Franklin C. H. Lee, 1895—1986）运用"活鬼"一词来指代成千上万北平当地的穷人。这个词概括了李景汉对于个人与其家庭的同情，以及对于他们所呈现的更广泛的社会现象之深恶痛绝。毫无疑问，李景汉没有想过嘲讽，但他选择使用"活鬼"一词同样是把人说成物体，且蕴含相似范畴逻辑。见 Chen, *Guilty of Indigence,* 94。

② 《阿Q正传》第一段里就暗示，立的是鬼传："我要给阿Q做正传，已经不止一两年了。但一面要做，一面又往回想，这足见我不是一个'立言'的人，因为从来不朽之笔，须传不朽之人，于是人以文传，文以人传——究竟谁靠谁传，渐渐的不甚了然起来，而终于归接到传阿Q，仿佛思想里有鬼似的。"

要中国人"打出幽灵塔",并将当代政治舞台讽为"鬼土"。[①] 这些作品中所表达的愤怒与绝望的言外之音,正是由当时愈来愈残酷的政党政治而起的,而这也正是《何典》这部好玩的作品受到欢迎的背景。

《何典》的案例显示,咒骂可以变得平庸,从而导致阅读、说话与思考的反射性习惯。过路人形容他的小说是"无中生有",而这与艺术必须反映现实这个现代中国普遍接受的概念相互矛盾。对于新文学倡导者而言,将辱骂当作一种游戏来看待似乎很困难。他们通常倾向于把辱骂当成具有针对性的攻击。[②] 但是部分文学市场则将辱骂当作诱饵。《社会月报》是当时流行的上海小报《社会日报》在 1934 年的姊妹刊物。《社会月报》以问句向读者自我介绍:"俗语说得好:'做戏的人是疯子,看戏的人是傻子。'我们诚然是个疯子,但不知道诸位也愿意做傻子,来听我们的疯话吗?"[③]1920 年代的咒骂文化为 1930 年代的幽默运动铺路,令后者避免了极端的语言与对抗,并转向滑稽的自我探究。林语堂于 1932 年创立的《论语》半月刊对撰稿人的要求当中就包括了"不要破口骂人"一条。[④]

向自嘲转变在一定程度上是出于审慎的考虑。就如 1926 年的刘复,

---

① 剧作家白薇(1894—1987)的《打出幽灵塔》最早是在 1928 年 6 月到 9 月间刊登于《奔流》(1928—1929)。最早于 1931 年出版的张天翼长篇小说《鬼土日记》的隐含作者,在一篇未标注日期、以《关于〈鬼土日记〉的一封信》为题的序言中,直截了当地建议读者:"一眼看去,他们的社会和我们阳世是不同的。但先生,我要请你观察一下,观察之后,你会发见一桩事,就是:鬼土社会和阳世社会虽然看去似乎是不同,但不同的只是表面,只是形式,而其实这两个社会的一切一切,无论人,无论事,都是建立在同一原则之上的。"见张天翼《鬼土日记》,前页。

② 关于与现实极少相关且在戏剧框架内一往一来的仪式性侮辱,与因过于切身相关而破坏该框架的人身侮辱之间的"根本性对立",见 Labov, *Language in the Inner City*, 297—353。

③ 郑逸梅,《郑逸梅选集》,第 1 卷,第 891—892 页。《社会月报》(1934)据说仅发行了六期,但《社会日报》(*The Social News Daily*, 1929—1937)却持续了几乎整个国民政府南京时期。

④ 《同仁诚条》,《论语半月刊》第 1 年,第 1 号(1932 年 9 月 16 日)。全增嘏(T.K. Chuan)关于此清单的英文翻译见第六章。

林语堂在 1929 年卷入了一场争议性事件。当时他的独幕悲喜剧作品《子见南子》在孔子家乡被禁止。圣人后代认为林语堂对其先祖不敬，因此愤而提告。这一案子成了全国新闻头条，并让鲁迅再次成为同僚的解救者。[①]

另一个原因是，人们认知到咒骂并不总能使当权者感到羞愧而就此改变他们的作为。在 1933 年的一次演讲中，林语堂将中国官员关于自由言论的愤世嫉俗观点概括为谚语：

Let them laugh and scold who want to laugh and scold.

A good official am I, a good official am I.

笑骂由他笑骂，好官我自为之。

官员脸皮厚，但是诚如林语堂所辩称的："不过这与言论自由稍微不同。因为骂不痛时，你可尽管笑骂。骂得痛时，'好官'会把你枪毙。"[②]

"笑骂"的政治学，即笑与骂之间的关系，带来了这样一个问题：什么类型的冲动能够真正地在中国笑话集锦的系谱中占据支配地位呢？正如我们所见，"笑"可以不仅指微笑、大笑或玩笑，也可指笑骂。晚清笑话集《笑林广记》的编者在 1900 年版的序言上写着："世有谓我以喜笑怒

---

① 此剧最初发表于鲁迅主编的杂志《奔流》。见〔林〕语堂《子见南子》，《奔流》第 1 年，第 6 号（1928 年 11 月），第 921—953 页。关于鲁迅为此剧以及林语堂的辩护，见鲁迅《关于〈子见南子〉》，《语丝》第 5 年，第 24 期（1929 年 8 月 19 日），第 24—48 页。关于此剧在山东曲阜的接受状况，林语堂在其翻译的前言中有简短说明。见 Lin, "Confucius Saw Nancy," v–vi。

② Lin Yutang, "On Freedom of Speech", 重印于 Lin, *With Love and Irony*, 133。这一用词的修改版被用于梁启超《新中国未来记》第二回的一首诗中，讽刺投机分子"领约卡拉，口衔雪茄，见鬼唱喏，对人磨牙。笑骂来则索性由他骂"。见饮冰室主人〔梁启超〕《新中国未来记》，《新小说》第 1 年第 1 号（1902 年 10 月 15 日），第 74 页。

骂皆成文章者，则余之知己也。"① 其所"广"者或许不是《笑林》，而是
《骂林》。

如我们在第六章当中将看见的，林语堂使中国人谈论笑的方式发生
了根本性的转变。但是，林语堂及其同侪也运用了另一个先在的喜剧话语
类型作为衬托来定义幽默。在刘复与鲁迅辩论《何典》的同一时间，刘复
从前在上海的同僚将"滑稽"笑声的传统美学推向新的方向。文化企业家
们——诸如作家、教育家、剧作家、商人、电影制作人以及其他职业人
士—— 一下子就形成了关于喜剧创新、新奇性、灵活变通以及具备适应性
的共同商业理念。在充斥着抄袭家与骗子的乱七八糟都会世界中工作的他
们，选择使用一种特定的机制来启迪人们关于现代生活的认知：恶作剧。

---

① 程世爵《序》，收入程世爵《笑林广记》（上海：大达图书供应社，1934），第 1 页。如第二章
所说明的，这部选集不同于由清初游戏主人所编辑的同名选集。

第五章　滑稽魂 Farce

我们的滑稽人生观、我们不留情的现实主义与幽默、我们无论什么事都把它当笑话来看待的倾向、我们对一切的玩世不恭的态度，甚至是连救国也不当它一回事，将会使中国灭亡。

——林语堂，1930[①]

咕力各洛。叽哩咕路。哔力卜洛。

——徐卓呆，1923[②]

1928 年初，上海为了一位名叫邱素文的神秘女子而着迷。她的诗文在各种报纸杂志上已经连续刊载了三个月，她在美术展览会上陈列的花卉立轴和石鼓文的对联，都引起热烈回响。邱女士的作品虽然大受欢迎，但是没有人见过她本人，也不知道她长得什么样子，四处打听也杳无消息。突然有一天，报纸上登了一则启事："邱素文女士求婚。"三天之内，共有一千两百三十四位年轻男子写信给她，寄到广告上所指示的邮局信箱。不久之后，邱女士一一答复，回信上的信笺左角上印有一半身美人小影。她

[①] Lin Yutang, "Chinese Realism and Humour," *The China Critic,* issue 3, no. 39（1930 年 9 月 25 日），第 924—925 页。该文后来收入 Lin, *The Little Critic: Essays, Satires and Sketches on China*（*First Series:1930–1932*），86–95，虽然它当初并非刊载于《小评论家》的专栏。

[②]〔徐〕卓呆《上下两对》,《小说世界》第 1 号，第 6 期（1923 年 2 月 9 日），无页数。

在信上写道，请先生襟上佩一小红花到公园见面，自己会穿着绿衣。到约好的时间，公园里忽然来了一千两百三十四位襟上佩花的男士，但是找了两个钟头也找不着绿衣女子。

第二天，每位男士都收到了一封邱素文的信，愤怒指责"此必为先生恶作剧"，并请先生"从此绝交"。莫名其妙的男士们只能回信道歉。邱女士终于同意，约定在银星影戏院见面，"万勿失约！"那天晚上，电影院客满了，不过男性观众没人注意银幕上的人物，因为他们正忙着在黑暗里东寻西找那爽约的女子。第二天，报纸上有一则启事说邱女士昨天晚上赴约时被车子撞到，受轻伤，现正住院。实际上，邱女士那夜包了整座电影院，从那群男子的身上赚了四百多元，然后用赚来的钱邀几位姊妹去游玩西湖。回到上海之后，邱女士的邮局信箱装满了信，都想要知道邱女士的住处地址。她回复一千多人的来信时，把甲的地址写给乙，把乙的地址写给丙，让一千两百三十四位求婚者再度彼此碰头。原来邱素文的真实身份是一位五十六岁的寡妇，孙子都已经上了大学，那张美人小影也就是去年过世的她孙女的照片。

邱女士是短篇小说《女性的玩物》里的主人公。作者徐卓呆是民国上海最多产的作家之一，也是当时称为"滑稽"的喜剧风格的主要推广者之一。[①]在20世纪初，"滑稽"即幽默、喜剧以及可笑的广义代名词，它也包含了第三章里所讨论的多种戏仿、寓言以及其他喜剧性的娱乐形式。当鲁迅于1926年说他为了满足编辑者的要求在《阿Q正传》第一回里"胡乱加上些不必有的滑稽"时[②]，他其实是在自责曾参与这种清末以来兴盛的商业性幽默文化。

---

① 徐卓呆《女性的玩物》，《红玫瑰》第5号，第3期（1928年3月2日），无页数。小说的第一页附有一小幅插图，当中一位年轻的女子坐在椅子上把玩洋娃娃，一旁则是小狗抬头仰望。同一期连载了程瞻庐的长篇小说《滑稽新史》的第二回。

② 见鲁迅《〈阿Q正传〉的成因》，第548页。

1920 年代间，"游戏"渐渐失去了它的喜剧性含义，而"滑稽"一词从此成了广义可笑性的主要标志。当时流行的其他相关词汇包括"诙谐""讽世"（后来被"讽刺"所替代），还有"笑话"。[①]一本 1919 年问世的滑稽文集的书名及其内容分类，就意味着"滑稽"一词所能够指涉的广泛范围："滑稽诗词""滑稽故事""滑稽轶事""滑稽常识""滑稽新闻"等都可以表达编著者的《滑稽魂》（见图 5.1）。[②]时至今日，"滑稽"这个词多半用来指傻笨的、荒唐的或者具有闹剧色彩的人或事。这种意义上的窄化，部分要归功于"幽默"一词在 1930 年代的推广（第六章将讨论），但是大概也部分归功于 1920 年代上海的都市气氛所培养出来的滑稽风。

上海不断膨胀的都市人口、对综艺娱乐多样性的渴求以及大众媒体的蓬勃发展，在在催生了许多喜剧趣味。其中一个就是"滑稽"。就像第二章和第三章所提到，1910 年代的出版热扩大了城市中的报刊读者群，读者身份不再限于受过古典训练的士绅文人。报纸期刊的内容也渐渐迎合阅读

① 陈慧（Shirley Chan）有关《列子》的研究中提到，古代中国所谓的"滑稽"的意思基本上无异于当代中国人所谓的幽默。见 Chey and Davis, *Humour in Chinese Life and Letters*, 73。现在，"诙谐"有时被视为外来词"幽默"进入中文语境之前，中文当中最接近英文词 humor 意思的词汇。1900 年代与 1910 年代报刊上有《谐著》《谐文》等专栏，《月月小说》也曾连载《诙谐小说》。不过，以"诙谐"当作期刊刊名及作品篇名的现象则极为少见。1920 年代时，以英语写作的散文家梁遇春（1906—1932）把"滑稽"和"诙谐"当作翻译 humor 时的互通词汇。1927 年，他把 humorist 译为"滑稽家"；1929 年，他把 humor 译为"滑稽"，但把 humorist 译为"诙谐家"。见梁遇春《梁遇春散文集》，第 18 页、第 70—72 页。

② 第三章有讨论《滑稽魂》里由多位作者所写、李定夷编辑的戏仿性文章。1921 年，由英文版翻译为中文的 Henri Bergson 的《笑》（*Le Rire*）把 "the comic" 译为"滑稽"。见 Bergson《笑之研究》。

图 5.1 《滑稽魂》（1919）是民国初期李定夷所编辑的一部幽默文集。穿着西装、开怀大笑的男人手中倒拿着一本《笑林》——中国已知最早的笑话书。书倒着拿意指读者要笑倒了。

与经济能力都有限的"小市民"口味。① 到了 1920 年代，中国的大众娱乐市场走向多样化，甚至到了令人眼花缭乱的地步。在文学作品、图画、舞台表演、无线广播、唱片以及电影中，可以见到各种对于现代生活中诸多陷阱的诙谐评论，特别是因为愈来愈杂乱的媒体环境所导致的误会、幻想以及骗术。

这种可以称之为"滑稽上海"的文化，跟以前的"游戏"文化一样是群体性的，但是它的情绪更为积极乐观。相较于小报与知识性文学期刊所

---

① 林培瑞（Perry Link）估计，从 1910 年到 1930 年，上海图书出版业的总体岁入增长了至少六倍，从四五百万元到三千万元。见 Link, *Mandarin Ducks and Butterflies,* 92–93。戴沙迪（Alexander Des Forges）指出，所谓"小市民"以其消费实践来定义，"主要不是看职业，而是看住什么样的房子，也特别是读什么样的书籍或期刊"。见 Des Forges, *Mediasphere Shanghai*, 127。

展现的攻击性，这种文化不失为另一种选择，但它的滑稽气氛仍然招来了各种批评，被认为是愤世嫉俗或失败主义。就如本章一开始的引言所见，林语堂就认为中国是一个玩世不恭的国家，并对这种视一切为玩笑的倾向相当不满，批评"连救国也不当它一回事"。除此之外，林语堂也认为中国是个充满丑角的国家，因为中国人总是不乏下意识的幽默——他认为中国人深得无意间闹笑话的要领。[①] 不过，滑稽上海引起了很多人的共鸣，因为它创造了一个人人皆能融入其中的世界：一个人们必须时时提防恶作剧的世界，也是一个能经常看到其他人中招，沦为恶作剧对象的世界。

滑稽事业

历来，"滑稽"意味着喜剧性的、幽默的人或事。它的意义随着时代而有所不同，累积了各种含义，譬如油滑的、圆滑的、投机的、机智的，以及善于转弯的。它也可以指善于令人发笑的人。《史记》的《滑稽列传》写的就是那些通过聪明而间接的方式，对捉摸不定的君王提出异议的人。齐威王八年，楚国大军攻打齐国，齐王派遣淳于髡携带黄铜百斤和马车十辆作为礼物出使赵国，请求援兵以抵御楚国的进犯。淳于髡仰天大笑，齐王问道："先生是不是认为这份礼太薄了呢？"淳于髡说："哪里敢呢！"齐王又问："那么先生笑一定是有原因的了？"淳于髡于是提起他在路上撞见一名农人，仅以一枚猪蹄和一杯酒就对着神明祈求大丰收。淳于髡说："微臣看他用寒酸的牲礼就想要祈求大丰收，所以觉得好笑。"齐王听了，马上追加十倍的赠礼，赵国助以精兵十万、战车千辆，楚国听闻了马上退兵，齐国因此而得救。[②] 以狂妄自大与不修边幅闻名的东方朔，

---

① LinYutang, "Unconscious Chinese Humor," *The China Critic* vol.7, no. 45（1934 年 11 月 8 日），1098.

② 见《史记·滑稽列传》。

却能在朝堂之上舌战群臣，赢得武帝对其直言进谏的赞赏。出自他们嘴里的这些风趣言论，就像从酒壶里倒出的酒一样——滑稽其实也指古代一种酒器。① 然而，后来的批评家却发现这些滑稽无非是一种道德滑坡：滑稽者流说的反话违背了儒家的"正名"观。"名不正则言不顺"，然而他们却是因为"言"太过于"顺"，而把"名"的本意给滑走了。唐代司马贞《史记索隐》释"滑稽"："滑，乱也；稽，同也。以言辩捷之人言非若是，说是若非，言乱异同也。"② 滑稽语言上的逾矩，必得功在国家，否则不容宽恕。

到了 20 世纪初期，滑稽仍存留着与表演、做作，以及（偶尔）醒世等相关的含义。为滑稽文学写序的人经常会将作者与淳于髡一类为国立功的古滑稽者流相提并论。③ 吴趼人 1910 年的连载笑话系列《滑稽谈》中，往往由某位"滑稽者"为读者送上笑点。滑稽一词也在新的文类、现代技术以及外国语言的冲击下，累积了更多新的意义。当王国维于 1907 年从英文转译某丹麦学者的《心理学概论》（*Outlines of Psychology*）时，他就把"the sense of the ridiculous"翻译为"滑稽之情"。④ 1900 年代留学日本的徐卓呆和周作人，就曾把中国的滑稽文学和戏剧与日本的滑稽（*kōkkei*）

① 这种用法在文学作品里至少持续到 19 世纪，《儿女英雄传》第三十回里提到"滑稽"的原意为罂酒用的酒挈子。而分开来讲，"滑"是"泉水涌动的样子"，"稽"则是"持续不断的样子"。见汤哲声《中国现代滑稽文学史略》，第 1 页；亦见"滑稽"（*huaji* 及 *guji* 条），罗竹风编《汉语大词典》，第 1481 页。近期仍有人以"滑稽"为名词来指喜剧演员，例如杨华生（1918—2012）的自传，见杨华生、张振国《上海老滑稽》（2005）。

② 司马贞具有道德意涵的幽默观呼应了文学理论家刘勰（约公元 465—521）的主张。见（梁）刘勰《文心雕龙·谐隐篇》。该篇特别标举讽喻（谲辞）的地位。

③ 譬如，无聊子为吴趼人《新式标点滑稽谈》（上海：扫叶山房，1926）写的《新序》里把吴趼人比成淳于髡和东方朔（见附录一）。

④ 王国维（1877—1927）把丹麦哲学家兼心理学家海甫定（Harald Höffding, 1843—1931）的著作从英文翻译成中文。但是，英文译者的底本却是德文译本而不是丹麦文原著。见海甫定《心理学概论》，第 395 页。

做比较，而他们也必然相当熟悉脍炙人口的大阪讽刺画报《滑稽新闻》（*Kōkkei shinbun*，创刊于 1901 年）。[①]1920 年代，当卓别林的电影席卷中国时，他被封为"滑稽大王"。[②]

文学市场替卓别林的成功铺好了路。大概在 20 世纪初，各大杂志的编辑开始为小说做仔细的分类，有时按照主题（例如政治、社会、家庭等），有时按照教诲功能（讽刺、寓言等），有时则是依照情感模式（如悲剧、喜剧等）。这样的推销策略让读者可以根据个人的"趣味"简便地选购读物。[③]1906 年，吴趼人推销自己的连载小说《新封神传》时，发明了"滑稽小说"一词。1907 年，林纾和魏易把 *Nicholas Nickleby* 一书的书名翻译成《滑稽外史》，同时也在狄更斯的滑稽散文之上增添了他们自己的喜剧

---

① 知堂〔周作人〕，《中国的滑稽文学》（见附录二）。由作家兼记者宫武外骨（Miyatake Gaikotsu, 1867—1955）创办的大阪《滑稽新闻》（*Kōkkei shinbun*）立刻广受全国读者的欢迎，一共出了 173 期，直到 1908 年出《自杀专号》之后被迫停刊，不久之后又复刊了。

② 卓别林的电影早在 1910 年代末期就在中国放映，不过大概到 1920 年代电影院的硬件设施开始发达时才比较普及。有关卓别林电影的影评和电影剧照，以及关于他个人的新闻与八卦经常出现在《戏剧电影》（创刊于 1926 年）一类的电影杂志。

③ "趣味"的多种含义、意义以及诠释在 Daruvala, *Zhou Zuoren and an Alternative Chinese Response to Modernity*, 138–152，以及赵海彦《中国现代趣味文学思潮》当中有详细分析。Daruvala 指出，"趣味"的含义"来自于很多意味着'趣'（taste）和'味'（flavor）的词汇。这些广泛而重叠的词汇意义范围包含了有趣、刺激口味、乐趣，以及享受风味等意思"（145）。在民国上海通俗小说杂志中，"趣味"指的是读者或作者的个人口味，这种概念截然不同于置身北京的精英美学理论家所提出的理想化说法。譬如，对周作人来说，"趣味"出于一个人的素质，是先有的、无法让予的，也是培养不出来的本能。Daruvala 同意 Jonathan Chaves 的说法："趣"是万物核心中无法形容的精神，甚至可谓属于灵性（第 145 页）。不过，对文化企业家来说，"趣味"却是市场务求新奇的趋势所创造出来的。白杰明（Geremie Barmé）在他的丰子恺评传里把"趣味"译为 allure 等词汇。见 Barmé, *An Artistic Exile*, 95。1898 年有一份上海小报问世，取名《趣报》。见 Wang, "The Weight of Frivolous Matters", 65。

色彩。①同时，数不清的笑话集与幽默文学都在书名中使用了"滑稽"一词。②除此之外，还有滑稽画、滑稽文、滑稽诗话、滑稽轶事、滑稽字等等。到了1910年代与1920年代，主流报章杂志会利用滑稽专栏和滑稽副刊来吸引读者。③像第二章和第三章里所讨论的民初报纸《民权报》就有长期刊载笑话和轶事的《滑稽谱》专栏。《新鲜笑话一大箱》（1911）封面上还题了四个字来表明此书里的无非是"滑稽笑话"。

擅长滑稽风格的作家有程瞻庐（第一章有讨论，是《女诗人的马桶》等作品的作者）、郑逸梅、贡少芹、吴双热（前《民权报》编辑），还有耿小的。文学史学者范伯群认为："几乎每一位现代通俗文学作家都写过滑稽文学作品，只不过量多量少而已。"④滑稽在清末民初的娱乐报刊上极度流

---

① 吴趼人的《新封神传》载《月月小说》的《滑稽小说》专栏。见汤哲声《中国现代滑稽文学史略》，第69—70页。魏易（1880—1932）先以白话口译狄更斯的小说给不懂外语的林纾听，然后林纾再把魏易的口述转写成文言文。关于两位译者穿插的即兴幽默，见钱锺书《林纾的翻译》，收入钱锺书《七缀集》，第77—114页。

② 滑稽作品包括砚云居士《滑稽文集》（1910）、《兴汉灭满滑稽录》（1911）；胡寄尘《滑稽丛书》（1913，1914年再版）；陈琰《滑稽丛话》（1919）、《（秘本）滑稽文府大观》（1921）等，见附录一。

③ 1915年，大日报《时报》（1910—1939）出了《滑稽时报》，一共四期，每期一百余页。双语画报《上海泼克》（1918）亦名《伯尘滑稽画报》。在刊行的两年间，小说周刊《星期》（1922—1923）每年出一本名为《滑稽》的赠送品给订阅者，内容包括彩色漫画、小说，还有滑稽剧本。《星期》于1922年登的一幅广告把《滑稽》比作"欧美 Puck 和美国 Life"的风格，还说《星期》已经超过三千人订阅。

④ 范伯群、孔庆东编《通俗文学十五讲》，第254页。魏绍昌所列的写滑稽小说（他说多半是短篇）的通俗文学作家包括程瞻庐（1879/82—1943）、贡少芹（1879—1939）、吴双热（1884—1934）、李定夷、李涵秋、包天笑、胡寄尘、范烟桥（1874—1967）、张春凡、毕倚虹（1892—1926）（《上海画报》〔创刊于1925年〕的创办人）、刘铁冷（1881—1961）（《民权报》之后的《民权素》月刊主编）、许廑父（1891—1953）（《小说日报》主编）、严独鹤（1889—1968）、平襟亚（1892—1980）、叶小凤（1887—1946）、汪仲贤、忪半狂和黄转陶。徐卓呆为榜首。见魏绍昌《我看鸳鸯蝴蝶派》，第176页。耿小的的生卒年是1907—1994年。

行，以至于有的文学史学者认为，在当时"滑稽"几乎就是"小说"的代名词。[①] 至于能否称得上"滑稽大师"，就只有一个标准：好不好笑。

"笑匠"徐卓呆

徐卓呆（1880—1958）[②] 是当时有名的"滑稽大师"。他生于苏州，于 1902 年留学日本，是中国最早专修体育学的留日学生之一。留学时，他把日文小说与戏剧翻译成中文，读日译版的西方小说，还学了交际舞。1905 年，他回到了上海，撰写了几部关于体操和体育生理学的教科书，并和夫人汤剑我合办了上海的第一所体操学校。[③]1900 年代末期，他开始对现代戏剧感兴趣，后来成为剧作家、演员、剧团团长以及话剧史专家。他于 1920 年代写的滑稽小说广受读者欢迎，并被多次重印收录在选集当中。他还为广播电台演出滑稽戏、与人合办了两家专拍滑稽短片的制片公司，也撰写

---

① 汤哲声认为《游戏杂志》（1913—1915）"把所有的题材称为'滑稽'"，并说"看来，凡是小说均可用滑稽二字标之。"见汤哲声《中国现代滑稽文学史略》，第 34 页。

② 正文里有关徐卓呆的传记数据源主要四种：徐半梅的《话剧创始期回忆录》；郑逸梅《清末民初文坛轶事》，第 187—194 页；汤哲声《中国现代滑稽文学史略》，第 147—171 页；田炳锡的北大博士论文《徐卓呆与中国现代大众文化》。

③ Jonathan Kolatch 认为徐家"实在可谓是中国体育第一家族"。徐卓呆于 1904 年创办的体操学校，直到 1928 年关门，总共有超过一千五百名毕业生。汤剑我（卒于 1932 年）于 1905 年创办的女子体操学校一直持续到 1937 年。见 Kolatch, *Sports, Politics, and Ideology in China*, 6–7。根据苏州地方志，也有日本留学经验的汤剑我，是中国第一所女子体操学校的校长。笔者所参考的资料多半把徐卓呆首次创办学校定为 1905 年，即是他留学日本回国的同一年。1907 年，徐卓呆与徐一冰（1881—1922）等人又办了另一所学校，也短期担任过校长。徐傅霖（徐卓呆）的《体操上之生理学》一书于宣统元年（1909）问世。Andrew D. Morris 的 *Marrow of the Nation* 一书虽然没有提到徐家对体育领域的开拓性贡献，但它指出体育运动在当时的建国论述中具有核心位置。徐卓呆的女儿徐仲慕也是体育能手，她的田径赛奖杯照（一旁是她的甲骨文书法字帖）及泳装照刊登于《联益之友》（*The Liengyi's Tri-Monthly*, 1925—1931）。

了几本关于电影摄影法、无线电播音以及日本柔道等主题的教科书。[①]

在半个世纪的文学生涯中，徐卓呆主编的报纸期刊包括《时事新报》《上海晨报》《笑画》以及《新上海》。他的小说、话剧、散文、回忆录、读者问答、言论、笑话以及照片发表在三十多种刊物上，从主流大报到文学月刊和小报，不一而足。[②] 他数以千计的笑话被收录成册，他的文集包括《岂有此理之日记》（1923）、《不知所云集》（1923）、《醉后嗅苹果》（1929）等。在《笑话三千》（1935）当中，徐卓呆还有一篇全以虚字写成的自序，来谐拟作家们满篇矫揉造作的空话。

1923 年，与徐卓呆同样是小说家与笑话集编著者的胡寄尘提到，虽然徐卓呆写过各种文类的小说，他却只以滑稽闻名，读他的小说仿佛看一部卓别林的滑稽片。另一位编辑同仁赵苕狂说徐卓呆的滑稽小说与众不同，因为它们"弥含哲理"。另外一位同事朱瘦桐则说他与法国的莫里哀（Molière）一样，"苦心"地"以嬉笑怒骂之文，讽刺当世"。[③]

徐卓呆据说人如其文。1923 年，严夫孙写道："朋友们都说，他年纪虽是 43 岁，看看他的脸上，倒也不过只像 33 岁；读他的作品，再听他口中的那种胡言乱语，真不过 23 岁罢；听他讲讲笑话、寻寻开心，那真像 13 岁咧；叫他化了妆、扮了戏，一到台上，不论哭、不论笑，什么都说得

---

① 徐卓呆为商务印书馆的《社会教育小丛书》撰写《无线电播音》。上海图书馆所藏的版本缺出版日期，但是从其装帧及字体来看，无疑是民国时期的出版物。上海图书馆藏有徐卓呆著《日本柔道》的第八版（1935）。

② 这些期刊包括《半月》《茶话》《大众》《海风》《海光》《红玫瑰》《红杂志》《快活世界》《联益之友》《礼拜六》《七日谈》《申报》《时报》《万象》《笑画》《小说大观》《小说世界》《新上海》，还有《杂志》。

③ 见胡寄尘《胡序》，收入徐卓呆《岂有此理之日记》，无页数；赵苕狂《本集著者徐卓呆君传》，收入徐卓呆《卓呆小说集》，第 1—2 页（1926 年 1 月再版）。朱瘦桐关于莫里哀的说法见于他为徐氏编的书的序言里面；见徐卓呆《岂有此理之日记》，无页数。

出来，实在像只有三岁了。"①徐卓呆的滑稽风格怀抱着一种幼稚的精神，而以调皮顽童的形象作为此一精神的象征。

就像美国大众娱乐大亨 P.T. 巴纳姆或者清初文化名人与伟大的喜剧作家李渔一样，徐卓呆是一个时时富有创意与毅力、懂得推销自己的人。他的"笑匠"名号既说明了他的多产，也说明了他对技巧如同匠人一般投入。徐卓呆为自己在不同领域的事业取了不同的化名，大多是循谐音双关的方式。他原名傅霖，用吴语念起来和"弗灵"（不灵）谐音。他因而取了笔名卓呆。"卓"既是卓越的卓，却又与"拙"谐音。当"卓"与"呆"两字放在一块，这个名字既是自贬也是自褒，暗示这个阿呆是"卓尔不群"的。②在戏剧界里，他自称半梅。徐卓呆在这里玩了一个视觉文字游戏："梅"古字作"槑"，半个"槑"就是个"呆"字了。而他自称卓弗灵，则又与喜剧演员 Charlie Chaplin 的中文译名"卓别林"谐音。其他自称还有破夜壶室主、半老徐爷（半老徐娘的男性版）等。1940 年代，徐卓呆与妻子华端岑办起了家庭事业，制造"科学酱油"，随后他又加了新的笔名卖油郎和酱翁。③

---

① 见严夫孙《徐卓呆》，收入《全国小说名家专集》（上海：云轩出版部，1923）；重新排版本见袁进编《活在微笑中》，第37页。上海大东书局1924年为徐卓呆的两部笑话集《调笑录》和《新笑林》登的广告里也人云亦云地说"就是他的一举一动也都很滑稽的"。见《半月》第3卷，第16号（1924年5月4日）。一个月以后，刊登徐卓呆作品的《红玫瑰》期刊的编辑也有同样说法。见施济群《文坛趣话：徐卓呆之滑稽》，《红玫瑰》第94期（1924年6月6日），无页数。

② 徐傅霖（笔名卓呆）与曾任中国民主社会党主席的政治人物徐傅霖（1879—1958）是不同人。"拙"历来是文人画传统中被标举的境界。见 Barmé, *An Artistic Exile*, 116。

③ 见徐卓呆《妙不可酱油》，《茶话》第18期（1947年11月10日），第40—48页。徐卓呆文章题目中的"妙不可酱油"化自"妙不可言"：言谐音盐，既然有"妙不可盐"，自然也可以有同样是咸味的"妙不可酱油"了。另一个关于这个盐味主题的变奏还有"妙不可牛肉汤"，刊载于徐卓呆1946年《李阿毛信箱号外》专栏的第一期，收入战后小报《海光》，见《海光》第10期（1946年2月6日），第10页；重印收入孟兆臣编《方型周报》第2卷，第492页。

　　文学史学家往往把徐卓呆归于"鸳鸯蝴蝶派"之类的商业作家，但他文化事业与社交圈的广度却远远超过狭窄的分类。他在教育、戏剧、文学、出版、无线广播、电影及其他领域的工作，让他得以广泛接触上海的文化界。他在 1900 年代提倡体育时与武术名家霍元甲合作办过体操学会。[1] 1910 年代也曾为药品企业家兼大世界游戏场老板黄楚九的药品写过广告词。[2]

从插科打诨的新剧到滑稽影片

　　徐卓呆是中国 20 世纪初戏剧改革运动的核心人物，他参加并创办过好几个剧团，也与现代戏剧和电影业先驱郑正秋长期合作。1911 年，他在《时报》开专栏提倡一种受日本的新派剧（*shimpa-geki*）影响的新剧。在 1910 年的杂志上，徐半梅（卓呆）戏剧扮装的剧照展示了他身为舞台演员的多才多艺（见图 5.2），而就像前面提过的一样，他的社交生活也同样多彩多姿。[3] 就在 1910 年代间，上海戏剧界创造出了一种新型的闹剧，叫作滑稽戏。[4] 如同北京和天津的相声一样，滑稽戏由两位分别负责逗哏和捧

---

[1]　关于徐卓呆和霍元甲（1868—1910）的合作，见邓愚《"东方卓别麟"徐卓呆》。

[2]　关于黄楚九聘用徐卓呆，见 Cochran, *Chinese Medicine Men*, 52、182 注 51。

[3]　寿命短暂的《快活世界》（*The Happy World*, 1914）杂志第一期里有徐半梅扮装的照片。1917 年，他和著名男旦欧阳予倩（1889—1962）一起赴日，研究日本俳优的培训。四年之后，他成为汪仲贤（1888—1937）所创办的戏剧研究社团"民众戏剧社"的社员。其他社员包括以英语写作的剧作家熊佛西（1900—1965），还有提倡"新文学"的左翼作家如郑振铎以及后来成为中华人民共和国文化部部长的小说家茅盾。

[4]　滑稽戏的起源，跟美国的杂耍歌舞剧（vaudeville）一样，引起了历史学家争论。总结、分析几种它的起源与发展的重要理论，见范华群、韦圣英《滑稽戏起源与形成初探》。又见上海文化出版社编《滑稽论丛》。张健认为王国维在其著名的《宋元戏曲考》里发明了"滑稽戏"一词。见张健《中国喜剧观念的现代生成》，第 54 页。后来，历史学家将"滑稽戏"一词回溯到唐代的喜剧式表演。见罗竹风编《汉语大词典》，第 1482 页。

图 5.2　徐卓呆，艺名半梅，化装成老人、工人、西装妇人及中国妇人。这张照片刊于第二期的《余兴》（1914 年 9 月）。《余兴》这本娱乐杂志由上海大报《时报》发行，徐半梅替其撰写有关戏剧的文章。图中央的女孩是"小新剧家明玉"。图片由澳大利亚国立大学 Menzies 图书馆提供。

哏的演员合作演出。但它还加入了一些（经常是方言的）插科打诨。这种戏剧受到了街头小贩叫卖、独角戏、文明戏（一种西式的话剧，由春柳社剧团于 1907 年从日本引进至中国）及其他来源的影响。后来像江笑笑、鲍乐乐、王无能和刘春山等滑稽戏演员，除了在游戏场等场所的日常舞台演出之外，他们还为广播电台以及电影演出，同时也把段子录制成唱片或者以书面出版来卖钱。[1] 滑稽戏虽然本来属于上海及邻近地区的地方戏，但是后来成为一个具贬抑性的符号，用来指称荒诞可笑、一塌糊涂、无法收拾的情境。[2]

1910 年于上海出道的徐卓呆，写了三十多出滑稽戏，据称比当时任何剧作家都多。[3] 他职业生涯中最愉快的时光之一，就是他在 1920 年代与"笑舞台"合作的时候。笑舞台是一个由七位演员组成的新剧剧团，成员间没有上下阶级之分，每出戏都会用独特的广告标语来推销。举例来说，《哈姆雷特》用"天要落雨，娘要嫁人"来形容葛簌特皇后的再

---

[1] 江笑笑（1900—1947）和鲍乐乐（1902—1963）合作把他们的段子结集成《江鲍笑集》，第一集由上海字林书局于 1935 年出版；1941 年版有两册，封面上有中国切纸公司的广告；另一个版本则有美丽香烟、百乐老牌收音机等产品的大广告。就像徐卓呆，刘春山（1902—1942）创办了一个"快乐影片公司"，专拍滑稽短片。上海文化出版社所编的《滑稽论丛》里有几篇文章讨论王无能（卒于 1939 年左右）在舞台上的段子。有一本上海文化史的研究认为，滑稽的舞台表演在游戏场里受欢迎的高峰是在 1920 年代晚期，在 1931 年的"九一八事变"以后渐渐衰退了。见上海市文史研究馆《沪滨掠影》，第 228 页。

[2] 这种用法见于庄病骸（陶菊隐〔生于 1898 年〕的笔名）未完成的长篇小说《袁世凯演义》（上海：交通图书馆，1917）第 43 回；见罗竹风编《汉语大词典》，第 1482 页。

[3] 据说徐卓呆于 1909 年开始写剧本。他的剧本载于多种杂志期刊，例如《小说世界》《小说大观》《滑稽》（《星期》杂志的副刊）、《半月》《万象》《大众》等。徐卓呆所创作的剧本数目见郑逸梅《清末民初文坛轶事》，第 189 页；徐卓呆的滑稽戏剧本写作量高于任何其他剧作家的说法见汤哲声《中国现代滑稽文学史略》，第 41 页。

嫁。[①] 该剧团演出的作品从莎士比亚、日本新派剧、改编京剧、先锋派作品如洪深的《赵阎王》（1922）到徐卓呆自己创作的笑剧等，可谓戏路十分宽广。[②]

徐卓呆剧作中的人物多半是社会底层出身的，这反映了他的文学与娱乐创作中的反精英主义态度。他在几十年之后写道：

> 在新剧倡始时期，社会上有一部分人，把新剧称之为"文明戏"。他们以为，没有吹打的结婚，称文明结婚，那末，这没有吹打的戏剧，当然应该称文明戏。因为在辛亥革命当时，凡社会上一切新事物，往往都冠以"文明"或"改良"二字，如手杖，称为文明棍。妇女梳的朝前髻，称为文明头……那时文明二字非常流行，都出于一般人之口……不过总以为这样的称呼实在不妥当，难道有吹打的戏剧，都是野蛮戏吗？[③]

1923 年的《拘魂使者》是徐卓呆较受欢迎的短剧之一。穷光蛋阿八每次过年都接财神，结果"过一年穷一年，接一次窘一次了"，因而决定今年要接祸神。他的朋友王金虎听到他这番自言自语，装扮成阎罗大王派来的拘魂使者，告诉阿八他当日午夜就会死。阿八虽吓坏了，但也很认命，决定要及时行乐。他和房东借钱，赊账订了几盘大菜，还买了一件寿衣和

---

① 笑舞台剧团有七位成员，后来又增加了两位，其中一位是欧阳予倩。徐卓呆回忆说，很多人把笑舞台在报纸上的广告"当游戏文章看，自然常常客满了"。见徐半梅《话剧创始期回忆录》，第 88 页。

② 见徐半梅《话剧创始期回忆录》，第 87—93 页。笑舞台所演出的《赵阎王》于 1923 年 2 月 6 日开演，主演是剧作家洪深本人。见《鼓吹裁兵之新戏开演在即》，《申报》第 17944 期（1923 年 2 月 4 日），第 18 页。

③ 郑逸梅、徐卓呆《上海旧话》，第 104 页。

一口棺材。他喝个大醉，穿上寿衣爬进棺材盖棺睡觉，大打其鼾。等到第二天早上他赊账店家的伙计临门讨债时，他才惊讶地发现自己并没死，因此只好冒充自己的鬼魂跳出棺材，对债主们说道：

> 邱老先生，你还要送我一个吊礼。现银五元，新衣一身，就够了。炒面店里，快送我鸡丝炒面两盆，大洋一元。万家香快送我加厘鸡饭一盆，大洋一元。酒店里要绍兴二十斤，大洋一元。正元馆要一碗红烧狮子头，大洋一元。广东宵夜馆要洋葱炒牛肉丝一盆，大洋一元。百年长寿器店，快送我新鞋一双，大洋两元。这些东西，只消今天供一天在此就行；过了今天，你们可以各自拿回去。倘使不肯拿回来，莫怪要合家不安，死得老少无欺。①

这样的描述像极了《何典》里鬼宴上的鬼菜。不过，徐卓呆的话剧里，充满的不是俚语俗话，而是阿八贪心的证据。来讨债的伙计们听信了阿八的话，阿八也果然托祸神之福，开始享受起丰盛的酒菜来。当他痛痛快快独饮时，"拘魂使者"归来，要阿八分给他一些好处，不然就要领阿八去见阎王。阿八给了他一半的钱，并邀他一同入席。人鬼畅饮时，拘魂使者无意间暴露了自己其实是王金虎的真实身份。阿八愤而要痛揍王金虎，但是王金虎则说这次飞来横福全要归功于他，于是两人言归和好，一同大吃大喝。直到讨债的再度上门识破了骗局，才把这对惊慌的王、八骗入了棺材，将棺材钉牢了搬走。

《拘魂使者》是一出典型的"颠倒型闹剧"（reversal farce），即"情势

---

① 〔徐〕卓呆《拘魂使者》，《小说世界》第 1 卷，第 1 期（1923 年 1 月 5 日），无页数。

逆转，让原本的受害者得以报复造反或恶作剧的一方"。① 剧中充满了嘈杂、节奏快速的动作、不断进进出出的人物与各种意想不到的发展。阿八反复地爬进爬出棺材——这时放进一张床垫或一盘菜，那时探头偷窥，数数来了几盘新的菜，一会儿抽烟一会儿喝酒，然后又躲了起来。为观众的方便，剧中人物们以戏剧化、演说式的方式在舞台上进行内心独白。剧中有颠倒（如阿八早晨醒来失望他没在睡梦中死掉），有过度（如那些大吃大喝、大捣谎、大躲闪），也有诈骗。该戏从 1923 年到 1927 年间能够让至少两个剧团上演五次，说不定也就是因为有这种连续使人惊喜的喜剧气氛安排。②

徐氏其他作品则融合了夸张的模仿成分，像一幕三场的《上下两对》（1923），就是一部讽刺现代化上流社会自由恋爱的作品。③ 一个年轻人卜

---

① Davis, *Farce*, 7. 徐卓呆的另一出颠倒型闹剧《父亲的义务》讲述的是父子对立的主题。陈维美与父亲陈锦屏（谐音神经病）在妓院门前相遇。两人都说自己另有他事，只是路过此地，哄走了对方。随后儿子和父亲又各自一前一后地溜回妓院，先后由妓女大丽花接待。维美首先告诉大丽花，为了骗得他爱钱如命的父亲同意让自己娶大丽花，他和父亲说了自己中意的女子有三千元的嫁妆，取得了父亲的同意。当锦屏后脚来到妓院，维美躲在大丽花的衣柜里，听见父亲告诉大丽花说儿子已经订了婚，只要他一出了门就可以把她娶进门。大丽花装作喜出望外的样子，要求锦屏给她三千元做新衣并还清旧债（"我嫁给你，乃是我的心；不过我的身体还欠着债咧！"）。婚礼当天，锦屏在婚礼上才发现维美那只有三千元嫁妆的新娘即是大丽花。父亲在众人面前只能哑巴吃黄连，儿子也成功地骗得了长辈的钱和新人。见〔徐〕卓呆《父亲的义务》，《小说世界》第 2 卷，第 4 期（1923），无页数。

② 据《申报》上刊登的演出启事和剧评，该戏于 1923 年由上海一所女子学校首演，1926 年和 1927 年间由晨星演剧团演出至少四次。其中第四次的演出是在 1927 年 2 月，徐天能饰演阿八，欧阳予倩参与演出。见《务竞女学开十周纪念游艺会》，《申报》第 18049 期（1923 年 5 月 27 日），第 19 页；《晨星演剧团之〈拘魂使者〉》，《申报》第 19021 期（1926 年 2 月 17 日），第 19 页；《〈拘魂使者〉今日复演》，《申报》第 19108 期（1926 年 5 月 15 日），第 22 页；《剧场消息》，《申报》第 19712 期（1927 年 2 月 3 日），第 21—22 页。剧本上标示是一出"笑剧"，报纸启事则称之为"趣剧"。

③ 〔徐〕卓呆《上下两对》，标一幕三场的"喜剧"。

效廉（不要脸）和年轻女子马英妩（鹦鹉）女士在公园长椅上相会，手牵手，谈恋爱。互相保证自己的父亲会同意这场婚事之后，两人互订婚约，然后一起去吃午餐。两人的对话被躲在树后的车夫阿福和婢女小喜听见。两名仆人都发愿学习自己主人的方式恋爱求婚，于是假扮成自己的主人，与对方重演了这场求婚戏。两场恋爱求婚都从男方朗读外文书以展现自己的博学老练开始。这里将它们并列比较：

上对	下对
卜效廉：A man and a fan。不错，原来是说中国现在的米价贵了。外国杂志，到底载得很详细啊！还有咧：A pen and a fan。他说义大利地震，死了一万三千二百九十三个人。	阿福：咭力各洛，叽哩咕路，哔力卜洛。原来外国的书上说，中国的米太贵，车夫只好吃大饼了。芥辣拌鸡丝，火腿夹土司，么二三四。原来意大利地震，死了七十四个半人。

卜效廉将无意义的英语误译，说明他是个假洋鬼子，而他仆人的模仿却结合了婴儿牙牙学语的第一句和看似胡说废话却是押韵的食物清单的第二句。① 两位男士接着都问了爱人的年龄，然后发起誓愿：

---

① 徐卓呆的文章长久以来反映了他多么关心昂贵的食物价格给老百姓带来的生活困难。通货膨胀的主题出现在很多徐氏其他的作品当中，包括长篇小说《万能术》（1926 年连载于《小说世界》），还有以下所讨论的《李阿毛外传》（1941—1942）系列。在短篇小说《万国货币改造大会》里，一名记者做白日梦，以为第一次世界大战之后的恶性通货膨胀，颠倒一下货币的价值（让一毛值一百元，一百元值一毛等）就可解决了。见徐卓呆《万国货币改造大会》，《红玫瑰》第 19 期（1922），第 1—10 页。在写作于沦陷区上海的《李阿毛》系列故事里，主人公阿毛千方百计地想出各种骗术来让他的穷朋友们吃个饱。譬如，在第十一个故事里，阿毛办了一所日语学校，让学生给老师一包白米当学费，然后（因为自己其实不懂日语）花了整整一个月的时间教学生认识他从一位"日本朋友"学到的"米"的日语发音こめ（kome）。

上对

卜效廉：原来你是十九岁。我二十四岁，两数相减，只差五岁。真是一对璧人……

卜效廉：……快活极了。我们就可以在此海誓山盟：海可干，山可烂，二人之情，不可有变。

马英妩：我很愿意。

下对

阿福：姊十九，郎廿四。我们合起来，便成四十三。真是一对和合。

小喜：又像一双鸳鸯。

阿福：我二人的心。比粪坑还深……

卜效廉告诉马英妩，青春爱情就是"发情"，是一种社会不该压抑的暴烈渴望。阿福则告诉小喜："我与你一握手。顿时觉得混〔浑〕身三万六千汗毛孔。孔孔都开了。"阿福还把谈恋爱说成像是排泄（二人"比粪坑还深"的心）、性欲（"我的城隍老，他一向很愿意我去嫖妓宿娼的"）与饮食一般的事情。摩登爱情不过是一种生理反应而已。

阿福和小喜到中国馆子去吃午餐，阿福坚持要用他在"德国福尔哈乌斯地方"点德国菜的方式点餐——让侍者把菜单上写的"样样念出来"。两人模仿另一位顾客学习使用刀叉，可是那顾客却故意误导他们，让他们拿着刀子在空中画圆、拿叉子戳自己的头等等——就是典型土包子来到大城市的套路。而当卜效廉和马英妩来到餐厅时，两名仆人彼此都因为害怕穿帮而逃跑了。第三场，卜效廉和马英妩的结婚典礼上，阿福冲进来打断了仪式，他以为要结婚的马英妩是小喜（也就是冒牌的英妩），因此想要斥责她负心与别的男人结婚。接着小喜也闯了进来，她以为要与别的女人结婚的卜效廉是阿福（也就是山寨的效廉），因此正要指控他背叛自己。而当小喜和阿福最终见到彼此时，才对自己终于找到了"真正的"卜效廉和马英妩而松了一口气。他们手拉手，众人赞贺这次结婚典礼"多了一对夫妇了"。

　　仆人实现一种想象中的社会地位爬升，装扮成自己的男女主人玩一场恋爱游戏。如在《拘魂使者》里一样，底层社会的人得以暂时喘一口气，而以这出剧来说，则是通过一次浪漫冒险之旅。阿福可以"和什么女学生相闹一下"，换言之，他可以调情、谈恋爱，或用其他方式尝试实践一些新的社会风俗。另外值得一提的是，这场狂欢并没有就此结束：两位主人容忍了仆人这场恶作剧，并允许两人在一起。大众并没有把小喜和阿福放回他们原本的位置，反而让他们继续生活在自己的幻想世界。

　　研究通俗文学的学者曾经批评徐卓呆的作品是"淡而无味的滑稽戏"，因为"滑稽有余，思考不足"，提供的不过是"一点家庭小幽默"。[1]这种批评是以严肃的道德教化剧或强调妙言巧语的风俗喜剧（comedy of manners）的标准在评论闹剧。徐卓呆滑稽戏的活力来自诡计、恶作剧、欺骗、颠倒是非、冒名伪装等融合创意与幻想的元素——这些闹剧性的元素也常出现在徐卓呆的小说与电影里。

　　徐卓呆也是资深舞台演员出身的中国电影先驱之一（就像早期美国电影，很多演员也是舞台杂耍演员出身的）。[2]1924年，也就是林语堂发明"幽默"一词的那年，徐卓呆和戏剧家同行汪仲贤合办了开心影片公司（见图5.3），专拍滑稽短片。同年，徐卓呆写了中国第一部关于电影拍摄法的书——《影戏学》；后来，他又写了两本书，专讲电影制片技巧以及电影拍摄。开心影片公司资本并不丰厚——徐卓呆称他那节俭的经营作风为"舍香烟屁股主义"，其演员部分来自笑舞台。[3]它的竞争者包括像商务

---

① 见汤哲声《中国现代滑稽文学史略》，第150—151页。

② 关于杂耍歌舞剧和电影的关系，见Trav S. D., *No Applause*；Jenkins, *What Made Pistachio Nuts?*。

③ 开心影片公司为每一部新片子出了一份笔记本型的特刊，内容有电影剧照还有关于制片过程的文章。为影片《雄媳妇》（1926）所出的特刊里，有一位演员的文章提到他先被郑正秋介绍到笑舞台，然后进入开心影片公司。见吴寄尘《我的电影迷》，《开心特刊》第2期（1926年5月1日），第21—22页。徐卓呆写的《舍香烟屁股主义》见《开心特刊：雄媳妇》，第4—8页，上海图书馆藏。

图 5.3　徐卓呆（左）与汪优游（右）在《临时公馆》（1925）中演出，由其开心影片公司制片。"阿嫂拆烂污。叫我随便坐。橙上有针线。戳痛了我个屁股。"此截图刊于《半月》第 4 卷，第 24 号（1925 年 11 月 30 日）。图片由西雅图华盛顿大学东亚图书馆提供。

印书馆这样的大公司。1920 年代中叶，商务印书馆也正开始投资电影业、拍摄滑稽短片，如《懑大捉贼》（1923）。[①] 汪仲贤和徐卓呆一起演过如《爱神之肥料》（1925）、《怪医生》（1925）等电影，徐卓呆的太太也参加了后者的演出。

　　这些电影据说大量运用了特效摄影法。虽然这些电影都未能保存至今，但在《开心特刊》、影评以及徐卓呆的电影相关著作中，都有讨论到

---

① 　《懑大捉贼》的一幅剧照刊载于《半月》第 2 卷，第 21 号（1923 年 7 月 14 日）。

电影中所使用的这些特效技巧。电影史学者张真认为徐卓呆在《影戏学》里显示出"对于托里克（trick）技巧的着迷……与某种对于身体及客观现实的特殊文化认知，而不仅是单纯玩弄摄影机而已"。[①] 这点也符合早期全球电影里常见的"操作美学"（第三章有讨论），及其对小机件、机械，以及以寻找事物运作原理为主题的现代喜剧的迷恋。[②]

徐卓呆的电影事业前景一片大好，毕竟喜剧电影市场老早就有了很好的基础，甚至还出现了本地山寨版的罗克和卓别林，例如张石川导演的《滑稽大王游沪记》（1922）当中就由居住上海的英国人扮演卓别林的"小流浪汉"。当时被称为"文坛笑匠"的徐卓呆和"舞台笑匠"的汪仲贤，在开心电影所摄制的二十多部影片中都参与了演出。但他们进军滑稽影片的野心，却撞上了观众的品位从以笑料、动作、刺激为主的"吸引力电影"（cinema of attractions），转向片长较长、以叙事为主的剧情片的时代。徐卓呆回忆录里提到，由于观众反应不佳，加上滑稽短片的价格低于剧情长片，公司就关门了。第二次的合作对象是蜡烛影片公司，但最后因为类似的原因收场。[③] 虽然徐卓呆自己的电影事业早早收摊，但他身为电影编剧的生涯倒是安稳得多。一直到 1940 年，他都还在写剧本，那时他接下的一系列电影剧本，是以他的当红人物为主角：精明干练并且擅长解决问题的李阿毛。

---

① Zhang, *An Amorous History of the Silver Screen*，第 163 页；第 165—166 页附有《影戏学》里的一幅图案，还有徐半梅男扮女装的照片。不是所有的"trick"镜都是搞笑的。譬如《快活世界》于 1914 年刊载的中国明明眼镜公司广告里所提到的"中国第一家创制托力克眼镜"，指的是双面皆有曲度的 toric 或者多焦距眼镜。见《快活世界》第 2 期（1914 年 10 月 14 日），无页数。

② 见 Karnick and Jenkins, *Classical Hollywood Comedy*, 87–105；又见 Dong, "The Laborer at Play"。

③ 郑逸梅提供的一段轶事说明了徐卓呆与朋友之间互开玩笑的气氛。在庆祝蜡烛影片公司创立的派对上，徐卓呆的朋友送他两个大蜡烛；上海俗语里"点大蜡烛"指新妓女初次接客人的仪式。徐氏闻之大喜，欣然接受。见郑逸梅《清末民初文坛轶事》，第 191 页；关于 1935 年徐氏朋友对"点大蜡烛"的解说，见汪仲贤（撰述）、许晓霞（绘图）《上海俗语图说》，第 10—12 页。

恶作剧的胜利

徐卓呆直到六十多岁都还在撰写及翻译剧本，但他对于以新剧启迪民智的期待，早在 1920 年代就已经散失殆尽，于是他将注意力转向小说创作。在一篇 1922 年的文章里，他认为传统章回小说"无非是'千金小姐游花园，落难公子中状元'一类的东西，本本都是一鼻孔出气的"。他认为小说创作的目的是呈现出真实的"人生断片"。而他相信，短篇小说是最能达到这个目标的文类。他尖锐地批评传统章回小说总是竭尽全力要写出一个"大团圆"结局以讨好读者。[1] 徐卓呆为了改正他所发现的问题，尝试了许多体裁与形式的创作，但是他最闻名的写作风格并不是写实主义，而是一种利用恶搞、骗局以及恶作剧传达真理的美学。

在徐氏的小说里，这些被施以诈术的对象往往具有读者的身份。譬如《开幕广告》（1924）这篇小说的叙事者一开始先介绍了张月痕，一位虽然有才华，但总是在台上演出的关键时刻发窘，因而长期失业的新剧演员。[2] 朋友替他介绍了一个演出机会，他也打定主意要借此证明自己的实力。

在张月痕主演的新戏在微光剧场开演的前一夜，他住进了附近的太平洋旅馆。旅馆茶房江金宝是一位死忠侦探小说迷，希望自己有一天能成为侦探。将张月痕带到房间后，江金宝便回去读他的侦探小说了，但没过多久又被柜台叫了去。有一位年轻女子余德珠要找张月痕，她自称

---

[1] 徐卓呆后来写的两出"趣剧"载于《万象》1941 年 8 月和 1942 年 2 月两期；当时该期刊同时连载了《李阿毛外传》。徐卓呆关于小说的看法见〔徐〕卓呆《小说无题录》，《小说世界》第 1 卷第 7 期（1923 年 2 月 16 日），无页数。

[2] 徐卓呆《开幕广告》，《红玫瑰》第 1 卷第 1 期（1924 年 8 月 2 日），无页数。正文里的引文依据此版本。《开幕广告》亦收入魏绍昌、吴承惠编《鸳鸯蝴蝶派研究资料》，下部，第 1149—1158 页。

是张月痕刚离婚的妻子，应前夫的要求特来见面。接着她提出了一个请求。她告诉江金宝和账房先生，张月痕脾气不好，希望他们其中一人在张月痕的房外等着。如果她呼救，或是半小时后还没出来，那就表示要冲进去救她了。

江金宝和账房在门外站岗，过了三十分钟，余德珠音信全无，于是他们就找来了招待员和经理。他们进了房间，房里只有张月痕，却不见余女士。经理相信账房的证词，确信余德珠确实进了房间，于是命令招待员报警。同时，太平洋旅馆发生凶杀案的谣言也传了开来。警察和记者来了，他们冲进房间，却只看到面露微笑的余女士。警察慌忙问了几分钟话之后，只见余女士将头上发髻拉去，原来她是男扮女装的张月痕。经理和警察不服气，不过负责记录的访员却感叹道："妙极！妙极！你的本领真不小！"张月痕和众人解释，他这么做是为了展示自己乔装易容的本事，并说明自己是怎么办到的。最后故事是这么结束的：

> 张月痕说到这里，脸上现出一种包不住的喜悦来。方才只管写着的青年访员，已经停了笔，愉快地说道："这并不是什么犯罪。实在是犯罪以上的奇闻。我总算得到了一段〔段〕好材料了；题目叫他《太平洋旅馆的怪事件》罢。"张月痕的友人钱影寒便替他在旅馆门前大发传单，传单上有几句说："这不是犯罪，乃是张月痕的拿手好戏。请明晚到微光剧场看他的第二本罢。"

这篇小说提醒上海读者，千万不要相信自己看到的、读到的、听到的事，尤其不要像自以为活在侦探小说中的江金宝一样轻信他人。但同时，满溢着戏剧魂的徐卓呆仍旧希望我们能好好欣赏这出为了出风头而演的拿手好戏。

这种运用骗术来打广告的行为，是充斥着广告的城市中常见的一种艺术性譬喻手法。[①] 徐卓呆在诸如本章一开始提到的《女性的玩物》等作品中的创新之处，主要在于强调上海这样的城市中一种新兴的人物——"文化企业家"——的能动性。[②] 例如，徐卓呆笔下的女主人公邱素文，就是借由在各种媒体上塑造形象来赚钱。她利用自己的写作、绘画、书信，创造出现代文化女性的模糊形象，进而满足大众的欲望。[③] 她同时也玩起了另一套诱导转向（bait and switch）的戏法。她先将自己包装成一种模糊的理想形象，再利用广告引诱读者和她书信来往，最后再将读者引诱至现实世界的特定地点，让他们出乖露丑。[④] 在这样的互动过程中，这位恶作剧的作家通过欺骗摆弄牢牢掌控着与读者之间的关系，而这些小说中受害的读者们则成了徐卓呆的读者们所观赏的一场好戏。

《女性的玩物》同时也颠覆了常见"摩登女性"与"新女性"的典型故事发展，这类故事在 1920 年代和 1930 年代相当流行，多半是由男性作

① 早在 1914 年，就有漫画里画着拉东洋车的车夫背上贴了一张"此处请登广告"的广告。见《余兴》第一期（1914），第 51 页。周瘦鹃的中篇小说《红颜知己》（1917）则叙述一对邂逅于夜晚的少年男女通过报纸上的广告得以重逢而成婚。

② 关于近现代中国与南洋华人文化企业家（cultural entrepreneurs）的兴起，见 Rea and Volland, *The Business of Culture*。

③ "白话尺牍指南"在民国时期仍是一种新式的、伴随着文言转变到白话的过程而产生出来的文化产品。这类书籍的广告常见于类似《红玫瑰》的杂志，如《半月》于 1923 年常刊登某"尺牍大王"的《交际尺牍大全》的广告。

④ 张英进指出，民国的男性作家常用某些有关性别的主题来描写上海，譬如因为缺席而需要人用文字来将她创造出来的女性。张英进引用 Teresa de Lauretis 的话："一个城市本身即是一个文本，它讲的故事是关于男性欲望，而它用的手法是表演着女性的缺席，然后把女性创造成一本文本、一个纯粹代表性的符号。"张英进补充说："女性不断地描述为在叙事当中或者城市之中缺席或永远无法接近——'不断地'，因为当目标愈无法接近，（男性的）欲望就愈强烈，而建构叙事与城市的需求也就更加迫切。"见 Zhang, *The City in Modern Chinese Literature and Film*, 186。与张英进所述类似，徐卓呆的故事里也有位缺席的女性以及重复性的叙事模式。不同的地方在于男性与女性之间的互动是由邱素文所控制的。

图 5.4 一位双面女郎让男人走向毁灭，出现在《星期》第 48 号（1923 年 1 月 28 日）的封面。徐卓呆为这本热门的小说期刊撰稿。注意图下方溺水的男人的脚。图片由哈佛大学哈佛燕京图书馆提供。

家写作，描写女人参与了当时被认为属于男人的职业。[1] 这个作品指出了男人对于女人日渐升高的能见度以及社会影响力的焦虑，这也是当代许多故事与漫画的主题（见图 5.4）。[2] 不过，对于邱素文为了在两性大战中求

---

[1] 近年有关"摩登女性""新女性"、modern girl（*moga*）等形象的研究，包括 Weinbaum eds., *Modern Girl around the World*; Hu, *Tales of Translation*; Des Forges, *Mediasphere Shanghai*, 131–159。

[2] 不过，徐卓呆的故事不同于以淘金女骗子为主角的主流因果故事，譬如朱瘦菊的短篇小说《此中秘密》（1922）或者张恨水的长篇小说《平沪通车》（1935）。

胜而做出的操弄，徐卓呆的态度是称颂而非责备。邱素文并不是一个真实人物（她怎么能一天写一千多封信呢?），也不是讽刺的对象，而是神话故事里的东西：一个骗子。

《女性的玩物》中的恶作剧使得它成了一场羞辱与欺骗的闹剧，其中受害者"没有报复的机会，只能面对自己的命运"，而这样的一出闹剧又同时"为以他人受苦为乐的行径提出特殊的理由"。[1] 虽然这故事取笑着男人的轻信，孙女过世一事却让读者心中多了几分怜悯，让他们的注意力从受害者身上，转移到骗局的摆布者身上。通过让一群陌生人看见孙女的照片，邱素文将她对深爱之人的记忆保留了下来、并使之广为流传。

1930 年代，徐卓呆发明了他笔下最知名的骗子人物：李阿毛博士。一开始，阿毛是徐氏在报纸上的读者信箱的替身。阿毛是个常见于中下阶级的名字，在报纸提到与佣人、司机、东洋车夫等粗工有关的诉讼时常常可以看到。徐卓呆替上海多家报纸都写了李阿毛信箱的专栏，有时还加了个不太可能的"博士"尊称，一直持续到 1940 年代。[2]

这个人物大受欢迎，于是在 1930 年代末期，国华影片公司推出了一系列的李阿毛电影。国华至少拍了三部阿毛的电影：《李阿毛与唐小姐》(1939)（片中给李阿毛配了一位徐卓呆创造的女性角色）、《李阿毛与僵尸》(1940) 以及《李阿毛与东方朔》(1940)，片中李阿毛与东方朔这位古典滑稽人物演对手戏。每部电影的剧本都由徐卓呆执笔，并由张石川及郑正秋的儿子郑小秋分别或共同执导。这些电影的票房表现比徐卓呆自己的开

---

① Davis, *Farce*, 7.

② 据《申报》上的启事，《晨报》于 1933 年就有以"李阿毛"为标题的专栏，1935 年它的一份姊妹报也载了《李阿毛测验》专栏。《李阿毛随笔》1937 年刊载于《社会日报》。战后小报《海光》(*Hai Kwang Weekly*) 连载二十多篇《李阿毛信箱号外》，署名阿毛哥，后来载有李阿毛撰文、董天野画图的《新戏迷传》系列；《海光》里还有其他署名"酱翁"（徐卓呆的笔名）的文章。

心影片公司的产品要好，或许是因为这些电影比较适合合家观赏。1940 年
有一位影评家写道："小小孩子，都知道'李阿毛'三个字。"

从 1941 年到 1942 年，当时上海被日军占领，徐卓呆以"李阿毛外传"
为题，连续写了十二个故事。[①]《愚人节》是系列中的第一篇作品，采用
戏剧的形式，有着对话、写在括号中的表情及舞台指示、偶尔还穿插着旁
白。[②] 李阿毛来到一户人家前，家中的夫妻正因丈夫外遇而争吵。他自称
是前任住户，想要单独缅怀一下几年前在这间房子里，因为自己的过错而
自杀的妻子。当夫妇回到客厅时，才发现屋内已被阿毛洗劫一空，但这位
太太也因此不再以自杀要挟丈夫。太太看着墙上的月历，发现小偷留了一
张名帖，署名是李阿毛，就留在四月一日的日期旁。

在《请走后门出去》中，两位最近刚失业的朋友来找阿毛，想请他帮
忙找工作以渡过眼前生活上的难关。[③] 阿杨哥是园艺专家，但是在这个一
般人连米都买不起的年代里，他开的花木店已经宣告关门大吉。阿萍哥的
理发店与阿杨哥的店以后门相接，也面临着类似的困境。阿毛在报纸上登
了两个广告，一个宣称阿杨哥的店进了一批"速成秃顶生发奇药"，另一
个则宣传着阿萍哥的理发店有着秘传的"最经济剃头新法"。顾客分别涌
进两家店的前门，门上就挂着各自商品的广告。

说也奇怪！路上行人，看得都很清楚，只见阿杨哥的门口，一

---

① 徐卓呆《李阿毛外传》，连载于《万象》第一期到第十二期（1941 年 7 月—1942 年 6 月）。

② 见徐卓呆《李阿毛外传（一）：愚人节》，《万象》第 1 年，第 1 期（1941 年 7 月 1 日），第
195—197 页。徐卓呆还写过其他的"剧本体小说"，包括《水声》和《一方面的心》。可惜
阿毛系列的影片及电影剧本一无幸存，因此无法知道《李阿毛外传》的故事有没有被改编成电
影。

③ 徐卓呆《李阿毛外传（八）：请走后门出去》，《万象》第 1 年，第 8 期（1942 年 2 月 1 日），
第 208—210 页。有插图。

个个进去的，都是些秃顶的人。这不用说，是进去买药的，不多一刻，见一个一个出来的，头顶上都生了很长很浓的头发，手里都拿了一个纸袋，这当然就是所谓奇药了。在那些出来的人里头，一个也找不到有秃顶的人，不是奇事么？因此，一人传十，十人传百，大家介绍秃顶亲友，都去买药了。

在镇江路七十一号快刀理发店对面，恰巧是一家茶馆，茶馆中楼上楼下的人，今天瞧见了它门口写着"最经济剃头新法"的布幌子，又瞧见一批一批的人进去，个个都是其发乱蓬蓬的，一忽儿，就一个个剃得光光的出来了。这一种惊人奇迹，当然惊动了许多人。于是，你传我，我传他，大家去请教这最经济剃头法了。[①]

其实，叙述者告诉我们，背后的原因"真不值一笑"。每位顾客买完东西后，就会看到墙上的告示写着：

顾客拥挤　请走后门出去

求剃头新法的客人们回家打开装有秘方的包装，里头的说明写着："临睡，用面粉一毫，调成浆糊，涂头发上，然后上床安睡。夜半，老鼠来吃浆糊，自能将头发连根咬去也。"买生发药的客人们的秘方说明则是："此粉投于泥土中，草必丛生；若投石上，则无效。足下设试之不灵，尊头必成石头，宜多钻小孔，使之泥浆，方可用药。若一时不易生发，可移植细叶菖蒲于头上，亦颇美观也。"

这出情景喜剧运用了典型中国闹剧的传统，也就是在公共场合的"大闹"（这传统中闹得最大的人物无疑是孙悟空）。徐卓呆的读者，对于自晚

---

① 徐卓呆《李阿毛外传（八）：请走后门出去》，第 209—210 页。

清以来就常见于报章杂志的这种"奇药"广告想必不陌生①，而如同我们在第三章所讨论的，主攻模仿秀的滑稽艺人，戏仿这些宣称立即有效的广告也由来已久。但在徐卓呆的故事中，这样的广告并不是戏仿的对象，而是现代戏剧中的一个道具，店面则成了路人与茶馆宾客这群观众正在观赏的舞台。

徐卓呆的作品里，恶作剧是如此地频繁出现，以至于有人提出疑问：为什么他会觉得在现代的国际化都会，恶作剧是这么重要的呢？通俗文学学者把李阿毛的恶作剧视为一种对日本占领下经济剥削与物资缺乏的反抗，这是徐卓呆战时书写的一大主题。②虽然学者对李阿毛的做法评价不一，但他们都同意在战时受到外国占领的处境中，徐卓呆所描写的坚忍不拔和足智多谋的精神具有一种救赎意义。这种诠释呼应了法国理论家米歇尔·德·塞托（Michel de Certeau, 1925—1986）所提出的边缘人士处理他们无法控制的社会现状的方法。据德·塞托的看法，握有权力的人借以建立一个大的权力架构，并构筑、巩固自己权力的方法称为"战略"（strategy）；而边缘人士所能用的方法是"战术"（tactic），意指在被给定的大的权力结构中为自己创造出可运用的空间。战略需要投入更多资源，因而欠缺弹性，但由临机应变而生的战术却是动态的，因而能够顺应时

---

① 譬如，最著名的骗人药品广告之一是大世界游戏场创办者兼"广告大王"黄楚九所发明出售的"艾罗补脑汁"。这款药品故意采取了西式的品名。黄楚九所用的推销技巧，正足以说明文字包装的重要性："他药瓶上的中文名称……极像是从西文翻译来的，他让中国最大的出版公司——商务印书馆——在贴条处印上英文处方的指示。在贴条上以及外面的包装纸上他还以英文标示此产品是 Dr. T. C. Yale（T.C. 耶鲁博士）所发明的。换句话说，从它的外表来看，这种药无疑是西药。"见 Yeh, *Becoming Chinese*, 63。

② 见范伯群《东方卓别林，滑稽小说名家——徐卓呆》，收入徐卓呆《滑稽大师徐卓呆代表作》，第4—5页；汤哲声，《中国现代滑稽文学史略》，第147—172页。在抗战后期，徐卓呆曾撰文告诉读者如何一边吃饱吃吃健康，一边省钱。见《省米吃饭法》，《大众》（1944年12月），第115—116页；《保健食料》，《大众》（1945年1月），第113页。

势。德·塞托说，骗子的"诡计花招"是"弱者利用其对于体系规则的理解，并转化为优势的艺术"。虽然这些反抗行为不够强烈，无法颠覆高高在上的社会与政治秩序，但仍不失为一种"拒绝被征服的表现"。[①]

在《请走后门出去》之类的故事里，李阿毛确实像是罗宾汉这样的人物，他策划了一系列计谋，以求让他那些遭受压迫的朋友发财。但以反抗作为诠释的主轴，并不能解释诸如《开幕广告》或《女性的玩物》当中所策划的骗局，因为在这些作品当中，主角并不是什么出身贫贱的弱者。这样的解释呼应了毛泽东时代以来许多中国大陆学者常见的史学论调，认为1949 年之前，只有表现出对抗封建压迫、国民政府或者日本侵略者的作品，才是有价值的。

邱素文、李阿毛和张月痕的故事让我们发现，恶作剧的经济利益，有部分就建立在美学上。除了赚钱吃饱之外，他们还在日常生活的经验中投入了滑稽的潜能，并且因此将日常生活提升为一门艺术。就如刘易斯·海德（Lewis Hyde）比较全球各文化中的骗子形象时所提到的，"骗子是因为饥饿而生出的创意智慧"[②]；换句话说，艺术来自"饿术"。像李阿毛这样的人物，则是超越了眼下逼迫他成为一位"解决士"[③]的整体不景气的环境。他有着一种能人的魅力，还糅合了些许中小企业家的忙碌与福尔摩斯的犀利观察力。当时的滑稽小说和侦探小说确实有着类似的吸引力，不论查的是骗局还是谋杀案，调查过程都会带着读者从困惑走向觉悟与惊喜。这种叙事模式出现在《请走后门出去》的对称骗局上，也出现在邱素文恶整她的笔友们时那种有些滑稽的正义上。通过恶作剧，李阿毛和邱素文的上海不是苦闷的上海，而是充满无限可能的上海。

---

① 关于 ruses、strategies 和 tactics，见 Certeau, *The Practice of Everyday Life,* 29–42, 52–56。

② Hyde 补充说明："骗子一开始肚子饿了，但不久之后他已经成为创意性的骗术的高手，而这种骗术〔长久以来〕就是创造艺术的前提。"见 Hyde, *Trickster Makes This World,* 17。

③ 田炳锡《徐卓呆与中国现代大众文化》，第 125 页。

告发抄袭！

徐卓呆等人并不以描写虚构的恶作剧为满足，他们还要真的对读者恶作剧。徐卓呆1921年的短篇小说《小说材料批发所》的主人公邓文工开了一间贩卖故事灵感的商店，广告词是"鼓吹文艺，提倡国货"。①

费纯仁是邓文工七位顾客中的第一位，他说他讨厌小说，但却想要投稿某日报上的悬赏小说。他解释道："因为急于要用十块钱，所以想做小说了。不是窃盗，定是做小说，二者必取其一，十元方可到手。"萧伯莲的名字和"小白脸"及萧伯纳都谐音，他想装成小说家的样子，来讨一个妓女的欢心。他对邓文工保证道："我敢保险，只消小说做成，要得三四个情妇，易如反掌。且可得稿资，情妇方面又有津贴送来。小说家实在是最好的生意！小说的效力比什么种子丸还大。"杨蓝坞（谐音洋烂污）是一名女学生，她想写一篇"略为纯洁的东西"，但当邓文工提出关于一名女孩因为和班上同学外遇而落难的故事点子时，她却觉得深受冒犯，因为这故事和她的境遇相当类似。有钱人家朱公馆的大公子宣称他写小说是要让社会大放光明，但他却认为"就是出书，经着商人之手，未免容易弄得俗劣而无价值，所以我要自己出书"。还有一位顾客，自称是著名苏州弹词艺人马如飞的曾孙马如鸡，来找故事点子原来是打算灌录唱片。

邓文工的生意蒸蒸日上，甚至还考虑要在别的城市开分店。每个顾客跟他讨价时，邓文工一再强调说他只卖"高尚的材料"。其实他的故事大纲不是拾人牙慧、落于俗套，充满才子佳人、红娘梅香、奸夫淫妇等典型的人物形象，就是迎合大众口味，追求像是女学生现形记或是战地儿女情

---

① 徐半梅《小说材料批发所》，《半月》第1卷，第3号（1921年10月15日），第13—28页。正文里的引文依据此版本。《半月》一周年时，周瘦鹃点名两篇杰出的小说，其中一篇是《小说材料批发所》。见周瘦鹃《〈半月〉之一年回顾》，《半月》第2卷，第1号（1923年11月20日），无页数。"文工"一名具有双重含义："文学工人"，还有"工于文"。

之类的剧情。

正当邓文工在讲故事给他第七位顾客燕尾生听时，这顾客突然打断文工，并且自己把故事讲完了。"文工大惊失色道：'你知道么？'尾生道：'怎么不知道？不知道你怎么给我这种材料。这是从前《月月小说》中载过的。'文工慌道：'我一点不晓得。或者是暗合。'燕尾生说：'暗合么？你既是小说家，连我佛山人（吴趼人）的一篇《医意》也不知道么？'"

最后这段似乎是在呼应吴趼人于 1909 年宣称他遭人抄袭一事（见第二章）。故事讲到这儿，文工的其他顾客全冲了进来，抱怨着买了抄袭题材的事，还说他们被发现抄袭《聊斋志异》或流行小说杂志时的羞辱等等。燕尾生说邓文工"罪实在不可恕"但同时也斥责那些顾客，说他们是无知的读者。他们一同逼着邓文工把店给关了，文工则垂泪为自己辩护：

> 诸君，事已如此，也没法了。但是我的职业，是批发材料，不是制造材料。批发的店铺，本来不过将人家现成的东西卖于人。至于这东西已经用过与否，全靠买主放眼光出来。看对了去买。若说抄袭，近来抄袭大家，随处都有，抄了人家的著作，皇皇然刊载。也何必独责我一人？况且我是提倡国货的，从来不用外国货。那些翻译外国小说的人，何尝不是抄袭？你们何以只许人家抄袭，独不许我抄袭呢？近来的小说家，面皮总算厚了。抄袭旧稿，还是小事咧。竟有人东抄一段，西抄一篇，拿来拼拼凑凑，算是一篇滑稽小说，拿去骗人，你们想不是更荒谬么……？

讲到这儿，"卓呆曰：不好了。这邓文工骂骂人，要骂到我身上来了。我不敢写咧，只好就此搁笔。"不消说，徐卓呆暗示的是自己一直在抄袭，而读者则是已经遭遇到一场文学恶作剧。

某种程度上而言，这个故事是对上海出版业过度竞争且拥挤所造成的抄袭猖獗、对文学的商业化、对当代社会风俗以及对国货运动的广泛讽刺。[1] 邓文工虽然自鸣是提倡文学品质的，他的批发模式反而把文学进一步贬为商品。不过，徐卓呆滑稽闹剧的核心问题就是：什么可以算是文学创作？如果把伦理上的考虑放在一边，翻译、抄袭，以及对现成作品的其他改作，跟原创文学作品有什么价值上的不同呢？邓文工所提供的故事素材虽然算不得原创，但是也算不上逐字照抄。他提到的一点也有理：做批发的不过是要卖别人"现成的东西"。

《洋装的抄袭家》是一篇 1923 年载于《红杂志》的短篇小说，故事开始时，徐卓呆回忆着他的编辑施济群（1896—1946）为了揪出来稿中的抄袭作品而遭遇到的各种问题。[2] 他觉得施济群这么信任自己，实在有趣，并宣称："我既有了这特别抄袭术，可以遮没编辑者和读者的眼目……好得我这特别抄袭术非常灵巧，又是我新发明的，什么人瞧得出呢？所以我胆子更大，面皮更老。索性向编辑者和读者大声直言道：我这一篇小说，是抄袭来的……我先向大家说明白之后，就老实不客气，要下笔直抄起来了。"

接下来的故事叙述年轻洋人乔治爱上他的一个女黑奴梅里娜。当乔治出外时，约翰夫人走到乔治的房间里才发现女黑奴们在玩乒乓球、打扑克，满地都是香烟头。她训斥过这些女黑奴后，便喝了一杯她在桌子上发现的白兰地。当女黑奴们告诉她这杯白兰地是要留给梅里娜的之后，约翰夫人便气得拂袖而去。乔治回来发现有人已经喝掉了梅里娜的白兰地；梅里娜告诉他，其实白兰地让她反胃，她更想要吃"巧果力糖"（巧克力）。她接着告诉乔治，她的母亲和兄弟想要替她赎身，这让乔治甚是沮丧。在花了很长时间讨论梅里娜的将来之后，乔治越发沮丧，这时她才说自己其实已经说服母亲和兄弟，要让她继续留在这里。乔治闻言喜极而泣。

---

[1]　关于 20 世纪初中国抵制舶来品和"国货运动"的历史，见葛凯（Karl Gerth）的《制造中国》（*China Made*），尤其第三章和第四章。

[2]　徐卓呆《洋装的抄袭家》，《红杂志》第 33 期（1923），无页数。正文里的引文依据此版本。

施济群在该则故事之后写了一段评论，感叹道："原来老兄也是一个抄袭家。我倒一向不曾知道，失敬了。"但因为他看不出任何抄袭的线索，便认为这个故事其实是翻译的。他顺便告诉读者："中间有黑线的地方，是外国人名及物名。恐防读者误会，所以特为标出。"对徐卓呆，他说："索性请你自己打个招供吧。"果然，下一期就载有徐卓呆的《告发抄袭》一文。[1] 徐卓呆首先佩服施济群早已识穿自己的抄袭伎俩，于是把他的抄袭之作与原著差异之处（外国人名及物名）用黑线给标示出来了——其余不用黑线的，是完全抄来的了。接着徐卓呆表示，那作品确实不是翻译来的，而是抄来的，而且还是抄自每个读者都知道，却没人认出来的作品。徐卓呆附上了"告发用小字典"，里头列举了各种能破解他抄袭法、认出原作的关键词。关键词有：

乒乓球	围棋
打扑克	掷骰抹牌
香烟头	瓜子皮
巧果力糖	风干栗子
女黑奴	丫鬟
白兰地	酥酪
约翰夫人	李嬷嬷
梅里娜	袭人
乔治	宝玉

原来，这个故事出于中国文学史上最著名的长篇小说：《红楼梦》。[2]

---

[1]　徐卓呆《告发抄袭》，《红杂志》第 34 期（1923），无页数。

[2]　参见《红楼梦》第 19 回。

徐卓呆将自己的手法公之于众之后，一面祝贺自己、一面继续挑动读者："诸君，你们拿了这一册字典，不是就查明白了么，我这种抄袭法，厉害不厉害……我用外国保险公司保了险，又延了外国律师做长年顾问，再挂起洋商牌子来——还怕什么人告发？我索性老实告诉你们罢：我这种穿洋装的抄袭法，还不是我自己所发明。这方法也是抄袭来的。"他继续说道，他的灵感是从当代杂志上的笑话学来的，那些笑话往往抄自《笑林广记》。他一面吹牛自己的抄袭法"非常灵巧""新奇""厉害"，一面又把过错推给那些他没讲出名字的抄袭前辈。

徐卓呆运用好几种说书人的套路，例如抛出修辞问句、模拟与读者的对话、运用同伙的谎话误导读者等等。他鼓动读者的自信、引他们上钩、同时刺激他们对于计谋背后真相的好奇心。这样清楚明白的骗局，同时也使得序、评论、词汇表等小说副文本（paratext）的戏剧张力要高于小说正文。最终他真正专注的重点，是创作的过程本身。

作文新规

文学批评家麦克·李·戴维斯（Mike Lee Davis）在讨论马克·吐温的"食道恶作剧"（esophagus hoax）时，将文学恶作剧定义为一种针对读者的阴谋。[①] 在 1902 年发表的中篇小说《案中案》里，马克·吐温穿插了一段诗情画意但毫无意义的写景，其中有一条会飞的食道。马克·吐温后来说，并没有多少读者注意到，就算注意到也没有发现是骗局。在一封公开信里，马克·吐温斥责他的读者，同时对他们被骗一事幸灾乐祸。戴维斯认为马克·吐温的恶作剧，其目的在于戳破由"美国人对自身天真的耽

---

① Davis, *Reading the Text That Isn't There*, 第四章。

溺崇尚"所建立起的那种自命不凡的心态。[1]

在数十年来关于上海的刻板印象中，从来就不包含天真这一项。常见的偏见反倒常常将上海说成狡诈与骗徒的国度。自 1914 年以来，通俗小说杂志《礼拜六》经常会刊登一篇《警告抄袭家》，告诉投稿者：你要是抄袭朋友或古人的文章来"拐骗"我们的编辑，我们就会把你这个"蠹贼"的真名和住址登刊给大家看。[2] 1920 年，也就是《小说材料批发所》问世前一年，鲁迅指控当红作家兼笑话集编者李定夷抄袭了他和周作人编译的《域外小说集》（1909）当中的一篇小说，当作自己的译作刊登在《小说月报》上。然而，这个控诉就算属实，也查无实证。[3] 正如云间颠公（雷瑨）的绘图书书名《上海之骗术世界》（1914）所示，抄袭也是都会骗术文化当中的一部分。

虽仍是以上海人两面讨好的古老印象为基础，文化企业家这种英雄式的形象，让这种刻板印象在新的媒体与情境中得到进一步的发展。徐卓呆的滑稽剧强调的是贴近读者：他笔下的捣蛋鬼不是晚清小说中在官场里招

---

[1] 马克·吐温写的这段如此结束："万里无云的天空上，远远孤有一条食道，翅毫无动，边飞边睡；四边各处，万物心怀着上帝所创造的幽美和静谧。"马克·吐温写给读者们关于此恶作剧的公开信全文见 Davis, *Reading the Text That Isn't There*, 179—180。

[2] 该启事首次刊载于《警告抄袭家》,《礼拜六》第 10 期（1914 年 8 月 8 日），版权页前六页。另外，很多上海娱乐性期刊，像是常刊载徐卓呆的作品及个人轶事的《联益之友》，也经常刊登谢绝抄袭、翻印必究的启事。

[3] 这起所谓的抄袭案据说发生在 1914 年，但是若将原文和译文对照起来看并不能证明抄袭的说法。《域外小说集》收入周作人《周作人译文全集》，第 11 卷，第 441—559 页。这起所谓李定夷的抄袭案甚至被后来的作家敷衍改编成谣言故事。譬如，1942 年，徐卓呆的同行平襟亚，也是《万象》的发行人，写过一篇很逗人但极为可疑的、关于李定夷如何被真正（但未指名道姓）的译者告发的故事。文学学者禹玲指出，不仅是平襟亚的故事可疑，连鲁迅于 1920 年为《域外小说集》再版写的序文都让人错以为这篇从英文翻译的波兰文小说是鲁迅自己翻译的，但实际译者却是周作人。关于该案的细节，见禹玲《澄清李定夷对〈乐人扬珂〉的抄袭公案》，收入陈思和、王德威编《建构中国现代文学多元共生体系的新思考》，第 264—270 页。

摇撞骗的老爷们，而是像你我这样的普通百姓。他的滑稽上海断言了即使在逆境中，百姓仍能生存、繁荣，甚至得到快乐。

徐卓呆的同事经常借用他的创意。某种程度上，这也是朋友之间一种睁只眼闭只眼的相互抄袭。在徐卓呆的滑稽模仿系列《最新禁厌术》最后一集在《红杂志》上刊载之后只过了四期，他一位同事就写了一篇《最新禁厌术补遗》；胡寄尘的《徐君小说的反面》拿了两篇徐卓呆早期作品来修改；徐卓呆的《告发抄袭》一文刊出后，也很快就有别的作者出了两篇短篇作品，同样以抄袭为主题。① 徐卓呆也给了记者灵感，他们曾报道李阿毛博士——也就是徐卓呆——因取消和妻子的约会以便与一位舞者出游，结果那舞者却为了另一位男士而爽约，因而使李阿毛大出洋相——只不过，这是最新上映的李阿毛电影当中的情节。②

恶作剧精神乃是近现代文学文化的一大特征。在这样的文化中，恶作剧是用来取乐与牟利。③ 早期的《红杂志》封面，经常刊登顽皮的小孩子互相捉弄，甚至捉弄大人的插图（见图5.5）。而四十三岁的徐卓呆登台演戏如同三岁小孩，这本身又进一步说明了演绎恶作剧孩童所拥有的吸引

---

① 徐卓呆的《最新禁厌术》和春梦的《最新禁厌术补遗》刊于《红杂志》，第39—41期、第45期以及第47期。胡寄尘的《徐君小说的反面》把徐卓呆的《狭窄的世界》（第3期）重写为《不狭窄的世界》，把他的《急性的元旦》（第28期）重写为《慢性的除夕》。这个时代有关抄袭议题的作品很多，包括赓夔的《拟抄袭家辩冤呈文》，《红杂志》第28期（1923）；耻痕的《刺抄袭文》，《红杂志》第34期（1923）等。

② 见《滑稽博士趣事：李阿毛情场败北记》，《申报》第22501期（1935年12月15日），第21页。

③ 譬如，徐卓呆小说强调行骗的技巧，特意经营"骗匠"的形象，就很像早年的滑稽影片。如第三章所讨论的《劳工之爱情》（1922），影片描述改卖水果的郑木匠为了追求庸医"祝医"的女儿，想借着让"祝医"生意兴旺来赢取心目中丈人的认可。在一个快转效果的画面中，木匠把上下楼的木梯改建为一个推着就成为滑梯、拉着就再变成楼梯的"托里克滑梯"。以前总是半夜把他吵醒的楼上"全夜俱乐部"客人，一不注意就全给滑下了滑梯，受了轻重伤的夜店客人——走到了"祝医"的诊所求诊。郑某虽然改卖水果，但却仍用做木匠活儿的工具来对付对手、达到目标。可谓：只因一技在手，天下我有，直教"祝医"发了大财，木匠娶成老婆。

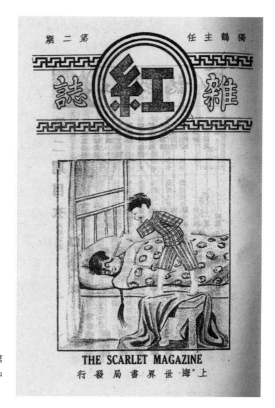

图 5.5　《红杂志》（1922 年 8 月）第二期封面上的小孩恶作剧。图片由"中研院"中国文哲研究所图书馆提供。

力。鲁迅在他 1918 年的小说《狂人日记》结尾处，向读者抛出了一句有名的呼吁："救救孩子。"徐卓呆则鼓励他的读者"做做孩子"。

　　这种思潮并不限定在文学市场中的特定区块。大众媒体中的搞笑一直以来都"透过给予读者参与感，而吸引了更多人对于现代小说的兴趣"。有一位男性作家假装以女性的笔调写作，结果因为太过逼真而收到一位男性读者的求婚。[①] 中产阶级现代主义者与先锋派也常常运用文学恶作剧。

---

① 关于文坛上的恶作剧文化以及顾明道（1879—1944）的恶作剧，见 Link, *Mandarin Ducks and Butterflies*, 171。

1920 年代晚期，诗人兼大都会花花公子邵洵美就在著名的小说家、同时也是法系上海期刊《真美善》(1927—1931) 的主编曾朴身上，玩了个文学式的美人计。他假装自己是个天主教学堂里的女学生，引诱曾朴上当。邵洵美后来回忆道，他认为"在 1920 年代后期的上海沙龙，这种恶作剧是一种富有创意的休闲活动"，并且不论中国人或外国人都乐在其中。[①]1910 年代和 1920 年代的北京作家，例如在第四章中讨论的刘复，也运用了骗术来累积知名度，以期在文学界闯出一片天地。刘复在 1910 年代曾是徐卓呆的门生，就在他和钱玄同开了王敬轩的玩笑前不久。因此徐卓呆或许可说是催生了"上海摩登"，其影响力已超出上海这一城市本身。[②]

当刘鹗与郑振铎等作者将泪水当成是真实情感的表现时，骗徒则看到了一个充满诡计的现代世界。他们扮起了小丑，也邀其他人一齐粉墨登场。滑稽透过玩心、包容心与颠覆，唤醒了巴赫金的嘉年华之笑，将之提

---

① 关于邵洵美 (1906—1968) 对曾朴 (1871—1935) 的恶作剧，见 Jonathan Hutt 的文章 "*Monstre Sacré*"。Hutt 认为，邵洵美"所酷爱的〔文学〕恶作剧很快地与文坛上愈来愈剧烈的有关风格的论争以及政治笔战背道而驰"。徐卓呆的例子让我们发现，这类的恶作剧绝不能当它只是象征"有产阶层"的幽默，虽然邵洵美在中国左翼作家联盟的批判者可能来会这么想。还有一点值得提出，就是读者偶尔也会欺骗期刊的编辑们和特约撰稿人。林培瑞提到，当陈蝶仙为《申报》写专栏的时候，他曾给读者投稿的一首诗打了很低的成绩，后来发现实际作者是唐代著名文学家柳宗元 (773—819)。见 Link, *Mandarin Ducks and Butterflies,* 171。

② 大约是 1908 年或 1909 年，开明社剧团在上海的中华大戏院准备演出时，徐卓呆在后台看大家化妆。团长把当时十七八岁的刘半侬 (见第四章) 拉到他面前，请徐氏为他化妆，结果"给他画了一幅顽皮的面孔"。一个月以后，担任《时事新报》(*China Times*, 1907—1949) 主编的徐卓呆帮助刘半侬在该大报上发表了几篇翻译文章。当徐卓呆被聘到中华书局时，他也带着刘半侬跟他去，两人一起工作了几年，一直到刘半侬搬到了北京。见徐半梅《话剧创始期回忆录》，第46—48 页。关于 1930 年代和 1940 年代上海的现代派文学世界主义者，见李欧梵《上海摩登》。

升为"全民的社会意识"，而恶作剧的作者就是其中的欢宴之王。① 徐卓呆
是创造出虚构恶作剧人物的人，同时自己也是个爱恶作剧的人。他可说是
表达了文学学者爱迪思·柯恩（Edith Kern）所说的"无所不包的滑稽精神"
（absolute comic），他"以逗趣的方式颠覆世界"，"带领我们前往想象与愿
望成真的世界"。② 对于有些新文学的作家而言，文学必须要能忠实地模拟
以再现社会现实。唯有当讽刺的夸大与扭曲能够彰显现实与理想的差距，
讽刺才得以被接受。然而对于其他人而言，恶作剧是改变现实的方法，其
第一步就是从暂时脱离撰稿与审稿的苦差事开始。③

　　徐卓呆的主人公在中国现代小说中独树一格，甚至在恶作剧的领域
中也是如此，因为他们总是成功多过受苦。就像徐卓呆自己一样，这些主
角也是他们自己所创造出来的上海城市中的发动者。他们创造出道德上不
见得正当的情景，并邀请读者一同享受。像邱素文一般的骗子鲜少得面对
喜剧正义，成为代罪羔羊的反而经常是读者。因此在现实实践与文学想象
这两个层面上，滑稽上海就是个滑稽的宇宙、一个新的现实世界。这个新
世界的试金石，就是那位恶作剧人物。他运用文化企业家的工具重塑了世
界，也重塑了世界上人们彼此之间的关系。

　　就像第三章里所讨论的晚清文人一样，徐卓呆与他的同僚们也把上海
当成了游戏场。吴趼人的《二十年目睹之怪现状》以及李伯元的《官场现

① Bakhtin, *Rabelais and His World*, 92. 林培瑞认为徐卓呆的小说"依赖着故事情节令人吃惊的突
然转向的写作手法，几乎页页都颠倒了读者的期待"。见 Link, *Mandarin Ducks and Butterflies*,
158。不过徐卓呆的故事情节多半是以巧计而不是巧合所推动的。这些巧计是由富有事业精神
的人物所策划，特别是那种知道怎么借用商业报刊媒体来利己的人物。

② Kern, *The Absolute Comic,* 208. 柯恩依据波特莱尔（Charles Baudelaire）的理论，把闹剧性的和
写实性的喜剧做区分："无所不包的喜剧（the absolute comic），即是闹剧，从艺术的角度来看，
创意性极高。与此相比，指示性喜剧（the significative comic）主要不过是模仿的或虚有外表的。"
（见第3页）在我看来，两种喜剧模式的区别并不是绝对的。

③ 这个注是赠送的。

形记》（后来被改编成一出有滑稽色彩的文明戏）① 当中贪官的弄虚作假，与李阿毛和他朋友们的诈骗有着同样的主题，就是以骗图利。然而徐卓呆的滑稽与前人那种愤世嫉俗的玩笑却不同。他的作品既非显露出对于国家的绝望悲观，也没有世纪末作品常见的强颜欢笑。就像许多五四作家一样，徐卓呆也是一位喝过洋墨水的知识分子；但和他们不一样的是，徐卓呆对于自己所写的游走在道德灰色地带的行为，并没有进行道德批判。日常的骗局是可靠的乐趣来源，是一个人们期待的东西。

确实，徐卓呆通过笔下主角让他的读者体验到一种幻想中的胜利，而这似乎像是纵容着鲁迅在《阿 Q 正传》中嘲笑、感慨的"精神胜利法"。对鲁迅来说，自我陶醉的笑是一种有害、使人衰弱的社会习惯，只会加剧国家既有的问题。中国需要的是会正面攻击社会、政治与精神问题的那种笑。可是徐卓呆和其他滑稽家则反问：偶尔享受一次精神上的胜利有何不可呢？如果不会伤害任何人，为何不能互相开开玩笑呢？若是朋友有难，让傻人损失个几张钞票又有何不可呢？阿 Q 为其自欺幻想和听天由命的态度付出了沉重的代价，阿毛的智谋则让他成为正得其时的成功人士。

徐卓呆的滑稽风格一直广受欢迎，从他 1920 年代写的滑稽戏和短篇小说一直到 1930 年代和 1940 年代的李阿毛现象，在在都显示着以骗局为主轴的滑稽并不是一时的热潮而已。② 滑稽同样也有着身处高位的爱好者，

---

① 汤哲声《中国现代滑稽文学史略》，第 38 页。

② 就像上面所提到，徐卓呆从 1930 年代中到 1940 年代末一直用李阿毛这个笔名。譬如，他为《洋泾浜图说》撰文时就署名李阿毛。这个图文并茂解释上海俚语的系列是向汪仲贤（撰文）和许晓霞（绘图）的《沪语新辞典图说》的致敬之作。后者从 1932 年 11 月 28 日到 1935 年 6 月 18 日原载《社会日报》，1935 年集结成书，题为《上海俗语图说》。《洋泾浜图说》作者序里说，汪仲贤的作品是十五年前写成的。据此推论，《洋泾浜图说》大约写成于 1947 年到 1950 年之间。该书现代版本，见孟兆臣编《老上海俗语图说大全》。阿毛哥——这是徐卓呆的小说里朋友对李阿毛的称呼——也在《茶话》等战后杂志期刊上的短篇作品作为署名。见孟兆臣编《方型周报》。

包括理应正襟危坐的"中国现代文学之父"。鲁迅的《故事新编》中有担任过祭酒的"第一等高人"小丙君（笑柄君），也有会像徐卓呆《上下两对》中的阿福一样，讲话夹杂着洋泾浜（古貌林＝good morning）和胡言乱语（古鲁几哩）的学者。[1] 至少从 1910 年代开始，闹剧、骂人和滑稽就已经激起了从厌恶到鄙视、焦虑甚至是恐惧的反对声浪；到了 1930 年代，这股反对力量汇集成了一股改变公众言论风气的运动。它的结果，可以称之为幽默的发明。

---

[1]　Cheng, *Literary Remains*, 188. 庄爱玲（Eileen Cheng）的书的第七章分析《故事新编》里的嘲讽、讽刺、文字游戏和不敬的态度；譬如，小说中人物小丙君是"为艺术而艺术"派的代言人。

第六章　幽默年 The Invention of Humor

This New Humor... is the Old Humor writ small.

这所谓的"新幽默"……不过是缩小化的老幽默。

——钱锺书，1934[①]

1933 年 5 月 13 日，陈子展对他《申报》专栏的读者提出了一个他所谓的"愚问"："今年何年乎?"他说其实任何"聪明之国人"都很容易回答这个问题。如果问政治家，他们会说是"宪政年"；如果问军事家，他们会说是"剿匪年"（意思是：消灭共产党的一年）。工业家或商业家会说是"国货年"，经济家或农业家会说是"农村复兴年"。思想家会说是"胡适批判年"，著作家会说是"作家自传年"，"询之文学家，当曰'幽默年'"。[②]

1932 年 9 月 16 日这一天，幽默轰开了中国文坛的大门，这是林语堂在上海主编的《论语》半月刊创刊号发行的日子。[③] 林语堂为英文"humor"

---

① 见 Ch'ien Chung-shu（钱锺书），"The Little Critic: Apropos of 'The Shanghai Man'"，《中国评论周报》第 7 卷，第 44 期（1934 年 11 月 1 日），第 1076—1077 页。关于《中国评论周报》（1928—1940, 1945），见 China Heritage Quarterly 第 30—31 号的合集（2012 年 6 月 / 9 月）。

② 陈子展（1898—1990）《蓬庐絮语二十六》，《申报》第 21581 期（1933 年 5 月 13 日），第 17 页。批评家徐懋庸（1911—1977）回顾 1933 年时，认为幽默年的成绩远远超过了国货年。见徐懋庸《杂谈幽默》，《申报》第 21866 期（1934 年 3 月 5 日），第 19 页。在这篇里，徐懋庸在借用一部分陈子展关于幽默年的说法时，提到了 1933 年最流行的文学作品都是幽默作品。

③ 幽默的到来"就像一粒火种飞到了汽油上，一下子燃了起来"（孙均政）。见 Sohigian, "Contagion of Laughter", 137–138, 159。

发明了一个新的翻译词："幽默"，于是《论语》便把"幽默"这个音译词传达给广大的读者群，同时传达了林式"幽默"所代表的一种新的哲学。这种哲学探讨的，是一个人应该如何思考、说话和生活。该刊第一期问世的几个星期之内，中国知识分子已经开始使用新的词汇与概念，例如"幽默感""幽默文学"或是"幽默小品"。如陈子展（同为《论语》的撰稿人）等舆论家，纷纷在报刊媒体上议论着这个影响尚未明确、但在短短几个月之内已成为一个全国现象的新幽默文学运动，及其背后所代表的思潮与意义。

　　1933 年 2 月，诺贝尔文学奖得主萧伯纳到访上海。萧氏在上海待了不到二十四小时，在那短暂的时间内他与林语堂、鲁迅（《论语》的撰稿人之一）、宋庆龄（孙中山的遗孀）以及其他名流合影。《论语》立即出了"萧伯纳游华专号"，在往后的几个月里，大小报也不断刊载有关萧氏的轶事、妙语以及关于其人其文的评论。几个月以后，法国流行小说家莫里斯·德哥派拉（Maurice Dekobra）也到了上海。德哥派拉不久前才将西方名作家（包括萧伯纳）对幽默的定义编撰成了一本集子，也是当时中国评论家使用的参考书籍。^① 不过他访华的过程没有萧伯纳那么顺利：这位法国人赞美中国女人美丽，有的人认为是反话，因而在报纸上对他大批特批。^②

---

① Dekobra（1885—1973）当时比较有名的作品包括：*Le Rire dans le brouillard: anthologie des meilleurs humoristes anglais et américains (Foggy Notions of Laughter: An Anthology of the Best English and American Humorists*, 1926) 和 *Le Rire dans la steppe: L'humour russe* (1927；英译版：*The Crimson Smile*, 1929)。Dekobra 于 1934 年出版了一本书，写他的中国之旅，书名叫 *Confucius en pull-over, ou le beau voyage en Chine*，于 1935 年被翻译成英文，书名为 *Confucius in a Tail-Coat: Ancient China in Modern Costume*。

② 见林语堂与 Dekobra 在《中国评论周报》上的往来公开信，重印于 *China Heritage Quarterly* 第 30—31 号：Lin Yutang, "The Little Critic: An Open Letter to M. Dekobra",《中国评论周报》第 6 卷第 51 期（1933 年 12 月 21 日），第 1237—1238 页；Maurice Dekobra, "Chinese Girls on Toast",《中国评论周报》第 7 卷第 8 期（1934 年 1 月 18 日），第 69 页。

　　两位名人访华让更多人关注幽默，也让《论语》在竞争激烈的报刊界出尽风头。1933 年，中国的期刊发行量达到了新高潮，随后的 1934 年因而被称为"杂志年"。[①] 创小幽默杂志的想法原出于邵洵美上海家里的文学沙龙，邵氏后来也成为《论语》的发行人。[②] 就像《申报》在三十一年之前创立的"自由谈"一样，《论语》的宗旨是要作为一个谐文庄词共存的空间。《论语》超然独立的立场也与《语丝》相近，不少该杂志的撰稿人，如周作人、鲁迅、刘半农、俞平伯、孙伏园、林语堂等人也曾经为《语丝》供稿。《论语》不主张任何主义、观点、立场，或者周作人和林语堂 1925 年在《语丝》所主张的"费厄泼赖"，不会对任何人客气、不必讲人情；它也谢绝幕后有政治党派的支持者。其唯一提倡的是诚实的自我表现。

　　不过，使《论语》与众杂志不同的不是以上的理想，而是幽默。[③] 不久之后，竞争对手陆续登场，包括另外两份幽默半月刊：《中庸》半月刊（1933）与《谈风幽默》半月刊（1936—1937）；后来，林语堂又再加码创办了《人间世》（创刊于 1934 年）和《宇宙风》（创刊于 1935 年）。同样担任《时代漫画》（创刊于 1934 年）发行人的邵洵美曾在《论语》里刊登广告，欢迎读者自己来享受号称是"讽刺和幽默杂志的彗星，漫画刊物的

---

① 见 Sohigian, *The Life and Times of Lin Yutang,* 466; Crespi, "China's Modern Sketch"。这个时期刚好遇到较严格的出版法的颁布（1930 年）。该法要求所有期刊都要向政府注册，作为一种言论管制的手段。见 Ting, *Government Control of the Press in Modern China*, 86。

② 邵洵美的时代印刷公司从第 11 期（1933 年 2 月 16 日）起开始印刷《论语》半月刊，从第 28 期（1933 年 11 月 1 日）起，他的时代图书公司开始负责发行该期刊。邵洵美沙龙里的其他常客包括林语堂、全增嘏、潘光旦、章克标以及李青崖（1886—1969）。关于邵洵美的沙龙，见 Hutt, "Monstre Sacré"。

③ 比《论语》早几个月在上海创刊的文学期刊《现代》（*Les Contemporains*, 1932—1935），是另外一份宣称反对派系、结党、意识形态流派的刊物。

权威"。① "幽默家"在中国各地雨后春笋地出土，其中最有名的是报界奉为"幽默大师"的林语堂。"幽默"一词开始流行于海外华侨居住地区的同时，林语堂多产的英文著作也让他成为一位全球闻名的中国幽默家。②

"幽默"之前的幽默家

林语堂首次提及"幽默"是在 1924 年 5 月发表于北京《晨报》的一篇文章里。他当时刚从海外留学归来，在哈佛大学和莱比锡大学陆续念过硕士和博士学位，返国后在北京大学教授英文。在北大时，林语堂常为《语丝》写文章，参与该期刊于 1920 年代对文明话与骂人话的热烈讨论（见第四章）。1926 年，林语堂和一群知识分子的公开言论惹恼了段祺瑞，于是他逃往南方，第二年来到了上海。

他在 1924 年的文章里提到幽默是"中国文学史上及今日文学界的一个最大缺憾"。中国人素来是富幽默感的，但是在文学上却不知道运用和欣赏，最后导致"正经话"与"笑话"截然二分，知识生活顿时变得枯燥无聊。林语堂认为，作家们做道学先生做惯了、受制于理性哲学太久，以至于当带有自然欲望的"自然人"需要从被压抑的内里"出来消遣消遣"以免道学先生们的神经枯萎时，竟然不自觉而斥之为不正经。他指出，在

---

① 《中庸》半月刊的寿命不到一年，上海的《谈风》"幽默半月刊"在中国向日本宣战的时候就停刊。Sohigian 也提到第三份模仿《论语》的期刊《聊斋》，但是笔者尚未见到。见 Sohigian, "Contagion of Laughter", 138。时代图书公司所发行的《时代漫画》（1934—1937）的广告，见《论语》第 94 期（1936 年 8 月 16 日）。麻省理工学院 MIT Visualizing Cultures 和科盖德大学（Colgate University）共同创立的网站上，有《时代漫画》的全文电子版，还有 John Crespi 写的介绍文章。

② 新加坡《新国民日报》（Sin Kok Min Jit Pao）于 1932 年 10 月 11 日（第 3 期，第 821 号）刊载有关《论语》创刊的短篇新闻，并没有提到"幽默"，但是预测《论语》将对"讽刺文坛"有所贡献。"幽默"一词也出现在 1930 年代的香港。例如见王宛《幽默》，《星岛日报》第 55 期（1938 年 9 月 24 日），《星座》专栏。

西方，就连学术性的书里，偶尔也会穿插一些不相干的笑话。不过，"此笑话不是彼笑话，不是三河县老妈的笑话，乃是'幽默'"。中国需要的是以鲁迅为笔名的周树人不单"以别号小品文字"来说笑，而且以"堂堂北大教授周先生"的身份"来替社会开点雅致的玩笑"。这么一来，人们会体会到，幽默"不是丢脸的事"。①

　　林语堂发明的新词汇在后来的八年间接受度不大，尽管时至 1924 年中国读者与欧美式幽默已经接触了几十年。② 19 世纪以来，如 *Punch*（《笨

① 林玉堂《征译散文并提倡"幽默"》，《晨报副刊》第 115 期（1924 年 5 月 23 日），第 3—4 页。几个礼拜以后，林语堂又写了一篇文章，承认有的读者对他的解释，"不懂的人打一百下手心也还不知其所谓何物"，表示不满意。虽然如此，他还是没有自己定义"幽默"，反而建议读者拜读亨利·柏格森、乔治·梅瑞狄斯、特奥多尔·李普斯（Theodore Lipps）和弗洛伊德等人的理论。（弗洛伊德在 1927 年写的文章里提出的看法跟林语堂很相似："不是每个人都有能力拥有幽默的态度；那是一个稀见而宝贵的本领……"见 Freud, *The Standard Edition of the Complete Psychological Works of Sigmond Freud*, 21、166。）林玉堂，《幽默杂话》，《晨报副刊》第 131 期（1924 年 6 月 9 日），第 1 页。《论语》在 1935 年的三周年纪念特大号重印了林氏两篇文章的节选；见林语堂《最早提倡幽默的两篇文章》，《论语》第 73 期（1935 年 10 月 1 日），第 3—5 页。

② 1926 年，《申报》的评论者把刘易斯·卡罗尔的《艾丽斯梦游仙境》以及几部外国影片视为"幽默"的例子。《申报》于 1927 年刊载的启事介绍新漫画期刊《上海漫画》"文字与图画均以幽默为主体"。见焘《欧美最近摄制之文艺影片》，《申报》第 19490 期（1926 年 8 月 5 日），第 22—23 页；张亦庵《滑稽影片的幽默及字幕》，《申报》第 19213 期（1926 年 8 月 28 日），第 22 页；《〈上海漫画〉定期出版》，《申报》第 19686 期（1927 年 12 月 30 日），第 16 页。1931 年 9 月，鲁迅于一篇 1931 年的序文里介绍马克·吐温是一位著名的"幽默家"和讲笑话者；序文见于马克·吐温著，李蓝译《夏娃日记》（*Eve's Diary*）（上海：湖风书局，1931 年 10 月）。当时，幽默在邻近国家也成为公共话题了。韩文音译词 yumoŏ 유－모어（humor）出现在一篇 1930 年 2 月 5 日汉城（现在的首尔）的《东亚日报》读者问答的专栏里，标题是《接待室里问答续》（Ŭngjŏpsil pyŏltam）。一位读者提到，"我最近常常听到这个词"，记者回答，"幽默就像文学中的盐，没了它，写作就没有味道"，并建议该报应广纳幽默。笔者感谢 Salina Lai-Henderson 提供马克·吐温的资料，以及 Si Nae Park 提供《东亚日报》的资料。

拙》）和 *Puck*（《泼克》）一类的杂志一直在中国流传，也启发了多种语言的本地模仿者。[①] 狄更斯、萧伯纳、马克·吐温以及王尔德等幽默作家的作品，早在 20 世纪初也已经有了中文译本。

还有几位新登场的中国作家把他们风格独特的高尚英式幽默介绍到中国。1923 年，丁西林在北京大学教书的时候开始写独幕风俗喜剧。丁西林当时刚从英国留学回来，学数学与物理学之外，他留英时的余暇也喜读喜剧名家萧伯纳、易卜生和王尔德的作品。丁西林的处女作《一只马蜂》(1923) 的主人公是二十几岁的吉先生，他在中国急速转变的社会风气中找寻出路，时常游走于长辈对他的期待和自己的愿望之间。[②] 他的母亲抱怨现代女青年们看不起传统的"贤妻良母"，吉先生回话道："你要原谅她们。她们因为有几千年没有说过话，现在可以拿起笔来、做文章，她们只要说说说，连她们自己都不知道说的些什么。"他讥讽说摩登女子"都是一些白话诗，既无品格，又无风韵"；传统女子则是八股文：既乏味又千篇一律。

吉先生自我实现的机会，随着余小姐的出现而到来。吉老太太打算为她和吉先生的表亲—— 一位医生——说媒。吉先生若是想要抓住爱情，他得尽快想出一套办法，让他那含糊其词又无意间带有性别歧视的说法，能和眼前的美人和平共存。他告诉余小姐，"一个人最宝贵的是美神经，一个人一结了婚，他的美神经就迟钝了"，接下来他就伸出手，向余小姐提议"陪我不结婚"。余小姐同意了这奇怪的提议，并告诉吉先生，其实她父母本来也不愿意她嫁给医生。这好像是承认了自己其实一直在和吉先生闹着玩，故意教他干着急。吉先生因此兴奋地认定彼此是"天生的说谎一

---

①　见第二章；又见 Harder and Mittler, *Asian Punches*。

②　丁西林（1893—1974）《一只马蜂》，收入丁西林《丁西林戏剧集》，第 1—34 页。关于丁西林及其"伦理喜剧"（comedy of ethics），见 Weinstein, *Directing Laughter*, 32–100。

对"，并突然抱住了余小姐，让她惊叫了出来。这时，吉老太太和仆人冲了进来，余小姐以手掩面，脸红得说不出话。

> 吉先生：（走至余前，将余手取下，视其面）什么地方？刺了你没有？
>
> 吉老太太：什么事？什么一回事？
>
> 余小姐：（呼了一口深气）喔，一只马蜂！（以目谢吉）

于是这"说谎一对"便躲过了媒妁之言，既让吉老太太觉得满意（她本来私下也认为余小姐很适合自己的儿子），并且也保留了他们年轻的"美神经"。

一般认为是丁西林杰作的《压迫》（1926）当中也有一对机灵的青年男女。[①] 一位想要租房子的男客已经付了订金，但是房东太太一发现男客单身，便谢绝他，因为她的女儿就住在同一栋楼。男客不愿意收回订金，也不愿意听同情他的老妈子善意的建议，撒谎说他的家人快要来了。而就像在《一只马蜂》里一样，是一位年轻女子带来了解决方案。当房东太太出门找巡警要将男客赶走的时候，来了一位想要租房的女客。在男客说明了情况之后，女客出乎意料地说她愿意冒充他太太来哄骗房东太太。他们假装是一对因吵架而互不搭话的夫妻，故意让房东太太、巡警以及老妈子各自越猜越远，尽管他们从来没有宣称彼此是夫妻。比如，当巡警向男客请问女客贵姓大名，他诚实地回答："我不知道。你问她自己好了。"当房东太太问女客："这位先生是你的男人么？"女客回答："我不知道。你问他好了，看他承认不承认？"

---

① 丁西林《压迫》，收录于《丁西林戏剧集》，第 133—146 页。丁西林将本剧献给他一位于 1925 年过世的好友，并称赞他是"一个很有 humor 的人"，显示他并不知道林语堂在 1924 年音译的"幽默"一词。

虽然标题的"压迫"表面上指的是地主阶级与旧世代的行为，但它同时也牵涉到利用话语让自己逃离危机，进而避免语言本身的压迫。

丁西林的喜剧是一股清流：一种良性的两性与世代大战，有着机智的嘲讽、社会问题非传统的解决方法，以及精心设计的情境喜剧。这些喜剧的主角建立了一种全新的滑稽样板：一群受到启蒙的年轻人，利用各种计谋来实现自己个人的、现代的理想，同时安抚或智取那些思想传统的老一辈人士。

1920 年代发迹的幽默家，最有名的是舒庆春，即老舍。1920 年代中期，二十几岁的舒庆春赴伦敦大学教授中文。他在课余写了三部长篇小说并在中国出版，署名老舍。《老张的哲学》（1926）第一章的第一句话就为书名揭秘："老张的哲学是'钱本位而三位一体'的。""他的宗教是三种：回、耶、佛；职业是三种：兵、学、商。言语是三种：官话、奉天话、山东话。"他一生总共只会洗三次澡：他生下来的第三天、他结婚的前一夕，还有"洗尸"。他的宗教是由市场来定的：羊肉比猪肉便宜时则回，猪肉羊肉都贵时则佛，请客时则耶，学的是英国人的习惯，因为请客人吃茶比请客人吃饭省钱。小说讲的是老张利用其校长的身份（他令人想起狄更斯小说《尼古拉斯·尼克贝》里的士括尔斯）在北京郊外的一个小镇里通过放债、逼债鱼肉镇民的故事。老舍接下来写的两部长篇小说也走了类似的套路：具有反讽而亲切的叙事口吻、生动有趣的人物，以及带有流浪汉小说味道的故事线。《二马》（1929）通过描述伦敦一对中国父子的经历，来观察英国人对中国的偏见与误解。该小说的灵感来自老舍的个人经验，它叙述二马各种啼笑皆非的遭遇，包括请他们吃米布丁的传道士（因为中国人爱吃米饭），还有大概是因为读了太多宣传黄祸论的傅满洲博士（Dr.Fu Manchu）小说，而害怕马氏父子会吃鼠肉，并在自己茶里下毒的英国老太太。马老先生有一次为房东太太的女儿写出一个中国字——"美"，后来房东小姐出门时，马老先生难得笑了个痛快，因为房东小姐在帽子上把字绣反了："美"成了"⛎"，看起来像"⛎"。①

1930 年，老舍经南洋回到了中国。1931 年 9 月日军侵略中国东北，爆发了"九一八事变"。接着在 1932 年 1 月 28 日，日本轰炸了上海闸北居民区（徐卓呆的太太汤剑我即在此次轰炸中身亡），随即爆发长达一个月的战事，是为"一·二八事变"。在国际出面调停期间，日本在长春扶植退位的清朝末代皇帝溥仪成为傀儡国家"满洲国"的元首。身为满人的老舍视"满洲国"为一场闹剧，同时也愤怒中国政府和国民反应的力道过于疲软。1932 年 8 月，老舍居住在山东时，在现代派文学期刊《现代》上开始连载长篇小说《猫城记》。这部科幻寓言小说的故事背景是以猫族统治的火星，痛批中国人在面临国家危机时的内讧、无感与无能。几年以后，老舍把它称为一部失败之作，说其中诉苦的口气源于作者看见中国正经历的"恶梦"而一时绝望。②

《论语》于 1932 年 9 月份问世，这对老舍而言是一大幸运。《论语》的编辑及其编辑哲学影响了他，使他改变了路线。他找回以往熟悉的讽刺风格，写出了不少短篇。1934 年，邵洵美的现代出版社把一些故事编纂成《老舍幽默诗文集》，在《论语》及其姊妹期刊当中大做广告。三年之内，老舍的四部新长篇小说在这些期刊上陆续发表，其中包括他的杰作《骆驼祥子》（1937）。

在老舍开始投稿之前，《论语》就已经改变了他的名声。《论语》一把"幽默"标榜为最高尚的喜剧风格，《现代》就突然开始称他为"幽默家"，

---

① 关于老舍（1899—1966）的小说《二马》以及"傅满洲"（Fu Manchu）等部分，见 Witchard, *Lao She in London*，第四章和第五章，尤其是第 90、118—122 页。又见 Mather, *Laughter and the Cosmopolitan Aesthetic*。

② 老舍《老牛破车》，第 43—49 页。关于日军 1932 年攻打上海一事，见 Jordan, *China's Trial by Fire*。

其他期刊也很快地跟进。① 不久，老舍在国内的幽默招牌，甚至已经超越了林语堂，这都要归功于他说故事的才华、对通俗用语的精通，以及对于京片儿的把握。然而，对于自己号称"幽默权威"一事，他本人的态度却相当矛盾。1934 年时，他评论说他听过许多探讨幽默是何物的理论，"都很有理"，但他自己倒比较希望别人把他看成是"胡涂"，因为"省了很多的麻烦"，可以不用反复地为人解释什么是幽默。②

　　"有理"是林语堂最喜欢的用词之一。就像 19 世纪的小说家乔治·梅瑞狄斯（George Meredith）一样，林语堂相信幽默乃是有理的终极体现。他也运用了自己的机智不无夸饰地传递这个讯息。在 1935 年，他拥护美国的裸体运动，说"I have been a nudist all my life without knowing it"（我做了一辈子的裸体主义者，就是自己不知道而已）。只是他是一个合理的、中庸的裸体主义者。他"不反对在适宜的时间地点裸体"，例如"在浴室里裸体，也很赞同"。③ 在 1937 年，随着战火于欧亚两地酝酿，他如此建议："派遣五六个世界上最优秀的幽默家，去参加一场国际会议，给予他们全权代表的权力，那么世界便有救了。"这是因为幽默代表的是"人类智能的最高形式"，因此只要各位代表抢着批评自己国家的愚蠢，任何

① 老舍第一篇投稿《论语》半月刊的作品于 1932 年 11 月出版。1932 年 11 月，《现代》的一张照片说明将老舍标注为一位"幽默家"。见《现代》第 2 卷，第 1 号（1932 年 11 月 1 日），第 94 页后的照片。1934 年 8 月，《良友》称老舍是一位"'幽默'的讽刺作家"，后来很快就改成"幽默作家"。见《良友》第 92 期（1934 年 8 月 15 日），第 11 页；《良友》第 94 期（1934 年 9 月 15 日），第 6 页。张天翼在 1930 年代以写讽刺小说闻名，但他偶尔也会被归类于幽默家当中。见张天翼《张天翼选集》（1936）的编辑序言。连徐卓呆 1940 年代写的一篇短篇小说都曾被列作"幽默小说"（但大部分仍列为滑稽）。见徐卓呆《美容术》，《新上海》第 32 期（1946），第 6 页。

② 见《老舍幽默诗文集》序。

③ Lin Yutang, "The Little Critic: Confessions of a Nudist"，《中国评论周报》第 9 卷第 12 期（1935 年 6 月 20 日），第 281 页。林氏自译的中文版缺乏"一辈子"一句。

的战争计划都会崩溃。[①] 自我解嘲式的幽默将扩及全世界，改变人类的思想，并带来一个清醒的心智和"爱好和平的脾气"挂帅的合理时代。

翻译革命

全增嘏（T. K. Chuan）是林语堂的出版社同事和双语作家，他对于跨文化的幽默就比较持怀疑的态度。他在 1931 年写道："你笑，世界通常不会跟着笑，因为一般来说，这个世界没办法了解那有什么好笑的。"[②] 然而，不论在来源、词汇或是听众上，中国新兴的幽默运动却都是彻底跨越语言障碍的。

林语堂承认"幽默"这个翻译有些随意。他在 1924 年的文章中写道，他自己甚至还有一个替代的音译，叫"诙摹"，是以"诙谐"与"临摹"或"摹拟"等词拼凑而成。他的同事与读者也提出了其他替代译名，像是"语妙""幽妙""优骂"等。在一篇老舍刊载在《论语》的故事当中，两个男孩听到他们的父亲在读《论语》时叹道"真幽默!"，却将"幽默"听成了同音的"油抹"。滑稽家常说"幽他一默"，把幽默变成一个及物动词，就像"捉弄他"一样的意思。但却从来没有人提到"欧穆亚"，这是文学理论家王国维早在 1906 年就提出的"humor"音译词。[③]

---

① Lin Yutang, *The Importance of Living*, 78—79. 该书的最后一部分标题为 "Be Reasonable"（中文版《生活的艺术》则为《思想的艺术》）。

② T.K. Chuan, "The Little Critic: Laugh and You Laugh Alone"，《中国评论周报》第 5 卷第 1 期（1931年 1 月 7 日），第 14 页。全增嘏写道："幽默是没有国际主义的……让人们团结的，并不是笑。"

③ 早期对于幽默相关词汇的讨论出现在《论语》第一期（1932 年 9 月 16 日）、《论语》第四期（1932年 11 月 1 日）第 142—143 页等处的编辑信箱专栏中。在《斯大林的语妙》中，一位女子想生小孩的请求经过官僚体系而转到了斯大林处，他则回应："查此案不在五年计划之内，应予拒绝。"见李青崖《斯大林的语妙》，《论语》第七期（1932 年 12 月 16 日），第 222 页。李青崖是《论语》半月刊中推行"语妙"而非"幽默"的主要人士之一。"优骂"据称是（转下页）

《论语》带来了各种各样的外国幽默，包括来自 *Punch*、*New Yorker*、*Collier's* 以及 *The Humorist* 的漫画，常常还配有双语对照的说明文字。早期的刊物还刊载了墨西哥漫画家科瓦吕比亚（José Miguel Covarrubias, 1904—1957）的作品。有一位旅居上海的白俄作家，以 Sapajou（蜘蛛猴）的笔名替《论语》及他的长期合作对象《字林西报》绘制漫画。[①] 刊登笑话的《雨花》和另一个定期专栏《西洋幽默》，也都刊登了伯特兰·罗素、柏拉图、教廷的大主教、赫尔曼·巴尔（Hermann Bahr）、博鲁霍夫（A. Boukhov）以及阿比亚钦科（Arkady Averchenko）的作品译本。还有许多文章探讨威尔·罗杰斯（Will Rogers）、卓别林，以及脍炙人口的萧伯纳等人的幽默。1935 年的一份《西洋幽默专号》刊登了莎士比亚、尼采、马克·吐温、薄伽丘、赫胥黎、赫尔伯特（A.P. Herbert）、L. 亨特、波特莱尔、海伍德·布龙（Heywood Broun）、契诃夫、乔叟、阿克塞尔·蒙特（Axel Munthe）、安德烈·莫洛亚（André Maurois）、彼得·佛莱明（Peter Fleming）、欧·亨利，以及汉密尔顿·莱特·梅彼（Hamilton Wright Mabie）的译本及评论。即使是林语堂深具影响力的《论幽默》，也都是紧追在西班牙作家萨尔纳（Ramón Gómez de la Serna）同名的散文译本之后

（接上页）易培基（1880—1937）的提议，他当时是紫禁城故宫博物院的院长。在老舍的故事中，父亲回家看到儿子们将脸抹得像京剧演员一样，故而大笑。两个儿子则答道："爸是假装油抹，咱们才是真油抹呢！"见老舍《当幽默变成油抹》，《论语》第十一期（1933 年 2 月 16 日），第 368—371 页。笔者之前也提过，北京师范大学教授张健似乎是第一位注意到王国维所提出词汇的人。见张健《中国喜剧观念的现代生成》，第 56 页；Rea, "Comedy and Cultural Entrepreneurship in Xu Zhuodai's *Huaji* Shanghai", 第 47 页注 9。王国维 1907 年在翻译哈罗德·海甫定的 *Outlines of Psychology* 时，又用了一次他创的词，如第五章所述。见海甫定《心理学概论》，第 401 页，以及王国维的文章《文学小言》。海甫定对于滑稽魂的看法影响王国维颇深，他主张文学的根本就是康德所说的戏谑的冲动（见第三章）。

① 关于从 1925 年起替《字林西报》画漫画的 Georgii Avksent'ievich Sapojnikoff（卒于 1949 年），见 Rigby, "Sapajou's Shanghai"。

才问世的。①

这份刊物在1932年9月首度发行，便吸引了中国的外文媒体注意。《中国评论周报》12月8日就刊登了全增嘏写的封面故事《介绍〈论语半月刊〉》，他翻译了《论语》第一期的文章摘要，以及十项《论语社同人戒条》：

1. We will not be counter-revolutionary.

2. We will not pass any judgment upon those who are not worth our criticism, (Our column "Ye Antique Shoppe" 古香斋 takes care of those) but we will criticize those whom we cherish, such as Our Country, the militarists, the promising writers, and the not-unpromising revolutionaries.

3. We will not resort to oaths and filthy epithets (Humor and good humor are one in the same; to honor the traitors as our parents would not do, but neither must we call them d—d fools — Chinese 王巴蛋).

4. We will not want any outside financial help; we will not be anybody's mouth-piece (we do not propagandize for money; but we may propagandize or even counter-propagandize for love).

5. We will not play satellites to the élite, the powerful, or the rich (we do not "press-agent" for dramatic stars, cinema stars, social stars, intellectual stars, political stars, et al.).

6. We will not be a group of mutual admirers; we are against "Flesh-creepy-ism". (We will avoid using such terms as: "The famous Scholar," "the famous poet, " and so on; and we are determined not to

---

① 汪倜然翻译萨尔纳（1888—1963）的文章以《论幽默》为题，刊登在《论语》第三十二期（1934年1月1日），第386—389页，以及《论语》第三十三期（1934年1月16日），第452—455页。林语堂文章的第一部分出现在《论语》第三十三期。萨尔纳的想法有几处和林语堂类似，例如幽默是自然、个人观察的产物，以及幽默有着化学作用等等。

use the expression: "My good friend, Hu Shih.")

7. We will not publish any cheaply sentimental and romantic poetry.

8. We will not advocate justice; we make known only our honest prejudices.

9. We will not swear off anything (e.g., smoking, tea-drinking, late-rising).

10. We will not admit that our writings are poor and in bad taste.[①]

一、不反革命。

二、不评论我们看不起的人。但我们所爱护的，要尽量批评（如我们的祖国、现代武人、有希望的作家，及非绝对无望的革命家）。

三、不破口骂人（要谑而不虐，尊国贼为父固不可，名之为忘八蛋也不必）。

四、不拿别人的钱，不说他人的话（不为任何方作有津贴的宣传，但可做义务的宣传，甚至反宣传）。

五、不附庸风雅，更不附庸权贵（决不捧旧剧明星、电影明星、交际明星、政治明星，及其他任何明星）。

六、不互相标榜；反对肉麻主义（避免一切如"学者"、"诗人"、"我的朋友胡适之"等口调）。

七、不做痰迷诗；不登香艳词。

八、不主张公道；只谈老实的私见。

① T.K. Chuan, "The Little Critic: Introducing 'The Analects' ",《中国评论周报》第 5 卷，第 49 期（1932 年 12 月 8 日），第 1303 页。其实，《中国评论周报》的编辑们在这个新期刊刊创刊后几天，就已经介绍过了。见 "A Chinese Humorous Fortnightly",《中国评论周报》第 5 卷，第 38 期（1932 年 9 月 22 日），第 981 页。

九、不戒癖好（如抽烟、啜茗、看梅、读书等），并不劝人戒烟。"

十、不说自己的文章不好。

　　虽然有这十条戒律，《论语》的嘲讽与扒粪却没少过。它对广东省收取"粪溺捐"一事的回应是这么一副对联：

自古未闻粪有税

而今只许屁无捐[①]

　　它同时也刊登笑话、俏皮话、打油诗、谐仿[②]、民间故事以及滑稽新闻。1932 年 10 月，它评论了梁作友的故事。根据《论语》的描述，梁作友是一家店里的伙计，偶然间得到了由甫遭暗杀的军阀、恶名昭彰的"狗肉将军"张宗昌所持有的金额高达三千万元的银行存簿。政府给了梁作友一张头等车厢的火车票（但他换成了二等车厢赚取差额）以便其前往南京归还国库。财务部部长宋子文亲自接见梁作友，却发现他看错了支票的面

---

① 《论语》第二期（1932 年 10 月 1 日），第 12 页。据说，粪溺捐的原始新闻报道出现在香港《超然报》上，这张对联作者是陈霞子（生卒年不详），他是香港小报《晶报》（创刊于 1956 年）的创办人。

② 全增嘏在《中国评论周报》一篇（原本刊载于《论语》上）悼念徐志摩的文章的翻译序言中写道，有些《论语》的读者无法看出该篇文章是对于某一作家写作风格的谐仿（parody），以至于错怪了作者违反了《论语》期刊"不附庸风雅，更不附庸权贵"以及"不互相标榜；反对肉麻主义"的戒条。这篇哀吊文的作者宣称引用徐志摩自己的话，将徐志摩描述为一位缺乏个性的谦卑诗人，甚至说徐志摩认为作者的诗才"能称作真正的诗；相形之下，我作的诗一文不值"。最后作者还写信要求《论语》的编辑，"请将标题从《徐志摩与我》改成《我与徐志摩》"。见 Han Moh-sun, "The Little Critic: Hsu Tsumo and Myself"，全增嘏译，《中国评论周报》第 6 卷，第 15 期（1933 年 4 月 13 日），第 381—382 页。

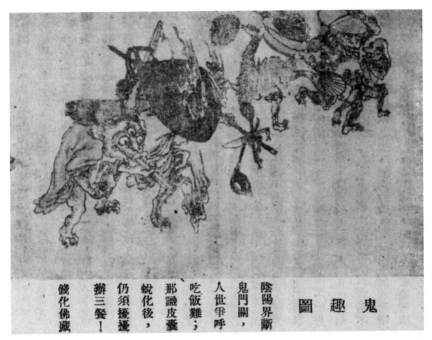

图 6.1 《鬼趣图》，钱化佛（1884—1964）收藏的画作之一，刊登在《论语半月刊》两期《鬼故事专号》当中的第一期。《论语》第 91 期（1936 年 7 月 1 日），第 892 页。图片由"中研院"中国文哲研究所图书馆提供。

额，其实只有三十万元。梁作友付出不多，却享受了贵宾待遇。[①] 这本杂志也广收读者投书。[②] 1936 年，它征求刊登在鬼故事专号上的文章，并收到了大量的读者回复，最后只得推出两份专号。第一份翻印了几幅著名画家钱化佛的《鬼趣图》，其中一幅还题了以下诗句（见图 6.1）：

① 关于梁作友的故事，还有另外一说：梁作友是山东农民，宣称要捐三千万给政府，但最后政府才发现他根本没有那个财力，是一毛钱都出不起的骗子。

② 见《梁作友畅游大观园》，《论语》第三期（1932 年 10 月 16 日），第 84 页。

阴阳界断鬼门关

人世争呼吃饭难

那识皮囊蜕化后

仍须扰扰办三餐[1]

同份专号中也刊登了黄尧绘制的两页漫画，其中运用了许多《何典》里出现的绰号，来讽刺当代社会中的"鬼"（见图6.2）。[2]其他的专号则各有不同主题，包括专家、饮食、睡觉等等。其实就其所宣称的自由度与多样性来看，《论语》与之前的其他一些刊物并没有太大的区别。

The China Critic（《中国评论周报》）是一份英语周报，全增嘏翻译的《论语》同人戒条就出现在这份刊物中。它可说是幽默风潮的推手。创刊于1928年的《中国评论周报》在国民政府位于南京的十年中，是宣传中国政府对于国内与国际议题意见的重要论坛。而在1930年代的大半时间，它都和林语堂的几份中文杂志（特别是《论语》）共享投稿人和翻译文章。[3]林语堂许多对于公共舆论的评论长文，都是最先刊登在《中国评论周报》上。

这些文章也包括林语堂1930年1月14日在上海对世界中国学生联盟（World Chinese Students Federation）发表演讲的讲稿。在这份讲稿中，林语堂批评了中国人在批判性思考上的缺乏：中国身为"最伟大的国家"，其伟大不是在文学上，而是在"以最善良精细的方式，讲出糟糕事情的艺

---

① 《鬼趣图》,《论语》第九十一期（1936年7月1日），第892页。

② 黄尧《鬼天鬼地》,《论语》第九十一期（1936年7月1日），第902—903页。

③ 两份刊物间的紧密关系在罗福林（Charles Laughlin）（2008）、钱锁桥（2011）及其他学者的研究中都有提到。林语堂、全增嘏（1903—1984）、潘光旦（Quentin Pan, 1899—1967）、林幽（Lin Yu，林语堂的弟弟），还有其他几位作家都同时替《中国评论周报》以及林语堂创办的一份或更多份中文杂志写作，包括《论语》《人间世》以及《宇宙风》。

图6.2　《鬼天鬼地》，黄尧绘（署名"W. Buffoon"），以他笔下的漫画人物牛鼻子为主角。刊登在《论语》半月刊两期《鬼故事专号》当中的第一期。《论语》第91期（1936年7月1日），第902—903页。图片由黄尧基金提供。第一页，依顺时钟方向从上方起：瞌睡鬼大元帅、烟鬼救国军、小头鬼汉奸献地图、短命鬼失恋自杀、河水鬼捧为美人鬼鱼。

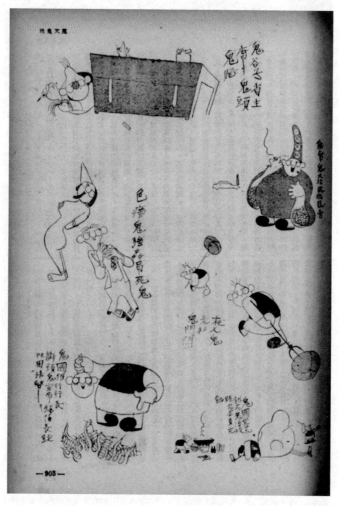

第二页，依顺时钟方向从上方起：鬼谷子省主席鬼头鬼脑、无常鬼大括民脂民膏、夜叉鬼走私鬼门关、鬼国灾荒饿死鬼活杀赈灾委员充饥、鬼国银行行长断头鬼宣布锡箔长锭改用法币、色痨鬼强奸吊死鬼。

术上"。① 作家善于"做文章"却不懂得思考。他们会把过往先贤的成言套语堆砌成漂亮的文章，但这种依赖却让他们无法自己解决问题、也让他们无法批判当今贤达。而这又是一个更大问题的征兆："一个拒绝心灵自由而使得思考变成不可能的国家，将会把所有的力量投注在美文（belles-lettres）上……并以它代替思考本身。"中国的文学界有着李伯元的信徒，他们"主要工作似乎是详述他们试着追求异性时，那些滑稽可笑的过程，他们唯一的启发来自妓女；同时我们还有一票年轻诗人，他们千篇一律地歌颂着自杀与炼狱、马克思主义与无产阶级"。林语堂对以上这些现象的定论是："今天的中华文化相当类似于一位轻浮而尚未达到任何思想深度的文人。"他也暗示了中国的批判性思潮需要一些不敬的精神。这不是指早期极端分子那种对传统文化的反对态度，而是知识性的独立与怀疑态度。一位作家既不应该是权威的奴隶，也不该变成享乐主义或唯我主义的信徒，成为自我的奴隶。

公开呼吁理性、逻辑与切中主题已不是什么新鲜事；林语堂真正与众不同之处，在于他轻易地融合了诙谐与揭露这两种批评方式，以及他的世界一家精神。他所拥抱的批判文化是属于"现代世界全体"的。

然而，现代世界却还没有拥抱中国。那年稍晚，中国与乌拉圭竞逐国际联盟的一个席次时失利。林语堂将这个失败半开玩笑、半认真地归咎于中国人将幽默与现实主义相结合而导致的中国的自我挫败。那年九月，他在上海基督教青年会（YMCA）男子俱乐部发表了一段充满讽刺的演说，宣称毁坏国家的"正是中国人那种镇静的幽默感，一种对一切理想都一笑置之，面对罪恶则微笑以对，视之为人生必要部分的幽默感"；每个中国人的心里都潜伏着一个老恶棍，他会"将一切政治改革都看成闹剧，将一

---

① 像这样讽刺式的"做文章"定义，出现在林语堂演讲稿的摘要翻译中。见 Lin Yutang, "The Function of Criticism at the Present Time"，《中国评论周报》第 3 卷，第 4 期（1930 年 1 月 23 日），第 78—81 页。这两段正文里的引文出于此版本。

切人类制度都视为笑话"；中国人是"世上最无情的现实主义者、最伟大的幽默家"，面对罪恶和政治闹剧只会大笑，而不会去修正。[1] 他还指出，中华文化的主要问题有三："强烈的说谎欲"，"像绅士一样地说谎的能力，以及……借由将自己和其他人所说的谎言幽默地处理掉，而对世上一切都不用过于认真的冷静态度"。[2] 中国人说话的方式本身就将他们困在一个愤世嫉俗的思想与行为所构筑而成的死胡同里。

当时，蔡元培指派林语堂，让他担任新成立的国家研究机构中央研究院的英文刊物总编辑。这个职位不仅给了林语堂稳定的收入，也让他和教育部建立了紧密的关系，进而让他在 1929 年出版的英文教科书获得教育部的背书。这些教科书在商业上的成功让林语堂拥有了不错的基础，可以发展一系列颇具野心的文化工程，以鼓励国人独立思考与发言。[3]

这些文化工程当中最早的几个包括《中国评论周报》的《小评论家》（The Little Critic）专栏，最早于 1930 年 7 月亮相。《小评论家》像是个读者熟悉而亲近的朋友，他会将自己的感想、意见与批评用简单而幽默的方式表达出来。他的论述提供了社会议题、常识、政治以及日常生活的个人意见，其态度常常有着几分闲适的随意。像《论握手》的开场白是："东西方最大的文化差异之一，就是西洋人握的是对方的手，我们则是握自己的手。"接着便开始以卫生等理由，半开玩笑、故意小题大做地批评这个

---

[1]　Lin Yutang, "Chinese Realism and Humour"，《中国评论周报》第 3 卷，第 39 期（1930 年 9 月 25 日），第 924 页。该演讲于 1930 年 9 月 22 日举办。

[2]　同上注，第 926 页。

[3]　关于林语堂的收入，见徐訏《追思林语堂先生》，收录于《徐訏文集》，第 11 卷，第 157 页；Qian, *Liberal Cosmopolitan*, 105–106; Chey and Davis, *Humour in Chinese Life and Letters*, 195–196。1930 年 1 月 23 日发行的《中国评论周报》，第 91 页刊登了林语堂为开明编著的教科书前三册的半版广告。

西方的习俗，最后从握手谈到了中西世界观的不同。[1]《我怎么买牙刷》则描绘了消费者在各种社会压力、企业广告与专家建议下不知所措的场景。文章最后以顿悟式的写法描述他和牙医之间的会面："我们温暖但又忧伤地握了手，就像两个共同独占了宇宙奥秘的灵魂一样。"[2]《我搬到了公寓》写的则是林语堂因受不了邻居无休止的吵闹而搬出他上海公寓的故事。他说，若是个英国人，就会找闹事者当面对质；若是个中国人，就会忍让到底，当成自己没神经；然而"身为在英国受教育的中国人，我两样都做不到"。他说住在公寓让他觉得拥挤，并且还抱怨被他形容为"现代家庭的残疾"的折叠式沙发床。最后，他开开心心地搬进了一栋能俯瞰一小片绿地的新房子。附近驻足的小鸟让他诗兴大发，但写出来的诗却有着日本入侵东北届满一年时，在政府的言论管控之下对于东北沦陷难以言喻的惆怅："但我仍旧远望／思念着早已离去的他。"[3]

这些评论在各种不同的社会、政治、文化主题上或轻或重地注入个人观点，为通常严肃凝重的传统"论"体文章加入了更多亲切感与个人特色。以中、英文两种语言出版的文章包括《论政治病》（On Political Sickness）、《论西装》（On Chinese and Foreign Dress）、《论裸体运动》（Confessions of a Nudist）、《论看电影流泪》（On Crying at Movies），以及《论

---

[1] Lin Yutang, "The Little Critic: On Shaking Hands",《中国评论周报》第 10 卷，第 8 期（1935 年 8 月 22 日），第 180 页。

[2] Lin Yutang, "The Little Critic: How I Bought A Tooth-Brush",《中国评论周报》第 5 卷，第 35 期（1934 年 8 月 18 日），第 850—851 页。

[3] Lin Yutang, "I Moved Into a Flat",《中国评论周报》第 5 卷，第 38 期（1932 年 9 月 22 日），第 991—992 页。

握手》（On Shaking Hands）等。① 林语堂自己的翻译常常与原文截然不同。例如他的中文版《论裸体运动》，就不是如英文版一样以"合于时"的中庸裸体主义者林语堂的自述开头，而是以"物极必反"这句知名的成语开头。中文版仍保留了类似于英文版的幽默特色语调，但林语堂讲裸体，就像在写八股文一样地"破题"，将这篇文章改写成了中国特有的行文与论述方式。1935 年，林语堂的《小评论家》文章分成两册出版，并吸引了国外人士的注意。这有一部分要归功于林语堂的朋友赛珍珠（Pearl S. Buck）盛情推荐。她在 1932 年以她的畅销小说《大地》（*The Good Earth*）赢得了普利策奖（Pulitzer Prize）。②

梁实秋在 1932 年提出了他的观察，认为没有什么"幽默体"，因为"幽默是文学里的一种品质，不是一种体裁"。③ 然而在短期内，与幽默最密切相关的，正是林语堂所擅长的那种轻松、非正式、亲切而富个人风格的书写。圈子里的人称这种文体为"小品文"，将它与流行于明代的"小品文"归为同类。为了让这种体裁更为现代，林语堂等人便引进并改动了一些双语成语，使其带有几许 *Punch* 风格的讽刺与俏皮。他们将小品文视为个人想法、观感、偏好，以及反思自己道德价值、消费习惯与社会观的载体。甚至在其他中国知识分子与文人圈急着向右（国民党）或向左（共产党）靠拢时，对于林语堂及其团队而言，自我也仍然与祖国或民族同等重要。

---

① 此处的五篇文章先是以英文（e）发表，然后再以中文（c）发表，其发表的年份依序如下：1932e/1933c，1933e/1934c，1935e/c，1935e/1936c，1935e/c。林语堂文章的中文版分别发表在《论语》《申报月刊》和《宇宙风》。出版年份来自 Qian, *Selected Bilingual Essays of Lin Yutang*, 232–234。

② 见 Lin, *The Little Critic* 上下两册，赛珍珠为其作序。赛珍珠的第二任丈夫理查德·沃尔什是 John Day 出版社的编辑，他后来出版了数本林语堂的英文书。赛珍珠于 1938 年获得了诺贝尔文学奖。

③ 梁实秋，《文学里的"幽默"》，收入梁实秋《梁实秋文集》，第 7 卷，第 51 页；原刊于《益世报·文学周刊》（天津），1932 年 12 月 31 日。

他们厌恶从上而下的政府言论管制（但林语堂将刺激幽默风蓬勃发展的功劳部分归功于此）以及社会价值的规范，林语堂评之为"总是戴着个狗项圈"。人应该永远为自己说话，理想上还应该怀抱着"闲适时的情感"。[①]

林语堂的名气盖过了其他英文写作者对于中国幽默的贡献，例如温源宁。温源宁是出生在印度尼西亚的客家人，先后于新加坡和伦敦求学，然后在剑桥大学攻读法律。温源宁在 1920 年代到中国，在学术界高层与政府间打转，先落脚于北平，而后迁居上海与南京。他从 1933 年开始替《中国评论周报》写作，直到 1935 年成为《天下月刊》的主编为止。这是一本新上市的英文月刊，重心放在中国的人文，由国民政府出资。过了没多久，温源宁就出任立法委员。[②]

1934 年上半，温源宁在《中国评论周报》上开办了《人物志稿》（"Unedited Biographies"）专栏，以当代中国名人为主题。这专栏后来改名为《亲切写真》（"Intimate Portraits"），刊登了温源宁自己和其他作者（有的匿名）写的文章，总共五十一篇。1935 年，温源宁自己写的十七篇收在他的 *Imperfect Understanding*（《不够知己》）一书当中。该书的书名很可能来自两处：一个是查尔斯·兰姆（Charles Lamb）的文章"Imperfect Sympathies"，另一个是 1933 年由格洛丽亚·斯旺森（Gloria Swanson）和劳伦斯·奥立佛（Laurence

---

① "项圈"一词出自 Lin Yutang, "Introducing 'The Little Critic' "，《中国评论周报》第 3 卷，第 27 期（1930 年 7 月 3 日），第 636—637 页。"闲适的情感"出自 Lin, *The Little Critic: Satires and Sketches on China*（*First Series: 1930—1932*）的序。

② 温源宁（Wen Yuan-ning, 1899—1984）从 1934 年 1 月 4 日起，被列作《中国评论周报》的"共同编者"（contributing editor），直到 1945 年 12 月 27 日的最后一期为止，但他最后一次的投稿应该是 1936 年 7 月 6 日出刊的一篇书评。《天下月刊》（1935—1941）当中多数的编辑人员都有在《中国评论周报》工作的经验。关于《天下月刊》，见 shen, *Cosmopolitan Publics*，第 2 章。关于温源宁的生平与著作以及温源宁和钱锺书的关系，见笔者所著"Introduction: Intimate Portraits of Chinese Celebrities"，收入 Wen Yuan-ning and others 著，Christopher Rea 编，*Imperfect Understanding: Intimate Portraits of Chinese Celebrities* (Amherst, NY: Cambria Press, 2018), 1–31。

Olivier）主演的英国喜剧片 *Perfect Understanding*。[①] 《中国评论周报》这个专栏的内容，相当切合温源宁为这本书所挑的题词，来自简·奥斯汀《傲慢与偏见》当中的名言："人生在世，要不是让人家开开玩笑，回头来又取笑别人，那还有什么意思？"（For what do we live but to make sport for our neighbors and laugh at them in our turn?）

《中国评论周报》的《亲切写真》专栏的第一篇，主题是新加坡殖民时代最著名的人物之一林文庆。该文章如此开头（温氏的原文之下是江枫的中译）：

By profession, Dr. Lim Boon Keng is a doctor; by inclination, a scholar; by reputation, a business man; and by accident, an educationalist. In reality, he is neither a doctor, a scholar, a business man, nor an educationalist: his real profession is to be a celebrity. He would like—just to be well known. If he can be well known as a theologian, well and good; if as a doctor, well and good also: but the great thing with him is to be well known: everything else is ancillary to that. Nothing he does, but is a peg for him to hang up his name upon. Nothing he writes, but is a sort of advertisement for himself."And when he open his mouth, let no dogs bark!"

林文庆医生，论职业，是一名医师；讲兴趣，是一位学者；谈声誉，是一个商人；出于偶然，还成了教育家。实际上，他既不是医师，也不是学者，既不是商人，也不是教育家。他真正的职业，是努力成名。他想要的，就只是出名。如果作为神学家能够出名，

---

① 钱锺书在替温源宁的书《不够知己》所写的书评当中，曾讨论过温源宁对兰姆的喜爱，见《人间世》第二十九期（1935 年 6 月 5 日），第 41 页。

那很好；如果作为医师能够出名，也很好。对于他来说，最重要的是出名，其余的一切都是次要的。他做事情，无非是钉一颗挂钉，以便挂上他的大名。他写文章，无非是为自己做一个广告。"他把嘴巴张开的时候，所有的狗都不许乱叫！"①

作者（可能是温源宁自己）说林医生具有：

an hors d'œuvres sort of mind—a smattering of everything: a hotch, composed of a bewildering variety of things. Ask Dr. Lim about Confucius, and he could hold forth for the length of an hour-glass, trotting out all the choice commonplaces he has culled from Legge; but after he has done so, we may be comfortably sure, he has said all—and perhaps, more than he knows upon the subject.

一种"餐前开胃小吃"式的头脑——对于一切事物都一知半解，一种繁杂得令人头晕的知识大杂烩。你向林医生请教有关孔夫子的问题，他可以上个把小时〔四书五经的英文译者〕理雅各布著作里的陈词滥调。等他说完了，我们可以确信，他已经说出了他所知道的全部——也许，比他所知道的全部还要多。

同时他也发现，若是将林文庆放在布鲁厄姆勋爵（Lord Brougham）

---

① 温源宁编，"Intimate Portraits: Dr. Lim Boon Keng（林文庆）"，《中国评论周报》第7卷，第22期（1934年5月31日），第519页。译文：温源宁著、江枫译《林文庆医生》，收入《不够知己》（*Imperfect Understanding*）（英汉对照，北京：外语教学与研究出版社，2012），第87—89页。以下译文均出于此一英汉对照本。在《威尼斯商人》里（第一幕，第一场，第99—100行），葛莱西安诺模仿假智者说："我是预言大师／我开口时，狗也不准吠！"

的座右铭"通百艺而专一长"（know something of everything and everything of something）面前，他实在乏善可陈。最后，他以最早让林文庆引起中国本地人士注意的事件——转换事业跑道——收尾。1921 年，林文庆还在巅峰时期的时候，就放弃了手上有利可图的生意，搬到中国以便接下厦门大学校长之位。他直到 1937 年战争爆发为止都担任这个职位。在 1920 年代，他成功招揽了几位明星教授，包括林语堂、鲁迅、顾颉刚等，然而他的自大、坚持说英语，还有在中国许多知识分子都起而反对儒学时，仍坚守儒家思想的态度，很快地就导致了同样可观的教授出走潮。① 若是林文庆想要一个比新加坡更大的舞台，作者倒把他推上了个完全不一样的舞台：

It is a misfortune for which Dr. Lim is not responsible that he should have been made President of Amoy University. I hear he is not appreciated there. I know there are places in Shanghai which would suit him perfectly: I refer to the cabarets. With his dapper little figure, his restless eyes, and his fine beard which hides a multitude of sins, Dr. Lim's thin voice, discoursing on philosophy and God and Mammon, would not be unwelcome, coming in between the rattle of the wine-glasses, the inane talk of the dancing-girls, and the syncopation of the orchestra.

不幸的是，林医生居然会被任命为厦门大学校长，尽管这不该由他自己负责。我听说，他在那里不受欢迎。我知道，上海有些地方对于他倒是再合不过，我指的是歌舞表演的夜总会。林医生那娇

---

① 关于林文庆（Lim Boon Keng, 1869—1957）据称与鲁迅冲突一事，以及中国评论家与史学家普遍对他的不满，见 Wang, *China and the Chinese Overseas*, 147—165。

健活泼的小个子，永转动着的眼珠，那一副遮掩许多罪过的美须，
谈论着哲学、上帝和财神的尖细嗓音，夹杂在玻璃酒杯的碰撞声、
舞女们愚蠢的谈话和管弦乐队的切分音之间，未尝不受欢迎。

在下一期中，温源宁就刊出了一位愤怒的读者寄来的冗长答辩
信。[①] 写出这种文章，肯定会触怒一些人的，但却也因为精准抓住当代文
学与政治圈的特性而大受欢迎。胡适是现代中国文化复兴的旗手，而他
"并不是喜欢把自己的才能掩藏起来的那种人……他不想有所隐蒙，在他
的身上没有什么神秘：只有阳光，没有阴影"（not one of those who keep
and hide their talents underground... There is no mystery in him; all is sunshine,
and no shadow）。哈佛出身的哲学教授兼浪漫主义诗人吴宓，虽说是"天
生一位了不起的君子"（one of nature's great gentlemen），但是"脑袋的形
状像颗炸弹，也像炸弹一样随时都有可能爆炸"（a head shaped like a bomb,
and just as suggestively explosive）。周作人的散文"简直是把闲谈发展成了
艺术。他有一种极其难得的本事，能把一个人生活中可贵的琐事变成为闲
聊时的含金话语"（Mr. Chou's essays resemble nothing so much as gossiping,
carried to a fine art. He has the rare knack of transmuting the precious nothings
of a man's life into golden chit-chat）。吴稚晖之所以闻名，其原因就和约翰
逊博士（Dr. Johnson）一样，是"由于土气，然而那种土气本身已经变
成为一种魅力"（remarkable in the sense of being uncouth and yet that very
uncouthness has become an attraction in itself）。遭到废黜的大清皇帝溥仪，
在成为日本的傀儡政权满洲国的元首前夕，成了少见的"曾被三次尊奉为
皇帝而不知其所以然，并且不觉得是一种享受"的人（made emperor three

---

① 温源宁编，"Intimate Portraits: Dr. Lim Boon Keng, Once More"，《中国评论周报》第 7 卷，第
23 期（1934 年 6 月 7 日），第 542—543 页。读者 F.T. 王的信末题 6 月 1 日，上海。

times without knowing why and apparently without relishing it）。"但愿他能够活到可利用的价值用尽之后。"（May he outlive his usefulness.）①

温源宁的专栏偶尔也刊登无情但有时感人的讣闻，包括现代派诗人徐志摩（《一个孩子》），以及温源宁以前的学生，散文家梁遇春，他年仅二十六岁就死于疾病。温源宁思念的是梁遇春的低调谦逊、他那讨人喜欢的口吃、他作品中的"离奇的幻想和脾气"（odd fancies and humors），还有他听别人讲话时偶尔流露出的"一种困惑的神色，会使说话人的虚荣心感觉到某种满足"，但是"其实，什么东西遇春是一听就明白了"（in reality, Yu'chun takes in everything at once）。② 温源宁的人物志虽然当时颇

---

① 温源宁，"Unedited Biographies: Dr. Hu Shih, A Philosophe"，《中国评论周报》第 7 卷，第 9 期（1934 年 3 月 1 日），第 208 页；温源宁，"Unedited Biographies: Mr. Wu Mi（吴宓）, a Scholar and a Gentleman"，《中国评论周报》第 7 卷，第 4 期（1934 年 1 月 25 日），第 86 页；温源宁，"Unedited Biographies: Mr. Chou Tso-jen（周作人）, Iron and Grace"，《中国评论周报》第 7 卷，第 13 期（1934 年 3 月 29 日），第 304 页；温源宁编，"Intimate Portraits: Mr. Wu Chih-hui（吴稚晖）"，《中国评论周报》第 7 卷，第 37 期（1934 年 9 月 13 日），第 906 页；温源宁编，"Unedited Biographies: Emperor Malgré Lui"，《中国评论周报》第 7 卷，第 6 期（1934 年 2 月 8 日），第 135—136 页。

② 温源宁，"Unedited Biographies: Liang Yu-ch'un（梁遇春）, A Chinese Elia"，《中国评论周报》第 7 卷，第 15 期（1934 年 4 月 12 日），第 353 页。江枫的译文在此略经修正。梁遇春（1906—1932）自己预料到了幽默的风潮。他早在 1927 年就提到了："自从我国'文艺复兴'（这四字真典雅堂皇）以后，许多人都来提倡血泪文学、写实文学、唯美派……总之没有人提倡无害的笑。"（梁遇春曾提到"近来又有人主张幽默"，但他自己并未采用"幽默"一词。）梁遇春对笑与其和悲伤的关系相当有兴趣，饱览兰姆（Charles Lamb, 1775—1834）、卡莱尔（Thomas Carlyle, 1795—1881）、勃朗特、爱默生、巴里（J.M. Barrie, 1860—1937）、赫兹利特（Henry Hazlitt, 1894—1993）、高尔基（Maxim Gorki, 1868—1936）及其他诸作者的书籍。他批评霍布斯（Thomas Hobbes, 1588—1679）太过愚蠢，无法享受人生——霍布斯主张"笑全是从我们的骄傲来的"，"这种傻话实在只有哲学家才会讲的"。见梁遇春《梁遇春散文集》，第 15—17 页，以及第 109—112 页。梁遇春使用过"幽默"一词，但如第五章所述，他以"滑稽"当作"humor"的直接翻译。

有盛名，但他从写作转行政治后，便渐渐为世人淡忘。[1] 然而《不够知己》却反映出当代幽默运动的核心价值，特别是其对于人格的强烈兴趣、其博学以及它那大不敬的精神。

寻找"古美女"

陈子展在 1933 年时曾提到他的观察："昔之文人，引经据典，诗云子曰。今之论者，不引孙中山云，马克斯云，则引蒲列汗诺夫曰，卢那卡尔斯基曰，是也。"[2] 但他加了一句，既然"惟幽默出自英语，颇有洋货之嫌"，因此中国的幽默理论家总是觉得非得和国内诸如孔子和庄子等古人扯上点关系不可。

"幽默"成了 19 世纪晚期以来，知识分子广泛且全面地重新评价中华文化的角度之一。[3] 林语堂相信宋代的理学将孔子曲解成一位高高在上的权威大佬，而误导了世世代代的中国人，但孔子的教诲其实只是单纯关于

---

[1] 受到温源宁的专栏启发，《人间世》也开了一个类似的专栏，名叫《近人志》，里头包括温源宁写的吴宓、胡适、徐志摩等人的人物志的翻译。后有二十篇收录于人间世社编，《二十近人志》（1935）。温源宁的周作人写真经翻译后收入《逸经》第十七期（1936），第70—71 页。而整个系列文章的双语版，则以《不够知己》（*Imperfect Understanding*）为书名集结出版。1930 年代，温源宁出任立法委员，战时他则负责领导香港的新闻处。1947 年，他被指派担任中华民国驻希腊大使。

[2] 陈子展《蓬庐絮语二十六》，第 17 页。格奥尔基·普列汉诺夫（Georgi Plekhanov, 1856—1919）和阿纳托利·卢那察尔斯基（Anatoly Vasilyevich Lunacharsky, 1875—1933）都是俄国的政治人物、思想家和马克思主义批评家。

[3] 钱锁桥将幽默理解为"对于中华文化的创意再诠释"的一部分。他特别引用了林语堂对于孔子为富有"合理容忍的精神"之性格的极端诠释。见 Qian, "Translating 'Humor' into Chinese Culture"，尤其是第 288 页和第 292—293 页。

（包括统治者在内的）人应该要怎么样生活。1928 年，林语堂写了《子见南子》，这是一出以《论语·雍也》中记载的事件为基础改编的独幕"悲喜剧"。在《论语》的记载中，孔子面见了卫灵公那位声名不佳的美貌夫人南子，这点激怒了他的学生子路。而在这出林语堂后来译作 *Confucius Saw Nancy* 的剧作中，孔子和子路会说错话、会拍马屁、会出乖露丑、会被人忽略，与常人别无二致。当这出剧作在孔子家乡山东曲阜的山东省立第二师范学校演出时，引起了孔子后人的愤慨并采取了法律行动，控告如此普通而自然的形象是在侮辱他们伟大的祖先。林语堂在这次风波中曾短暂承受牢狱之灾的威胁，而这个恶名也让他成为全国的目光焦点所在。后来林语堂多次坚称"真正的"孔子是个有瑕疵的人，但却也是一位永远保持"个人魅力与幽默感"，并且能够"对于别人开自己玩笑一笑置之"的人。[1]

林语堂也相当着迷于陶潜、苏东坡以及他翻译过的道家哲学家庄子。林语堂认为经常开孔子玩笑的庄子是中国幽默界放荡荒诞的典范。林语堂的《人间世》是《论语》半月刊的姊妹刊物，其标题就来自《庄子》中的一篇。对林语堂来说，舍弃官场生活、归于田园的陶潜，也正是幽默生活观与世界观的经典模范之一。至于苏东坡，他是一位有着惊人智慧与人文内涵的"愉快的天才"。[2] 这些人都提供了人们生活的智慧。

《幽默文选》是《论语》半月刊中的固定单元之一，其内容来源相当多

---

[1] 本剧的英语标题是林语堂自己修改过的翻译，收入他 1937 年的文集 *Confucius Saw Nancy, and Essays about Nothing* 中。关于该剧与其在曲阜演出时引起的争议，见 Sohigian, "Confucius and the Lady in Question"。林语堂在 1930 年 11 月 25 日，于上海 YMCA 的演讲时，又谈了一次孔子与卫灵公夫人见面的故事。他认为孔子和他的弟子之所以招人不满，是因为他们"不择手段"要与当权者套好交情，且走过来就像一群"衣冠楚楚的流浪汉"。见 Lin Yutang, "The Little Critic: Confucius as I Know Him"，《中国评论周报》第 6 卷，第 1 期（1931 年 1 月 1 日），第 5—9 页。林语堂后来翻译并讨论了许多与孔子幽默有关的题材。请参考 Christoph Harbsmeier 的研究 "Confucius Ridens" 以及 "Humor in Ancient Chinese Philosophy"。

[2] Lin, *The Gay Genius*。

样：它集合了包括明代文集中的笑话、清代学者兼官员龚自珍的文章，还有孔子及其弟子的各种轶事在内的古典文化题材。另一个单元叫《子不语》，得名自清代袁枚的志怪笔记。1935 年 2 月，就在《西洋幽默专号》付梓后，《论语》又推出了《中国幽默专号》，里头收录了《庄子》的选文及从古代至清代的各种幽默文学片段，以及老舍新推出的小说《牛天赐传》的连载。①

将自己形塑为中国幽默传统现代传人的林语堂，通过这部中国幽默文选集推广了他所谓的幽默的生活方式。中国的学者有着为自己的书房取名的传统，林语堂就把他的书房取名叫"有不为斋"。对于这一点，他宣称这只是切合事实而已。相反地，"野鸡巢有坊曰'贞德'，甚至大马路洋灰三楼上来一个什么'山房'，棋盘街来一个'扫叶'"（也就是指第三章所提及的"云间颠公"雷瑨的出版社），却是名不副实的。②

学者也会寻找以其他方式"笑"的人。1937 年时，周作人标榜孟子的骂人，认为"中国骂人名家似当以孟公为第一"，因为他惯于运用嘲讽使人因羞耻而回归道德规范。不过孟子最爱用的骂语，诸如"洪水猛兽"及"禽兽"等等，周作人则认为对于满足于禽兽生活的人没有效果，包括像他自己这种"海军出身的人"。③ 陈子展曾写道，当代作家互相中伤的习惯颇有晚明文人遗风，那些中伤的言语反倒让幽默家可以用来自我推

---

① 这些文章讨论的是孔子、庄子（林语堂："中国之幽默始祖"）、老子（林语堂："中国幽默之祖"）、讽刺小说和《儒林外史》、幽默的对联、晚明的幽默，以及清朝的幽默诗。两个专号分别是：《西洋幽默专号》，《论语》第五十六期（1935 年 1 月 1 日）和《中国幽默专号》，《论语》第五十八期（1935 年 2 月 1 日）。

② 林语堂《我的话：有不为斋解》，《论语》第三十一期（1933 年 12 月 16 日），第 304 页。

③ 知堂（周作人）《谈孟子的骂人》，《论语》第一百一十六期（1937 年 7 月 16 日），第 912—914 页。周作人的讨论主要针对孟子对于杨朱和墨翟两位思想家的批评。孟子说："杨氏为我，是无君也；墨氏兼爱，是无父也。无父无君，是禽兽也。"（《孟子·滕文公下》，参考杨伯峻译注《孟子译注》〔北京：中华书局，1984〕，第 155 页。）周作人讽刺说将不孝的人说成是会吃掉自己父母的禽兽其实没有意义，因为"在动物社会中要去特别找到其父来吃，这也实在是很不容易的一件事"。

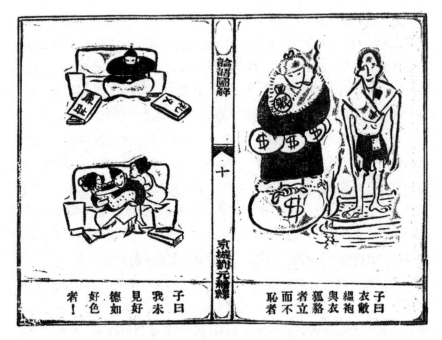

图 6.3. 北京漫画家刘元（1914—1999）《论语图解》的第十部分，刊登在《论语半月刊》。右侧说明："子曰：衣敝缊袍，与衣狐貉者立，而不耻者。"左侧说明："子曰：我未见好德如好色者！"《论语》第 81 期（1936年 2 月 1 日），第 434 页。图片由"中研院"中国文哲研究所图书馆提供。

销。[1] 有志少年喜爱骂名流学者"走狗"，而现在这些名流学者可以引用孔子对自己周游列国的描述"丧家之狗"，来为自己解围。[2] 另一方面，漫画家也经常引用儒家《论语》中的话，来批评他们认为可鄙的社会现象与行为（见图 6.3）。

---

[1] 陈子展推测，中国学术界过去两千年都没有什么进步，是因为学者都彼此相互对抗，而不是与大自然对抗。见陈子展《文人相骂论》，《太白》第 2 卷，第 4 号（1935 年 5 月 5 日），第 145—146 页。

[2] 陈子展，《蓬庐絮语二十六》。

《论语》半月刊证明了幽默市场的存在，并启发了学者与编者去编纂及批注幽默民谣、笑话、诗词、故事等，供不同客群取用。举例来说，在1933 年，有周作人的《苦茶庵笑话选》出版，其笑话来自明清两代；同时，也有一本语言学习杂志《中华英文周报》（*Chung Hwa English Weekly*）将刊物里的笑话与幽默故事翻译并集结出版，题名为《解颜》；这一年还有在北平出版的《民众笑林二集》，以及在天津出版的一本《滑稽故事类编》。①幽默文选的出版在 1935 年达到高峰，当年就有十几种不同的文选付梓（见附录一）。

即使是将幽默视为一时热潮而对之带有敌意的编辑，现在也开始将各种喜剧性质的文学作品包装为"幽默"。大出版社世界书局的编辑胡山源，编了一本《幽默笔记》（1935），其中收集了唐、宋、元三个朝代的各种短篇。胡山源在序中提到，他从不阅读流行幽默文学杂志，因为他"怕头痛"，身为守旧派老顽固的他只爱翻阅古书。他还提到有位朋友嘲笑他对线装书的偏爱，他的回答是："你莫慌，这虽然不是烫头发的'摩登伽'②，但也不一定便是戴凤冠霞帔而缠小脚的老太太。"胡山源还写道，他的朋友读了几段原稿，便说这稿子是一位"悠然而动人心魂，而别有情趣的古美女"。"他将带来的几本杂志，向地上一掼，踏了两脚愤愤的说，'拾了一些外国人的唾余，带了几个夹金戒指，也来自命风雅，装时髦，什么东西！'"身为严肃的传统学者，胡山源称他的幽默作品"不过消遣消遣而已"。但是"幽默"却已经让他必须为自己辩驳：他说他"怕吃幽默饭的

---

① 中华英文周报社《解颜》。关于本段提及的笑话书籍，见附录一。

② "摩登伽"典出佛经，讲的是摩登伽女和阿难的故事。1927 年京剧大师尚小云演出时装剧《摩登伽女》。据章诒和回忆："他演的摩登伽女，烫发、身穿印度风格的服装，脚下是玻璃丝袜、高跟鞋，最后还跳英格兰舞。"见章诒和《伶人往事：写给不看戏的人看（增订版）》（台北：时报出版，2015），第 141 页。

人当我夺了他的饭碗",也声明他并"不在这幽默王国起革命"。①

1932 年,鲁迅的日本友人增田涉邀他替一本《世界幽默全集》选出中国式幽默的代表。他的回答是:"中国没有幽默作家,大抵是讽刺作家。"②但他还是选了八部作品,作为中国式幽默写作的代表。这些作品包括古典小说《水浒传》《今古奇观》《镜花缘》《儒林外史》的节录,以及整本的《何典》和《老残游记》,再加上两篇当代短篇小说:郁达夫的《二诗人》(1928)和张天翼的《小彼得》(1931)。

当时鲁迅曾在私人信件中提到,他认为"'幽默'本非中国的东西",而且"上海的'幽默'杂志,其实并不幽默",同时他自己应邀收入《世界幽默全集》的小说也与幽默毫无关系。③他甚至还对自己的选择挑三拣四,在提名晚明的《今古奇观》时还附加说明:"记不起在里面看到过'幽默'的东西。"他的结论是:"目前在中国,笑是失掉了的。"④1933 年 3 月,鲁迅写信给另一位日本朋友,说将中国幽默翻译成日文"似乎失败了",因为《世界幽默全集》只卖出了两千本。然而,虽然鲁迅如此悲观,他一年后写信给林语堂时,还在信末加了一句独创的祝颂语:"默安。"⑤

---

① 胡山源(1877—1988)的序写于 4 月 1 日,即是"愚人节"。见胡山源《幽默笔记》序。胡山源在序中提到,他排除了像《笑林广记》和《一见哈哈笑》这类"低级趣味"的作品。胡山源同时也编辑了一部《幽默诗话》(1936),在 1938 年,他也短暂担任过《自由谈》的编辑。

② 关于鲁迅与增田涉(1903—1977)交换关于《世界幽默全集》意见时,鲁迅这边的信件内容,请参考 1932 年 5 月 13 日、5 月 22 日、5 月 31 日、6 月 28 日、7 月 18 日、10 月 2 日以及 12 月 19 日的信件,收入鲁迅《鲁迅书信集》,下卷,第 1098—1112、1120—1122、1108—1109 页。

③ 鲁迅《鲁迅书信集》,下卷,第 1111—1112、1126—1127 页。

④ 鲁迅《鲁迅书信集》,下卷,第 1108—1109 页。

⑤ 鲁迅《鲁迅书信集》,下卷,第 1123—1124 页。鲁迅在信尾题"默安"是在他 1934 年 1 月 6 日寄给林语堂的信中。见鲁迅《鲁迅书信集》上卷,第 475 页。

全增嘏在 1933 年 1 月的《中国评论周报》中写道："说中国人没有幽默感的人，不是无知，就是自己没有幽默感。"[1] 但这个发言却招来不少反弹。韩侍桁是中国左翼作家联盟的成员，也是一位翻译家，他称中国人是"完全无法理解幽默的蛮族"。他认为中国人欠缺包容的智慧，并且板着脸过日子，只懂得自私自大的笑，以及拿有关性的事物开玩笑或咒骂。虽然自五四运动以来，偶尔有幽默作品问世，中国仍旧找不到够厉害的幽默家，足以和兰姆（Charles Lamb）、柴斯特屯（C. K. Chesterton）、马克·吐温或是柴霍甫〔契诃夫〕（Anton Chekhov）匹敌。韩侍桁说，只有老舍避免了滑稽的"傻笑"和讽刺的尖酸，而能引起甜美会心的微笑。[2]

像韩侍桁这样的作家，倾向于将中国的幽默家与西方相比，这有一部分其实是出于一种防卫心理，当时外国一直对中国及其人民抱有成见与鄙视。1930 年，中国观众觉得他们被自己最爱的喜剧演员罗克（Harold Lloyd）出卖了，因为在他的第一部有声电影《不怕死》（*Welcome Danger*）里，充斥着各种颇为冒犯的对于中国城的刻板印象（罗克所饰演的角色一度为了阻止一场活人献祭，而以警棍殴打意图攻击的华人）。而在 1932 年版的漫画杂志《信不信由你》（*Believe It or Not!*）的广告中，有着许多对于"中国异教徒"似是而非的描述，包括他们"伤心的时候笑，高兴的时候哭"。[3] 不论罗伯特·李普利（Robert Ripley）的杂志是如何带有玩笑性质，他的文化常识都建立在中国人疯狂而落后，甚至不是人类的刻板印象上。至于中国政府，也令外国人看不起：1934 年法国作家莫里斯·德哥派

---

[1] T.K. Chuan, "The Little Critic: 'Chinese Humor'",《中国评论周报》第 6 卷, 第 3 期（1933 年 1 月 19 日）, 第 69 页。

[2] 韩侍桁《谈"幽默"》,《申报》第 21436 期（1932 年 12 月 9 日）, 第 17 页。在他登《自由谈》的文章里, 韩侍桁（1908—1987）引用鲁迅讨论中国"国骂"的文章, 以强化他对于与性相关的脏话的论点。

[3] 这个广告重印于 Rojas, *The Great Wall*, 25。

拉引用了一位美国领事的话，说年轻的共和国是"巨大、任性又累人的婴儿，深受长牙和出麻疹之苦，暴躁易怒，又一直在摇篮里对着国民党哭闹"。[1]

因此，林语堂等旅外归国人士必须对着两群人说话。他们一方面要说服像韩侍桁这种不断批评自己的作者：放轻松、别再吵了，好好享受人生的乐趣，这才是改变当代文化氛围的第一步；同时他们也以放松、自信、带有世界观的幽默姿态来面对西方的傲慢与偏见。他们得自己扭转东西方在地位上的差异。1936 年 3 月，电影《摩登时代》在上海上映前不久，它的导演及主演卓别林造访了上海。有一位投稿《中国评论周报》的人便宣称这位世上最伟大的谐星一定是中国人。能够将"扭曲的可怜灵魂，总是凭着意志力补偿自己的不幸以求生存"，同时也是个永远自由自在流浪天涯、"无为而无不为"（does nothing, yet everything）的典型演绎得如此完美，卓别林肯定是个中国人。[2]

会心的微笑，还是钝笑？

林语堂发明"幽默"一词的时候，也抛出了两个问题，一是为什么需要一个新词，二是它到底新颖在哪里。这下轮到西方让人摸不着头脑了：理论家唯一的共识，就是幽默没有定义。邵洵美从 1930 年代后期到 1940 年代担任《论语》的编辑，他注意到读者常常分不清幽默和它的两个三胞胎姊妹，也就是讽刺和诙谐之间的区别。[3] 鼓吹幽默的人还必须费尽千辛

---

[1] Dekobra, *Confucius in a Tail-Coat*, 16.

[2] Yao Hsin-nung〔姚莘农〕（姚克，1905—1991），"The Chinese in Chaplin"，《中国评论周报》第 12 卷，第 13 期（1936 年 3 月 26 日），第 296—298 页。姚莘农曾于《天下月刊》担任编辑，他是鲁迅的朋友，也帮他翻译，后来他也成为著名的剧作家和编剧。

[3] 邵洵美《幽默真谛》，《论语》第 90 期（1936 年 6 月 16 日），第 821 页。

万苦区分幽默和滑稽，他们认为滑稽与当代生活无关。老舍认为"假若幽默也可以分等的话，这〔滑稽〕是最下级的幽默"，只管逗笑，并宣称这两个都很生动，但都"没有多少意思"，也没有营养。[1] 林语堂在 1932 年提出将滑稽翻译作"trying to be funny"（想要显得逗趣），暗示其幽默乃是有意而不真实的。[2] 但他后来的文章《论幽默》当中，却又肯定他称为"幽默滑稽"的写作方式。到了 1933 年，鲁迅出来替滑稽缓颊，说它的地位低落，是因为大众把滑稽与中国某些肤浅滑稽者的那种"油滑"混为一谈了。他补充说，幽默一词的流行，又让事情变得更复杂难懂。鲁迅还说，事实上就算是《论语》杂志，也刊载了许多中国自己的滑稽式幽默，尤其是在他最喜欢的《古香斋》专栏里。全增嘏将这个专栏的名字英译为"Ye Antique Shoppe"。[3] 周作人也对于"幽默"的范畴究竟可以有多广持保留的态度。他在 1933 年写道，中国不缺笑话，但"唯中国滑稽小说不知为何独不发达"。[4] 虽然幽默似乎赢得了一时的胜利，对于标榜滑稽作品的市场需求却从没少过。在整个 1930 年代的大部分时间，许多作者还是情愿

---

① 举例来说，老舍就将 farce 翻作"滑稽戏"和"闹戏"，并称它是戏剧和小说中"最下级的幽默"。见老舍《谈幽默》，《老牛破车》，第 81 页。

② 林语堂《翻译之难》，《申报》第 21445 期（1932 年 12 月 18 日），第 18 页。在该文中，林语堂语带讽刺地建议应该把"火车"翻成"wheelbarrow"，因为中国的火车走很慢，而"Please arrive at precisely 7:00 p.m." 翻成中文则应该是"请于五点半到"，因为中国人总是会迟到。

③ 在这篇文章中，鲁迅提到日本将幽默定义为"有情滑稽〔kōkkei〕"。苇索（鲁迅）《"滑稽"例解》，《申报》第 21745 期（1933 年 10 月 26 日），第 19 页。

④ 周作人《苦茶庵笑话选》，第 3 页。周作人还说："中国现时似乎盛行'幽默'，这不是什么吉兆。"他也强调自己并无意赶时髦："我没有幽默，不想说笑话，只是想听人家说笑话……"（第 25 页）这篇序文题"中华民国廿二年七月廿七日，周作人记于北平"。

将"humor"翻成滑稽或是诙谐。①

　　直到 1932 年 12 月 9 日，韩侍桁为林语堂提供了一个解释幽默的方法："会心的微笑"，而这一对于幽默的解释到现在都还是很有影响力的。②更早的五年之前，也就是 1927 年，西格蒙德·弗洛伊德才说过，他认为幽默的快感比玩笑或是滑稽要来得温和，因此"永远不会以大笑的形式宣泄"。③林语堂对于"幽默与直观的知觉是有关的"这点相当有兴趣，他也同意幽默最终的表现会是会心的微笑。然而，至少在 1932 年的时候，林语堂对于幽默的看法还是比韩侍桁和弗洛伊德都要来得宽松。他曾写道，滑稽的傻笑也是好的。幽默的范畴也包括讽刺的那种酸味。④

　　左翼批评家徐懋庸认为，幽默的微笑和发自内心的大笑一样，都是对于反抗压迫乐观以待的表现，因此比起传统文人以哀叹面对混乱时局的态

---

① 例如滑稽山人的《解闷消愁录》(1935)就是针对习惯传统滑稽文学的读者群。它以文言文写成，并像传统笑话集一样，依照主题分类（爱情、犯罪、鬼怪、灵异、动物、奇闻，诸如此类）。根据该书的版权页，该书在广州、香港和上海都有出版。施蛰存在 1932 年写道"现在礼拜六派势力之复活"，认为第三章中所提到的游戏一类文学娱乐仍旧存在且昌盛。见施蛰存《编辑座谈》，《现代》第 1 卷，第 1 号（1932 年 5 月 1 日），第 197 页。例如朱光潜（1897—1986）在 1936 年编了一部西洋文艺美学的教科书，书名是《文艺心理学》，书中包含从柏拉图、苏格拉底、亚里士多德一直到霍布斯、康德、柏格森以及弗洛伊德等人对于游戏、笑和喜剧的讨论。这本书中将 humor 和 wit 都翻译作诙谐（见第 12 章《艺术的起源与游戏》，以及第 17 章《笑与喜剧》）。见朱光潜《朱光潜全集》，第 1 卷，第 368—385、455—477 页，尤其是第 469 和 471 页。

② 韩侍桁《谈"幽默"》，第 17 页。这个词语字面的意思是"心灵相会而露出的微笑"，据称是明代文学家袁宏道（1568—1610）所发明的词。当时也有考据学家追溯该词在中文语境里最早的出现。"幽默"一词最早见于《楚辞·九章·怀沙》："眴兮杳杳，孔静幽默。"当中"幽默"指的是寂静无声。这是为什么后来的"幽默"一词有"心灵相会"（无需多言、出声）之意的语义来源。见 Sohigian, *The Life and Times of Lin Yutang*, 第 35 页注 45。最早将"humor"这个词与幽默扯上关系的，不是一般认为的林语堂，而是韩侍桁。

③ Freud, *The Standard Edition of the Complete Psychological Works of Sigmund Freud*, 21、166.

④ 林语堂《会心的微笑》，《论语》第 7 期（1932 年 12 月 16 日），第 214 页。

度，幽默是比较好的。^①1934 年有几个月，热门的画报月刊《良友画报》将其定期的两页漫画专栏改名为《会心的微笑》。^② 而幽默本身则依旧有点外来色彩，直到 1936 年，在邵洵美的幽默散文集《幽默解》的广告里，都还是承认幽默"不能算是地道的国货"。^③虽然这么说，但从 1932 年《论语》半月刊创刊算起，"幽默"这个词在被人们"解"了四年多之后，可也已经在中文里生根了。

距开办《论语》半月刊一年多的 1934 年，林语堂将他的想法集结成一篇分为三部分的散文《论幽默》。^④ 他首先引了梅瑞狄斯（George Meredith）在 1877 年所说的"我想一个文化的极好的衡量，是看他喜剧及排调之发达，而真正的喜剧标准，是看他能否引起含蓄思想的笑"当开头。林语堂接着调查了中国哲学、文学、正史上的幽默，比较儒、道、佛三家的主流思想，并论及中国和西方的幽默观念，然后提出幽默的定义。这篇文章反复提到的主题就是"幽默本是人生之一部分"。在第二与第三部分中，林语堂将道学派认定为幽默的大敌，并将幽默与"郁剔"（wit）、"嘲讽"（satire）、"揶揄"（irony）区分开来。同时他也肯定梅瑞狄斯的看法，认为有幽默感就是对世界与人类抱持宏观、有同理心的观点，并赞扬幽默文章的价值。他最后以幽默的功能作结："《论语》若能叫武人政客少打

---

① 懋庸《笑》，《申报》第 21823 期（1934 年 1 月 15 日），第 17 页。徐的文章曾出现在《自由谈》中。

② 这个标题从一月至九月之间间断性地出现，最早是《良友画报》第 48 期（1934 年 1 月 30 日），第 32—33 页。

③ 见《论语》第 100 期（1936 年 11 月 16 日），第 191 页当中《幽默解》的广告。1946 年，邵洵美将许多这类文章重新集结成册，冠以《论幽默》的标题，并于 1949 年 2 月重新出版。书中收录了林语堂、周谷城、徐讦、邵洵美、郁达夫、鲁迅及其他人的文章。

④ 见林语堂《我的话——论幽默》，《论语》第 33 期（1934 年 1 月 16 日），第 434—438 页；林语堂《我的话——论幽默（下）》，《论语》第 35 期（1934 年 2 月 16 日），第 522—525 页。关于梅瑞狄斯文章的现代评论版本，请参考 Ives, *George Meredith's Essay on Comedy and Other New Quarterly Magazine Publications*。

欺伪的通电、宣言，为功就不小了。"

在《生活的艺术》（1937）中，林语堂重申笑是与现实相关的，它主要的功能就是挥洒梦想。有幽默感就是能把天马行空的幻想落实，进而实现之——这是所有独裁者都做不到的。"幽默的化学效用……就是改变我们想法的特质。"[1] 幽默的世界观就像迈达斯王点石成金一样，能把一切都变得幽默。这就是为什么《人间世》的编辑徐訏曾写道，一位幽默家能品尝爱人所摘取叶子上的露水，而一位科学家却只看到不纯净的 H_2O。在现实面上，像徐訏这类负责实际编务的编辑被迫要以品质优劣区分各种幽默投稿。而徐訏评价最高的，是情感的与智性的自然产物，次者是以幽默表达理性，最下者则是剪贴来的作品。[2] 而更多评论家则深受幽默的道德面所吸引。夏志清在 1953 年一篇大半在批评林语堂观点的文章中，却肯定了他如下的看法："幽默乃是笑的最文明形式，因为它以情感看待滑稽的事物。"[3]

文学学者苏迪然（Diran John Sohigian）认为，林语堂对于幽默的说法并不只是关乎人们论辩时的态度与口吻而已。更根本的重点在于幽默与五四时代流行的写实主义下，作家们所奉行的一套假设大相径庭。对那些作家来说，真相是可知的，只要够努力，就能呈现出来。他们喜欢的笑是讽刺的笑，这种笑"为了真相而夸大"，因而得以测知假仁假义与真实之间的距离。[4] 然而幽默却主张各种"一知半解"之间，一种"没有终点的论述"、一种"无止境的对话"。通过让"真相"继续悬而未决，它否定了决定论与独断论。[5]

---

[1] Lin, *The Importance of Living,* 80.

[2] 徐訏《谈幽默》（1934），收入《徐訏文集》第 9 卷，第 245—246 页。

[3] Hsia, "The Chinese Sense of Humor".

[4] 此一词出自电影学者 Joan Mellen。见 Mellen, *Modern Times*, 42。

[5] Sohigian, "Contagion of Laughter", 140–144.

　　许多批评家想要把幽默与幽默家拉回现实，就在《论语》问世后不久，不少反对者出现了。马国亮是《良友画报》的编辑，他指控林语堂和老舍逼迫人们强颜欢笑，在他们需要米的时候，却给他们香烟。职业作家承认现在"大家应该笑，却是铁一般的真实"，但编辑对于幽默写作的需求已经变成一种压迫了。马国亮的一位同事也提醒提倡"所谓幽默"的人，"笑如烟酒，少用是兴奋剂，多用就是麻醉剂"。邵洵美在《论语》中曾抱怨道，人们对待幽默的态度就像对待鸦片一样。①

　　幽默风潮流行了两年，林语堂对他的美国读者承认"最困难的事情就是说服我的中文读者，幽默是生活的一部分，即使是在严肃的文学里，也不该排挤之"。若是年轻的中文读者连短篇漫画都不懂得享受，那么"中国就完了"。②

　　幽默后来被卷入了创立于 1930 年的左联与鼓吹"为艺术而艺术"的创造社之间的尖锐舌战里。1933 年，左翼剧作家袁牧之（1909—1978）批评丁西林的剧本是一种精英阶级的娱乐，玩弄着形式上的美学，却没能直接而有意义地指出社会问题。他写道："我们所要求于作者的是从唯美而走到唯物，从 salon（文化沙龙）的小圈子走到 society（社会）的大圈子。"袁牧之替丁西林的作品下了如此的总结："那六个 salon 里的六个戏我们把它放在 salon 中；等作者第七个脱离 salon 的作品出现，我们再把它搬上舞台和 salon 外的人们见面吧。"③ 1932 年 7 月，经常给《现代》供稿的杜衡试着避开双方的交锋，他宣称自己是"第三种人"，不参与党派政治，

---

① 依序参照：马国亮《没趣味的文字》，《申报》第 21836 期（1934 年 12 月 8 日），第 17 页；徐月虹《橄榄》，《良友画报》第 105 期（1935 年 5 月），第 44 页；邵洵美《幽默真谛》，第 821 页。徐月虹呼吁"中国的幽默文人"要"更加努力"，模仿萧伯纳的讽刺，而不是"乱笑"。

② 见 Lin, *With Love and Irony*, 67、71。

③ 袁牧之《中国剧作家及其作品》（原载《戏》1933 年 9 月 15 日创刊号），节录收入孙庆升编《丁西林研究资料》，第 142—143 页。

而是专注于做出高品质的艺术与合乎良心的批评。鲁迅虽然同情杜衡的困境，但他说在中国现在的状况下，想要自称是超越阶级与政治的作家，恐怕只能是个一厢情愿的幻想。[1]

这类道德考虑有些与 19 世纪末的美国围绕着"新幽默"（the New Humor）的争论颇有相应之处。学者亨利·詹金斯（Henry Jenkins）认为美国"支持'有想法的笑'的人常常轻视公共娱乐的价值"，就和林语堂一样，他们也受了乔治·梅瑞狄斯的影响。他们的敌对阵营则是一竿子打翻一船人，宣称"幽默的嗜趣会……让人的怜悯与正义变得迟钝而无感"，而那些"为着每日生存所需而叫嚷着"的大众，则将眼看着任何情境都一块儿被"丢进锅子，炖煮成某种欢笑"。[2] 但中国却是真真实实地面临危机。1931 年日本并吞了中国东北，中国已是处于未宣而战的战争状态。1932 年 1 月，日军轰炸上海，闸北地区的几家大出版社便无法继续出刊了。同时，这场战役也摧毁了中国最大的图书馆之一，包括里头约莫五十万本的馆藏，都在三天三夜的大火中燃烧殆尽。[3] 同时，蒋介石领导下的国民政府与曾经的盟友共产党反目成仇，以至于 1930 年代充满了针对学生、工会人士等人的屠杀、逮捕以及刑求。左倾的中国作家开始以惊人的频率遭到暗杀，同时如同鲁迅说的一样，对于炸弹满空、河水漫野之处的人们来

---

[1]　见苏汶《关于"文新"与胡秋原的文艺论辩》，《现代》第 1 卷，第 3 号（1932 年 7 月），第 378—385 页；以及鲁迅《论"第三种人"》，《现代》第 2 卷，第 1 号（1932 年 12 月 1 日），第 162—165 页。亦见苏汶《"第三种人"的出路》，《现代》第 1 卷，第 6 号（1932 年 10 月 1 日），第 767—779 页（该期还包括苏汶和舒月写的相关文章）。苏汶（也就是杜衡，1907—1964）从现代主义作家施蛰存（1905—2003）手中接下了《现代》的编辑位子。1935 年，这家杂志社由国民党接收，并安排了新的编辑。国民党控制下的版本只出了三期。感谢 Richard King 和我分享他手上的这本杂志。

[2]　见 Jenkins, *What Made Pistachio Nuts?*, 31、26–58。

[3]　郑逸梅《郑逸梅选集》第 1 卷，第 762—763 页。

说，他们也没有幽默的余裕。①

除此之外，幽默在另一位左翼评论家眼中，是被阶级玷污的产物：一般人做了会被认为是不诚实的行为，上流人士可以用"幽默"一语带过。② 有幽默感就是有优越感。1935 年，《自由谈》的一位评论家批评幽默运动，说它只造就了一群自卖自夸的假幽默家、没有用处的小讽刺家，以及一群有钱有闲的人，"坐在沙发里，抽着吉士，啜香茗，唛唛嘴，叹了一声'闲适'的气，然后翻开二十世纪《笑林广记》，讲了几句'发松的'半俏皮半正经的话。惹得大家作'会心的微笑'"。幽默只有在被当作暴露社会黑暗面、鼓吹改革的工具的时候，才能真正发挥它的潜力。③

还有一群人，是以风格为理由批评幽默。在 1934 年林语堂的《小评论家》专栏中的一篇文章中，二十四岁的钱锺书痛批："这个新幽默（其推行者正是林博士本人）不过是被写小了的老幽默；既没有拉伯雷的诚恳，也没有莎士比亚的深度。反倒是充满了细琐的小智慧、矫情，还有更重要的是……（对于晚明文学辉煌时代的）怀旧情绪。"④《人间世》的编辑徐讦在林语堂过世后写道，他对于明代公安派"性灵说"的热情，就像"西方人第一次看到中国文化"一样。对"从小就完全受中国文化教养的

① 鲁迅《〈论语〉一年——借此又谈萧伯纳》，《论语》第 25 期（1933 年 9 月 16 日），第 16—18 页。相对于国家的暴力，有一位叫作施剑翘（1906—1979）的女性在 1935 年为报杀父之仇而刺杀军阀孙传芳后，获得了大众的同情。这有一部分是因为媒体报道的态度所致。见 Lean, *Public Passions*，尤其是第 2 章。

② 一知《论雅俗共赏》，《太白》第 2 卷，第 3 号（1935 年 4 月 20 日），第 100—101 页。

③ 孟加《杂论幽默》，《申报》第 22264 期（1935 年 4 月 19 日），第 17 页。有位韩国读者的评论更加强了 1935 年早期，《论语》可能已经开始失去方向的印象："林语堂的《论语半月刊》是幽默（yumoŏ）文学的最佳代表……刚开始，这本杂志在政治与讽刺上做得不错，但最近它的品质下降了，只剩下低级的品味和嘲讽。"见 Kim Kwangju《중국문단의현세일별（4）》（中国文坛的现势一瞥〔4〕），《东亚日报》（1935 年 2 月 8 日），第 3 页。

④ Ch'ien, "The Little Critic: Apropos of 'The Shanghai Man' ", 1076–1077.

人听来"（林语堂小时候上的是教会学校），林语堂所谓的幽默"实在并没有什么新鲜，称为幽默，也只是低级的幽默而已"。①

后来成为现代中国文学泰斗的钱锺书补充说，"《论语》半月刊所发起的幽默风潮来自上海的知识分子，这并不是意外"。也有其他评论家将幽默视为"上海派"的产物，虽然其实许多投稿《论语》的人都才刚搬到上海不久，包括林语堂自己。② 住在北平的周作人则是彻底否认这种说法：上海文化是极端庸俗的，而幽默讲的却是中庸。③

在老舍看来，这种攻讦乃是现代化的副产品。从专制帝国转型到民国之后，中国的优缺点全都被迫成为这个新民族国家的一部分。1911 年的革命带来了许多新的概念，像是国语、国学、国文、国术，以及国耻。同样，写些不重要的东西也不再只是道德问题，还是国家问题。老舍曾开玩笑地说，若是小品文或"中品文"（这样的分类其实并不存在）都不能满足宏大的需求，那大家也许该考虑开始写"大品文"。④

幽默运动的推行者因战争四散他方多年后，仍旧持续被人批判。1953年——共产党控制中国并成立新政权后的第四年——夏志清在美国将那位"中国的学者兼幽默家"描述为"不折不扣的道家享乐主义者"："他没有狄更斯那种外向的、对他人的兴趣，而是竭尽全力描写着自己生活中的小确幸与小失落。他之所以成为一位幽默家，常常仅是因为用一种哲学的、容忍的态度看待世上的蠢事、迷信和野心。"他在绝大多数状况下，"都只

---

① 徐讦《徐讦文集》第 11 卷，第 150 页。

② 徐懋庸《杂谈幽默》。

③ 周作人《上海气》，收录于周作人《周作人经典作品选》，第 132—133 页。（文章题"1936 年 2 月 27 日，书于北平"。）

④ 《老舍来信说》，《申报》第 21459 期（1933 年 1 月 1 日），第 23 页。在这篇文章中，老舍将捏造的"大品文"文体和"麟毛凤角"与"大玩意"扯在一起，故意混合了一般对于稀有和琐碎的比喻。

是个小作家。他假设人是一种可爱的生物，并编造出一种文学公式，用以迎合读者的优越感。他的思想世界就和那些充斥着可爱婴儿、舒适客厅以及闪闪发亮的电冰箱的女性杂志一样舒服"。这种"幽默邪教"只不过是现代庸俗乐观主义与自满的症状之一罢了。[1]

1939 年，钱锺书刚回国，在昆明的西南联合大学任教，他写了一篇短文，标题是《说笑》，文中的议论足以证明文学学者理查德·凯勒·西蒙（Richard Keller Simon）的看法，即最好的滑稽写作能够"将自己的分析隐藏在嬉笑怒骂中，有时藏得够好，甚至无法简单地读出其意图"。[2] 此时对日抗战进入第三年（中国在 1937 年正式宣战），距离《论语》席卷中国已有七年，幽默的全盛辉煌似乎已成往事。"自从幽默文学提倡以来，卖笑变成了文人的职业。幽默当然用笑来发泄，但是笑未必就表示着幽默。刘继庄《广阳杂记》云：'驴鸣似哭，马嘶如笑。'而马不以幽默名家，大约因为脸太长的缘故。老实说，一大部分人的笑，也只等于马鸣萧萧，充不得什么幽默。"[3]

"卖笑"一词如第一章所述，指的是类似于交际花、妓女和歌女的行

---

[1] 见 Hsia, "The Chinese Sense of Humor"。夏志清附和了 1933 年 Van Wyck Brooks 对马克·吐温的说法，认为"一个幽默家的诞生，就是一个艺术家的死亡"。Brooks, *The Ordeal of Mark Twain*, 265.

[2] Simon, *The Labyrinth of the Comic*, 243.

[3] 这篇文章最早的版本出现于 1939 年 5 月的《冷屋随笔》，这是昆明文学期刊《今日评论》上的一个系列。标题《说笑》是在修订后、收入钱锺书 1941 年的文集《写在人生边上》时才加上的。标题除了"讨论笑"的意思之外，还有说笑话以及单纯字面上的"说"与"笑"两层意义。清代早期学者刘继庄（名献廷，1648—1695）的《广阳杂记》是一本收录了各种史学、法学、政治、地理、农业、医学、艺术等主题论著的笔记。西南联合大学是战时钱锺书的母校清华大学与其他几所大学合并的产物。关于钱锺书对林语堂的敌意，在钱锺书后来的作品《人兽鬼》《围城》（其中将林语堂的"不朽大著"《吾国与吾民》与《家庭布置学》和《照相自修法》并列）中也能看到，请参考笔者的《批眼》一文。

为。[①] 虽然钱锺书没有指名道姓，他却说幽默运动"只添了无数弄笔墨的小花脸。挂了幽默的招牌，小花脸当然身价高增，脱离戏场而混入文场；反过来说，为小花脸冒牌以后，幽默品格降低"。幽默的精髓不在丑角，而是在观众。钱锺书引用柏格森（Henri Bergson）的《笑》（*Le Rire*），主张幽默"一经提倡，自然流露的弄成模仿的，变化不居的弄成刻板的"，因而破坏了其精髓。"把幽默当为一贯的主义或一生的衣食饭碗，那便是液体凝为固体，生物制成标本。"德国幽默学者就示范了这种错误态度，他们"因为德国人是做香肠的民族，错认幽默也像肉末似的，可以包扎得停停当当，作为现成的精神食料"。林语堂和他的同事或许想要从如银币敲击声一般悦耳的"银笑"（silvery laughter，乔治·梅瑞狄斯创的词）中得利，但他们这种幽默却只给出了混铅伪币钝浊声音一般的钝笑。

人民的幽默

《论语》的支持者早就预见了像钱锺书这样的批评声浪。邵洵美在 1935 年以编辑身份讽刺地写道："提倡幽默本是最不幽默的事；反对幽默却似乎幽默。"[②] 林语堂也很清楚"根据旧时代的传统，只有小丑会屈尊于在公开场合开玩笑"。[③]他们可能也熟悉英国新闻人 W.T. 史蒂德将马克·吐温比为弄臣的说法：弄臣一直是"社群中最受欢迎的成员之一，但说也奇怪，随着他愈被接受，就愈少欢迎"。[④]1936 年林语堂搬到了美国，《论语》在没有他的定期投稿下又撑了一年，直到 1937 年因战争而被迫停刊

---

① 歌女可能会对客人强调自己"卖笑不卖身"。

② 邵洵美《幽默真谛》，第 821 页。

③ Lin, *With Love and Irony*, 81.

④ W. T. Stead, "Mark Twain", *Review of Reviews* 第 16 册（1897 年 8 月），第 123 页。

为止。① 全增嘏（以前就替林语堂代打过）和其他至少六个人，包括美国记者项美丽（Emily Hahn）在内，则轮流努力着让《中国评论周报》的《小评论家》精神不灭。两份刊物都倚靠机构运作的力量撑持，但却少了林语堂人格特质带来的火花。《中国评论周报》1938 年一篇讨论到《生活的艺术》的文章指出，过去两年"以人生乐趣为题的书籍，超过了大战以来的任何一个时期"。② 但这时《小评论家》已是明日黄花，《中国评论周报》充满了战争相关的新闻，直到 1940 年它也停刊为止。

在战时，中国的作家与艺术家纷纷将矛头指向假爱国者以及乱世投机分子。流浪汉喜剧在大后方盛行，风俗喜剧与滑稽小说则在上海沦陷区大行其道。漫画铺天盖地，而幽默学者则在逆境中继续生存。③ 同时，钱锺书和妻子杨绛，以及张爱玲，则以讽刺、幽默、伤感作家之名大获成功。1941 年，一家上海的出版社利用作家大量出走的机会，将《论语》中的文章与其他鲁迅、梁实秋、宣永光（畅销文选《妄谈疯话》作者）的文章集结成一本书《怎样使骂人艺术化》出版。《论语》不再是以闲适的资产阶级人文作品的面貌上市，而成了一本教人以绅士的方式骂人的指南。④

---

① 林语堂担任《论语》编辑只到 1933 年为止。1930 年代后来的编辑包括陶亢德（1908—1983）、邵洵美，还有林达祖。林达祖将林语堂的专栏《我的话》换成了自己的《他的话》。

② "Humor and Humanity"，《中国评论周报》第 20 卷，第 1 期（1938 年 1 月 6 日），第 3 页。

③ 例如在 1944 年，商务印书馆出版了冯沅君的论文，当中比较了中国从先秦至西汉的弄臣，以及欧洲中世纪的 fou（愚人）。见冯沅君《古优解》。冯沅君的论文年份是 1941 年夏，写于广东（第 91 页）。

④ 舒亦樵的《怎样使骂人艺术化》分为五部。第一部是梁实秋《骂人的艺术》，标题改为《骂人的技术》；第二部则是《幽默的骂人术》。宣永光（1886—1960）是《妄谈疯话》的作者。如前所述，投稿《论语》的人对于骂人并没有像同人戒条所显示的那么反感。在《论语》复刊后的最后一段期间，有份投稿建议将中文里的骂人话在合理的范围内戒留下来。因为从美国总统杜鲁门氏（Harry S. Truman）拿 "son of a bitch" 骂人的频率看来，"可见外国的月亮，并不比中国底来的好"。见彭学海《从 "S.O.B." 到 "国骂"》，《论语》第 174 期（1949 年 4 月 1 日），第 2434—2435 页。

1942 年，伪"满洲国"傀儡政权的"首府"新京（长春）出现了一本未经授权的《老舍幽默集》，将这位满人作家的轻松作品纳编为日本帝国所用，但同时其作者本人却在南方替反抗势力写作。①

1946 年 10 月 20 日，也就是日本投降后一年，中共晋冀鲁豫中央局机关报《人民日报》上头刊载了它称之为"人民的幽默"的例子：

> 在时事讨论中，有一位工人站起来发言，他说："蒋介石打内战是打他的爹！"众人问是什么理由？他接着说道："孙中山先生在世时创导三民主义，实行三大政策，主张建立一个独立、民主、和平的新中国，孙先生死后称为国父，不孝子孙蒋介石视国父主张于不顾，实行卖国、独裁、内战，这不是在打他的爹吗？再说，衣食是父母，蒋介石吃着百姓的穿着百姓的，今天与百姓为敌，这不是打他的爹吗？"众人听罢，不觉哄然大笑。②

这是抗战后的内战期间、距离他们的革命成功还有三年，此时的中国共产党开始将幽默从都市精英的特权，转化为人民的共同资产。

在这则笑话刊出后过了一个多月，《论语》在上海复刊了。长期投稿《论语》的李青崖担任编辑，并开始征求新作品。许多长期的投稿者都回来了，但老舍和林语堂两人都在美国，因此没有归队。③ 1947 年 2 月，《论

---

① 这部作品的"编者"是一位叫尹汐的人。"中研院"中国文哲研究所图书馆藏有此书。这部作品虽然版权页上没有提到是老舍的作品，但在笔者列的参考书目中还是如此列出。

② 金波《人民的幽默》，《人民日报》第 154 期（1946 年 10 月 20 日），第 3 页。1946 年 12 月 20 日和 1947 年 1 月 5 日发行的两期《人民日报》（当时还写了英文报头 Rhenmin Rhbao）也刊登了幽默作品《拟幽默小品》，亦即《论语半月刊》所推行的写作风格。

③ 李青崖是一位法语文学作品的译者，他在 1932 年提出"语妙"这个译法，来取代林语堂的"幽默"。到 1946 年，他担任编辑之后又再度使用自己推行的音译。见李青崖和林语堂《"幽默"与"语妙"之讨论》，《论语》第 1 期（1932 年 9 月 16 日），第 44—45 页。复刊后的 （转下页）

语》注意到了海外对于幽默运动的回响：高克毅的《中国幽默文选》(*Chinese Wit and Humor*) 在纽约出版，里头摘录了《论语》的文章，还附了林语堂写的导论。复刊的《论语》在国共内战与恶性通膨的环境中活跃着，但最后在 1949 年后停刊。

1930 年代的幽默现象是近现代中国笑史上的重要时刻。幽默这个概念也是颇受欢迎的：即使林语堂对于幽默的主张不见得特别新颖，但还是成功地让笑成为一般大众的文化议题，远胜过他的前人。[①] 这一期间的幽默论战常被史学者拿来当成林语堂和鲁迅（偶尔再加上老舍当作配角）的两人大战而津津乐道，其论战范围广泛而复杂（甚至是混乱），因为少有参与者真的依照自己奉为圭臬的作者风格来写作。此时，幽默成了其他无法被讨论的议题——例如言论自由——的替代品。但不若当代上海许多昙花一现的文化流行，幽默一词存活了下来，并改变了中国人讨论笑的冲动本身的方式。

"幽默年"将"幽默"奉为新的标准词语，用来描述喜剧感性和笑法，这在以往是用许多其他词汇描述的。幽默成了中国重新衡量其文学传统及其在世界中地位的文化标准。一个人可以讨厌特定类型的幽默，但这只是个人或小团体间的矛盾而已。幽默本身就是一种美德，它代表着宽广的心胸、理解、智慧以及理性。拥有幽默感即是拥有宽阔的同理心，而这正是

（接上页）《论语》，首次提到幽默这个话题，是李青崖的书评《大战中的语妙小品之一斑》，《论语》第 118 期（1946 年 12 月 1 日），第 38—39 页。第 119 期中，发行人邵洵美所写的一段文字举例说明了这份刊物用词上的不一致，一方面承诺读者会刊登"幽默"插画月历作为补偿，一方面又征求"语妙"的文章和漫画。虽然李青崖只担任了几期的编辑，但这份刊物直到停刊为止，都还是混合使用两个词。回来投稿的人包括陈子展、丁聪、丰子恺、吴祖光、俞平伯、张乐平、赵景深还有沈从文。

① 举例来说，钱锁桥就主张林语堂的重要是在于让幽默与中国人之间产生联系，而不是"他原本对于幽默观念建立的贡献本身"。见 Qian, "Translating 'Humor' into Chinese Culture", 279。

社会分化所造成的普遍相互鄙视的解药。既然论战的主题已经变成真幽默与假幽默之争、传统幽默与现代幽默之争，"滑稽"等其他原生于中文的词汇突然间就显得过时了。[①]

　　幽默作为一个理想化观念的成功，让推广幽默变成是多余的事情。幽默与善良一样，不再需要任何的推广。即使战火与革命将1930年代的幽默时代贬为过去式、其多数论争也都在历史中模糊，幽默一词却自然而然地在中文中保留了下来。然而虽然今天有些中国人已不知其来源，幽默的发音本身仍提醒人们它的外国出身。有一种说法是，中华文化的道德观与感性无法配合幽默所需的合理宽容。1930年代的理论家与评论家因此认为幽默甚是冒犯，而这同时也是这个词语即使到了今日，都仍可能使人们觉得不自在的原因之一。"咖啡"（coffee）是物品，因而可以被轻易地接受，但"幽默"作为一种道德价值，从语言本质上来说，仍然是一种外来的东西。

---

① 高克毅（George Kao）是《论语》的好友，他在1946年写道，1930年代的幽默家发现"滑稽"已经"过时且腐坏了"。见 Kao, *Chinese Wit & Humor*，第 xxii 页的编者序。

尾声 笑死 Epilogue

那是旧中国那空洞而回荡的笑声，在它的鼻息之下，每朵希望
与热情的花朵都必然凋零而死。

——林语堂，1930[①]

我们是否废除讽刺？〔不是的，讽刺是永远需要的。〕

——毛泽东，1943〔1953 年修订〕[②]

这是近现代中国第一个，但不是最后一个大不敬的年代。本书中提
到的每一种笑，都以某种形式，在一连串将幽默从 1930 年代全盛时期带
入尾声的事件当中存活了下来。1937 年对日宣战、1945 年继续的国共内
战、1949 年的中华人民共和国建立，都各自破坏了某些喜剧文化，并创
造新的取而代之。就像《新笑史》在 20 世纪早期的出版市场一再出现一
样，"你听过这个笑话吗"和"说个笑话来听听"的历史，也同样一直在
寻找新的笑料。

举例来说，女人在 20 世纪早期常被用作仇视女性笑话的笑点。虽然
这可以简单地用传统父权心态的遗迹来解释，但它同时也侧面反映了女人

---

① Lin Yutang, "Chinese Realism and Humour"，《中国评论周报》第 3 卷，第 39 期（1930 年 9 月
25 日），第 926 页。

② 关于毛泽东在 1942 年演讲的 1943 年抄本和 1953 年出版的修订本，见 Mc Dougall, *Mao Zedong's
"Talks at the Yan'an Conference on Literature and Art"*，80–81、102 注 235。

在中国社会的角色愈来愈显著。史学家戴安娜·拉里（Diana Lary）指出，由于抗日战争让男人离开家庭、使家庭崩解，因而给中国女人制造了机会。[①] 这同时也改写了现代中国滑稽写作的历史。萧红、杨绛、苏青和张爱玲开始写出脍炙人口、有趣的作品，同时"敲响中国女人在性别歧视环境下困境的一记警钟"，而不需要将女性描写成受害者。[②]

杨绛以都市资产阶级为题，写了三部风俗喜剧，其中《游戏人间》继承了 1890 年代一部轻佻剧的主题。[③] 苏青 1944 年的小说《结婚十年》是一部半自传式的婚姻讽刺剧，它的人气引发了一部短篇的问世，名叫《求婚十年》，其作者正是徐卓呆。徐卓呆的延伸创作将苏青写进了他 1928 年《女性的玩物》的新版本，描述一位神秘的人气女作家引诱男性读者在公开场合出丑的故事。在这个恶性通货膨胀的新年代里，向彭弗契（碰不起）小姐求婚者有两千五百名（邱素文则只有一千二百三十四名），买两张票带彭女士去看戏要花二千元了。他们不是身上带花，而是带着这位碰不起的小姐的书《求婚十年》，原价二百五十元（二百五是上海俚语"笨蛋"之意），但今天忽然要卖一千元了。[④] 当年六十六岁的徐卓呆又玩起了老把戏，但这次欺骗让他的女主角成了百万富婆。

女人也会回应著名的男性作家。在 1947 年由张爱玲编剧的风俗喜剧

---

① 见 Lary, *The Chinese People at War*, 6、97–98。

② 关于苏青、杨绛和张爱玲作品中反重男轻女的笑声，见 Amy Dooling 的 *Women's Literary Feminism in Twentieth Century China* 的第四章（正文里的引文出于第 140 页），还有他的期刊论文 "In Search of Laughter"。

③ 可惜，杨绛的《游戏人间》已经佚失。关于杨绛（1911—2016）1940 年代的舞台喜剧，见 Amy Dooling, "Yang Jiang's Wartime Comedies; Or, the Serious Business of Marriage"，收入 Rea（编），*China's Literary Cosmopolitans*，第一章，以及前注中提到的书籍和文章。杨绛的剧作为她赢得具有喜剧作家天分的名号，比她的丈夫钱锺书还要早。

④ 苏青《结婚十年》。徐卓呆《求婚十年》，《七日谈》第 8 期（1946 年 2 月 6 日），第 8 页。重印于孟兆臣编《方型周报》，第 3 卷，第 360 页。

电影《太太万岁》的第一幕中，少奶奶告诉老太太最近有一出袁雪芬主演的绍兴戏叫作《祥林嫂》。[1]"《祥林嫂》？没听说过。"老太太如此答道。少奶奶回答："听说是一出新戏，挺苦的！""啊！"老太太兴奋地叫起来，"苦戏！越苦越好——我就爱看苦戏呢！"张爱玲此剧是为一群极欲娱乐的群众而写，也正因如此，她将鲁迅的道德寓言描绘成一种供资产阶级娱乐的产品。

据称在 1939 年，毛泽东曾叫人送一本《何典》到他位于延安的战时根据地。虽然这共计二十本书最后应该是没有运到[2]，但共产党执政后，还是大量运用鬼的概念来批判"旧社会"，并巩固自己的执政地位。东北电影制片厂 1950 年拍了电影《白毛女》，其故事改编自民间传说，其中运用了鬼怪的元素。它是一则寓言，讲的是国家的再生，并以一段标语作结："旧社会把人逼成鬼，新社会把鬼变成人。"中国人在抗战时早已运用"鬼"这个称号来骂日本人，而"鬼"现在又再度登上政治文宣的版面。最著名的就是"文革"时期指控的"牛鬼蛇神"。正如刘复创立"鸳鸯蝴蝶派"，最后却失去了引人发笑的特性，而成为整个类型流行文学不带褒贬的标签一样，后来这些"鬼"也变成了脱去讽刺与幽默意涵的一般性描述。

理论上，官方是欢迎笑的。毛泽东发表于 1942 年的《在延安文艺座谈会上的讲话》一系列战时的演讲预告了 1949 年之后的文化政策。在演讲中，他明确允许了两种笑：讽刺与歌颂。在这段演讲 1953 年出版的修订本中，毛泽东重申"讽刺是永远需要的"，并引用鲁迅作为例证。毛泽东宣称他只反对"讽刺的乱用"以及不符合目标的讽刺，不论是对付"敌

---

① 越剧（上海亦称绍兴戏）名家袁雪芬（1922—2011）于 1946 年演出了越剧现代戏《祥林嫂》。该剧改编自鲁迅 1924 年的短篇小说《祝福》，讲的是一个儿子被狼叼走、被视为不祥的可怜女人祥林嫂的故事。1948 年该越剧又被拍成电影《祥林嫂》（南薇导演），由袁雪芬主演。《太太万岁》的故事情节发生在 1947 年。

② 见刘继兴《毛泽东为何爱读奇书〈何典〉？》。

人的"，"同盟者的"，还是"自己队伍的"。①

毛泽东显然没有替"幽默"说话，但幽默家们颇被买账，尤其是连不识字的人都能听懂的相声和说唱艺术。这可能是有史以来第一次，中国的滑稽艺术得到了国家的大力支持，而使滑稽表演艺术很快地成为培养普通群众政治意识的重要工具。但推动这个为政治目的服务的大众幽默表现形式的运动，只能说是成败参半。语言学家莫大伟（David Moser）就认为这个时代的环境"扼杀"了相声前卫而爽快的幽默精神。② 而根据民俗学者Marja Kaikkonen 的说法，多半改良版的相声段子并没有受到民众欢迎。③ 有的历史学家把当时的相声演员比为埃及鸻，这种鸟类清理鳄鱼的牙齿以取得食物，但必须冒着环境的危险。④

1951 年，大陆官方将从美国归来的老舍誉为替革命服务的"人民艺术家"。在这个头衔的光环之下，老舍多次被询问何谓幽默、喜剧和讽刺，并解释它们在新艺术地景中的位置。⑤ 早在 1930 年代，老舍身为温和幽默家的形象就已经遮蔽了他作品中那些滑稽、夸大和消极的成分。他笔下的人物以笑、以泪、以奋斗，经历了人生的努力与虚无。老舍 1957 年的

---

① 见 McDougall, *Mao Zedong's "Talks at the Yan'an Conference on Literature and Art"*, 80–81、102 注 235。

② Moser, "Stifled Laughter".

③ 早期戏院有时会广告新的政治正确的相声段子，但实际上演的却是旧段子。偶见有干部进门，就立即唱起《东方红》。Kaikkonen, *Laughable Propaganda*, 76.

④ Brown and Pickowicz, *Dilemmas of Victory*, 207–231。

⑤ 在《老舍幽默诗文集》的序里，老舍写道："不断的有人问我：什么是幽默？我不是美国的幽默学博士，所以回答不出。"老舍于 1930 年代有代表性的相关论文包括《老牛破车（十）：谈幽默》，《宇宙风》第 22 期（1936 年 8 月 1 日），第 547—550 页；和《幽默的危险》，《宇宙风》第 41 期（1937 年 5 月 16 日），第 208—209 页。老舍于 1950 年代和 1960 年代写的关于幽默、讽刺、喜剧和相声的公开信及文章载于老舍《老舍全集》，第 14 卷，第 433—434 页；第 17 卷，第 419—421、422—424、649—651 页；第 18 卷，第 15—17、25—26、27—28 页。

三幕话剧《茶馆》集他笔下荒诞之大成，剧中王掌柜虽然试着适应晚清、军阀、国共内战三个时代的北京生活，但还是愈来愈悲惨绝望。在最后一幕中，王利发和两位老友哭尽了眼泪，最后反而绝望地大笑，并撒几张纸钱，"照老年间出殡的规矩，喊喊""祭奠祭奠自己"。国民党特务和流氓前来查封他的茶馆，王利发便上吊自尽。① 《茶馆》推出后过了九年，这个顺应时势的作家遭到厄运。"文革"最初的几个月当中，老舍持续遭受红卫兵的虐待与羞辱，到了 1966 年 8 月 24 日，老舍早上出门，晚上他的遗体就在一个湖中被发现。

都市娱乐小说的作家一般都在新一波着重普罗大众与农民的潮流中遭到边缘化。徐卓呆写了几篇回忆录和文章，讲他的"老"上海。他在 1958 年自己的女婿于反右运动期间被迫害至死后不久，就因宿疾去世。② 像林语堂这种资产阶级世界主义者被文学史排除在外。虽然幽默大师在大陆消失了几十年，但南来文人，特别是上海人，仍然让"幽默"在战后香港出版业中取得了一席之地。③ 当时，香港是华语圈拥有自由文化气氛的地方。③ 在大陆，政府推行了一种新的文化观，这种文化观运用的是流传于爱沙尼亚到中国乌鲁木齐的普罗大众当中的民俗幽默。④ 阿凡提（Effendi 的音译）

---

① 关于老舍的闹剧，见王德威《茅盾，老舍，沈从文：写实主义与现代中国小说》，第四章（《沉郁的笑声：老舍小说中的闹剧与煽情悲喜剧》）。

② 苏州地方志办公室的数据宣称徐卓呆死于食管癌。而徐卓呆好友郑逸梅则认为他最后一病不起与他女婿自杀造成的抑郁有关。见邓恩《"东方卓别麟"徐卓呆》；郑逸梅《清末民初文坛轶事》，第 194 页。郑逸梅和徐卓呆于 1950 年代合著的《上海旧话》到了 1986 年才问世。

③ 譬如，香港的《新生晚报》（1945—1976）与《青年文友》（创刊于 1952 年）在 1950 年代初期都常刊载幽默文章。上海来的南来文人如《新生晚报》社长张献励等人独占了 1950 年代和 1960 年代香港的文学副刊。见马松柏《香港报坛回忆录》，第 151—153 页。徐訏（1908—1980）是《论语》半月刊的旧部，也是前《人间世》编辑，他在 1950 年的香港短暂地复刊了《论语》半月刊，大部分的投稿者都与原本不同。

④ 关于 1945 年至 1965 年的"社会主义世界主义"，见 Volland, *Socialist Cosmopolitanism*。

是广泛流传于横跨欧、非、中亚、西亚到新疆的伊斯兰文化传说中的人物。他以他的机智与幽默对抗压迫者、帮助穷苦的百姓。1950 年代，阿凡提"大叔"的故事被翻译成中文，并且大受欢迎。笑话被重新包装成一种民间艺术或者"民间文学"。① 尽管有着毛泽东的提倡，但讽刺家却发现自己没几个可以讽刺的对象。同时，另一种国家认可的形式歌颂喜剧，则将幽默变成歌颂政府政策的工具。虽然有这些政策与管制的存在，毛泽东时代早期的喜剧文化还是比当代所认识的更多样。上海大世界游戏场的顾客其实在 1950 年代有增加的趋势，哈哈镜则一直到"文化大革命"时才被排斥，因为有干部认为它们会让工农阶级"忘记自己的阶级意识"。②

1957 年，在台湾海峡的另一边，一份在台北新出版的月刊试图复兴林语堂 1930 年代刊物的那种"幽默、风趣、讽刺、轻松"。《人间世》与林语堂的刊物同名，也沿用了原本刊物封面上的题字，刊登的则是《论法官脱裤》与《屁臭与脸红》这类标题的文章与诗作。在它横跨四分之一世纪、历经白色恐怖时期的历史中，这份刊物至少两度因政治因素被国民党

---

① 以《民间笑话》为书名的不同笑话集分别于 1951 年在上海、香港，以及 1952 年在台北问世。在台湾出版的笑话集则是收入台北东方文化出版社 1974 年影印版《笑话四种》（*Four Jestbooks*）（见附录一）。1950 年代间几乎所有有关笑话的中国大陆学术著作将笑话冠以"民间"，有些学者将文人笑话独立成另一个类别。

② 据说，大世界游戏场在 1946 年间每日平均卖了 7,000 张票，从 1955 年 5 月 1 日到 1956 年 5 月 1 日每日平均卖了 13,000 张票，一年总共约 4,380,000 张票。其他来源则指出 1955 年的每日售票量介于 10,000—15,000 张之间。上海文化局在 1954 年 7 月接管了大世界，并改变了某些营业内容（例如排除娼妓和吃角子老虎），但哈哈镜留了下来，直到"文革"刚开始时，有一个党的机关宣称"农工阶级在大世界的入口，看着哈哈镜内自己丑陋的影像，不只侮辱了自己，也易于受到资产阶级的攻击，因为他们会忘了自己的阶级意识"（从英文回译）。见 Liang, "The Great World: Performance Supermarket", 103、108、110—111、114。感谢 Jake Werner 提供这篇文章。

停刊一年。[①]林语堂在 1966 年定居台北，他的作品在台湾仍然持续重印。1970 年，第三十七届国际笔会在汉城（今称首尔）开会，讨论主题是"东西方文学中的幽默"，林语堂便特别发表了演说，与他在 1930 年代的论点类似。[②] 1980 年代，作家李敖在被国民党第二次监禁期间，渐渐赢得了类似于吴稚晖那种专骂权贵人士的"名骂"形象。他的文集标题包括《放屁！放屁！真放屁！》(1984)、《你的·我的·他妈的》(1984)、《狗屎·狗屁·诗》(1984)，以及《李敖又骂人了》(1999)。

在中国大陆，大不敬的精神在 1970 年代末期东山再起、卷土重来。毛泽东于 1976 年去世后，"四人帮"就成了官方认可的公开嘲讽对象。自 1978 年改革开放的时代揭开序幕以来，中国就经历了好几波嘲弄、满不在意、游戏态度的风潮。例如在 1980 年代和 1990 年代，小说家王朔就让"玩儿"成了淡漠的都会文化新象征，可说是晚清游戏在北京的回响与痞子文化的融合。冯小刚、姜文以及徐峥等电影导演将喜剧做成了票房金牌，其中姜文偶尔还会踩进颠覆的领域，例如《鬼子来了》(2000) 这类的作品。

在 21 世纪，数字影像拼接与修改的技术已远远超越以前那种用来制

---

① 见李石福《论法官脱裤》，《人间世》(台湾) 第 9 卷，第 1 号 (1969 年 1 月)，第 4—6 页 (《人间世》第 9 卷，第 2 号〔1969 年 2 月〕，第 8—10 页有另一位作者写的续集)；龙不王《屁臭与脸红》，《人间世》第 9 卷，第 5 号 (1969 年 5 月)，第 23 页。该期刊于 1983 年停刊。台湾《人间世》刊名沿袭自 1930 年代《人间世》。徐訏是 1930 年代《人间世》的编辑。他 1968 年时在香港写道，第二次停刊是因为有一篇文章提到一位高官的儿子在大学入学联考中落第，却因其父亲向教育主管部门请求而得以无试保送进入台湾的最高学府台湾大学就读。(那位官员是大成至圣先师〔孔子〕奉祀官、台大中文系教授孔德成，后来出任台湾考试主管部门负责人〔1984—1993〕。)停刊的理由是该刊物违背了其宗旨"轻松幽默"。见徐訏《轻松幽默》，收入《徐訏文集》，第 10 卷，第 337 页。

② Lin Yutang, "Humor in East and West" 收入 *Humour in Literature East and West*，第 167—182 页。林语堂在 1924 年和胡适与徐志摩一同创办了国际笔会的中国分会。1970 年他当选台湾笔会的会长。

造出自己分身的摄影术。以这种技术为后盾，网络滑稽影片大行其道，"恶搞"也成了模仿与嘲弄的新词。① 现在中国每天都有几千人在网络上通过"暴走漫画"诙谐地分享着自己生活中的琐事。暴走漫画通过将既有的人物图片或截取电视、电影上的名人表情串成漫画，并加上对话制成。暴走漫画相当类似于 1910 年代《民权报》所使用的变奏式插画手法。② 还有一种网络上的游戏，是将现有的汉字拼凑而创造新字，就像 1900 与 1910 年代的"滑稽字"一样。举例来说，瘜（脑部残缺之意）是将简体字"脑"和"残"组合而成，它代表在遭遇各种让人无言的事物时所产生的"让我死了吧"的心情，包括看到让人提不起劲的陈腔滥调、无耻的自我推销等等。

就像 20 世纪早期的刊物一样，博客和其他网络分享平台也在不经意间推广了幽默。例如在 2012 年，中国一出主流电视剧就被发现抄袭了一位著名网络作家兼博客作品里的笑话。还有几次中国的记者翻译了美国讽刺周刊 The Onion（《洋葱》）的新闻，并误以为真地在中国传播。③

现代文化的论辩有时也会激起过去的回响。2012 年 11 月，瑞典学院

---

① 精心打扮的婚纱照现在已是中产阶级举行的婚礼仪式的一部分，同时也在全世界的华人社群成为一大商机，其中的幻想成分类似于民国时期的各种"游戏照"。关于目前最深入研究婚纱业界的文章，见 Adrian, *Framing the Bride*。"恶搞"一词的意义包括许多种类的把戏、双关、戏仿，以及混合的行为。关于恶搞，见 Davis and Chey, *Humour in Chinese Life and Culture* 一书中，由笔者撰写的第 7 章 "Spoofing (e'gao) Culture on the Chinese Internet"。

② Chen, "*Baozou manhua* (Rage Comics)". 关于恶搞时代的"滑稽字"，见 *China Digital Times*, www.china digital times. net。

③ 关于笑话剽窃事件，见 Wang, "Much Ado about TV Plagiarism"。关于将笑话的热门程度当作包括中文在内的跨语言网络模因（"小的文化单位"）追踪的研究，见 Shifman and Thewall, "Assessing Global Diffusion with Web Memetics"。假新闻的事在 Wong, "Kim Jong-un Seems to Get a New Title: Heartthrob" 有讨论到。关于 19 世纪一个只译了文章内容却错失作者幽默意图的翻译案例，见第三章有关 *Puck, or the Shanghai Charivari* 的讨论。

将当年的诺贝尔文学奖颁给了莫言，他是一位以黑色幽默小说反思和审视历史与当代闻名的作家。这个奖项让文学评论家再度看到莫言文风中的独特价值：他大胆的肉欲描写、他融合毛泽东式的修辞和大众语言，还有瑞典学院称之为带有"魔幻写实主义"的狂暴情节。对中国人来说，诺贝尔奖是期望已久的奖项，代表着中国的文学成就终于获得了国际肯定。莫言是第一个赢得诺贝尔文学奖的中华人民共和国公民。

然而这个消息也马上就招来了反弹。在中国国内，有一群评论家批评莫言没有利用自己的地位为言论自由发声。中国以外最尖锐的批评来自林培瑞，他责怪莫言用"娴熟的调笑"转移了大众对于历史灾难的注意力。在莫言的《生死疲劳》中，一名"文革"时期批斗大会的受害者陈县长被控和母驴通奸，使母驴怀孕，而另一位平时嗜吃驴肉（特别是驴生殖器）的范书记则被逼着吃"仿驴屎"。林培瑞指出，当"文化大革命"真正受害者的后代读到这些情景的描写，"笑不出来也是情有可原"。林培瑞主张，莫言没有作出真正的批判，因为"（将具有危害性的题材）当作笑话处理，也许比直接禁掉要来得好"。[①] 林还说，莫言并不是唯一一个这么做的人。当代其他作家也运用了"娴熟的调笑"，"要么避免这些（禁忌）话题，要么想办法侧面处理这些话题"。[②]

[①] 林培瑞在这篇替《纽约书评》（*New York Review of Books*）写的文章中提到，当某种深入的讨论受限时，"莫言的解决方法就是借由激起某种愚蠢的笑闹来面对'敏感'事件，而且这方法也不是只有他在用"。举例来说，莫言谈论"大跃进运动"所造成饥荒的方法"疯得很好玩，但却不提背后的灾难"。见 Link, "Does This Writer Deserve the Prize"。

[②] Link, "Politics and the Chinese Language". 在这篇 2012 年 12 月的网络文章中，林培瑞进一步厘清并延伸了他在《纽约书评》那篇文章的论点，并多次使用"娴熟的调笑"一词。参见《纽约时报》转载并翻译的双语版：https://cn.nytimes.com/culture/20121227/c27perrylink/dual/，2018 年 9 月 1 日访问。

于是笑又再度不只是文风问题，也是一位作家具有道德情操与否的问题。莫言确实有着粗俗、讽刺、模仿、滑稽、大胆的风格，但他的不敬够不够大呢？他有发出适当的道德呼喊吗？他的作品会促成社会改变吗？当然，不是每个人都认同文学必须要为社会或政治目的服务，但一部分中国作家却也发现了与林培瑞类似的问题。

位于政治光谱上不同位置的当代重要作家们也多次说道，被强迫公开表示强烈情感的经验，影响了他们的创作和人生观。莫言在诺贝尔奖致辞时讲了一个故事。1960 年代他上小学的时候，到校外参观一个苦难展览。所有人都在老师的讲述下放声大哭。其中有一位同学没有一滴眼泪，反而为这一景象感到惊讶与困惑。包括莫言在内的许多同学为此向老师告了状，让这位同学受到了惩罚。多年来，莫言都为此感到内疚。这教了他一课："当众人都哭时，应该允许有的人不哭。当哭成为一种表演时，更应该允许有的人不哭。"[1] 余华是另一位当代小说家，他则记得 1976 年毛泽东逝世时，他的中学同学全都泪流满面，这景象却让他忍不住笑得发抖的事情。[2]

若诚如格言所说，历史会重演，第一次是悲剧，第二次就是闹剧，那么鲁迅 1924 年的短篇小说中，祥林嫂的自我重复是一种无知，而张爱玲 1947 年在作品中提到她，则是一种故意的滑稽与讥讽——讥讽的对象是当时渴望泪水的观众。张爱玲那个时代的作家，运用笑来对抗学者杜爱梅（Amy Dooling）所说的"走向平庸的潮流"。（可以想见，在毛泽东时代，祥林嫂这位可怜农民阶级女性人物的悲剧故事在演出时，并不会带有任何

---

① 参见莫言 2012 年 12 月 7 日在中国驻瑞典大使馆欢迎酒会上的演讲《讲故事的人》。

② Yu Hua, *China in Ten Words*, 34-35.

反讽的意味。）[1] 这段历史令人不安的一点在于，作家与批评家继续以悲伤的口吻不断重写这些历史的故事，形式学者刘绍铭口中"涕泪交零的现代中国文学"的文化。[2] 莫言成功的一大讽刺，就在于中国文学是在将痛苦以笑呈现时，才得到国际上最大的成功与最高的名望。

本书尾声的标题是《笑死》。在笑的历史盖棺论定之前，这一词又给了一次答辩的机会。这个标题结合了"笑"和"死"，可以有许多不同的理解方式。它可以指先笑再死、嘲笑死者、笑看死亡、笑声死灭，也可以是最常见的笑得快死的意思。关于 E. B. 怀特所说的那只不幸的青蛙，我们可以说正是通过解剖（《何典》过路人序里称之为"嚼字咬文"），作家才能赋予事物生命，并确保物种的生存。现在有很多故意使人发笑的东西都可以叫作"搞笑"。"搞"这个动词呼应了革命用语（不论是"搞生产"还是"搞革命"），无论如何要把它"搞到"。[3] 从滑稽、幽默到搞笑，跟笑有关的语义持续改变，但我们至今偶尔还听得到批评家老调重弹。

---

[1] 引用自 Dooling, *Women's Literary Feminism,* 143。谢晋 1964 年的电影。《舞台姐妹》中出现了一段与鲁迅故事有关的机会教育片段。该片的背景是 1935—1950 年。在 1946 年，也就是鲁迅逝世十周年，一位激进的女记者带了一位年轻女演员从乡下来到上海一个鲁迅作品延伸创作的展览。女演员看着祥林嫂的版画，把自己想象成是（并且最后也在舞台上演出）那位"不祥之物"。虽然该部电影忠于革命立场，但最后还是难逃被禁的命运。见 Marchetti, "*Two Stage Sisters*"。关于历史重演的格言一般认为是马克思说的："黑格尔在某处曾提到，所有世界历史上的事实和重要人物都会出现两次。但他忘了说：第一次出现时是悲剧，第二次出现时是闹剧。"见 "The Eighteenth Brumaire of Louis Bonaparte"(1852)，可于下列网址找到：www.marxists.org/archive/marx/works/1852/18th-brumaire/ch01.htm，2018 年 10 月 26 日访问。关于此格言的错误引用，见 www.Marxists.org/glossary/terms/h/i.htm#history-repeats，2018 年 10 月 26 日访问。

[2] 见刘绍铭《涕泪交零的现代中国文学》。王德威引用了刘绍铭的话，同时也提到了这个难题，他说"哭泣与呐喊之外，另有一种笑谑传统已暗暗存在"。见王德威《历史与怪兽》，第 140 页。如我们所见，笑并不总是被消音的。

[3] 关于这个"形式动词"和它与官方文化的关系，见 Link, *An Anatomy of Chinese*，特别是第 17—19 页和第 271—272 页。

2006 年，知名作家残雪在她的博客写道："我认为，中国人一般来说是没有幽默感的，只有滑稽。"① 要么说，幽默与中国人的天性不合；要么说，中国人把它当作民族性不可避免的一部分，同时也把悲剧性的错误当作是笑话来嘲笑。然而讽刺的是，这类精英式的一概而论之所以能够成立，只是因为四分之三个世纪前，有着一场幽默运动的成功，还有一个幽默年的存在。这幽默年所代表的，并不是至当年为止各种幽默的集大成，而是开启了另一幕现代中国没有完成的喜剧。

---

① 见残雪《幽默》，残雪的博客，2006 年 6 月 22 日帖（http://blog.sina.com.cn/s/blog_46eacfc90100048p.html，2018 年 10 月 26 日访问）。

附录一　中文幽默笑话文集选录，
1900—1937 年

　　这份尚未完整的清单包括各种笑话、文章、诗词、轶事与故事集，以及混合前述类别的选集。清单中没有收录专门的幽默歌谣、戏剧、漫画、讽刺画等类别的选集。作品列入本列表的主要标准，是其本身是否明确地在标题、副标题、前言或其他副文本中主张其内容好笑——而非作品本身是否真的好笑。清单中所列书籍以笔者个人检阅过或可靠来源（例如北京图书馆编《民国时期总书目》）中所列举之最早版本为主。其他已知版本会在注解处列举，不明的项目则会留白。

出版年	书名	编著者	出版地	出版单位	注释
1903	时谐新集	墨隐主人	香港	中华印务有限公司	有香山郑贯公序。
1906	真正笑林广记	游戏主人	上海	上海书局	共4卷。18世纪的笑话选集的一个版本。HathiTrust Digital Library有该书电子版。
1909	俏皮话	吴趼人	上海	群学社	183页共有100多则笑话。笑话原刊于《月月小说》。
1909	优语录	王国维			剑桥大学图书馆藏有1909年手稿的影印本。书名亦作《优语录一卷》。有宣统改元（1909年）王国维序。亦收入1932年上海六艺书局出版的《唐宋大曲考》，记载文言轶事，共16页。有上海商务印书馆1940年版本。

续表

出版年	书名	编著者	出版地	出版单位	注释
1910	滑稽文集	砚云居士	上海		有三篇序言，其中一篇写于1910年。1980年台北重印版。
1910	绘图学堂笑话，一名学堂现形记		上海	改良小说社	再版。2册共有134页。有6幅插画。第一页说作者名为"老林"，该书的"原名"为"学究变相"。副标题："滑稽小说"。共25章。澳大利亚国家图书馆藏。
1911	笑话奇谈		上海	益新书局	《新编增补清末民初小说目录》（2002; x0623）有登录。附插画。石印本。
1911	新鲜笑话奇谈		上海	振声小说社	2册。上册52页，下册55页。附插画。石印本。可能是根据上列版本。中国国家图书馆藏。
1911	兴汉灭满滑稽录				共12页。文言。石印本。
1912	笑话新谈	李节斋	上海	广益书局	初版。2册各52页。石印本。附插画。栏外标题："最新笑话新谈"。有上海沈鹤记书局1913年版本。
1913	呆子的笑话				共130页。初版年来自台北东方文化书局1974年影印本：娄子匡（Lou Tsu-k'uang, 1907—2005）主编。
1913	滑稽丛书	胡寄尘	上海	广益书局	上海广益书局于1914年出版的《滑稽丛书》有2册，作者为海客。
1913	（共和国）新哈哈笑	〔李〕节斋	上海	沈鹤记书局	共42页。石印本。附插图。
1913	冷笑丛谈	群学社图书发行所	上海	群学社图书发行所	共196页。文言。内容包括13篇翻译小说。1914年再版。《新编增补清末民初小说目录》（2002; 10380）。

续表

出版年	书名	编著者	出版地	出版单位	注释
1913	民国新哈哈笑	〔李〕节斋	上海	石印局	共1卷。附插图。有关此书的资料来自中国国家图书馆网站目录。另可参考《（共和国）新哈哈笑》。
1913	捧腹谈	胡寄尘	上海	广益书局	副标题："新解颐语"。共100页，117则笑话。文言。有"编者识于神州报社"序。1913年5月初版；1915年12月再版，定价洋1角5分；1915年新版，定价洋1角5分；1927年10版。
1913	袁项城政治笑话	常秋史	北京	宪法画报馆	共70页。附插图。
1914	破涕录	李警众 沈肝若	上海	民权出版社	共6卷，附录《破涕续录》。有徐枕亚、胡寄尘、李定夷等序言；有1923年申报馆版本。哥伦比亚大学 C.V. Starr 东亚图书馆和澳大利亚国家图书馆所藏的版本有不同的封面画。
1914	文苑滑稽谈	云间颠公〔雷瑨〕	上海	扫叶山房	共6卷。1924年再版。内有云间颠公《最新滑稽杂志》的广告。《扫叶山房书目》（1915）中标有书价：1.2元。
1914	笑世界初编	绍兴《笑报》编辑部	绍兴	笑报	共172页。文言。由绍兴《笑世界》杂志编辑所编纂。
1914	笑林十则	邯郸淳	上海	商务印书馆	最早中国笑话集之一（约莫公元3世纪）的新版本。
1914	最新滑稽杂志	云间颠公〔雷瑨〕	上海	扫叶山房	共6卷。《扫叶山房书目》中标有书价：0.8元。
1915	对译台湾笑话集	川合真永	台北	台湾日日新报社	共50则笑话。有1914年序。台湾"国家图书馆"藏有台湾日日新报社1919年版本。1920年台北河野道忠编纂的版本共125页，内文为汉字及平假名，柴辻诚太郎发行。

出版年	书名	编著者	出版地	出版单位	注释
1915	滑稽文选	〔雷瑨〕	上海	扫叶山房	共6卷。有云间颠公〔雷瑨〕序。《扫叶山房书目》中标有书价：1.2元。
1915	我佛山人滑稽谈	吴趼人	上海	扫叶山房	共2卷，100多则笑话。有云间颠公序。内有其他书的广告。《扫叶山房书目》中标有书价：0.3元。1926年版有74页。
1916	古文滑稽类钞	顾余	上海	中华书局	有1913年9月序言。1930年7版；1936年9版。包括汉代到清代之间90则古文。文章皆标明作者。
1917	广笑林	李定夷	上海	国华书局	共4卷，206页，200则笑话。1917年4月初版；1917年7月再版。书名根据《民国时期总书目》所载。澳大利亚国家图书馆藏的李定夷《广笑府》（出版年不详）有可能是同一本书。
1917	清稗类钞	徐珂	上海	商务印书馆	这部48卷的轶事选集当中包括讥讽类550则、诙谐类350则。见台湾商务印书馆1983年重印本第四册。
1917	捧腹集	郭尧臣	上海	扫叶山房	初版。文言。
1917	笑话世界	国华书局编辑所	上海	国华书局	共2卷，156页。第一卷：笑话；第二卷：歌谣。文言。
1917	谐文大观	鳌峰老人	上海	枕霞阁	共158页。1926年再版。枕霞阁也被认为是标点者。
1917	谐文辞类纂	李定夷	上海	国华书局	共2卷，300页。分8个文类。附录：朱作霖《红楼梦游戏文》。
1918	可发一笑	琴石山人	上海	会文堂书局	其他版本：1921，1922，1928。252页的1922年版本包含了582条文字以及编辑序言。

出版年	书名	编著者	出版地	出版单位	注释
1919	怪话	胡寄尘	上海	广益书局	作者题为怪人。共188页。有李定夷序言。1921年三版。上海新民书局的1924年版本以及大达图书供应社的1935年版本共140页。两版本都将作者题为胡寄尘。
1919	滑稽世界	江汉公	上海	广益书局	共2卷，84页。副标题："游戏札记"。1933年再版。1935年上海新民书局版有4幅插图及副标题："幽默文章"。戏仿依文类分类。
1919	滑稽丛话	陈琰	上海	大东书局	
1919	滑稽魂	李定夷编辑，天甲校勘	上海	古今书室	初版。1923年10月再版，定价大洋5角。有上海大同图书社1935年版，封面图画与1919年版不同，耶鲁大学图书馆藏。
1920	滑稽新语		上海（？）	新华书店	共124页。副标题："新编滑稽大王"。
1920	千金一笑录		上海	国华书局	
1920	笑林广记	程世爵	上海	进步书局	共90页。题字："绣像绘图滑稽小说"。晚清笑话集的新版本。
1921	古今滑稽诗话	范笵	上海	会文堂书局	初版。98页。文言。1922年三版；有上海会文堂新记书局1928年15版，共95页；有1938年会文堂版，共52页。
1921	古今笑话大观	李笑吾	上海	大陆图书公司	
1921	秘本滑稽文府大观	邹迪光	上海	广益书局	共10卷。作者生卒年：1550—1626。
1922	男女新笑话	〔林〕步青，钱相似	上海	世界书局	7版。1920年初版。纸质劣等及装订错误。7版书价：0.5元。

续表

出版年	书名	编著者	出版地	出版单位	注释
1922	瞎三话四	董坚志	上海	新华书局	共50页。1922年1月初版；1922年8月再版，50页。副标题："滑稽新书"。有文言故事，白话诗词。可能与李楠（2005），第348页所列上海小报《瞎三话四》（1927）无关。台湾"国家图书馆"藏。
1922	清代名人笑史大观	席胥涛	上海	中华印书馆	2版。
1923	哈哈录	严芙孙	上海	云轩出版部	出版日期待考。资料根据严芙孙《上海俗语大辞典》（1924年三版）里的广告。
1923	滑稽世界	赵苕狂	上海	世界书局	共4册。副标题："客中消遣"。白话故事。
1923	千笑集	愚公	上海	广益书局	5版。超过500则文言笑话，共170页。1932年新版。同一出版社的1940年版有另一书名：《长新笑林一千种》。编辑序言题1917年春。
1923	增广古今笑林新雅一千种	尘海痴笑生	上海	新新书局	有鬈然叟序。"每部四厚册定价大洋四角。"目录页中每则笑话的标题都循"……有趣"的形式。
1924	人人笑	赵苕狂	上海	世界书局	这里只列出有关下册的资料，根据的是《民国时期总书目》。共116页，75则笑话。题"解闷消忧第一奇书"。
1924	调笑录	徐卓呆	上海	大东书局	初版。共81页，159则笑话。文言。定价：0.3元。
1924	新笑林	徐卓呆	上海	大东书局	出版日期待考。《半月》第3卷，第16号（1924年5月4日）当中有该书广告。

续表

出版年	书名	编著者	出版地	出版单位	注释
1924	新笑史	徐卓呆	上海	大东书局	出版日期待考。《半月》第3卷，第16号（1924年5月4日）当中有该书广告。
1925	滑稽诗文集	樊增祥	上海	广益书局	共68页。另一书名：《樊山滑稽诗文集初编》。附有作者的沙龙照。扉页题樊增祥（1846—1931，晚清著名诗人与官员）"戏著"。上海大达图书供应社1935及1936年版本的书名题为《樊樊山滑稽诗文集》。
1925	笑话	黎锦晖陆衣言	上海	中华书局	7版。共24页。副标题：第一集。系列：儿童文学丛书。
1926	笑禅录	潘游龙	上海	扫叶山房	一部明代作品的版本，收入《小说丛书之二：五庙小说大观》。第40册。
1926	新式标点滑稽谈	吴趼人	上海	扫叶山房	有无聊子序文。
1927	闺房笑史	赵苕狂	上海	大东书局	7版。1921年作的序文提及赵苕狂于1927年春所写的《情场笑话》一周当中卖了三刷。
1927	滑稽趣史	赵仲熊	上海	世界书局	7版。14章。普益书局8版有另一书名："一见引人笑滑稽大王"。
1927	嚼舌录	李警众	上海	震亚图书局	共10卷。
1927	笑话大观	吴个厂	上海	广益书局	录自陈维礼和郭俊峰编《中国历代笑话集成》（第4册，第759页）。
1927	笑林广记		炉洲（？）		17页。刻本。标题："改良全本笑林广记"。封面注明出版地炉洲。"中研院"傅斯年图书馆藏。不同于游戏主人和程世爵所编著的《笑林广记》。

出版年	书名	编著者	出版地	出版单位	注释
1928	笑话四种	张笑潮			台北东方文化出版社1974年影印版附有英文标题："Four Jest-books。"
1928	真正笑林广记		上海	沈鹤记书局	有序言。有1974年台北东方文化供应社照相影印版。娄子匡编。
约1900年—1920年代	精选一见哈哈笑		上海		刻本。"中研院"傅斯年图书馆藏。
约1910年代—1920年代	拍掌集	拙吟草堂	广州	五桂堂	共14页。附加标题："好笑奇谈"。"中研院"傅斯年图书馆藏。
约1910年代—1920年代	笑刺肚	散闷主人	广州	以文堂	共6页。出版者以文堂的名称出现在目录页。"中研院"傅斯年图书馆藏。
约1910年代—1920年代	笑牵肠	散闷主人	广州（?）	以文堂（?）	共7页。与《笑刺肚》似乎是同一系列的作品。"中研院"傅斯年图书馆藏。
约1910年代—1920年代	滑稽戏迷传	〔不详〕	上海	普通书局	"新编特别时调山歌"。石印本。"中研院"傅斯年图书馆藏。
约1920年代	笑话奇观	李定夷	上海	国华书局	共52页，150多则笑话。加州大学柏克莱分校图书馆藏。
约1928—1937	笑话大观		北平	宝文堂	副标题："时讽二簧，文明消遣"。"中研院"傅斯年图书馆藏。
1930	笑林一千种	太仓唐真如	上海	交通图书馆	文言。扉页版本说明："上海真如编译社藏版"。有作者序言。

续表

出版年	书名	编著者	出版地	出版单位	注释
1930	大傻笑史	黄言情	香港	言情出版部	共194页。故事。作者序言称他以超过三年的时间从《香江晚报》及《南中晚刊》搜集而来。全书杂有广告。版权页上有详细的"翻印必究"启事。双十节出版。定价：0.6港币。
1931	古今滑稽联话大观	丁楚孙	上海	文明书局	初版。共2册。上册174页，下册134页。
1931	一看就笑	崔冰冷	上海	大中华书局	副标题："稀奇古怪"。
1931	游戏文学丛刊	曹绣君	上海	文明书局	共2卷；第一卷共280页，第二卷共290页。内容分为八类，各有编辑者序言。
1932	民众笑林	赵水澄	北平	中华平民教育促进会	再版。"平民读物"系列，第29卷。
1932	笑赞	清都散客述，〔陆〕会因校点	北平	星云堂书店	初版。共76页，72则笑话，还有4页的附录。有陆会因的丈夫张寿林1932年8月19日题记；《笑赞》题词；第77—78页附有《笑赞》正误表。原编纂者题为赵南星（1550—1627）。实价：2角。"星云小丛书"系列。发行量：1，000本。
1933	滑稽故事类编	杨汝泉	天津	大公报社	共254页。有编著者序言。与《大公报》（L'Impartial）为同一出版社。
1933	解颜	中华英文周报社	上海	中华书局	笑话和讽刺画原载于《中华英文周报》（Chung Hwa English Weekly）。
1933	苦茶庵笑话选	周作人	上海	北新书局	共208页，另有20页的前页。选自四部明清笑话集和故事集，有26页长的序言（"1933年7月27日周作人记于北平"）以及评点。

出版年	书名	编著者	出版地	出版单位	注释
1933	民众笑林二集	刘世如等著	北平	中华平民教育促进会	"平民读物"系列,第166卷。
1934	滑稽文选	黄馥泉	上海	民智书店	共50页,50多篇诗文。耶鲁大学图书馆藏有第5版(1936)微卷。
1934	解人颐	钱德苍	上海	大达图书供应社	共7卷,175页。有乾隆二十六年(1761)序言。副标题:"幽默文学说部"。潘公昭标点。另有1934年的标点本《解人颐》由上海广亚书局出版、1935年的标点本《解人颐》由上海达文书店出版。
1934	解人颐广集	鲍赓生	上海	新文化书社	164页。只有标点者。有上海大达图书供应社1935年版本。
1934	老舍幽默诗文集	老舍	上海	时代书局	由《论语》半月刊社出版。
1934	笑林广记	程世爵	上海	启智书局	再版。共131页。是晚清笑话集的新版本。
1934	笑林广记	程世爵	上海	大达图书供应社	共140页。有光绪二十五年(1899)程世爵序言。可能是1911年广益书局版的重印本,因为广益书局为大达图书供应社发行书籍。1935年再版。定价六角。
1934	笑笑录	独逸窝退士	上海	大达图书供应社	再版。副标题:"札记小说"。周梦蝶标点。题1879年(光绪五年)的作者序称该六卷书的编纂时间超过三十年。上海新文化书社于1935年4月出的三版共有224页,收入"笔记小说丛书"。长沙岳麓书社1985年重印,附导论。

续表

出版年	书名	编著者	出版地	出版单位	注释
1934	游戏文章	李定夷	上海	国华新记书局	4版。副题："滑稽小说"。1937年9版共二册。北京国图书店2010年重印。
1935	广笑府	冯梦龙	上海	中央书店	共139页，400多则笑话。沈亚公编辑。有作者序言。"国学珍本文库"系列。1936年再版。明代笑话集的删节本。见Pi-Ching Hsu（徐碧卿）（1998：页1048注13）。
1935	摩登笑话	崔冰冷	上海	交通书局	有1933年编辑者序言。副标题："绝妙绝趣"。上海文业书局1937年版本共有127页。封面重印收入侯鑫（2008）。
1935	幽默笔记	胡山源	上海	世界书局	共408页。有1935年1月作者序。1935年11月初版。1939年新版。
1935	幽默笑话	董振华	上海	大中华书局	共190则笑话。有上海文业书局1936年版本，共122页。有1935年8月13日写于苏州的编辑者序言。定价1.20元。
1935	新笑话	胡寄尘	上海	商务印书馆	共2卷，各22页。1935年9月初版；1935年11月三版。文字标有注音符号。
1935	江鲍笑集	江笑笑鲍乐乐	上海	字林书局	共264页。喜剧表演节目。有1941年版本。
1935	解闷消愁录	滑稽山人	上海	唯一书局	共8卷。119则笑话。98页。定价1.60元。
1935	快活林	吴个厂	上海	新民书局	共4卷，32页。副标题："滑稽短篇小说"。栏外标题："滑稽大观"。上海大达图书供应社1936年重新出版。
1935	历代滑稽故事选集	方成	南京	中正书局	共227页。超过200则故事，附注解。1947年上海初版。

出版年	书名	编著者	出版地	出版单位	注释
1935	笑泉	李心炎	上海		副标题："幽默宝库第一辑"。封面重印收入侯鑫（2008）。
1935	笑话第三册	计志中徐半梅	上海	商务印书馆	共32页。"国难〔1932年日本侵华〕后二版"。"儿童文学丛书"第二版。
1935	笑话	马克.吐温	上海	中华书局	1934年11月，中华书局也出版了马克.吐温等著《幽默小说集》（张梦麟等译）。
1935	笑话三千	徐卓呆	上海	中央书店	初版。分上中下三集。封面插图为装饰风艺术。自序全部由虚字写成，题"民国廿四年十月胡蝶结婚消息传出的一天卓呆序于破夜壶室。"定价五元。
1935	千奇百怪摩登大笑话		上海	育新书局	共86页。
1936	家老二问答	家老二	上海	新时代书局	共208页。首次连载于《皖江日报》副刊。
1936	笑话库	解颐生	上海		日期与作者根据1936年12月23日的序文。共192页；约600则笑话。澳大利亚国家图书馆藏。
1936	笑话奇谭	怡情室主	上海	文业书局	初版。副标题："别开生面"。
1936	新鲜笑话一大箱	金祖馨	上海	育新书局	再版。共93页。副标题："滑稽笑话"。文言。目录页中作者题为"笑话大王"。澳大利亚国家图书馆藏。根据WorldCat的登录，赵铸鼎有一本同标题以及副标题的书（上海：中亚书局，约莫1911—1949年）。

续表

出版年	书名	编著者	出版地	出版单位	注释
1936	幽默笑话集	郭伯良	上海	经纬书局	4卷。共360页。200多则笑话。有1936年序。
1937	滑稽联话	董坚志	上海	中央书店	4版。共102页。副标题："新编绝妙"。储菊人校阅。
1937	笑话笑画	徐卓呆	上海	中央书店	插图：周汗明。共82页。插图本。哥伦比亚大学C.V. Starr图书馆藏。
1937	笑海	张稽祖	上海	中国稽语促进社	副标题：第一集。侯鑫（2008）（第2页）将张杰尧视为作者。
1937	笑林广记	程世爵	上海	达文书店	6版。副标题："滑稽短篇小说"。晚清笑话集的一个版本。序文中提及程世爵为作者，封面或扉页中则无。湖上渔隐标点；范叔寒校阅。
1937	新鲜笑话大王	邹梦霞	上海	醒民出版社	共67页。日期根据侯鑫（2008），第2页。副标题："诙谐滑稽"。4版：1948年。
1937	幽默的叫卖声	夏丏尊等著	上海	生活书店	60则，304页，包括陈子展、洪深、老舍、李健吾、黎烈文、吴组缃等多位作者。
1937	游戏文章	李定夷	上海	国华新记书局	共2卷。新版《谐文辞类纂》（1917），使用新的书名。根据《民国时期总书目》，现仅存第2卷。
约1920年代—1930年代	大众笑话		上海（？）		附加标题："血头血脑"。"幽默笑话丛书之一"系列。封面重印收入侯鑫（2008）。
约1920年代—1930年代	新鲜笑话篓子		上海（？）		封面重印收入侯鑫（2008）。

附录二 《何典》版本与副文本

I. 版本

这份版本清单是依照安如峦（Altenberger 2001—2002）的格式，补充了先前由安如峦和陈英仕（2005）纂辑的清单。一个重要但被忽略的版本是在广州印刷出版的 *HD* 1928a，其中包含了三篇极具嘲讽性的序文。另外值得注意的是一个 2003 年的盲文版。1946、1949 年的上海版本以及数个 1954 年与 1980 年之间在台北出版的版本，都否定了《何典》在 1935 年到 1981 年之间"流传中断"的说法（*HD* 2000，第 289 页）。

HD 1878 —（佚名）。《何典》。过路人编定，缠夹二先生评。上海：申报馆。重印本。上海：上海古籍出版社，1990。"古本小说集成"，第 92 卷。

HD 1894a —（佚名）。《何典》。上海：图书集成印书局。

HD 1894b —张南庄编。《第十一才子书鬼话连篇录》。陈得仁评。石印本。上海：晋记书庄。

HD〔约 1911—1925〕—说鬼话祖师。《绣像真正鬼话连篇》。二册。石印本。上海：文艺书局。

HD 1926a —张南庄。《何典》。刘复编。上海：北新书局。部分文字经过审查删节。1926 年 5 月印行。

HD 1926b —张南庄。《何典》。刘复编。上海：北新书局。1926 年 7 月印行。

HD 1926c —张南庄。《何典》。陆友白编。上海：卿云图书公司。1926 年 7 月初版。

1928 年 5 月三版。羊皮封面。内文根据北新书局版。

HD 1928a —张南庄。《何典》。昶超编。广州：受匡出版部。印数：1—2,000 册。香港发行。售价大洋五角。

HD 1928b —过路人。《何典》。上海：卿云图书公司。

HD 1929 —张南庄。《何典》。刘复校点。上海：北新书局。第三版。

HD 1932 —张南庄。《何典》。收入《世界幽默全集》。增田涉编（出版社不详）。

HD 1933 —张南庄。《何典》。刘复校点。重编本：恢复被审查删节之文字。上海：北新书局。

HD 1934 —张南庄。《何典》。周郁浩标点、马举仁校阅。上海：大达图书供应社。封面上有"新式标点"之广告。定价四角。1935 年再版。

HD 1946 —张南庄。《何典》。收入《万人手册》第一辑。上海：友联出版公司。封面上有"吴稚晖先生推荐的不朽杰作"字样。

HD 1949 —张南庄。《何典》。上海：北新书局。第六版。封面题有"吴稚晖推荐"。

HD 〔约 1911—1949〕 — （作者不详）。《何典》。（出版地不详）。封面题有"吴稚晖先生的文学老师"。封面插图为两具骷髅。

HD 1954 —张南庄。《何典》。刘半农校注，娄子匡（Lou Tsu-k'uang）增注，陈得仁评，缠夹二先生评，朱介凡撰文，餐霞客写跋。封面有敬恒〔吴稚晖〕题"中国谚语长篇奇情小说"。台北：东方文化供应社。"东方文丛"第十九辑。根据 1933 年北新书局版。

HD 1955 —张南庄。《人鬼之间》。台北：启明书局。

HD 1965 —张南庄。《何典》《杂事秘辛》合刊本。台北：天人。

HD 1970 —张南庄。《何典》。娄子匡编。刘复注释。台北：东方文化供应社（亦作：福禄图书公司）。"国立北京大学中国民俗学会民俗丛书"，第八辑。

HD 1973 —张南庄。《何典及其他》。陈明诚评。台北：天人出版社。

HD 1976 —张南庄。《何典》。刘复校点。台北：长歌出版社。"长歌中国古典名著丛刊"，第七辑。

HD 1977 —张南庄。《何典》。过路人编，缠夹二先生评。台北：新兴书局。"笔记

小说大观"，第二十册，第六号，第 3707—3810 页。据 1878 年版照相复制。1990 年重印。

HD 1980 —张南庄。《何典》。与《斩鬼传》《平斩鬼传》合刊。台北：河洛图书出版社。"白话中国古典小说大系"，第五十册。

HD 1981a —张南庄。《何典》。陈得仁评。北京：工商出版社。

HD 1981b —张南庄。《何典》。北京：人民文学出版社。"中国小说史料丛书"。

HD 1985 —张南庄。《何典》。上海：上海书店。"鲁迅作序跋的著作选辑"系列。

HD 1990a—(佚名)。《鬼话连篇》。陈国辉编。香港：金晖出版社。"荒诞奇书"系列。

HD 1990b —张南庄。《何典十回》。上海：上海古籍出版社。"古本小说集成"系列，315。与《斩鬼传十回》合刊。

HD 1990c —张南庄。《鬼话连篇》。与《斩鬼传》《平鬼传》《常言道》及《海游记》合刊，以《荒诞奇书》为总标题。沈阳：辽沈书社。"中国神怪小说大系"系列，第一辑。

HD 1994a —张南庄。《何典》。天津：天津古籍出版社。

HD 1994b — (佚名)。《鬼话连篇录：第十一才子书》。过路人编定、江天柱点校。太原：山西古籍出版社。与《斩鬼传：第九才子书》合刊。

HD 1994c —张南庄。《白话何典》。童天译著。太原：山西人民出版社。"名人珍藏丛书"系列。

HD 1995 —(佚名)。《何典》。张南庄编。与《雷峰塔奇传》和《狐狸缘》合刊。北京：华夏出版社。"中国古典小说名著百部"。

HD 1996 —张南庄。《何典》。石家庄：河北教育出版社。"历代笔记小说集成"，第八十七辑。

HD 1997a —张南庄。《鬼话连篇录》，又名《何典》。柏峰校注。西安：太白文艺出版社。"中国古典小说第十一才子书"。

HD 1997b —张南庄。《中国古代十才子全书：白圭志，斩鬼传，何典》。郭守信等编著。呼和浩特：内蒙古人民出版社。

HD 1998a —张南庄。《何典》。黄霖校注、缪天华校阅。台北：三民书局。与《斩

鬼传》及《唐钟馗平鬼传》合刊本。"中国古典名著"系列。

HD 1998b —张南庄。《何典》。陈得仁评、刘半农校点。香港：天地图书有限公司。

HD 2000 —张南庄。《何典新注本》。成江点注。上海：学林出版社。"中国幽默文
学经典著作"系列。

HD 2001 —过路人编定。《何典》。呼和浩特：远方出版社。

HD 2003 —张南庄。《何典》。野莽评点。北京：中国盲文出版社。版权页特别提
及："此书盲文版同时出版"。

HD 2005 —张南庄。《何典》。鸣柳校注。台北：驿站文化出版。"幽默鬼怪奇书"
系列第三十一辑。

HD 2009 —张南庄。《何典》。北京：爱如生数字化技术研究中心。电子版据 *HD*
1878。

HD 2016 —过路人。《何典》。与海上剑痴撰《仙侠五花剑》合刊。哈尔滨：黑龙江
美术出版社。"中国古典文学名著丛书"系列。

II. 副文本

罗列于下的副文本包括《何典》各版本中的广告、序、跋、评、出版说明
以及插图，以写作或初刊日期的早晚为序排列。每笔列出的副文本最后括号中日
期，代表的是首次刊登该副文本的《何典》版本日期。

（佚名）。《何典广告》。（1878）。

太平客人。《序》。（1878）。

过路人。《序》。（1878）。

海上餐霞客。《跋》（1878）。

吴稚晖。《鬼屁》。作于 1907。（1980）。

吴稚晖。《风水先生》。作于 1908。（1980）。

刘复。《何典中鬼脸一斑》。（1926a）。

北新掌柜。《向读者们道歉》。(1926a)。

鲁迅。《题记》。(1926a)。

刘复。《重印何典序》。(1926b)。

北新掌柜。《再向读者们道歉》。(1926b)。

（刘）大白。《读何典》。1926 年 6 月 26 日初刊。(2000)。

刘半农。《关于何典里方方及其它》。1926 年 6 月 27 日初刊。(2000)。

（浦）止水。《从何典想到平鬼传》。1926 年 6 月 31 日。(1980)。

刘复。《又是关于校勘何典的话》。(1926b)。

（刘）大白。《两个圈儿和一百一十个框儿》。1926 年 8 月 8 日初刊。(2000)。

（刘）大白。《再和吾家刘复博士开回顽笑（续前）》。1926 年 8 月 8 日初刊。(2000)。

（林）守庄。《关于刘校何典的几个靠得住的正误》。1926 年 8 月 9 日初刊。(2000)。

刘复。《不与刘大白先生拌嘴》。1926 年 8 月 23 日初刊。(2000)。

（刘）大白。《介绍"吾家"刘复博士底几种巧妙法门》。1926 年 8 月 29 日初刊。(2000)。

林守庄。《序》。1926 年 10 月 27 日。(1933)。

黄天石。《序》。(1928a 郑天健。《序》。(1928a)。

昶超。《写在何典校订新本之前》。(1928a)。

袁振英。《〈何典〉序》。(1928a)。

刘复。《关于何典的再版》。(1933)。

鲁迅。《为半农题记何典后，作》。(1933)。

知堂（周作人）。《中国的滑稽文学》。初刊于《宇宙风》"风雨后谈"系列，第
　　二十四期（1937），第 544—546 页。(2000)。

朱介凡。《论何典的语言运用》。(1954)。

（娄）子匡。《卷头语》。(1954)。

娄子匡。《代序：两位俗文学的主帅——张南庄和冯梦龙》。(1970)。

（无名氏）。《简介何典》。(1976)。

赵景深。《跋》。作于 1979。(1981a)。

宁远。《何典提要》。(1980)。

潘慎。《校注后记》。(1981a)。

（无名氏）。《出版说明》。(1981b)。

林辰。《荒诞奇书序》。(1990)。

顾歆艺。《前言》。(1990)。

黄霖。《何典考证》。(1998)。

黄霖。《引言》。(1998)。

成江。《点注后记》。(2000)。

野莽。《此出何典，何出此典》。(2003)。

参考书目

期刊

* 原刊物所附刊名翻译

《半角漫画》(*The Sketch*) * (广州, 1929—1935)

《半月》(*The Half Moon Journal*) * (上海, 1921—1925)

《北斗》(上海, 1931—1932)

《茶话》(上海, 1946—1949)

《晨报》(北京, 1916—1936)

The China Critic (《中国评论周报》) * (上海, 1928—1940, 1945)

The Chinese Students' Monthly (《中国留美学生月报》) * (纽约, 安娜堡, 1906—1931)

《大众》(上海, 1942—1945)

《独立漫画》(*Oriental Puck*) * (上海, 1935—1936)

《海风》(*The Shanghai Gale*) * (上海, 1945—1946)

《海光》(*The Hai Kwang Weekly*) * (上海, 1945—1946)

《红玫瑰》(上海, 1924—1931)

《红杂志》(*The Scarlet Magazine*) * (上海, 1922—1924)

《滑稽画报半月刊》(*Famous Funnies*) * (上海, 1936—1937)

《滑稽时报》(上海, 1914)

《滑稽世界》(上海, 1938—1940)

《滑稽新闻》(*Kōkkei shinbun*)(大阪, 1901—1908)

《滑稽杂志》(苏州, 1913)

《今日评论》(昆明, 1939—1941)

《开心》(*The Happy Times*) * (新加坡, 1929)

《开心特刊》(上海, 约 1925—1926)

《快活》(*The Merry Magazine*) * (上海, 1922)

《快活林》(*Merry Voice*) * (上海, 1946—1947)

《快活世界》(*The Happy World*) * (上海, 1914)

《联益之友》(*The Liengyi's Tri-Monthly*; 1930 年 11 月 21 日之后：*The Liengyi's Friend*) * (上海, 1925—1931)

《礼拜六》(*The Saturday*) *（上海，1914—1916, 1921—1923）

《黎明半月刊》(*The Aurora*) *（约 1920 年代）

《论语半月刊》(上海，1932—1937, 1945—1949)

《莽原》(上海，1926—1927)

《漫画界》(*Modern Puck*) *（上海，1936）

《美利宾埠爱国报》(*The Chinese Times*) *（墨尔本，1902—1914[?], 1917—1922）

《民报》(*The Minpao Magazine*) *（东京，1905—1910）

《民国日报》(*The Republican Daily News*) *（上海，1916—1932, 1945—1947）

《民权报》(上海，1912—1914)

《青年界》(上海，1931—1937)

《青年文友》(香港，1952—约 1960 年代)

《七日谈》(*The Wednesday Post*) *（上海，1945—1946）

The Rattle（《响铃》）(上海，1896—1897, 1900—1903)

《人间世》(上海，1934—1935)

《人间世》(*Chinese Humanist Monthly*) *（台北，1957—1983）

《人民日报》(*People's Daily*) *（西柏坡，1946；石家庄，1947–1949；北京，1949—）

《三日画报》(*China Camera News*) *（上海，1925—1927）

《上海晨报》(*The Shanghai Morning Post*) *（上海，1932—1936）

《上海漫画》(*Shanghai Sketch*) *（上海，1928—1930）

《上海泼克》(*Shanghai Puck*) *（上海，1918）

《社会日报》(*The Social Daily News*) *（上海，1929—1937）

《申报》(*The Shun Pao*) *（上海，1872—1949）

《神州日报》(*The National Herald*) *（上海，1907—1947）

《时报》(*The Eastern Times*) *（上海，1904—1939）

《时代漫画》(*Modern Sketch*) *（上海，1934—1937）

《时事新报》(*The China Times*) *（上海，1907—1911〔后改名《时事报》，1911—1949〕）

《十字街头》(上海，1931—1932)

《太白》(上海，1934—1935)

《谈风幽默半月刊》(上海，1936—1937)

Thien Nam Sin Pao《天南新报》(*Chinese Daily News*)（新加坡，1898—1905）

T'ien Hsia Monthly（《天下月刊》）*（上海，1935—1941）

《东亚日报》(*Tonga Ilbo*)（首尔，1920 创刊）

《图画晨报》(*The Chen Pao Miscellany*) *（上海，1932—1936）

《图画日报》(上海，1909—1910)

《万象》(*Wan hsiang*) *（上海，1941—1944）

《文学旬刊》(上海，1921—1925)

《文学月报》(*The Literary Monthly*) *（上海，1932）

《文学杂志》（北平〔编辑〕，上海〔出版发行〕，1937, 1947—1948）

《文艺阵地》（汉口，重庆，及香港，1938—1942）

《现代》（*Les Contemporains*）＊（上海，1932—1935）

《现代评论》（北京，1924-1927；上海，1927—1928）

《笑》（上海，1935）

《笑报》（上海，1897 年创刊）

《笑画》（上海，1923—1924）

《笑报三日刊》（*The Ridicule Press*）＊（上海，1926—1931）

《笑林报》（上海，1901—1910）

《笑林杂志》（上海，1915）

《小说大观》（*The Grand Magazine*）＊（上海，1915—1921）

《小说画报》（*Illustrated Novel Magazine*）＊（上海，约 1917）

《小说世界》（*The Story World*）＊（上海，1923—1929）

《小说月报》（上海，1910—1931）

《戏剧电影》（上海，1926—）

《新国民日报》（*Sin Kok Min Jit Pao*）＊（新加坡，1919-1941；吉隆坡，1941）

《新青年》（*La Jeunesse*）＊（北京，1915—1926）

《新上海》（上海，1926—1929）

《新上海》（上海，1946）

《新世纪》（*La Novaj Tempoj*，后改名 *Le Siècle Nouveau*）＊（巴黎，1907—1910）

《新世界》（上海，1916—1927）

《新小说》（横滨，1902—1903；上海，1903—1906）

《星岛日报》（*Tsing Tao Daily*）＊（香港，创刊于约 1938）

《星期》（*The Sunday*）＊（上海，1922—1923）

《新民丛报》（*Sein Min Choong Bou*）＊（横滨，1902—1907）

《新生晚报》（香港，1945—1976）

《新闻报》（*Sin Wan Pao*）＊（上海，1893—1949）

《一粲》（*The Comical Weekly*）＊（新加坡，1927—1928）

《一笑报》（新加坡，1930）

《逸经文史半月刊》（上海，1936—1937）

《游戏报》（上海，1897—1910）

《游戏世界》（杭州，约 1907）

《游戏世界》（*The Recreation World*）＊（上海，1921—1923）

《游戏杂志》（*The Pastime*）＊（上海，1913—1915）

《月月小说》（*The All-Story Monthly*）＊（上海，1906—1909）

《语丝》（北京，1924—1927；上海，1927—1930）

《余兴》（上海，1914）

《宇宙风》（上海，1935—1938；广州，1938；香港，1939；桂林，1944；重庆，1945；广州，1946—1947）

《杂志》（上海，1938—1939, 1942—1945）

《真美善》（上海，1927—1931）

《真相画报》（*The True Record*）＊（上海，1912—1913）

《中国公论西报》（*The National Review*）＊（上海，1907—1916）

《中流》（上海，1936—1937）

《自由杂志》（上海，1913）

电影

《白毛女》（王滨及水华，导演，1950）。

《鬼子来了》（姜文，导演，2000）。

《劳工之爱情》（张石川，导演，1922）。

Modern Times（Charles Chaplin，导演，1936）。

Perfect Understanding（Cyril Gardner，导演，1933）。

《太太万岁》（桑弧，导演，1947）。

《天明》（孙瑜，导演，1933）。

《舞台姐妹》（谢晋，导演，1964）。

《小玩艺》（孙瑜，导演，1933）。

《新女性》（蔡楚生，导演，1934）。

书籍与单篇文章

说明：

1. 中国幽默文选收入附录一。

2.《何典》各版本与其副文本收入附录二。

3. 除了少数学术著作以外，本书引用外文著作时，一律引用原文版本；若该著作有中文译本，则书目另以括号注明中译本出版项，以供读者参考。

Adrian, Bonnie. *Framing the Bride: Globalizing Beauty and Romance in Taiwan's Bridal Industry.* Berkeley: University of California Press, 2003.

Altenburger, Roland. "Chains of Ghost Talk: Highlighting of Language, Distance, and Irony in He Dian." *Asiatica Venetiana* 6–7 (2001-2): 23–46.

Althusseur, Louis. *Lenin and Philosophy and Other Essays.* Translated by Ben Brewster. New York: Monthly Review Press, 1971.（〔法〕阿图塞著、杜章智译，《列宁和哲学》，台北：远流出版社，1990 年。）

Anderson, Marston. *The Limits of Realism: Chinese Fiction in the Revolutionary Period.* Berkeley: University of California Press, 1990.（〔美〕安敏成著，姜涛译，《现实主义的限制：革命时

代的中国小说》，南京：江苏人民出版社，2001 年。)

Anonymous. *Courtesans and Opium: Romantic Illusions of the Fool of Yangzhou*. Translated by Patrick Hanan. New York: Columbia University Press, 2009. (〔清〕邗上蒙人著，《风月梦》，台北：天一出版社，1985 年。)

Baccini, Giulia. "The Forest of Laughs (*Xiaolin*) : Mapping the Offspring of Self-Aware Literature in Ancient China." Ph D diss., Università Ca' Foscari Venezia, 2010.

Bakhtin, Mikhail. *Rabelais and His World*. Translated by Hélène Iswolsky. Bloomington: Indiana University Press, 1984. (〔俄〕巴赫金著、李兆林等译，《拉伯雷研究》，收入钱中文主编《巴赫金全集》，第六册，石家庄：河北教育出版社，2009 年。)

鲍乐乐、王一明，《火烧豆腐店》，上海：上海文化出版社，1958 年。

抱瓮老人编，顾学颉校注，《今古奇观》2 册，北京：人民文学出版社，1957 年。

Barmé, Geremie R. *An Artistic Exile: A Life of Feng Zikai (1898-1975)*. Berkeley: University of California Press, 2002. (〔澳〕白杰明著、贺宏亮译，《艺术的逃难：丰子恺传》，杭州：浙江人民出版社，2015 年。)

——*The Forbidden City*. Cambridge, MA: Harvard University Press, 2008.

Bayard, Pierre. *How to Talk about Books You Haven't Read*. Translated by Jeffrey Mehlman. New York: Bloomsbury, 2007. (〔法〕皮耶·巴亚德著、郭宝莲译，《不用读完一本书》，台北：商周出版社，2009 年。)

北京图书馆编，《民国时期总书目（1911—1949）文学理论、世界文学、中国文学》，下册，北京：书目文献出版社，1992 年。

Bender, Mark. *Plum and Bamboo: China's Suzhou Chantefable Tradition*. Urbana: University of Illinois Press, 2003.

Benjamin, Walter. *Illuminations: Essays and Reflections*. Edited by Hannah Arendt. New York: Harcourt, Brace & World, , 1969. (〔德〕本雅明著，张旭东、王斑译，《启迪：本雅明文选》。香港：牛津大学出版社，2012 年。)

Bergson, Henri. *Laughter: An Essay on the Meaning of the Comic*. Translated by Cloudesley Brereton and Fred Rothwell. London: Dodo Press, 2007. (〔法〕柏格森著、徐继曾译，《笑：论滑稽的意义》，台北：商鼎文化，1992 年。)

——，张闻天译，《笑之研究》（翻自 Brereton 及 Rothwell 的 *Le Rire* 英译本），上海：商务印书馆〔1921 年序〕。

Berry, Michael. *A History of Pain: Trauma in Modern Chinese Literature and Film*. New York: Columbia University Press, 2008. (〔美〕白睿文著、李美燕等译，《痛史：现代华语文学与电影的历史创伤》，台北：麦田出版，2016 年。)

Bierce, Ambrose. *The Devil's Dictionary*. Project Gutenberg. www.gutenberg.org/9/7/972/.
(〔美〕安布罗斯·比尔斯著，莫雅平译，《魔鬼辞典（插图本）》，北京：人民文学出版社，2006 年。)

Birrell, Anne. *Games Poets Play: Readings in Medieval Chinese Poetry*. Cambridge, UK:

McGuinness China Monographs, 2004

Bishop, John L. "Some Limitations of Chinese Fiction." *Far Eastern Quarterly* 15, no. 2 (February1956): 239–247.

Brooks, Tim. *Lost Sounds: Blacks and the Birth of the Recording Industry, 1890–1919*. Champaign: University of Illinois Press, 2004.

Brooks, Van Wyck.*The Ordeal of Mark Twain,* New York: Dutton & Co., 1933.

Brosius, Christiane, and Roland Wenzlhuemer, eds. *Transcultural Turbulences: Towards a Multi-Sited Reading of Image Flows*. Berlin: Springer, 2011.

Brown, Jeremy, and Paul G. Pickowicz, eds. *Dilemmas of Victory:The Early Years of the People's Republic of China*. Cambridge, MA: Harvard University Press, 2008. (〔加〕周杰荣、〔美〕毕克伟编,《胜利的困境:中华人民共和国的最初岁月》,香港:中文大学出版社,2011 年。)

Cahill, James. *The Painter's Practice: How Artists Lived and Worked in Traditional China*. New York: Columbia University Press, 1994. (〔美〕高居翰著,杨贤宗、马琳、邓伟权译,《画家生涯:传统中国画家的生活与工作》,北京:生活·读书·新知三联书店,2012 年。)

曹雪芹、高鹗著,冯其庸等校注,《红楼梦校注》。台北:里仁书局,1984 年。

Certeau, Michel de. *The Practice of Everyday Life*. Translated by Steven Rendall. Berkeley: University of California Press, 1984. (〔法〕米歇尔·德·塞托著,方琳琳、黄春柳译《日常生活实践:1. 实践的艺术》,南京:南京大学出版社,2015 年。)

Chan, Leo Tak-Hung(陈德鸿). *The Discourse of Foxes and Ghosts*. Translated by Maria Galikowski and Lin Min. Honolulu: University of Hawai'i Press, 1998.

陈大为、钟怡雯主编,《二十世纪中国文学专题》,台北:万卷楼图书公司,2013 年。

Chang, Eileen. *The Fall of the Pagoda*. Hong Kong: Hong Kong University Press, 2010[1968]. (张爱玲著、赵丕慧译,《雷峰塔》,台北:皇冠出版,2010 年。)

陈邦俊编,《广谐史》10 册,台北:天一出版社,1985 年〔(1579 年序)〕。

陈庚,《笑史》,长沙童羣 1842 序、浣湘川李为 1841 序、殷熙贤 1842 序、谢金衔序(无署年)、刘矗昌序(无署年)、(作者及编者)觉来子 1841 序,觉来子评,路璜 1844 跋。上海:申报馆,〔约 1870 年代〕。

Chen, Janet Y. *Guilty of Indigence: The Urban Poor in China, 1900–1953*. Princeton, NJ: Princeton University Press, 2012.

——."The Sounds of 'Mandarin' in Gramophone Records and Film, 1922–1934." Unpublished paper presented at workshop "Language, Culture, and Power," Princeton University, 22–23, April 2012.

Ch'en, Jerome. *Yuan Shih-k'ai*. 2nd ed. Stanford: Stanford University Press, 1972. (〔加〕陈志让著,王纪卿译,《袁世凯传》,长沙:湖南人民出版社,2013 年。)

陈建华,《从革命到共和:清末到民国时期文学、电影与文化的转型》,桂林:广西师范大学出版社,2009 年。

陈凌海、陈洪编,《吴稚晖先生年谱》,台北:兴台印刷场,1971 年。

陈明远，《文化人的经济生活》，西安：陕西人民出版社，2013 年。

Chen, Peng-hsiang（陈鹏翔）, and Whitney Crothers Dilley（柯玮妮）, eds. *Feminism/Femininity in Chinese Literature*. New York: Rodopi, 2002.

陈平原，《中国小说叙事模式的转变》，北京：北京大学出版社，2003 年。

Chen, Shih-Wen（陈诗雯）."*Baozou manhua* (Rage Comics), Internet Humour and Everyday Life." *Continuum: Journal of Media & Cultural Studies* 28, no. 5 (September 2014): 690–708.

陈思和、王德威编，《建构中国现代文学多元共生体系的新思考》，上海：复旦大学出版社，2012 年。

陈维礼、郭俊峰编，《中国历代笑话集成》5 册，长春：时代文艺出版社，1996 年。

陈英仕，《清代鬼类讽刺小说三部曲——〈斩鬼传〉、〈唐钟馗平鬼传〉、〈何典〉》，台北：秀威资讯科技股份有限公司，2005 年。

Cheng, Eileen J.（庄爱玲）, *Literary Remains: Death, Trauma, and Lu Xun's Refusal to Mourn*. Honolulu: University of Hawai'i Press, 2013.

Chey, Jocelyn, and Jessica Milner Davis, eds. *Humour in Chinese Life and Letters: Classical and Traditional Approaches*. Hong Kong: Hong Kong University Press, 2011.

Cochran, Sherman. *Chinese Medicine Men: Consumer Culture in China and Southeast Asia*. Cambridge, MA: Harvard University Press, 2006.

Cohen, Paul A. *History in Three Keys: The Boxers as Event, Experience, and Myth*. New York: Columbia University Press, 1997.（〔美〕柯文著，杜继东译，《历史三调：作为事件、经历和神话的义和团（典藏版）》，北京：社会科学文献出版社，2015 年。）

Cohen, Ted. *Jokes: Philosophical Thoughts on Joking Matters*. Chicago: University of Chicago Press, 1999.

Crespi, John A. "China's *Modern Sketch*—1: The Golden Era of Cartoon Art, 1934–1937." MIT Visualizing Cultures. http://ocw.mit.edu/ans7870/21f/21f.027/modern_sketch/ms_essay01.html.

Daruvala, Susan. *Zhou Zuoren and an Alternative Chinese Response to Modernity*. Cambridge, MA: Harvard University Asia Center, 2000.（〔英〕苏文瑜著，陈思齐、凌蔓苹译，《周作人：自己的园地》，台北：麦田出版社，2011 年。）

Davies, Christie. *Ethnic Humor around the World: A Comparative Analysis*. Bloomington: Indiana University Press, 1990.

——. *Jokes and Targets*. Bloomington: Indiana University Press, 2011.

Davies, Gloria. "The Problematic Modernity of Ah Q." *Chinese Literature: Essays, Articles, Reviews* 13 (December 1991): 57–76.

——. *Worrying about China: The Language of Chinese Critical Inquiry*. Cambridge, MA: Harvard University Press, 2007.

Davis, Jessica Milner. *Farce*. Piscataway, NJ: Transaction Publishers, 2002.

Davis, Jessica Milner, and Jocelyn Chey, eds. *Humour in Chinese Life and Culture: Resistance and Control in Modern Times*. Hong Kong: Hong Kong University Press, 2013.

Davis, Mike Lee. *Reading the Text That Isn't There: Paranoia in the Nineteenth-Century American Novel*. New York: Routledge, 2005.

Dekobra, Maurice. *Confucius in a Tail-Coat: Ancient Chinain Modern Costume*. London: T. Werner Laurie, 1935.

——. *Confucius en pull-over, ou le beau voyage en Chine*. Paris: Baudinière, 1934.

——. *The Crimson Smile*. Translated by Metcalfe Wood. London: T. Werner Laurie, 1929.

——. *Le rire dans la steppe: l'humour russe*. Paris: Baudinière, 1927.

——. *Le rire dans le brouillard: anthologie des meilleurs humoristes anglais et américains*. Paris: Flammarion, 1926.

邓愚,《"东方卓别麟"徐卓呆》,《苏州地方志·史志资料选辑》, 2012 年 11 月 15 日见于苏州地方志官方网站(链接已断):http://122.11.55.148/gate/big5/www.dfzb.suzhou.gov.cn/zsbl/1677127.htm。

Dentith, Simon. *Parody*. London: Routledge, 2000.

Denton, Kirk A., and Michel Hockx, eds. *Literary Societies of Republican China*. Lantham, MD: Lexington, 2008.

Des Forges, Alexander. "From Source Texts to 'Reality Observed': The Creation of the 'Author' in Nineteenth-Century Chinese Vernacular Fiction." *Chinese Literature: Essays, Articles, and Reviews* 22 (December 2000): 67–84.

——. *Mediasphere Shanghai: The Aesthetics of Cultural Production*. Honolulu: University of Hawai'i Press, 2007.

〔英〕查尔斯·狄更斯(Charles Dickens)著, 常觉、小蝶译,《旅行笑史》〔*The Pickwick Papers* 的节译本〕, 上海:中华书局, 1918 年。

Diköter, Frank(冯客). *The Age of Openness: China before Mao*. Hong Kong: University of Hong Kong Press, 2008.(〔荷〕冯客著, 陈瑶译,《简明中国现代史》, 北京:九州出版社, 2016 年。)

——. *Sex, Culture, and Modernity in China: Medical Science and the Construction of Sexual Identities in the Early Republican Period*. Honolulu: University of Hawai'i Press, 1995.

丁西林,《丁西林戏剧集 1——西林独幕剧集》, 上海:文化生活出版社, 1947 年。

(明)《鼎锲全像按鉴唐钟馗全传》,《古本小说丛刊》, 第 2 辑第五册, 北京:中华书局, 1990 年, 东京国立公文书馆内阁文库藏明安正堂刘氏刊本。

Donne, John. *John Donne: The Major Works*. Edited by John Carey. Oxford: Oxford University Press, 1990.

Dong, Xinyu(董新宇). "China at Play: Republican Film Comedies and Chinese Cinematic Modernity." PhD diss., Harvard University, 2009.

——."The Laborer at Play: *Laborer's Love*, the Operational Aesthetic, and the Comedy of Inventions." *Modern Chinese Literature and Culture* 20, no. 2 (Fall 2008): 1–39.

Dooling, Amy D.(杜爱梅)"In Search of Laughter: Yang Jiang's Feminist Comedy." *Modern Chinese*

Literature 8, nos. 1–2 (Spring-Fall 1994): 41–67.

——. *Women's Literary Feminism in Twentieth Century China.* New York: Palgrave Macmillan, 2005.

Dorp, Rolf Harold von. "Wu Chih-hui and the Late Nineteenth Century Gentry: A Study of Major Intellectual Alternatives, " Master's thesis, Brown University, 1969.

杜甫著，仇兆鳌辑注，《杜诗详注》2 册，北京：北京图书馆出版社，1999 年。

Eco, Umberto. *The Name of the Rose.* Translated by William Weaver. New York: Harcourt, 1983. （〔意〕安伯托·艾可著，倪安宇译，《玫瑰的名字》，台北：皇冠出版社，2014 年。)

Elliott, Mark C.（欧立德）. *The Manchu Way: The Eight Banners and Ethnic Identity in Late Imperial China.* Stanford, CA: Stanford University Press, 2001.

Elvin, Mark（伊懋可）. *Changing Stories in the Chinese World.* Stanford, CA: Stanford University Press, 1997.

范伯群、孔庆东主编，《通俗文学十五讲》，北京，北京大学出版社，2003 年。

范华群、韦圣英，《滑稽戏起源与形成初探》，收入中国艺术研究院话剧研究所编《中国话剧史料集》，北京：文化艺术出版社，1987 年，第 1 卷，第 309—340 页。

冯梦龙著，魏同贤编，《冯梦龙全集》22 卷，南京：江苏古籍出版社，1993 年。

冯沅君，《古优解》，上海：商务印书馆，1944 年。

丰陈宝等编，《丰子恺文集》7 册，杭州：浙江文艺出版社，1990 年。

Fernsebner, Susan R. "A People's Playthings: Toys, Childhood, and Chinese Identity, 1909–1933", *Postcolonial Studies* 6, no. 3 (2003): 269–293.

Fineman, Mia. *Faking It: Manipulated Photography before Photoshop.* New York: Metropolitan Museum of Art, 2012.

Foster, Paul B. *Ah Q Archaeology: Lu Xun, Ah Q, Ah Q Progeny and the National Character Discourse in Twentieth-Century China.* Oxford: Lexington Books, 2006.

Franke, Herbert. "Literary Parody in Traditional Chinese Literature: Descriptive Pseudo-Biographies," *Oriens Extremus* 21 (1974): 23–31.

Frankfurt, Harry G. *On Bullshit.* Princeton, NJ: Princeton University Press, 2005. （〔美〕哈里·G. 法兰克福著，南方朔译，《放屁：名利双收的捷径》，台北：商周出版社，2006 年。)

Freud, Sigmund. *The Standard Edition of the Complete Psychological Works of Sigmund Freud.* Translated and edited by James Strachey. 24 vols. London: Vintage; Hogarth Press, 2001.

Gatrell, Vic. *City of Laughter: Sex and Satire in Eighteenth-Century London.* New York: Walker & Company, 2006.

Genette, Gérard. *Paratexts: Thresholds of Interpretation.* Translated by Jane E. Lewin. Cambridge: Cambridge University Press, 1997.

庚岭劳人、愚山老人，《蜃楼志：二十四回》，清咸丰八年（1858）刊本。

〔美〕葛凯（Karl Gerth）著，黄振萍译，《制造中国：消费文化与民族国家的创建》，北京：北京大学出版社，2007 年。

Giles, Herbert A., trans. *Quips from a Chinese Jest Book.* Shanghai: Kelly and Walsh, 1925.

Gimpel, Denise. *Lost Voices of Modernity: A Chinese Popular Fiction Magazine in Context.* Honolulu: University of Hawai'i Press, 2001.

Goh, Meow Hui（吴妙慧）. *Sound and Sight: Poetry and Courtier Culture in the Yongming Era (483-493).* Stanford, CA: Stanford University Press, 2010.

郭璞注，邢昺疏，《尔雅注疏》，《重刊宋本十三经注疏附校勘记》，台北：艺文印书馆，1965 年，清嘉庆二十年（1815）南昌府学刊本。

郭庆藩编，王孝鱼整理，《庄子集释》，台北：万卷楼图书公司，2007 年。

Hamm, John Christopher. *Paper Swordsmen: Jin Yong and the Modern Chinese Martial Arts Novel.* Honolulu: University of Hawai'i Press, 2006.

韩邦庆，《海上花列传》4 册，上海：亚东图书馆，1935 年。

韩锡铎、王清原编纂，《小说书坊录》，沈阳：春风文艺出版社，1987 年。

Hanan, Patrick. *Chinese Fiction of the Nineteenth and Early Twentieth Centuries.* New York: Columbia University Press, 2004. (〔美〕韩南著，徐侠译，《中国近代小说的兴起（增订本）》，上海：上海教育出版社，2010 年。)

——. *The Invention of Li Yu.* Cambridge, MA: Harvard University Press, 1988. (〔美〕韩南著，杨光辉译，《创造李渔》，上海：上海教育出版社，2010 年。)

——. *The Chinese Vernacular Story.* Cambridge, MA: Harvard University Press, 1981. (〔美〕韩南著，尹慧珉译，《中国白话小说史》，杭州：浙江古籍出版社，1989 年。)

Harbsmeier, Christoph. "*Confucius Ridens*: Humor in the *Analects.*" *Harvard Journal of Asiatic Studies* 50, no. 1 (June 1990): 131–161.

——."Humor in Ancient Chinese Philosophy." *Philosophy East & West* 39, no. 3 (July 1989): 289–310.

Harder, Hans, and Barbara Mittler, eds. *Asian Punches: A Transcultural Affair.* Berlin: Springer, 2013.

Harris, Neil. *Humbug: The Art of P. T. Barnum.* Chicago: University of Chicago Press, 1975.

Hegel, Robert E. *Reading Illustrated Fiction in Late Imperial China.* Stanford, CA: Stanford University Press, 1998.

Heinrich, Larissa. *The Afterlife of Images: Translating the Pathological Body between China and the West.* Durham, NC: Duke University Press, 2008.

Hershatter, Gail. *Dangerous Pleasures: Prostitution and Modernity in Twentieth-Century Shanghai.* Berkeley: University of California Press, 1997. (〔美〕贺萧著，韩敏中、盛宁译，《危险的愉悦：20 世纪上海的娼妓与现代性》，南京：江苏人民出版社，2003 年。)

Hill, Michael Gibbs. *Lin Shu, Inc.: Translation and the Making of Modern Chinese Culture.* New York: Oxford University Press, 2012.

——."New Script (Sin Wenz) and a New 'Madman's Diary.' " Unpublished paper presented at "Language, Culture, and Power: The Linguistic Field in Early Twentieth-Century China,"

Princeton University, 20–21 April 2012.

Hinsch, Bret. *Passions of the Cut Sleeve: The Male Homosexual Tradition in China*. Berkeley: University of California Press, 1990.

Hockx, Michel. "Liu Bannong and the Forms of New Poetry." *Journal of Modern Literature in Chinese* 3, no. 2 (January 2000): 83–117.

——. *Questions of Style: Literary Societies and Literary Journals in Modern China, 1911-1937*. Leiden: Brill, 2003. （〔荷〕贺麦晓著，陈太胜译，《文体问题：现代中国的文学社团和文学杂志（1911—1937）》，北京：北京大学出版社，2016 年。）

Höfding, Harald. *Outlines of Psychology*. Translated by Mary E. Lowndes. London: Macmillan, 1892. （〔丹麦〕海甫定著，龙特氏（Mary E. Lowndes）原译，王国维译，《心理学概论》，上海：商务印书馆，1926 年。）

侯鑫编，《侯宝林旧藏珍本民国笑话选》，北京：中华书局，2008 年。

Hsia, C. T. "The Chinese Sense of Humor." *Renditions* 9 (Spring 1978). www.cuhk.edu.hk/rct/renditions/sample/b09.html.

——. *C. T. Hsia on Chinese Literature*. New York: Columbia University Press, 2004. （夏志清著，万芷均等译，《夏志清论中国文学》，香港：中文大学出版社，2017 年。）

——. *A History of Modern Chinese Fiction*. 3rd ed. Bloomington: Indiana University Press, 1999. （夏志清著，刘绍铭等译，《中国现代小说史》，香港：中文大学出版社，2001 年。）

徐瑞岳，《刘半农评传》，上海：上海文艺出版社，1990 年。

Hsu, Pi-ching. (徐碧卿) *Feng Menglong's* Treasury of Laughs: *A Seventeenth- Century Anthology of Traditional Chinese Humour*. Leiden: Brill, 2015.

——. "Feng Meng-lung's *Treasury of Laughs*: Humorous Satire on Seventeenth-Century Chinese Culture and Society." *Journal of Asian Studies* 57, no. 4 (November 1998): 1042–1067.

Hu, Jubin. *Projecting a Nation: Chinese National Cinema before 1949*. Hong Kong: Hong Kong University Press, 2003.

Hu Ying. *Tales of Translation: Composing the New Woman in China, 1898-1918*. Stanford, CA: Stanford University Press, 2000. （胡缨著，龙瑜宬、彭姗姗译，《翻译的传说：中国新女性的形成（1898—1918）》，南京：江苏人民出版社，2009 年。）

Huang, Alexander C. Y. *Chinese Shakespeares: Two Centuries of Cultural Exchange*. New York: Columbia University Press, 2009. （黄诗芸著，孙艳娜、张晔译，《莎士比亚的中国旅行：从晚清到 21 世纪》，上海：华东师范大学出版社，2016 年。）

Huang, Ching-sheng. "Jokes on the Four Books: Cultural Criticism in Early Modern China." PhD diss., University of Arizona, 1998.

黄克武，《言不亵不笑：近代中国男性世界中的谐谑、情欲与身体》，台北：联经出版事业股份有限公司，2016 年。

黄克武、李心怡，《明清笑话中的身体与情欲——以〈笑林广记〉为中心之分析》，《汉学研究》19:2（2001 年 12 月），第 343—374 页。

黄言情，《大傻笑史》，香港：言情出版部，1930 年。

黄仲鸣，《琴台客聚：谈谈"有诗为证"》，《文汇报》(2008 年 9 月 28 日)，http://paper. wenweipo.com/2008/09/28/ OT0809280009.htm，2018 年 8 月 12 日访问。

环球社编辑部编，《图画日报》8 册。上海：上海古籍出版社，1999 年。

Huizinga, Johan. *Homo Ludens: A Study of the Play-Element in Culture.* Boston: Beacon Press, 1955. (〔荷〕约翰. 赫伊津哈著，何道宽译，《游戏的人：文化的游戏要素研究》，北京：北京大学出版社，2014 年。)

Humour in Literature East and West: Proceedings XXXVII International PEN Congress (June 18-July 3, 1970). Seoul: Korean PEN Center, 1970.

Huntington, Rania. *Alien Kind: Foxes and Late Imperial Chinese Narrative.* Cambridge, MA: Harvard University Asian Center, 2003.

Huters, Theodore. *Bringing the World Home: Appropriating the West in Late Qing and Early Republican China.* Honolulu: University of Hawai'i, 2006.

Huters, Theodore, R. Bin Wong, and Pauline Yu, eds. *Culture & State in Chinese History: Conventions, Accommodations, and Critiques.* Stanford, CA: Stanford University Press, 1997.

Hutt, Jonathan. "*Monstre Sacré*: The Decadent World of Sinmay Zau 邵洵美." *China Heritage Newsletter* 22 (June 2010). www. chinaheritagenewsletter.org/features.php?searchterm=22_ monstre.inc&issue=022.

Hyde, Lewis. *Trickster Makes This World: Mischief, Myth, and Art.* New York: Farrar, Straus, and Giroux, 1998.

Idema, Wilt, trans. *Meng Jiangnü Brings Down the Great Wall: Ten Versions of a Chinese Legend.* Seattle: University of Washington Press, 2008.

Idema, Wilt L., and Lloyd Haft. *A Guide to Chinese Literature.* Ann Arbor: University of Michigan Center for Chinese Studies, 1997.

Ives, Maura C., ed. *George Meredith's Essay on Comedy and Other New Quarterly Magazine Publications: A Critical Edition.* Lewisburg, PA: Bucknell University Press, 1998.

Jenkins, Henry. *What Made Pistachio Nuts? Early Sound Comedy and the Vaudeville Aesthetic.* New York: Columbia University Press, 1992.

蒋建国，《报界旧闻：旧广州的报纸与新闻》，广州：南方日报出版社，2007 年。

姜亚沙、经莉、陈湛绮编，《民国漫画期刊集粹》，北京：全国图书馆文献微缩复制中心，2004 年。

焦润明、苏晓轩编，《晚清生活掠影》，沈阳：沈阳出版社，2002 年。

荆诗索、柯岩初编，《帝国崩溃前的影像》，太原：山西人民出版社，2011 年。

Joe Miller's Jests or, the Wits Vade-mecum. London: T. Read, 1739.

Jones, Andrew F. *Developmental Fairy Tales: Evolutionary Thinking and Modern Chinese Culture.* Cambridge, MA: Harvard University Press, 2011.

——. *Yellow Music: Media Culture and Colonial Modernity in the Chinese Jazz Age.* Durham, NC:

Duke University Press, 2001. （〔美〕安德鲁．琼斯〔Andrew F Jones〕著，宋伟航译，《留声中国：摩登音乐文化的形成》，台北：台湾商务印书馆，2004 年。）

Jordan, Donald A. *China's Trial by Fire: The Shanghai War of 1932.* Ann Arbor: University of Michigan Press, 2001.

Judge, Joan. *Print and Politics: "Shibao" and the Culture of Reform in Late Qing China.* Stanford, CA: Stanford University Press, 1996. （〔加〕季家珍著，王樊一婧译，《印刷与政治，《时报》与晚清中国的改革文化》，桂林：广西师范大学出版社，2015 年。）

Kaikkonen, Marja. *Laughable Propaganda: Modern Xiangsheng as Didactic Entertainment.* Stockholm: Institute of Oriental Languages, Stockholm University, 1990.

《看财奴笑史》，上海：振圜小说社，〔约莫 1920 年代〕。

Karnick, Kristine Brunovska, and Henry Jenkins, eds. *Classical Hollywood Comedy.* New York: Routledge, 1995.

Kao, George (乔志高), ed. *Chinese Wit & Humor.* New York: Coward-McCann, 1946.

Kern, Edith. *The Absolute Comic.* New York: Columbia University Press, 1980.

Knight, Sabina. *Chinese Literature: A Very Short Introduction.* Oxford: Oxford University Press, 2012. （〔美〕桑禀华著，李永毅译，《中国文学》，南京：译林出版社，2016 年。）

Kohn, Livia. *Laughing at the Dao: Debates among Buddhists and Daoists in Medieval China.* Magdalena, NM: Three Pines Press, 2008.

Kolatch, Jonathan. *Sports, Politics, and Ideology in China.* New York: Jonathan David Publishers, 1972.

Kowallis, John Eugene Von. *The Lyrical Lu Xun: A Study of His Classical-Style Verse.* Honolulu: University of Hawai'i Press, 1996.

Kowallis, John Eugene Von, trans. *Wit and Humor from Old Cathay.* Beijing: Panda Books, 1986.

Krishnan, Sanjay. *Looking at Culture.* Singapore: Artres Design & Communications, 1996.

La satire chinoise, politique et sociale, anné 1927. Pékin: La Politique de Pékin, 1927.

Labov, William. *Language in the Inner City: Studies in the Black English Vernacular.* Philadelphia: University of Pennsylvania Press, 1972.

Laing, Ellen Johnston. "*Shanghai Manhua*, the Neo-Sensationist School of Literature, and Scenes of Urban Life." *Modern Chinese Literature and Culture* (October 2010). http://mclc.osu. edu/rc/pubs/laing.htm.

老舍，《老舍全集》19 册。北京：人民文学出版社，1999 年。

——，《老舍论创作》，上海：上海文艺出版社，1980 年。

老舍著，霍华（John Howard-Gibbon）译，*Teahouse*《茶馆》(中〔繁〕英对照版)，香港：中文大学出版社，2004 年。

老舍，《牛天赐传》，香港：南华书店，1974 年。

——，《老张的哲学》，上海：晨光出版公司，1949 年。

——，《老牛破车》，上海：晨光出版公司，1948 年。

老舍著，尹汐编，《老舍幽默集》，新京【长春】：文化出版部，1942 年。

老舍，《二马》，上海：晨光出版公司，1948 年。

Larson, Wendy. *From Ah Q to Lei Feng: Freud and Revolutionary Spirit in 20th Century China.* Stanford, CA: Stanford University Press, 2009.

Lary, Diana. *The Chinese People at War: Human Suffering and Social Transformation, 1937−1945.* Cambridge: Cambridge University Press, 2010.（〔加〕戴安娜·拉里著，廖彦博译，《流离岁月：抗战中的中国人民》，台北：时报出版，2015 年。）

Laughlin, Charles A. *The Literature of Leisure and Chinese Modernity.* Honolulu: University of Hawai'i Press, 2008.

Lean, Eugenia. *Public Passions: The Trial of Shi Jianqiao and the Rise of Popular Sympathy in Republican China.* Berkeley: University of California Press, 2007.（林郁沁著，陈湘静译，《施剑翘复仇案：民国时期公众同情的兴起与影响》，南京：江苏人民出版社，2011 年。）

Leary, Charles. "Sexual Modernism in China: Zhang Jingsheng and 1920s Urban Culture." PhD diss., Cornell University, 1994.

李伯元，《官场现形记》2 册，南京：江苏古籍出版社，1997 年。

Lee, Hsinyi Tiffany. "One, and the Same: The Figure of the Double in Photographic Portraiture from the Early Republican Period." Unpublished paper prepared for Facing Asia Conference, summer 2010.

Lee, Haiyan（李海燕）. *Revolution of the Heart: A Genealogy of Love in China, 1900-1950.* Stanford, CA: Stanford University Press, 2007.

——." 'A Dime Store of Words': *Liberty* Magazine and the Cultural Logic of the Popular Press." *Twentieth-Century China* 33, no. 3 (November 2007): 53–80.

李欧梵著，毛尖译，《上海摩登：一种新都市文化在中国 1930—1945（修订版）》，上海：上海三联书店，2008 年。

——，《现代性的追求》，北京：生活·读书·新知三联书店，2000 年。

李贞德，《"笑疾"考——兼论中国中古医者对喜乐的态度》，《历史语言研究所集刊》，第 75 期第 1 号（2004 年 03 月），第 99—148 页。

Levy, Howard Seymour（李豪伟）. *Chinese Sex Jokes in Traditional Times*（中国荤笑话类编）. Taipei: The Orient Cultural Service, 1974.

李敖，《李敖又骂人了》，长春：时代文艺出版社，1999 年。

——，《放屁，放屁，真放屁》，台北：天元图书有限公司，1984 年。

——，《狗屎，狗屁，诗》，台北：桂冠图书，1984 年。

——，《你的，我的，他妈的》，台北：天元图书有限公司，1984 年。

李伯元著，薛正兴编，《李伯元全集》5 册，南京：江苏古籍出版社，1997 年。

李继锋、郭彬、陈立平，《袁振英传》，北京：中国当代出版社，2009 年。

李楠，《晚清、民国时期上海小报研究：一种综合的文化、文学考察》，北京：人民文学出版社，2005 年。

李汝珍，《镜花缘》，上海：上海古籍出版社，2006 年。

李渔，《李渔全集》10 册，杭州：浙江古籍出版社，1992 年。

——，《闲情偶寄》，杭州：浙江古籍出版社，1991 年。

黎照编，《鲁迅梁实秋论战实录》，北京：华龄出版社，1997 年。

梁启超著，杨钢、王相宜编，《梁启超全集》，北京：北京出版社，1999 年。

Liang, Shen. "The Great World: Performance Supermarket," *TDR/ The Drama Review* 50, no. 2 (Summer 2006): 97–116.

梁实秋，《骂人的艺术》，台北：远东图书公司，1994 年。

——，《梁实秋文集》15 册，厦门：鹭江出版社，2002 年。

无名氏（梁实秋）. *The Fine Art of Reviling*. Translated by William B. Pettus. Los Angeles: Auk Press, 1936.

梁遇春著，秦贤次编，《梁遇春散文集》，台北：洪范书店，1979 年。

林纾、魏易译，《滑稽外史》，上海：商务印书馆，1907 年。

Lin, Yutang. *The Little Critic: Essays, Satires and Sketches on China (First Series: 1930-1932)*. Shanghai: Commercial Press, 1935.（林语堂，《林语堂评说中国文化》第一集，北京：中共中央党校出版社，2001 年。）

——. *The Little Critic: Essays, Satires and Sketches on China (Second Series: 1933-1935)*. Shanghai: Oriental Book, 1935.（林语堂，《林语堂评说中国文化》第二集，北京：中共中央党校出版社，2001 年。）

——. *A History of the Press and Public Opinion in China*. Chicago: University of Chicago Press, 1936.（林语堂著、刘小磊译，《中国新闻舆论史：一部关于民意与专制斗争的历史》，上海：上海人民出版社，2008 年。）

——. *Between Tears and Laughter*. New York: John Day, 1943.（林语堂著，林语堂、徐诚斌译，《啼笑皆非》，长春：东北师范大学出版社，1994 年。）

——. *My Country and My People*. New York: Reynal & Hitchcock, 1935.（林语堂著，黄嘉德译，《吾国与吾民》，长春：东北师范大学出版社，1994 年。）

——. *The Gay Genius: The Life and Times of Su Tungpo*. New York: John Day, 1947.（林语堂著，张振玉译，《苏东坡传》，长春：东北师范大学出版社，1994 年。）

——. *The Importance of Living*. New York: Reynal & Hitchcock, 1937.（林语堂著，黄嘉德译，《生活的艺术》，长春：东北师范大学出版社，1994 年。）

——. *With Love and Irony*. Illustrated by Kurt Wiese. London: William Heinemann, 1941.（林语堂著，今文译，《讽颂集》，长春：东北师范大学出版社，1994 年。）

——. *Confucius Saw Nancy, and Essays about Nothing*. Shanghai: Commercial Press, 1936.

Link, E. Perry, Jr. *An Anatomy of Chinese: Rhythm, Metaphor, Politics*. Cambridge: Harvard University Press, 2013.

——. "Politics and the Chinese Language: What Mo Yan's Defenders Get Wrong." *Asia Society*, 27 December 2012. https://asiasociety.org/blog/asia/politics-and-chinese-language-what-mo-yansdefenders-get-wrong.

——."Does This Writer Deserve the Prize?" *New York Review of Books*, 6 December 2012. www. nybooks.com/articles/ archives/2012/dec/06/mo-yan-nobel-prize/?pagination=false.

——. *Mandarin Ducks and Butterflies: Popular Fiction in Early Twentieth-Century Chinese Cities.* Berkeley: University of California Press, 1981.

刘半农,《半农谈影》,北京:中国摄影出版社,2000 年。

Liu, Chiung-yun Evelyn(刘琼云). "Scriptures and Bodies: Jest and Meaning in the Religious Journeys in *Xiyou Ji*." PhD diss., Harvard University, 2008.

刘勰著,王更生编,《文心雕龙读本》,台北:文史哲出版社,2007 年。

Liu I-Ching. *Shih-shuo hsin-yu: A New Account of Tales of the World.* Edited by Liu Chun. Translated by Richard B. Mather. Ann Arbor: Center for Chinese Studies, the University of Michigan, 2002.(刘义庆著,徐震堮校笺,《世说新语校笺》,北京:中华书局,1984 年。)

刘继兴,《毛泽东为何爱读奇书〈何典〉?》,《羊城晚报》,2010 年 8 月 25 日,新华网(广东): www.gd.xinhuanet.com/ newscenter/2010–08/25/content_20720766.htm.

Liu, Lydia H. *Translingual Practice: Literature, Culture, and Translated Modernity—China, 1900-1937.* Stanford, CA: Stanford University Press, 1995.(刘禾著,宋伟杰等译,《跨语际实践:文学,民族文化与被译介的现代性(中国,1900—1937)》。北京:生活·读书·新知三联书店,2008 年。)

刘绍铭(Joseph S. M. Lau),《涕泪交零的现代中国文学》,台北:远景出版社,1979 年。

Liu T'ieh-yun [刘 鹗]. *The Travels of Lao Ts'an.* Translated by Harold Shadick. New York: Columbia University Press, 1990.(刘鹗著,徐少知新注,《老残游记新注》,台北:里仁书局,2013 年。)

卢斯飞、杨东甫,《中国幽默文学史话》,南宁:广西教育出版社,1994 年。

鲁迅,《鲁迅书信集》,北京:人民文学出版社,1976 年。

——,《故事新编》,北京:人民文学出版社,1973 年。

——,《中国小说史略》,北京:人民文学出版社,1973 年。

鲁迅著,Yang Xianyi(杨宪益)、Gladys Yang(戴乃迭)编译 . *Lu Xun: Selected Works.* 4 vols. Beijing: Foreign Languages Press, 1985.

《论语》汉籍电子文献数据库("中研院"历史语言研究所):http://hanchi.ihp.sinica.edu.tw/ ihp/hanji.htm.

罗竹风编,《汉语大词典》13 册,上海:汉语大词典出版社,2001 年。

马松柏,《香港报坛回忆录》,香港:商务印书馆,2001 年。

马运增、陈申、胡志川、钱章表、彭永祥,《中国摄影史,1840—1937》,北京:中国摄影出版社,1987 年。

Mair, Victor H., ed. *The Columbia History of Chinese Literature.* New York: Columbia University Press, 2010.（梅维恒主编,马小悟、张治、刘文南译,《哥伦比亚中国文学史》,北京:新星出版社,2016 年。）

Makeham, John. *Transmitters and Creators: Chinese Commentators and Commentaries on the Analects*. Cambridge, MA: Harvard East Asia Center, 2004.

茅盾编，《中国新文学大系——小说卷之 3》，香港：香港文学研究社，1986 [1935] 年。

毛亨传，郑玄笺，孔颖达疏，陆德明音释，《毛诗注疏》，《重刊宋本十三经注疏附校勘记》，台北：艺文印书馆，1965 年，清嘉庆二十年（1815）南昌府学刊本。

Marchetti, Gina. "*Two Stage Sisters*: The Blossoming of a Revolutionary Aesthetic." *Jump Cut* 34 (March 1989): 95–106. www.ejumpcut. org/archive/onlinessays/JC34folder/2stageSisters.html.

Martin, Brian G. *The Shanghai Green Gang: Politics and Organized Crime, 1919—1937*. Berkeley: University of California Press, 1996. （〔澳〕布赖恩·马丁著，周育民等译，《上海青帮》，上海：上海三联书店，2002 年。）

Mather, Jeffrey. "Laughter and the Cosmopolitan Aesthetic in Lao She's 二马 (*Mr. Ma and Son*)." *CLCWeb: Comparative Literature and Culture* 16, no. 1 (March 2014): http://docs.lib.purdue.edu/clcweb/vol16/iss1/6.

McDougall, Bonnie S., trans. *Mao Zedong's "Talks at the Yan'an Conference on Literature and Art": A Translation of the 1943 Text with Commentary*. Ann Arbor: University of Michigan Center for Chinese Studies, 1980. （毛泽东，《在延安文艺座谈会上的讲话》，北京：人民文学出版社，1967 年。）

McKeown, Adam. *Chinese Migrant Networks and Cultural Change: Peru, Chicago, Hawaii, 1900-1936*. Chicago: University of Chicago Press, 2001.

McMahon, Keith. *The Fall of the God of Money: Opium Smoking in Nineteenth-Century China*. Lanham: Rowman & Littlefild, 2002.

Mellen, Joan. *Modern Times*. London: British Film Institute, 2006.

孟兆臣编，《方型周报》11 册，北京：北京出版社，2009 年。

——，《老上海俗语图说大全》，上海：上海社会科学出版社，2004 年。

Mittler, Barbara. *A Newspaper for China? Power, Identity, and Change in Shanghai's New Media, 1872-1912*. Cambridge, MA: Harvard University Asia Center, 2004.

莫言，《讲故事的人》，诺贝尔演讲，2012 年 12 月 7 日，https:// www.nobelprize.org/nobel_prizes/literature/laureates/2012/yan-lecture_ki.pdf.

Morreall, John. *Taking Laughter Seriously*. Albany: State University of New York Press, 1983.

Morreall, John, ed. *The Philosophy of Laughter and Humor*. Albany: State University of New York Press, 1987.

Morris, Andrew D. *Marrow of the Nation: A History of Sport and Physical Culture in Republican China*. Berkeley: University of California Press, 2004.

Moser, David. "Stifled Laughter: How the Communist Party Killed Chinese Humor." 12 November 2004, www.danwei.org/tv/ stifld_laughter_how_the_commu.php.

Mostow, Joshua S. *The Columbia Companion to Modern East Asian Literature*. New York: Columbia University Press, 2003.

Mullaney, Thomas S. "The Semi-Colonial Semi-Colon: The Discourse and Practice of Punctuation Reform, Horizontal Writing, and Stationary Reform in Republican China." Unpublished paper presented at workshop "Language, Culture, and Power," Princeton University, 22–23 April 2012.

Museum of Modern Art, Saitama, Hisako Okoshi, and Yuji Maeyama, eds. *Subtle Criticism: Caricature and Satire in Japan*. Saitama: Museum of Modern Art, Saitama, 1993.

Nappi, Carla. *The Monkey and the Inkpot: Natural History and Its Transformations in Early Modern China*. Cambridge, MA: Harvard University Press, 2009.

Ogawa, Isao. "History of Amusement Park Construction by Private Railway Companies in Japan." *Japan Railway & Transport Review* 15 (March 1998): 28–34.

Otto, Beatrice K. *Fools Are Everywhere: The Court Jester around the World*. Chicago: University of Chicago Press, 2001.

Owen, Stephen. *The End of the Chinese "Middle Ages": Essays in Mid-Tang Literary Culture*. Stanford, CA: Stanford University Press, 1996. （〔美〕宇文所安著，陈引驰、陈磊译，《中国"中世纪"的终结：中唐文学文化论集》，台北：联经出版社，2007 年。）

彭丽君著，张春田、黄芷敏译，《哈哈镜：中国视觉现代性》，上海：上海书店，2013 年。

Parton, James. *Caricature and Other Comic Art in All Times and Many Lands*. New York: Harper & Bros., 1877.

魏绍昌、吴乘惠编，《鸳鸯蝴蝶派研究资料》，上海：上海文艺出版社，1984 年。

Pollard, David E（卜立德）. *The True Story of Lu Xun*. Hong Kong: Chinese University Press, 2002.

Pope, Alexander. *An Essay on Man*. Springfield, MA: Timothy Ashley, 1802.

Postman, Neil. *Amusing Ourselves to Death: Public Discourse in the Age of Show Business*. New York: Penguin, 2006 [1985]. （〔美〕尼尔·波兹曼，《娱乐至死：追求表象、欢笑和激情的电视时代》，台北：猫头鹰出版，2007 年。）

钱乃荣，《上海语言发展史》，上海：上海人民出版社，2003 年。

Qian, Suoqiao（钱锁桥）. *Liberal Cosmopolitan: Lin Yutang and Middling Chinese Modernity*. Leiden: Brill, 2011.

——编选，《林语堂双语文选》（*Selected Bilingual Essays of Lin Yutang*），香港：中文大学出版社，2010 年。

——. "Translating 'Humor' into Chinese Culture." *HUMOR* 20, no. 3（2007）: 277–295.

钱玄同，《钱玄同文集》6 册，北京：中国人民大学出版社，2000 年。

钱锺书，《管锥编》5 册，北京：中华书局，1979 年。

钱锺书著，Christopher G. Rea（雷勤风）编. *Humans, Beasts, and Ghosts: Stories and Essays*. New York: Columbia University Press, 2011.

钱锺书著，Ronald C. Egan（艾朗诺）选译. *Limited Views: Essays on Ideas and Letters*. Cambridge, MA: Harvard University Press, 1998.

钱锺书，《七缀集》，北京：生活·读书·新知三联书店，2003 年。

——，《人兽鬼》，上海：开明书店，1946 年。

——，《围城》，上海：晨光出版公司，1949 年。

——，《写在人生边上》，上海：开明书店，1941 年。

饶曙光，《中国喜剧电影史》，北京：中国电影出版社，2005 年。

Rabinovitz, Lauren. *Electric Dreamland: Amusement Parks, Movies, and American Modernity*. New York: Columbia University Press, 2012.

Rea, Christopher. *China's Literary Cosmopolitans: Qian Zhongshu, Yang Jiang, and the World of Letters*. Leiden: Brill, 2015.

——."The Critic Eye 批眼." *China Heritage Quarterly* 30–31 (June-September 2012). www. chinaheritagequarterly.org/features. php?searchterm=030_rea.inc&issue=030.

Rea, Christopher, and Nicolai Volland, eds. *The Business of Culture: Cultural Entrepreneurs in China and Southeast Asia, 1900-65*. Vancouver: UBC Press, 2015.

Reed, Christopher A. *Gutenberg in Shanghai: Chinese Print Capitalism, 1876–1937*. Vancouver: UBC Press, 2004. （〔美〕芮哲非著，张志强、潘文年、鄢毅、郝彬彬译，《谷腾堡在上海：中国印刷资本业的发展（1876—1937）》，北京：商务印书馆，2014 年。）

Rendiers, Eric Robert. *Borrowed Gods and Foreign Bodies: Christian Missionaries Imagine Chinese Religion*. Berkeley: University of California Press, 2004.

人间世编，《二十今人志》，上海：上海良友图书有限公司，1935 年。

Rigby, Richard. "Sapajou's Shanghai." *China Heritage Quarterly*, 22 June 2010. www. chinaheritagequarterly.org/features. php?searchterm=022_sapajou.inc&issue=022.

Roberts, Claire. *Photography and China*. London: Reaktion Books, 2013.

Rocha, Leon Antonio."Sex, Eugenics, Aesthetics, Utopia in the Life and Work of Zhang Jingsheng 张竟生 (1888—1970)." PhD diss., Cambridge University, 2010.

Rohsenow, John S. *A Chinese-English Dictionary of Enigmatic Folk Similes* (汉语歇后语词典). Tucson: University of Arizona Press, 1991.

Rojas, Carlos. *The Great Wall: A Cultural History*. Cambridge, MA: Harvard University Press, 2010.

——. *The Naked Gaze: Reflections on Chinese Modernity*. Cambridge, MA: Harvard University Asia Center, 2008. （〔美〕罗鹏〔Carlos Rojas〕著，赵瑞安译，《裸观》。台北：麦田出版社，2015 年。）

Rolston, David L., ed. *How to Read the Chinese Novel*. Princeton, NJ: Princeton University Press, 1990.

——. *Traditional Chinese Fiction and Fiction Commentary: Reading and Writing between the Lines*. Stanford, CA: Stanford University Press, 1997.

Roy, David Tod, trans. *The Plum in the Golden Vase, or Chin P'ing Mei: Vol. 1, The Gathering*. Princeton, NJ: Princeton University Press, 1993. （笑笑生著，刘本栋校订，缪天华校阅，《金瓶梅》，台北：三民书局，2006 年。）

Santangelo, Paolo, ed. *Laughing in Chinese*. Rome: ARACNE editrice S.r.l., 2012.

Santangelo, Paolo, and Yan Beiwen, ed. and trans. *Zibuyu, "What the Master Would Not Discuss,"*

According to Yuan Mei (1716—1798): A Collection of Supernatural Stories. 2 vols. Leiden: Brill, 2013. （袁枚，《子不语》，上海：上海古籍出版社，2012 年。）

Schonebaum, Andrew David. *Novel Medicine: Healing, Literature, and Popular Knowledge in Early Modern China.* Seattle: University of Washington Press, 2016.

Schor, Juliet, and Douglas Holt, eds. *The Consumer Society Reader.* New York: New Press, 2000.

Scott, A. C. *Actors Are Madmen: Notebook of a Theatregoer in China.* Madison: University of Wisconsin Press, 1982.

Shahar, Meir. *Crazy Ji: Chinese Religion and Popular Literature.* Cambridge, MA: Harvard University Press, 1998.

Shakespeare, William. *The Tragedy of King Lear.* www. opensourceshakes peare.org/views/plays/playmenu. php?WorkID=kinglear. （〔英〕威廉·莎士比亚著，张锦惠译，《李尔王》，台北：五南图书出版股份有限公司，2017 年。）

——. *Love's Labour's Lost.* www.opensourceshakespeare.org/views/ plays/playmenu. php?WorkID=loveslabours. （〔英〕威廉·莎士比亚著，朱生豪译，《爱的徒劳》，台北：世界书局，2017 年。）

上海文化出版社编，《滑稽论丛》，上海：上海文化出版社，1958 年。

萧乾编，《沪滨掠影》，北京：中华书局，2005 年。

沈从文，《阿丽思中国游记》，上海：新月书店，1928 年。

Shen, Shuang. *Cosmopolitan Publics: Anglophone Print Culture in Semi-Colonial Shanghai.* Piscataway, NJ: Rutgers University Press, 2009.

时希圣编，《吴稚晖言行录》，上海：广益书局，1929 年。

石云艳，《梁启超与日本》，天津：天津人民出版社，2005 年。

Shifman, Limor, and Mike Thewall. "Assessing Global Diffusion with Web Memetics: The Spread and Diffusion of a Popular Joke," *Journal of the American Society for Information Science and Technology* 60, no. 12 (2009): 2567–2576.

舒亦樵编，《怎样使骂人艺术化》，上海：纵横社，1946 [1941] 年。

司马迁，《史记》。汉籍电子文献数据库（"中研院"历史语言研究所）：http://hanchi.ihp. sinica.edu.tw/ihp/hanji.htm.

Simon, Richard Keller. *The Labyrinth of the Comic: Theory and Practice from Fielding to Freud.* Tallahassee: University of Florida Press, 1985.

Sohigian, Diran John. "Confucius and the Lady in Question: Power Politics, Cultural Production and the Performance of *Confucius Saw Nanzi* in China in 1929." *Twentieth-Century China* 36, no. 1 (January 2011): 23–43.

——. "Contagion of Laughter: The Rise of the Humor Phenomenon in Shanghai in the 1930's." *Positions: East Asia Cultures Critique* 15, no. 1 (Spring 2007): 137–163.

——. "The Life and Times of Lin Yutang." PhD diss., Columbia University, 1991.

Song, Mingwei（宋明炜）. *Young China: National Rejuvenation and the Bildungsroman, 1900-*

1959. Cambridge: Harvard University Press, 2016.

Spielmann, M. H. *The History of "Punch."* New York: Cassell Publishing, 1895.

Stead, W. T. "Mark Twain," *Review of Reviews* 16 (August 1897), 123–133. Reprinted at the W. T. Stead Resource Site: www.attackingthedevil.co.uk/reviews/twain.php#sthash. YkWtSH4D.3JOWZKlb.dpbs.

苏青，《结婚十年》，上海：天地出版社，1944 年。

苏童，《碧奴》，台北：大块文化，2007 年。

宿志刚、林黎、刘宁、周静编，《中国摄影史略》，北京：中国文联出版社，2009 年。

孙菊仙，《阿木林笑史》，上海：振圜小说社，1923 年。

孙庆升编，《丁西林研究资料》，北京：中国戏剧出版社，1986 年。

T'ang, Leang-li（汤良礼），ed. *China's Own Critics: A Selection of Essays by Hu Shih and Lin Yutang, with Commentaries by Wang Ching-wei*. Tientsin: China United Press, 1931.

Tang, Xiaobing（唐小兵）. *Global Space and the Nationalist Discourse of Modernity: The Historical Thinking of Liang Qichao*. Stanford, CA: Stanford University Press, 1996.

汤哲声，《中国现代滑稽文学史略》，台北：文津出版社，1992 年。

樽本照雄，《新编增补清末民初小说目录》，济南：齐鲁书社，2002 年。

Thornber, Karen Laura. *Empire of Texts in Motion: Chinese, Korean, and Taiwanese Transculturations of Japanese Literature*. Cambridge, MA: Harvard University Asia Center, 2009.

田炳锡（Jun Byungsuk），《徐卓呆与中国现代大众文化》，北京：北京大学中文系博士论文，2000。

天虚我生（陈蝶仙）著，《黄金祟》，台北：广文书局，1980 年。

Ting, Lee-hsia Hsu（丁许丽霞）. *Government Control of the Press in Modern China, 1900–1949*. Cambridge, MA: Harvard East Asian Research Center, 1974.

Trav S. D. *No Applause—Just Throw Money: The Book that Made Vaudeville Famous*. New York: Faber & Faber, 2005.

Trumble, Angus. *A Brief History of the Smile*. New York: Basic Books, 2004.

Tucker, Anne Wilkes, Dana Friis-Hansen, Kaneko Ryūichi, and Takeba Joe. *The History of Japanese Photography*. Edited and translated by John Junkerman. New Haven, CT: Yale University Press, 2003.

Twain, Mark. *A Double Barreled Detective Story.* www.gutenberg. org/fies/3180/3180-h/3180-h.htm. （〔美〕马克·吐温著，青闰译，《案中案》，收入《马克·吐温中短篇小说选》，北京：北京工业大学出版社，2017 年。）

VALDAR et al. *The History of China for 1912 in 52 Cartoons, with Explanatory Notes in English and Chinese*. Shanghai: National Review, 1913.

Volland, Nicolai. *Socialist Cosmopolitanism: The Chinese Literary Universe, 1945–1965*. New York: Columbia University Press, 2017.

Voogt, Alex de, and Irving Finkel, eds. *The Idea of Writing: Play and Complexity*. Leiden: Brill,

2010.

Wagner, Rudolf G. "China 'Asleep' and 'Awakening': A Study in Conceptualizing Asymmetry and Coping with It." *Transcultural Studies* 1 (2011): 1–139. http://archiv.ub.uni-heidelberg.de/ojs/index.php/transcultural/article/view/7315/2920.

——, ed. *Joining the Global Public: Word, Image, and City in Early Chinese Newspapers, 1870-1910.* Albany: State University of New York Press, 2007.

——. "The Shenbao in Crisis: The International Environment and the Conflct between Guo Songtao and the Shenbao." *Late Imperial China* 20, no. 1 (1999): 107–143.

Wakeman, Frederic, Jr. *Policing Shanghai, 1927-1937.* Berkeley: University of California Press, 1995. （〔美〕魏斐德著，章红、陈雁、金燕译，《上海警察（1927—1937）》，上海：上海古籍出版社，2004 年。）

Wang, Ban（王斑）. *Illuminations from the Past: Trauma, Memory, and History in Modern China.* Stanford, CA: Stanford University Press, 2004.

Wang, David Der-wei. *The Monster That Is History: History, Violence, and Fictional Writing in Twentieth-Century China.* Berkeley: University of California Press, 2004. （王德威，《历史与怪兽：历史，暴力，叙事》，台北：麦田出版，2011 年。）

王德威，《茅盾，老舍，沈从文：写实主义与现代中国小说》，台北：麦田，2009 年。

Wang, David Der-wei. *Fin-de-siècle Splendor: Repressed Modernities of Late Qing Fiction.* Stanford, CA: Stanford University Press, 1997. （王德威著，宋伟杰译，《被压抑的现代性：晚清小说新论》，台北：麦田，2003 年。）

Wang, David Der-wei, and Wei Shang, eds. *Dynastic Crisis and Cultural Innovation from the Late Ming to the Late Qing and Beyond.* Cambridge, MA: Harvard University Asia Center, 2005. （王德威、陈平原、商伟编，《晚明与晚清：历史传承与文化创新》，武汉：湖北教育出版社，2002 年。）

Wang Gungwu. *China and the Chinese Overseas.* Singapore: Eastern Universities Press, 1991. （王赓武著，天津编译中心译，《中国与海外华人》，香港：商务印书馆（香港），1994 年。）

Wang, Juan. *Merry Laughter and Angry Curses: The Shanghai Tabloid Press, 1879-1911.* Vancouver: UBC Press, 2013.

——. "Offiialdom Unmasked: Shanghai Tabloid Press, 1897–1911." *Late Imperial China* 28, no. 2 (December 2007): 81–128.

——. "The Weight of Frivolous Matters: Shanghai Tabloid Culture, 1897–1911." PhD diss., Stanford University, 2004.

王利器编，《历代笑话集》，上海：古典文学出版社，1956 年。

王敏，《苏报案研究》，上海：上海人民出版社，2010 年。

Wang, Y. C. *Chinese Intellectuals and the West, 1872–1949.* Chapel Hill: University of North Carolina Press, 1966. （汪一驹著，梅寅生译，《中国知识分子与西方：留学生与近代中国》，台北：久大文化股份有限公司，1991 年。）

Wang Yiqing. "Much Ado about TV Plagiarism." *China Daily*, 11 August 2012, 5. http://usa. chinadaily.com.cn/ opinion/2012–08/11/content_15664859.htm.

汪仲贤撰述，许晓霞绘图，《上海俗语图说》，上海：上海社会出版社，1935 年。

Wardroper, John. *Jest upon Jest*. London: Routledge and Kegan Paul, 1970.

魏绍昌，《我看鸳鸯蝴蝶派》，香港：中华书局，1990 年。

魏绍昌编，《李伯元研究资料》，上海：上海古籍出版社，1980 年。

魏绍昌、吴承惠编，《鸳鸯蝴蝶派研究资料》，2 卷，上海：上海文艺出版社，1984 年。

Weinbaum, Alys Eve, Lynn M. Thomas, Priti Ramamurthy, Uta G. Poiger, Madeleine Yue Dong, and Tani E. Barlow, eds. *The Modern Girl around the World: Consumption, Modernity, and Globalization*. Durham, NC: Duke University Press, 2008.

Weinstein, Jonathan Benjamin. "Directing Laughter: Modes of Modern Chinese Comedy, 1907–1997." PhD diss., Columbia University, 2002.

Wen Yuan-ning. *Imperfect Understanding*. Shanghai: Kelly and Walsh, 1935.（温源宁著，江枫译，《*Imperfect Understanding* ／ 不够知己（英汉对照版）》，北京：外语教学与研究出版社，2012 年。）

Wen Yuan-ning and others. *Imperfect Understanding: Intimate Portraits of Chinese Celebrities*. Christopher Rea, ed. Amherst, NY: Cambria Press, 2018.

White, E. B. *Essays of E.B. White*. New York: Harper Perennial, 1999.

White, E. B., and Katharine S. White, eds. *A Subtreasury of American Humor*. New York: Coward-McCann, 1941.

Widmer, Ellen, and David Der-wei Wang, eds. *From May Fourth to June Fourth: Fiction and Film in Twentieth-Century China*. Cambridge, MA: Harvard University Press, 1993.

Wilson, Christopher P. *Jokes: Form, Content, Use and Function*. London: Academic Press, 1979.

Wisse, Ruth R. *No Joke: Making Jewish Humor*. Princeton, NJ: Princeton University Press, 2013.

Witchard, Anne. *Lao She in London*. Hong Kong: Hong Kong University Press, 2012.

黄爱玲编，《中国电影溯源》，香港：香港电影资料馆，2011 年。

Wong, Edward. "Kim Jong-un Seems to Get a New Title: Heartthrob." *New York Times*, 27 November 2012, A6. www. nytimes.com/2012/11/28/world/asia/chinese-news-site-citesonion-piece-on-kim-jong-un.html?ref=asia&_r=1&.

Wong Yunn Chii, and Tan Kar Lin. "Emergence of a Cosmopolitan Space for Culture and Consumption: The New World Amusement Park-Singapore (1923–1970) in the Inter-War Years." *Inter-Asia Cultural Studies* 5, no. 2 (2004): 279–304.

Woodbury, Walter E., *Photographic Amusements, including a Description of a Number of Novel Effects Obtainable with the Camera*. Revised and enlarged by Frank R. Fraprie. 9th ed. Boston: American Photographic Publishing Co., 1922. www. gutenberg.org/fies/39691/39691-h/39691-h.htm.

吴敬梓著，徐少知新注，《儒林外史新注》，台北：里仁书局，2010 年。

吴趼人，《吴趼人全集》7 卷，哈尔滨：北方文艺出版社，1998 年。

——，《二十年目睹之怪现状》2 卷，北京：人民文学出版社，1985 年。

伍稼青，《吴稚晖先生轶事》，台北：芬芳宝岛杂志社，1977 年。

吴稚晖著，秦同培编，《吴稚晖言论集》2 卷，上海：中央图书局，1927 年。

小石道人，《正续嘻谈录》，〔出版社不详〕，约 1882—84 年。

小说月报社编，《笑的历史》，上海：商务印书馆，1925 年。

李贽编，笑笑先生增订，哈哈道士校阅，《山中一夕话》（书名页题：《开卷一笑》），梅墅石
　　渠阁刊，（约 1621—1644 年）。哈佛燕京图书馆藏。

徐半梅（徐卓呆），《话剧创始期回忆录》，北京：中华戏剧出版社，1957 年。

——，《影戏学》，上海：华先商业社图书部，1924 年。

徐傅霖〔徐卓呆〕，《体操之生理学》，上海：中国图书公司，1909 年。

许慎著，段玉裁注，《说文解字注》，上海：上海书店，1992 年。

徐瑞岳，《刘半农评传》，上海：上海文艺出版社，1990 年。

徐讦，《徐讦文集》16 卷，上海：上海三联书店，2012 年。

徐永昌，《求己斋日记》，台北："中研院"近代历史研究所郭廷以图书馆藏。

徐卓呆，《日本柔道》，上海：中华书局，1935 年。

——，《醉后嗅苹果》，上海：世界书局，1929 年。

——，《卓呆小说集》，上海：世界书局，1926 年。

——，《不知所云集》，上海：世界书局，1923 年。

——，《岂有此理之日记》，上海：晓星书局，1923 年。

徐卓呆编著，《无线电播音》，上海：商务印书馆，〔约 1920—30 年代〕。

徐卓呆著，范伯群、范紫江编，《滑稽大师徐卓呆代表作》，南京：江苏文艺出版社，1996。

徐卓呆著，刘祥安编校，《滑稽名家：东方卓别林——徐卓呆》，南京：南京出版社，1994 年。

宣永光，《妄谈疯话》，哈尔滨：哈尔滨出版社，2012 年。

薛理勇，《上海闲话》，上海：上海社会科学出版社，2000 年。

严芙孙编，《上海俗语大辞典》，上海：云轩出版部，1924 年。

杨伯峻译注，《孟子译注》，北京：中华书局，1984 年。

杨华生、张振国（文），李守白（图），《上海老滑稽》，上海：上海辞书出版社，2006 年。

杨家骆编，《中国笑话书》，台北：世界书局，2002 [1961] 年。

叶浅予，《王先生新集》4 卷，上海：上海杂志公司，1936 年。

Ye Xiaoqing（叶晓青）. *The Dianshizhai Pictorial: Shanghai Urban Life, 1884-1898*. Ann Arbor:
　　University of Michigan Center for Chinese Studies, 2003.

Yeh, Catherine Vance（叶凯蒂）. "Reinventing Ritual: Late Qing Handbooks for Proper Customer
　　Behavior in Shanghai Courtesan Houses." *Late Imperial China* 19, no. 2 (1998): 1–63.

——. *Shanghai Love: Courtesans, Intellectuals, and Entertainment Culture, 1850-1910*. Seattle:
　　University of Washington Press, 2006.（〔美〕叶凯蒂著，杨可译，《上海・爱：名妓、洋场
　　才子和娱乐文化：1850—1910》，北京：生活・读书・新知三联书店，2012 年。）

Yeh, Wen-hsin（叶文心）, ed. *Becoming Chinese: Passages to Modernity and Beyond*. Berkeley: University of California Press, 2000.

——. *Provincial Passages: Culture, Space, and the Origins of Chinese Communism.* Berkeley: University of California Press, 1996.

Young, Ernest P（杨格）. *The Presidency of Yuan Shih-k'ai: Liberalism and Dictatorship in Early Republican China.* Ann Arbor: University of Michigan Press, 1977.

《游戏大观》6 册，上海：广文书局，1919 年。

余华，《十个词汇里的中国》，台北：麦田，2011 年。

于润琦主编，周春华点校，《清末民初小说书系——滑稽卷》，北京：中国文联出版公司，1997 年。

袁进编，《活在微笑中》，上海：东方出版中心，1997 年。

袁枚，潘敬元标点，《子不语》，上海：大达图书供应社，1935 年。

云间颠公，《上海之骗术世界》，上海：扫叶山房，1924 [1914] 年。

Zarrow, Peter Gue（沙培德）. *After Empire: The Conceptual Transformation of the Chinese State, 1885–1924.* Stanford, CA: Stanford University Press, 2012.

——. *Anarchism and Chinese Political Culture.* New York: Columbia University Press, 1990.

Zeitlin, Judith T. *The Phantom Heroine: Ghosts and Gender in Seventeenth-Century Chinese Literature.* Honolulu: University of Hawai'i Press, 2007.

——. *Historian of the Strange: Pu Songling and the Chinese Classical Tale.* Stanford, CA: Stanford University Press, 1993.

曾讲来编，《崩溃的帝国：明信片中的晚清》，北京：北京大学出版社，2014 年。

张昌华，《政治圈外的吴稚晖："一个坏透了的好人"》，http:// news.sina.com.cn/c/2008-06–18/142215769784.shtml.

张恨水，《啼笑因缘》，上海：三友书社，1930 年。

张岱，《陶庵梦忆》，北京：中华书局，1985 年。

张健，《中国喜剧观念的现代生成》，北京：北京大学出版社，2005 年。

张竞生，《性史》，上海：广华书局，1926 年。

——，《性史》，北京：北新书局，1926 年。

章克标著，陈福康、蒋山青编，《章克标文集》2 卷。上海：上海社会科学出版社，2003 年。

张天翼，《张天翼文集》10 册，上海：上海文艺出版社，1985—1988 年。

——，《张天翼选集》，上海：万象书屋，1936 年。

——，《鬼土日记》，上海：正午书局，1931 年。

张文伯，《稚老闲话》，台北："中央文物供应社"，1952 年。

章诒和，《伶人往事：写给不看戏的人看（增订版）》，台北：时报出版，2015 年。

Zhang, Yingjin. *The City in Modern Chinese Literature and Film: Configurations of Space, Time, and Gender.* Stanford, CA: Stanford University Press, 1996. （〔美〕张英进著，秦立彦译，《中国现代文学与电影中的城市：空间、时间与性别构形》，南京：江苏人民出版社，2007 年。）

Zhang Zhen. *An Amorous History of the Silver Screen: Shanghai Cinema, 1896–1937.* Chicago:

University of Chicago Press, 2005. （张真，《银幕艳史：都市文化与上海电影1896—1937》，上海：上海书店出版社，2012年。）

张仲礼编，《中国近代城市企业、社会、空间》，上海：上海社会科学院，1998年。

赵海彦，《中国现代趣味文学思潮》，北京：中国社会科学出版社，2005年。

郑逸梅，《清末民初文坛轶事》，北京：中华书局，2005年。

——，《书报话旧》，北京：中华书局，2005年。

——，《郑逸梅选集》，哈尔滨：黑龙江人民出版社，1995年。

郑逸梅、徐卓呆，《上海旧话》，上海：上海文化出版社，1986年。

《中国文学大辞典》10卷，台北：百川书局，1994年。

周耀光，《实用映相学》，广东：粤东编译公司，1911 [1907] 年。

周作人，《周作人经典作品选》，北京：当代世界出版社，2002年。

周作人著，卜立德（David E. Pollard）译，《周作人散文选 / *Zhou Zuoren: Selected Essays*（中英对照版）》，香港：中文大学出版社，2006年。

周作人著，止庵编，《周作人译文全集》11册，上海：上海人民出版社，2012年。

朱光潜，《朱光潜全集》20册，合肥：安徽教育出版社，1987年。

朱惟公（朱太忙）编，《现代五百家圆圈诗集》，上海：广益书局，1933年。